S

Mathilda Prall
Herzneurosen

Roman

Schöffling & Co.

Erste Auflage 2023

Covermotiv: © Giselle Dekel
Satz: Fotosatz Amann, Memmingen
Druck & Bindung: Pustet, Regensburg
ISBN 978-3-89561-103-2

www.schoeffling.de

Teil 1

I

Minis Körper kommt zur Ruhe. Ihr wird schwer. Ihr ist mehr kalt als warm und morgens wacht sie müder auf, als sie abends schlafen geht. Jeden Tag ein bisschen schlapper. Philipp sagt ihr, das sei normal, es liege daran, dass der Arbeitsmodus aus- und der Ruhemodus eingeschaltet werde vom Körper, und alle Ruhe, die in der Arbeitsphase gefehlt habe, werde jetzt nachträglich erlebt.

Aber diese Trägheit ist Mini fremd, sie kennt sich aufgeladen, hibbelig, mit zu viel Energie statt zu wenig. Und die Farben sind so anders geworden. Mini sitzt draußen auf dem Balkon, unter ihr der saubere Freiburger Gehweg, fast sauberer als in Hamburg und der krasseste Gegensatz zu den staubig-schmutzigen Pariser Straßen. Und jetzt die Sonne, stärker als sonst und trotzdem so blass, und würde sie nicht diese Hitze verbreiten, dann wäre sie kalt, ihrer Farbe nach wäre sie kalt. Das kann Mini nicht gut verarbeiten, es flimmert und bereitet Kopfschmerzen, aber wenn sie die Augen schließt, dann tanzen die rötlichen Lichter dahinter weiter.

Ist das normal? Sie fragt nach unten zu den Autos und Fahrrädern. Wie sie alles hinterfragt, was ihr Körper tut, und nie eine Antwort bekommt. Zumindest keine befriedigende, weil ihr Körper keine klaren Antworten gibt. Vielleicht ist sie krank. Oder wirklich krank, zum ersten Mal. Sie könnte jetzt nachschauen auf ihrem Handy, aber das sollte sie sich wohl abgewöhnen.

Sie googelt trotzdem: Kopfschmerzen, Sehstörungen,

Hirntumore, Kreislaufprobleme, Migräne, Hirntumore, Hirntumore. Ein Schicksalsschlag, gestorben mit dreiundzwanzig, vielleicht vierundzwanzig, an einem Hirntumor – tragisch, schrecklich und ganz nach Minis Geschmack. Aber trotzdem fühlt sie sich zu jung zum Sterben.

Und als Paul sich mit gezuckertem Kaffee zu ihr setzt, tut sie gut gelaunt. Sie sagt »Morgen« – fröhlich und schläfrig, wie es sich gehört, und nimmt den größeren Kaffee, weil der für sie ist.

Paul sagt das Gleiche und dann sagen sie einen Moment nichts.

»Alles in Ordnung?«, fragt Mini und Paul sagt »na ja«, so als könnte noch etwas kommen. Ein paar Schlucke Kaffee, ein Zug an der Zigarette, ein bisschen Rauch in Minis Gesicht.

»Schon irgendwie. Aber mit Lola ist Schluss. Also richtig.«

Noch mal Kaffee. Noch mal Zigarette.

»Das haben wir jetzt so entschieden. Gestern. Sie kommt nicht drauf klar. Also auf eine Beziehung und so, das ist ihr alles zu viel, sie muss erst mal selbst die Kontrolle haben über sich und ihr Leben, nehm ich an.« Er hat feuchte Augen. Wie es halt so ist.

Mini kann mit solchen Situationen nicht umgehen. Selbst wenn sie mit Paul richtig befreundet wäre und nicht nur platonisch zu Besuch in seiner Wohnung, sie wüsste auch dann keine zufriedenstellende Antwort. Also tippt sie mit Zeige- und Mittelfinger an seine Schulter, es kommt nicht so, wie sie wollte – zu halbherzig –, und dann schaut sie ihn an, sagt »mhm …«, nickt wie wissend, obwohl innerlich total verständnislos, und denkt an das, was sie schon an Beziehungen durchlebt hat. Da gibt es eigentlich nichts Nennenswertes. Mini stellt sich vor, wie sie schwanger wird und kurz verzweifelt ist, sich dann aber trotz allem für das Kind entscheidet, weil sie es nicht über sich bringt, abzutreiben.

Paul hat seine Tränen unter Kontrolle. Seine Augen sehen wieder ganz trocken aus und er raucht die zweite Zigarette. »Hast du Pläne für heute?«

Mini überlegt. Sie sagt: »Nein, bis jetzt noch nicht, und du?«

»Oh, das Übliche, mich verlieben in die Frau meines Lebens – die nicht Lola ist –, sie heiraten, Kinder kriegen, ein Haus kaufen und beziehen, glücklich sein bis an mein Lebensende, so was in der Art.« Er lacht lauter als nötig.

Mini lacht auch, solidarisch. »Wir könnten uns auch einfach gegenseitig heiraten und Kinder kriegen, wenn dir das so wichtig ist«, sagt sie und schaut ihn sehr ernst an.

Er schneidet eine merkwürdige Grimasse: große Kulleraugen und geschürzte Lippen, gerunzelte Stirn, schaut wieder normal, sagt: »Ich kann es kaum erwarten, dir auf einem karibischen Strand einen Diamantring an den Finger zu stecken, bevor ich dir genüsslich meine Zunge in den Mund …«, dann fällt er über sie her und sie kugeln durch die Balkontür nach drinnen und wenn es nicht so absurd und spielerisch wäre, wie ein Kinderkampf unter Geschwistern, würde Mini jetzt anfangen, ihn zu küssen, und vielleicht Sex haben ohne Kondom. Und einen Monat später: Nanu, ich bin ja total überfällig und dann wäre sie schwanger. Vielleicht würde sie ihn dann irgendwann heiraten. Daran denkt sie kurz, dann hat sie seinen Fuß im Gesicht und danach seinen Ellenbogen und prustet und spuckt ihm in den Nacken.

Als Philipp ins Wohnzimmer kommt, stürzt er sich dazu

und danach sitzen sie in der Sonne auf dem Balkon und trinken noch mehr Kaffee und Mini hat ein lustig-schwächliches Gefühl im Magen, weil sie Kaffee eigentlich gar nicht so gut verträgt.

Manchmal sagt Philipp Sachen über den Himmel und die Wolkenformationen oder über Blätter an Bäumen, durch die Licht hindurchscheint. Das tut Mini meistens als esoterisch und abgeklärt ab, trotzdem: Es gibt bestimmt einen Tag, an dem sie es niedlich fände. Heute wäre dieser Tag. Aber Philipp hält den Mund. Er hat eine Hand auf Minis Oberschenkel, seltsamerweise kommt es ihr besitzergreifend vor und gleichzeitig angenehm und natürlich sagt sie nichts.

2

Mini denkt ein- oder zweimal am Tag an den Tod. Sie fängt an, daran zu denken, dass alle Menschen einmal sterben – auch sie –, und dann bekommt sie Kopfschmerzen. Sie bekommt Migräneanfälle. Es ist wie Hexerei.

Menschen sind jung und hübsch, am Anfang. Sie haben glatte, weiche Pfirsichhaut und machen Sport oder liegen in der Sonne. Sie werden braun auf ihrer noch immer ganz glatten Haut, manchmal bekommen sie Sonnenbrand, dann cremen sie sich gegenseitig die Schultern ein und geben sich Massagen, die wehtun, wegen der verbrannten Haut.

Sie lachen und trinken Bier oder rauchen Zigaretten. Sie haben Sex und Orgasmen und die schönste Zeit ihres Lebens und fangen vielleicht irgendwann an, nostalgisch auf ihre Kindheit zurückzublicken.

Dann werden sie alt und faltig und fett, sie machen keinen Sport mehr, haben ekelerregenden Sex oder überhaupt keinen und bekommen Krankheiten: Lungenkrebs vom Rauchen, gelbe Zähne, Diabetes und Lebertransplantationen. Sie gehen dreimal die Woche zur Dialyse und eines Tages liegen sie tot in ihren Betten oder auf dem Sofa oder im Krankenhaus und dann unter der Erde mit ein paar Blumen drauf. In fünfzig Jahren hinterlassen Nachfahren mit ihren Fettfingern Abdrücke in Fotoalben und rätseln, wer, wie, wo und wann. Das Datum ist verloren gegangen. Damals, vor fünfzig Jahren, als die Welt noch ganz anders aussah.

Daran kann Mini denken, darüber hämmert es noch nicht

in ihrem Kopf, es ist noch ganz ruhig. Schwierig wird es mit ihrem eigenen Tod.

Tod.

Sterben und tot sein.

Tot und begraben?

Und vorher wird sie alt und faltig werden, mit hängenden Brüsten und Krebs irgendwo im Körper.

Da kommen die Kopfschmerzen. Sie hämmern und rauschen und drücken und ziehen und übertönen, was es noch zu übertönen gibt an Gedanken. Es ist ein Gewitter, das über Mini hereinbricht, und ihr ist zum Heulen zumute. Ein- bis zweimal am Tag.

Deswegen hört sie dann auf, darüber nachzudenken, und wundert sich, wie andere Leute es schaffen, mit dem Wissen zu leben, dass sie einmal sterben werden. Das hat die Welt verrückt eingerichtet, es ist der reinste Terror, psychischer Terror und grundlos. Möglich, dass es diese höhere Macht gibt, von der Leute wie Philipp immer reden, eine Macht, die sich heimlich lustig macht über die armen Schlucker, die einmal sterben müssen.

Mini hat Philipp in Paris kennengelernt und dann Elena in Bordeaux und danach ist sie mit ihm und ohne sie weiter nach Freiburg.

Nach Paris ist sie im August gefahren. Von Hamburg nach Paris. Sie musste nur einmal umsteigen. Der Zug ab Mannheim war komplett überfüllt. Es standen so viele Leute in den Gängen, dass es nicht einmal möglich war, sich auf den Boden zu setzen. Mini tat es trotzdem. Sie drückte sich nach unten, Flüche von links und rechts ignorierend, bis sie am Boden angelangt war. Und dann hockte sie mehr, als dass sie saß, und um sie herum ragten Beine empor wie Bäume. Ich bin im Dschungel, sagte sie sich. Feucht-warmes Klima. Dicke Luft und eine riesige Geruchsvielfalt.

Neben ihr stand eine Frau um die fünfzig in Gesundheitssandalen und einer rosa-blau karierten Polyesterbluse. Sie hatte ein Buch in der Hand und ungefähr alle fünf Minuten schaute sie hinein, blätterte eine Seite weiter und hörte dann wieder den Gesprächen der anderen zu. Lauter blaue Krampfadern in den Kniekehlen und um die Knöchel. Mini fand, dass es zu den Sandalen passte. Sie dachte das, weil sie seit Neuestem diese Lust verspürte, gemein von anderen Menschen zu denken. Vielleicht hätte sie sich schlecht gefühlt deswegen, aber schlecht hatte sie sich in letzter Zeit sowieso oft gefühlt. Sie dachte, dass sie niemals, egal wie alt, so aussehen würde wie diese krampfädrige Frau. Sie dachte, dass sie sich immer unter Kontrolle haben würde, egal wie verrückt sie noch werden könnte.

Mini trug einen sehr kurzen und sehr engen Rock und wahrscheinlich konnten alle ihre Unterhose sehen. Aber das war pure Absicht. Es war Absicht, weil sie Beweise lieferte. Sich selbst und der ganzen Welt zeigte sie, wie egal es ihr war und wie gut ihre Unterhose saß, und vor allem: Sie fühlte sich hübscher als die anderen. Deswegen konnte es ihr egal sein. Gesundheitssandalen tragende alte Frauen sollten lieber keine engen kurzen Röcke tragen, dachte Mini und sie merkte, wie sie anfing, sich richtig zu ekeln vor der Frau. Niemals so werden. Niemals so werden. Nie, nie, nie.

Sie holte den Block mit ihren Notizen aus dem Rucksack und schrieb auf, dass sie niemals eine dicke Frau mit Krampfadern und Gesundheitssandalen werden würde. Nur um es ein für alle Mal festzuhalten. Wo Mini plötzlich ihren Hass auf die Menschheit hernahm, wusste sie nicht. Ein paar Wochen vorher wären ihr in Plastik gehüllte, schwitzige Mitreisende höchstens unangenehm gewesen, jetzt entwickelte sie Aversionen gegen Menschen, die sie drei Sekunden zu Gesicht bekommen hatte, einfach so. Grundlos. An mittelalte Frauen in Polyesterblusen hätte Ex-Mini keinen zweiten Gedanken verschwendet.

In ihren Notizen hatte sie etwas von einer Findungsphase geschrieben. Sie musste Prioritäten setzen. Sie musste entscheiden, was ihr wichtig war im Leben und was sie als belanglos abtun konnte. Sie hatte sich entschieden, für Schönheit. Schönheit, sagte Mini sich, konnte mit Würde gleichgesetzt werden und Würde, das war ein Menschenrecht, das war essenziell.

Sie schaute wieder nach oben, an den Baumstammbeinen der anderen entlang, stellte sich vor, wie Blätter aus ihren Köpfen wuchsen, Vogelnester in den Haaren und Efeu um die Füße, und das war natürlich völlig absurd, aber Mini überließ sich dieser Vorstellung.

Das war einfach in ihr drin, sie konnte nichts dagegen tun. Diese starren steifen Gesichter mit den mürrischen Mündern, diese schwitzende Masse mit den feuchten Achseln, den haarigen Nasen und den Billigbrillen darauf, die man irgendwo im Drogeriemarkt an der Wand neben der Kasse aussuchen konnte, genau die passende Stärke. Eine zum Lesen und eine zum Fernsehen. Und eben deswegen eine unbändige Wut und die wahnsinnige Lust, einfach vor ihnen zu stehen, alle in einer Reihe aufgestellt und dann pamm, pamm, pamm, pamm. Nacheinander: Ohrfeige ins Gesicht, Nächste! Ohrfeige ins Gesicht, Nächster! Ohrfeige, pamm! Nächster! Pamm! Nächste! Pamm!

Immer weiter. Alles, weil Mini so wütend war. In Kaiserslautern begannen Menschen auszusteigen. Mini fand einen

Platz am Fenster, der Sitz neben ihr war leer. Sie schickte Nina ein GIF. In irgendeiner amerikanischen Kleinstadt wurde irgendeine amerikanische Frau von einer Flutwelle erwischt und ein Stück die Straße heruntergespült.

Dazu schrieb sie:

Überall Schweiß!
Ich ertrinke
Es ist nicht meiner

Nina ein paar Minuten später:

nice
das ersetzt doch glatt die tägliche Dusche
was geeiioieeeeht
??

Mini:

Nada
Hab jetzt einen Platz immerhin

Nina schickte nur noch einen Daumen nach oben und Mini fühlte sich einsam.

Auf der anderen Seite des Gangs ihr gegenüber saß ein gebräunter, dünner Mann. Mini konnte sein Alter schwer einschätzen, weil alles jenseits der Mittzwanziger ihr alt vorkam. Er war jedenfalls jenseits der Mittzwanziger. Dreißig vielleicht. Oder doch noch Mittzwanziger, aber mit mehr Bart als nötig.

Mini hätte ihn gar nicht weiter beachtet, aber sie hatte das

Gefühl, von ihm angestarrt zu werden. Und zwar immer dann, wenn sie wegschaute. Hinterhältig angestarrt werden. Das ginge höchstens von Leuten, die sie attraktiv fand. Er war nicht besonders attraktiv.

Er trug eine kurze dunkelgrüne Sporthose, an den Seiten atmungsaktiver Plastikstoff mit ausgestanzten Löchern. Und darunter ein hellgrüner Streifen. Sein T-Shirt sah waschbedürftig aus.

Sie beschloss, aus dem Fenster zu starren. Mini starrte. Sie beobachtete angestrengt Feld um Feld und Hügel um Hügel und selbst, als der Zug durch mehrere Tunnel raste und es nur so knallte in den Ohren, starrte sie weiter in das schwarze Fenster, in ihr eigenes Gesicht. Irgendwann wagte Mini vorsichtig einen Blick zur Seite. Er schaute auf ihre Oberschenkel.

Als er merkte, dass Mini ihn ansah, schien es ihm kein bisschen unangenehm. Er schaute einfach weiter. Dann nickte er zu Minis Notizen, die neben ihr auf dem Sitz lagen. Er sagte: »Bist du Schriftstellerin.« Aber das sagte er wirklich so, mit Punkt am Ende und ohne Fragezeichen, und seine Stimme war sehr rau.

Mini war perplex. Sie antwortete: »Nein, eigentlich nicht. Ich schreibe einfach oft Sachen auf, die mir so passieren.«

»Also bist du Schriftstellerin.« Er nickte wieder, für ihn war die Sache offensichtlich geklärt. »Hast du schon mal was veröffentlicht?«

»Nein?«

»Darf ich anschauen, was du so schreibst?« Während er das sagte, nahm er ihren Notizblock.

Mini zog scharf die Luft ein. »Sorry?!« Sie streckte abwehrend die Hand aus. »Das kannst du doch nicht einfach so nehmen, das ist echt privat.«

»Ah«, er sah unbeeindruckt aus, »okay.«

Er strich mit seinen dreckigen Fingern über den Block und legte ihn wieder auf den Sitz. Mini nahm ihn und steckte ihn in ihren Rucksack. Sie schaute so in sein Gesicht, dass er merken musste, was sie von ihm hielt. Mitleidig, angeekelt, verzeihend. Leicht gerümpfte Nase, traurige Augen, gerunzelte Stirn. Er schien es gar nicht wahrzunehmen.

Es war nicht mehr weit bis Paris, vielleicht noch zwanzig Minuten oder sogar weniger. Mini wollte die Augen zumachen. Der Typ war ihr unangenehm. Er hörte nicht auf, den Kopf nach ihr zu drehen, und seine eine Hand lag direkt an seinem Hosenstall. Mini wollte nicht genauer hinschauen. Er war zweimal hintereinander zum Klo gegangen und beide Male lange weggeblieben.

Dann hatte Mini selbst gemusst, und als sie wiedergekommen war, hatte er sie gefragt, wann genau sie in Paris ankommen würden. Es stand auf mehreren Bildschirmen im ganzen Zug. Mini hatte ihn einfach ignoriert. Als er sie noch einmal fragte, sagte sie: »Ich weiß es nicht, sorry«, und drehte ihren Kopf so weit zur Seite, dass sie Nackenschmerzen davon bekam.

Am Bahnhof in Paris merkte Mini, dass ihre Notizen weg waren.

Nach drei Versuchen hatte sie die PIN für ihr Handy richtig eingegeben. Sie fühlte den eigenen Puls in ihren Schläfen. Es pochte wie verrückt: erst nur die Schläfen, dann hinten im Nacken, es wanderte ihren Kiefer entlang und über die Arme in ihre Daumen. Dann hatte sie ein Gefühl, als würde ihr ganzer Körper pulsieren, wie bei Wunden, wenn sie entzündet sind und Blut hineingepumpt wird. Als wäre ihr ganzer Körper eine große entzündete Wunde, die mit Blut vollgepumpt wird.

Und einen Moment dachte sie scheiße, jetzt sterb ich. Dann fiel ihr ein, dass sie genau das jeden Tag mindestens einmal dachte, und meistens starb sie nicht, deswegen zwang sie sich, auf ihr endlich entsperrtes Handy zu blicken und WhatsApp zu öffnen. Sie schrieb an Nina:

hi
ich bin in paris ... so ein verrückter hat meine notizen geklaut
ich dreh durch
fuck

Dann entschied sie sich für ein kotzendes Emoji und schickte es hinterher. Sie wollte noch verfickte scheiße schreiben, aber irgendwie kam sie sich pathetisch vor und löschte es wieder.

Als Mini von ihrem Handy aufblickte – ihre Kopfschmerzen hatten sich verflüchtigt und ihr war nur noch ein bisschen übel –, sah sie hinten vor dem Café de l'Est eine große Menschentraube. Fast bei den Versammelten angelangt, hörte sie einen Mann auf der anderen Straßenseite rufen: Putain! Les hippies sont arrivés! Und eine kleine dicke Frau schaute Mini besorgt an und flüsterte etwas auf Französisch. Dann schaute sie noch einmal sehr traurig, als sei die Welt sowieso nicht mehr zu retten, und ging schnell weiter.

Gerade redete ein kleiner drahtiger Mann vor der ganzen Versammlung. Er hatte fünf Dreads, die ihm bis zum Po reichten. Unten waren sie so dick verfilzt wie Minis Handgelenke, oben hatten sie höchstens noch den Umfang ihres Daumens. Möglicherweise um den Haarausfall zu verstecken, war drum herum ein hellblaues Tuch gewickelt, das seine halbe Stirn bedeckte. Er hatte eine Hand auf seine

Brust gelegt, in der anderen hielt er die Leine von einem riesigen Irischen Wolfshund. Der Hund hatte ungefähr die gleiche Frisur wie sein Besitzer und lag halb schlafend vor seinen nackten Füßen.

Der Mann sagte: »Mes amis. I want to join my before speaker in her words. She is a beautiful person. Vous êtes des beaux peoples! All of you. We go this road together. We are all united. Thank you. And I wish death upon all those who still eat our friends. C'est un très grand malheur.«

Er klopfte anerkennend auf seinen Hund, als wäre der es gewesen, der gerade so eloquent gesprochen hatte, und trat zur Seite. Dann legte er einer Frau neben sich beide Hände auf die Schultern, schaute ihr ungefähr fünf Sekunden lang in die Augen, wobei sie sich kein bisschen bewegte. Er flüsterte ihr etwas ins Ohr und schob sie nach vorne.

Die Frau räusperte sich und sagte zweimal »yes«. Sie redete über Tiere in Afrika, Hähnchen vor allem, und wie das ungenießbare Fleisch aus Europa dorthin verfrachtet wurde und dann da verkauft und es deswegen keine rentable afrikanische Fleischindustrie mehr gab, und sie sagte: »It's horrible. It's all because of those flesh-eating people that we must fight against!« Und dabei hatte sie Tränen in den Augen.

Sie tat Mini etwas leid, aber am schlimmsten waren eigentlich die Fotos, die sie danach zeigte. Lauter Ferkel inmitten von Kot, mit blutigen Füßen. Ihr war ja sowieso schon übel. Danach redete die Frau noch ein bisschen von der Macht der Liebe und dabei wurden noch mehr Fotos gezeigt, mit riesigen Hallen voller Hühner ohne Federn und mit wunden Stellen am ganzen aufgedunsenen Körper und Rinder mit blutüberströmter Stirn, einige baumelten in der Luft, aufgehängt an den Hinterbeinen.

Mini merkte, dass ihr ein paar Tränen die Wangen hinunterliefen. Ein Mädchen legte ihr den Arm um die Schultern und sagte: »I know, I know ...«

Mini fühlte sich irgendwie schlecht, weil es anscheinend so wirkte, als würde sie zu der Gruppe dazugehören und ein guter Mensch sein: vegan, nicht mal Lederschuhe tragen und so weiter. Unrasierte Beine, kein Deo. Deswegen zwang sie sich, nicht mehr zu weinen, und nahm sich vor, in Zukunft keine Tiere mehr zu essen. Zumindest keine Hähnchen. Oder Schweine. Oder Rinder.

Als die Frau etwas von einer Organic Farm in Portugal erzählte, wo sie mit zehn Leuten in einem Zimmer schlief, spürte Mini eine Hand. Sie drehte sich um und sagte nach einer Weile der Schockstarre: »Ey! Fuck! Fass mich nicht an«, weil diese Hand sich irgendwo auf ihrem Rücken platziert hatte, und dann wollte sie ihm ins Gesicht spucken und seine Augen zerkratzen, aber sie bewegte sich nur vorsichtig ein Stückchen von ihm weg.

Er nahm einen Zipfel von seinem T-Shirt und wischte sich den Schweiß von der Stirn. Mini konnte seinen Bauch sehen. Braun, drahtig, dünn, mager.

Er sagte ganz langsam »okay« und schaute Mini an. »Ich weiß, dass du das jetzt gerade nicht hören willst, aber ...«

»Was?!«

»Diese negativen Vibes, die du aussendest, ich spür das und ich weiß, dass es dich von innen heraus zerstört, das hab ich schon bei so vielen Menschen gesehen.« Sein Gesicht war unglaublich breit. Die Haut spannte sich über seinen Wangenknochen, alles an ihm stand hervor, Wangen, Kinn, Nase. Er sah traurig aus.

»Alter.« Mini sagte das, weil sie nicht genau wusste, was

sie sonst sagen sollte. Dann sagte sie: »Meine Notizen sind weg.«

Er sagte »aha« und schaute sie weiter an. Mini merkte, dass sie Angst vor ihm hatte.

»Ich dachte, du hättest sie vielleicht? Keine Ahnung, du warst der Letzte, mit dem ich zu tun hatte, und ich hab meine Notizen immer … Also ich geb die nie aus der Hand, das ist mein Leben, ohne die bin ich tot, fuck, das ist echt wichtig!«

Er sagte »hhmmm …« und tat so, als würde es ihm die größte Mühe bereiten, den Blick von Mini loszureißen. Dann öffnete er seinen Rucksack.

»Sammelst du Tannenzapfen oder so?« Mini fragte das und machte dabei eine Bewegung mit ihrem Kinn Richtung Rucksack.

»Oh, ja, das ist ein Projekt.« Er wühlte in seinem Rucksack herum. Der Rucksack war komplett voll mit Tannenzapfen. Auf ein paar von ihnen meinte Mini, einen grünlichpelzigen Schimmer sehen zu können. Der Rucksack stank.

Als er in dem Tannenzapfenfach offenbar nichts finden konnte, sagte er: »Nee. Sieht schlecht aus.« Als hätte Mini nach einem Taschentuch gefragt.

Dann hielt er einen Moment inne und schien angestrengt zu überlegen. »Ähm, ah … Warte kurz?« Er öffnete das Seitenfach seines Rucksacks und holte den Block mit Minis Notizen heraus. »Ja genau. Meinst du das?«

»Fuuuuck. Was geht denn bei dir?! Kann ich die jetzt wiederhaben, bitte?«

Er streckte ihr seine Hand mit dem Block entgegen, aber gerade als sie danach greifen wollte, zog er sie wieder weg und kriegte einen Lachanfall. Zwischendurch rief er »verarscht!« und »reingelegt!« und grunzte vor Lachen. Dann gab er ihr den Block und schaute sie an, mit vor Lachen verheulten Augen. »Okay, Mini. Ich will ehrlich sein. Du bist eine beeindruckende Person. Ich glaube, dich erwartet noch viel Großes in deinem Leben und du hast Zeit dafür – du bist noch sehr jung. Lass dir das von mir gesagt sein. Wollen wir zusammen Paris anschauen? Ich habe Lust, die Stadt durch deine Augen zu sehen. Und durch deine Ohren zu hören. Ich bin ein Romantiker.«

Mini dachte verdammt, o Gott. Sie sagte nichts und wartete, ob noch mehr käme.

»Mini. Ich heiße übrigens …« Er machte eine Pause, als ob er seinen Namen vergessen hätte. Dann rief er, wie erleichtert: »Leo!«

Eine neue Rednerin war gerade fertig geworden und um sie herum applaudierten Leute. Mini sah auf ihre Hände und fing dann auch mit Klatschen an. Leo stand nur da und schaute ihr zu.

Als der Applaus langsam verebbte, sagte Mini: »Kennst du dich denn aus in Paris? Bist du öfters hier?«

»Manchmal. Ich bin Weltenwandler. Aber jedes Mal, wenn ich in Städten unterwegs bin, spüre ich die negative Energie. Das sind Energieräuber, verstehst du? Von Paris sagt man ›Stadt der Liebe‹ und in Wirklichkeit ist es die ›Stadt der Autos‹ oder die ›Stadt des Konsums‹, wie alle anderen Städte auch eigentlich. Die sehen ja eh alle gleich aus.«

»Ja, schon«, sagte Mini.

Dann griff sie nach ihrem Gepäck und Leo setzte seinen stinkenden Rucksack auf.

3

Im Bett nimmt Mini ihr Handy. Sie öffnet WhatsApp, hat keine Nachricht, schaut durch ihren Instagram-Feed, schaut lange, lange die schönsten Gesichter an, wunderbare Haut, straffe Haut über knochigen Schultern, gebräunte Schultern, nackte Bäuche, liest empowernde captions von Frauen, die sich jetzt endlich lieben gelernt haben, und legt es wieder weg. Sie liegt auf dem Rücken und starrt an die Decke. Sie sagt Namen in ihrem Kopf. Sie sagt Philipp und versucht, Gefühle zu haben, aber es kommt nicht viel.

Sie sagt Franzi. Sie sagt Elena und überlegt. Dann nimmt sie wieder ihr Handy und schaut nach der Uhrzeit: 23:47 Uhr. Sie dreht sich auf die Seite und will nachdenken. Will wichtige Dinge in ihrem Kopf hin- und herbewegen, aber dann kommt ihr die Energie dazwischen und sie fühlt sich aufgeladen wie schon lange nicht mehr, sie könnte aufstehen und einen Marathon laufen, sofort: barfuß und in Unterhose.

Minis Gedanken fahren Kettenkarussell.

Mini hat Lust, jemanden anzurufen, jemandem zu schreiben, eine Stimme zu hören oder zu fühlen, nicht mehr allein im Bett zu liegen.

Sie hätte auch mit Nina über alles geredet, aber Nina ist wohl irgendwo in den Alpen. Sie ist wandern in den Alpen mit ihrem Karl oder Nico oder Aron, und die einzige Person, die sich jetzt für Mini interessiert, ist sie selbst. Deswegen spürt Mini auch alle zehn Minuten, wie eine heißkalte

Welle des Selbstmitleids sie überrollt, und dann wird sie ganz panisch und greift nach ihrem Handy und schaut durch ihre öden-alten-bösen Chatverläufe, die sie da hat, und dann legt sie das Handy wieder weg. Und ist nicht gerade weniger verzweifelt, aber gesättigt von irgendetwas, das nur Chatverläufe und ihr Handy ihr geben können.

Sie hat sich jetzt viel in ihrem Kopf ausgemalt, aber nichts fühlt sich richtig an.

Kinder mit Philipp, sagt Mini zu ihren Gedanken. Sie sagt: für immer und ewig mit Philipp leben, aber hat keine genaue Vorstellung davon. Also starrt sie weiter an die Decke.

Sie hört, wie jemand duscht. Muss Paul sein, Philipp ist ja auf irgendeiner Party.

Mini steht auf und geht zum Spiegel. Dann traut sie sich nicht, hineinzuschauen, weil sie weiß, dass es ihr danach schlechter gehen wird, denn es geht ihr immer schlecht, wenn sie in den Spiegel geschaut hat. Also geht sie zurück zum Bett.

Sie öffnet auf gut Glück einen Chat, tippt Hey und löscht es wieder. Sie tippt Hey :), macht einen Absatz und tippt alles klar bei dir?, an irgendwen schreibt sie und hätte fast die Sendetaste gedrückt, aber dann macht sie das Handy wieder aus, ohne vorher die Nachricht zu löschen.

Irgendwann gegen halb sechs am Morgen wacht sie auf und ist für einen Augenblick ganz orientierungslos, weil sie Ohropax trägt, gegen den Straßenlärm. Selbst ihre Augen scheinen nur noch gedämpft zu sehen und sie ist sich nicht sicher, ob sie geweckt worden ist oder von allein aufgewacht. Plötzlich fährt sie hoch und sitzt kerzengerade im Bett. Neben ihr kniet Philipp und schaut sie an.

Sie sagt: »Goooott«, und weil sie noch so schlaftrunken

ist, sagt sie es so leise, dass es überhaupt nicht zu ihrem Schreck passt.

Philipp sagt: »Hier bist du«, und in seinem Atem kann Mini den Alkohol riechen und den Rauch und hätte der Rest seines Konsums einen Geruch, dann würde auch der ihr bitter in die Nase schießen.

»Wo sollte ich denn sonst sein?«, flüstert Mini und fasst sich an die Stirn, wie um zu zeigen, dass er sie geweckt hat und sie noch halb im Schlaf feststeckt.

»Ist jetzt irgendwie später geworden, aber ich wollte trotzdem hier schlafen.«

»Ähm. Cool.«

»Sorry, ich wollte dich nicht wecken, tut mir leid.«

»Ja, schon okay.« Mini steckt ihre Ohropax zurück in die Ohren und dreht sich demonstrativ auf die Seite, mit dem Rücken zu Philipp.

Der legt sich neben sie und eine Weile liegt er auch wirklich nur so da und atmet in ihren Nacken und hat einen Arm über ihren Bauch gelegt. Dann fängt er an, seine Unterhose auszuziehen. Mini nimmt einen Ohrstöpsel raus und sagt, so müde und deutlich wie möglich: »Du, ich will aber wirklich nur schlafen, ich bin voll müde.«

Ihre Augen brennen vom plötzlichen Aufmachen und es tut irgendwie weh, sie wieder zu schließen, aber Offenhalten ist viel zu anstrengend. Philipp sagt okay und hört auf, seine Unterhose auszuziehen. Er liegt noch ein bisschen still. Nach ein paar Minuten ist er nackt. Mini seufzt und zieht beide Ohrstöpsel aus den Ohren. Sie legt sich auf den Rücken und lässt ihn machen. Später wird sie wacher und fängt an, Spaß zu haben. Sie denkt noch einmal, etwas in die Richtung: Eigentlich war das nicht in Ordnung von ihm, und vergisst es wieder.

Philipp ist sehr dünn. Es kommt Mini komisch vor, fast so, als wäre sie schwerer als er, was eigentlich nicht einmal stimmt. Sie denkt daran, dass sie sich jetzt unwohl fühlen könnte. Und weil sie das gedacht hat, beginnt sie, sich unwohl zu fühlen. Philipp bemerkt nichts. Nach zwanzig Minuten sagt er: »Ich kann nicht mehr«, und hat einen Orgasmus und neben der Matratze liegt Klopapier. Damit wischt er auf und dreht sich von Mini weg, zum Schlafen. Die Situation kommt Mini traurig vor, aber auch typisch. Ihr ist immer noch so vage unwohl, woran genau es liegt, kann sie nicht sagen, und außerdem, denkt sie sich, könnte sie ja in Zukunft zum Beispiel besser aufpassen, wer zwanzig Minuten lang seinen Penis in sie hineinsteckt, um so etwas gleich im Voraus zu verhindern.

Meistens fällt es ihr erst viel zu spät auf, dass sie eigentlich kein Interesse hat an den Menschen, mit denen sie schläft. Sie haben auch nicht ordentlich verhütet. Aber wahrscheinlich egal, seit Paris hatte sie keine Periode mehr.

Sie schaut auf Philipps Haare. Und sie beobachtet, wie er daliegt und atmet, leises Rasseln zwischendurch und kleine Schnaufer. In dem Moment kommt Mini sich mütterlich vor und verabscheut sich für dieses Gefühl. Es ist grenzenlos unsexy.

Sie ist müde, aber wach und kann nicht mehr schlafen. Also geht sie in die Küche und setzt sich an den Tisch. Mini hat zu viel überlegt in letzter Zeit und das weiß sie auch, aber es lässt sich schwer abstellen, deswegen raucht sie langsam eine Zigarette und atmet ein und pustet Rauch aus und fühlt sich wieder nächtlich dämmerig im Kopf, obwohl es schon ganz hell ist.

Was mache ich hier? Fragt sie, weil sie das jeden Morgen

fragt, und sie weiß es genauso wenig wie sonst auch, aber Philipp ist ihr suspekt, ist er ihr schon von Anfang an gewesen und jetzt ist sie so weit weg von allen und allem und weiß eigentlich weder besser noch schlechter, wohin mit sich. Aber an Elena und Franzi hat sie gestern gedacht. Und an andere könnte sie denken. So kommt sie nicht voran, aber vorankommen tut sie ja auch sonst nicht.

4

Es war einmal, da verliebte Mini sich in Linda. Das war Schönheit. Und Eleganz. Anmut.

Wenn Linda den Mund aufmachte! Wenn sie Lippen öffnete und Töne herauskommen ließ! Keine Töne – Musik. Und dabei dachte Mini noch nicht einmal besonders sexuell an Linda. Eher sinnlich. Oder sinnlich-sexuell. Manchmal auch sexuell-sinnlich.

Zu der Zeit hatte es meistens Partys bei Lenn gegeben. Lenns Wohnung war die reinste Müllhalde. Sie waren einmal von einem Club zu ihm gegangen, das erste Mal, dass Mini dort gewesen war. Die Wohnung befand sich in einem Altbau, aber keinem sanierten, schicken Altbau mit knarzende-Dielen-Charme, das war ein *richtiger* Altbau. Ein *alter* Altbau. Und als sie die Treppe hochliefen, meinte Nina noch zu Mini: »Ach so, ja. Nicht wundern, wir sind ein bisschen messiehaft veranlagt.«

Das hatte sie gesagt und Mini erinnert sich noch ganz genau daran, weil sie »wir« gesagt hatte. Und das »wir« bedeutete so viel wie: »ich, Lenn, Lenns Mitbewohner«, oder auch, etwas klarer ausgedrückt: »Na ja, eigentlich wohne ich ja sozusagen bei Lenn, so sehr sind wir schon zusammen in unserer offenen, polyamoren, eigentlich ziemlich pathologischen Beziehung.« Messiehaft.

Ein Glück, dass die Wohnung Platz bot, um messiehafte Züge voll auszukosten. Das Bad war groß und hatte sowohl Badewanne als auch Dusche. Deswegen konnte in der Badewanne Flaschenpfand gesammelt werden. Und Müll. Und ein bisschen schmutzige Wäsche, die vom Haufen gefallen war. Der Wäschehaufen befand sich neben der Badewanne. Deswegen fiel Wäsche, die vom Haufen fiel, direkt in die Badewanne.

Dass sie in eine klebrige Bier-, Mate-, Wein-Mischung fiel, war nicht weiter schlimm, denn sie musste ja sowieso gewaschen werden. Irgendwann. Im Bad stand auch schmutziges Geschirr. Und ein Waffeleisen. »Das hat sich verirrt«, sagte Nina dazu und lachte laut.

An dem Abend nach der Party hatten sie in der Küche gesessen und geraucht und weil nichts Aschenbecherartiges im Umkreis von einem Meter zu finden war, klopften sie die Asche von den Zigaretten einfach auf den Küchentisch, neben die Packung Toastbrot, und was dann mit der Asche geschah, das wusste Mini nicht so genau, aber wahrscheinlich hatte sie sich verflüchtigt. Die Halbwertszeit von Asche auf Küchentischen ist ja generell nicht groß.

Es war so etwas wie Liebe auf den ersten Blick. Lenns Wohnung, Pfand in der Badewanne, Asche auf dem Küchentisch, Linda. Linda, Linda. Es hatte direkt gefunkt zwischen Mini und Linda. Auf Minis Seite hatte es direkt gefunkt.

Ob es bei Linda direkt gefunkt hatte, war schwer zu sagen, weil Linda ein Modelgesicht und Modelattitüden hatte. Das bedeutet, dass sie ein Pokerface und Pokerattitüden hatte. Sie war unlesbar. Sie lächelte selten und war immer genau gleich atemberaubend. Und außerdem konnte sie es sich erlauben, durchgehend mürrisch zu sein. Nicht wirklich zickig, aber auf keinen Fall lächelnd und süß.

Mini war ja auch nicht gerade leicht zu durchschauen. Sie hatte gewisse Eigenarten und es kamen noch andere Geschichten hinzu. Angesichts der anderen Geschichten war es so gut wie unmöglich, Minis Verliebtheit zu erkennen.

Die anderen Geschichten handelten zum Beispiel von Marko und Dennis oder auch von Kalle. Mini mochte Kalle kein bisschen. Er war genau die Art Mensch, die sie langweilte. Und eigentlich hatte sie es eher als ein Experiment betrachtet, bei dem es vor allem darum ging, zu sehen, wie viele Menschen trotz ihrer offensichtlich mangelhaften Erscheinung mit ihr schlafen würden. Kalle war der Erste. Er hatte blonde Haare. Locken. Einen Bart. Er war wahrscheinlich Mitte zwanzig. Und er war Künstler.

Kunst machten überhaupt viele von Lenns Bekannten. Sie machten die verschiedensten unkonventionellen Dinge, mit denen sie Grenzen sprengten. Gesellschaftliche, moralische, kognitive – alle Arten von Grenzen sprengten sie.

Einmal hatte sich einer dazu entschieden, eine Performance in der Küche zu liefern. Er erklärte alles erst später im Krankenhaus, aber es ging um ein bestimmtes Konzept. Und außerdem war er drauf.

Die Performance begann mit einem Striptease zu deutscher Volksmusik. Ungefähr in der Mitte der zweiten Strophe von »Hoch auf dem gelben Wagen« war er nackt.

Dann nahm er sich dunkelroten Lippenstift und malte seinen Penis an. Bis er ganz dunkelrot war. Er drehte mit seinem dunkelroten Penis ein paar Runden durch die Küche und setzte sich schließlich auf die heiße Herdplatte. Stufe fünf von neun. Das war die Performance. Wahrscheinlich wäre er sitzen geblieben, aber ein paar der Nicht-Künstler-Freunde hatten ihn runtergezerrt und ins Krankenhaus gebracht.

Und dort gab er dann das Statement zu seiner Performance ab. Er sagte ungefähr hundertmal »Konzept«: »In dem Konzept geht es darum, dass die spießige, nazideutsche

Volksmusik, vereint mit dem Patriarchat und der chauvinistischen Einstellung vieler Männer … Männer wie du und ich: unreflektierte Möchtegern-Macker, die doch eigentlich viel lieber Lippenstift tragen und tanzen würden … Dass wir trotzdem Teil dieses nazideutschen Patriarchats sind und uns prostituieren für Nazideutschland und unsere Nazigroßeltern, deswegen das Konzept der Volksmusik. Und was auch wichtig ist, konzeptuell am wichtigsten eigentlich, ist das Ende: Wir prostituieren uns und sind ein Teil von allem, aber am Ende … Am Ende verbrennen wir uns den eigenen Arsch, weil wir immer so gemütlich-ungemütlich sitzen bleiben. Es ist schwer zu erklären. Echt, wenn ich's erklären könnte, hätte ich ja auch ein Buch darüber geschrieben und mich nicht mit meinem weißen Hühnerarsch auf ne heiße Herdplatte gesetzt. Aber ich habe wirklich viel darüber nachgedacht in letzter Zeit. Und gerade heutzutage geht es ja darum, grenzüberschreitende Konzepte in die Tat umzusetzen.«

Das Video war danach auf seinem YouTube-Kanal zu sehen. Es hatte sogar relativ viele Klicks.

Kalle jedenfalls war Maler. Er malte vor allem sehr große Bilder, in den Farben Blau, Lila, Rot, Grau und Weiß. Mit diesen Farben malte er verschieden große Vierecke. Mal waren es Quadrate oder Rechtecke, Trapeze oder Parallelogramme. An dem einen Abend, kurz bevor Mini mit ihm schlief, redete er noch über seine Arbeit. Davon redete er sehr viel und Mini gab sich meistens Mühe, ihm zufriedenstellende Antworten zu liefern.

Er sagte ihr, ein wenig ängstlich: »Du, ich habe viel nachgedacht in letzter Zeit. Ich glaube – vielleicht bin ich jetzt an so einem Punkt in meinem Leben angelangt … Es hat sich ja viel verändert in letzter Zeit, ich kiffe weniger und arbeite sehr viel, so viel wie noch nie in meinem Leben eigentlich. Ich hab da eine Skizze gemacht gestern Abend …«

Er kramte in seinem Rucksack herum und holte ein zerfleddertes A5-Skizzenbuch heraus, in dem sich, das wusste Mini, hauptsächlich Vierecke und viele Notizen befanden. »Hier«, er zeigte auf eine Seite. Es war so dunkel, dass man höchstens ein paar verwischte Bleistiftflecken erkennen konnte. Kalle schrieb winzig klein in seinem Skizzenbuch. In Druckbuchstaben, nur große Buchstaben, keine kleinen, das war authentischer.

Mini nickte.

Kalle schaute sie lange an und er erwartete wahrscheinlich irgendeine Reaktion. »Und?«, fragte er. »Ich dachte, du würdest überraschter sein.«

Mini wusste nicht, was die zufriedenstellendste Antwort auf diese Äußerung wäre. Sie sagte also: »Magst du es erklären?«

Kalle beugte sich über sein Buch. Mini sah nur noch seinen Rücken. Durch das T-Shirt konnte sie die Bewegungen seiner Schulterblätter verfolgen, während er mit den Fingern irgendwelche in der Dunkelheit verschwindenden Linien entlangfuhr. Diese Schultern, breite muskulöse Männerschultern, und der Rücken darunter und die Arme, in die sie mündeten – alles das Gegenteil von Lindas Nacken, von ihren kurzen dunklen Haaren. Kalles Männlichkeit, sein Kreuz, sein Bart, seine Größe, seine Blondheit, all das kam Mini so auf- und eindringlich vor, so unpassend, dass sie regelrecht ein Ekel überkam.

»Hier, es wird ein sehr kleines Bild. Klein, weil die Größe im Kontrast zum Inhalt stehen soll. Es ist bestimmt das bedeutendste Bild, welches ich je gemalt habe«, er sagte »welches« und sagte es allen Ernstes und wahrscheinlich schrieb er es auch in Telegram-Nachrichten.

»Ich meine, ein ziemlich großer Schritt, wirklich ein Riesenschritt. Ich glaube, ich hätte nichts Krasseres machen können, um die anderen zu schocken. Ich mache es so vierzig mal vierzig Zentimeter. Aber schon auf Leinwand, denke ich. Hier, hast du gesehen, ich hab die Farben, die ich wahrscheinlich benutzen werde, schon an die Seite geschrieben. Da Rot, die eine Hälfte, dann ein leichter Übergang über Lila ins Blaue und hier: der größte, krasseste visuelle Knall schlechthin. Wie ein Faustschlag ins Gesicht! So doll. So doll. Ich werde so hart aufgeregt, wenn ich drüber nachdenke. Ein winzig kleines gelbes Dreieck. Gleichschenklig, zitronengelb. Perfektion! Mini, mein erstes Dreieck!« Er schüttelte sie an den Schultern und Mini, die nicht vorbereitet war auf diesen Ausbruch, zuckte zusammen. Kalle deutete das wahrscheinlich als empathische Aufregung. »Ich hätte nicht gedacht, dass ich schon bereit bin für diesen Schritt. Aber, wie gesagt, ich hab jetzt länger darüber nachgedacht …«

Dann fing er an, Mini zu küssen. Vielleicht aus der Freude heraus. Und weil Mini den ganzen Abend nur mit Kalle geredet hatte – aber nicht freiwillig und eigentlich auch nicht sie mit ihm, sondern er mit ihr –, weil sie aber keine Lust mehr hatte, ihm weiter zuzuhören, war sie kurz auch ein bisschen froh. Wer küsste, konnte ja nicht mehr reden und Kalle küsste auch nicht direkt schlecht. Aber er hatte seine Zähne nicht ganz unter Kontrolle und nach einer Weile tat es weh.

Also initiierte Mini etwas anderes. Sie hatte eigentlich irgendwas mit den Händen geplant, weil sie nicht wirklich Lust hatte auf eindringlicheren Sex mit Kalle, aber Kalle schien schon Lust zu haben.

Als er sie halb ausgezogen hatte, übrigens auf Marks Bett (aber die Tür war zu), sagte er: »Gott, du bist so schön«, und zog sie ganz aus. Mini sagte noch »du auch«, weil sie es nicht besonders nett gefunden hätte, auf diesen bedeutungsvollen Satz nichts zu antworten, und »du auch« schien ihr eine vergleichsweise zufriedenstellende Antwort. Es war ja auch nicht total aus der Luft gegriffen, denn besonders schlecht sah Kalle nicht aus.

Er wusste auch sehr gut, was er tat, und deshalb war Mini schnell nackt und er auch und dann hatten sie schlechten Sex. Es tat nicht sehr doll weh, aber schon etwas, und zwar vor allem, weil der Sex genauso schnell ablief wie das Ausziehen und weil Kalle Mini so schön zu finden schien, dass er gar nicht an sich halten konnte. Er wirkte danach sehr zufrieden, und obwohl Mini sich irgendwie vor ihm ekelte und gerne geflohen wäre, legte sie sich neben ihn und er nahm sie in den Arm und dann lagen sie ein bisschen so in Marks Bett und irgendwann baute Kalle noch einen Joint und dann, als Mini sachte Rauch durch ihren halb geöffneten Mund gleiten ließ und ihr Kopf begann, sich aufzublasen und mit Watte zu füllen, war es auch schon wieder in Ordnung, irgendwie.

Mini hat sich schon oft gedacht: Ich will nie wieder Sex haben. Ich schlafe nie wieder mit Männern. Kein tierisches Gerammel mehr. Kein Herumgeschubse, kein Herumgestoße in meinen Innereien. Ungefähr so etwas hatte sie sehr oft gedacht. Und danach hatte sie sich manchmal im Spiegel betrachtet, das war ihre Angewohnheit, und sie hatte jede Pore einzeln angeschaut, ein paar aufgekratzt, dass sie bluteten, ihre Haut beschimpft – in Gedanken – und ihre Augenringe, hatte herumgezogen an ihren Oberschenkeln, vor dem Spiegel, einmal hatte sie sehr fest auf ihren linken Oberschenkel geschlagen, sodass es einen blauen Fleck gab und das beste Gefühl seit Langem.

Sie fragte Nina, wie der Sex mit Lenn sei.

Nina sagte: »Gut! Also, ich finde, man braucht oft so eine kleine Eingewöhnungsphase, dass man miteinander klarkommt, aber Lenn ist echt toll. Er achtet mega drauf, dass ich auch auf meine Kosten komme, und echt, ich glaube, es ist auf jeden Fall mittlerweile mit Abstand der beste Sex, den ich so hatte. Also, verglichen mit allem vorher.«

»Hm …«, sagte Mini. Und dachte nach. »Ich finde, mir macht Sex wenig Spaß. Ich mache es eigentlich vor allem, um zu merken, dass Typen trotzdem Lust haben, mit mir zu schlafen.«

»Aber das ist scheiße, Mini. Das kann doch echt traumatisch enden.« Nina nahm Minis Hand. Das machte sie bei allen Menschen, denen sie etwas Wichtiges zu sagen hatte. Nina hatte so gut wie keine körperlichen Hemmungen. Ihre Eltern waren so was wie Hippies. Sehr körperlich. Sie nahm also Minis Hand und schaute dann ganz ernst. »Du musst echt sicher sein, dass du Lust hast auf den Typen, mit dem du schläfst. Ehrlich. Okay? Und das soll auch Spaß machen und es ist meeega wichtig, gerade weil wir Frauen sind, dass wir auch Spaß am Sex haben. Weil Männer oft richtig egoistisch sind dabei. Und das müssen wir bekämpfen, indem wir richtig kommunikativ sind, weißt du?«

Mini sagte »okay« und glaubte nicht wirklich daran.

An Linda hat Mini lange nicht mehr gedacht und sie bekommt Lust, an Nina von früher zu denken und an Mini von früher, die ihr manchmal älter vorkommt als Mini von heute, weil sie so verschwommen vor ihren Augen steht. Sehr weit weg – kilometerdickes Glas – und vielleicht ein bisschen beschlagen auf der anderen Seite, sodass sie es nicht abwischen kann.

5

Mini sollte gar nicht in Freiburg sein. Sie fühlt sich merkwürdig. Die Leute reden komisch, die Wohnung ist zu schön, Philipp gibt ihr ein Gefühl, als würde sie sich permanent auf die Zunge beißen und jedes Mal schwören, in Zukunft besser aufzupassen, obwohl sie wie abgestumpft ist seit Paris. Wenn sie merkt, dass ihr nichts gelingt, und sie wegwill aus der Wohnung und von Philipp und Paul, geht sie in die Stadtbibliothek und beobachtet die Leute.

Als sie jetzt in der Bücherei ankommt, fühlt sie sich fast wach. Sie setzt sich vor einen der Computer, den sie ausgeschaltet lässt, und legt ein Heft und einen Stift vor sich, aber sie schreibt nichts, höchstens einige belanglose Notizen, weil sie beschäftigt aussehen möchte. Schräg gegenüber sitzt eine alte Frau. Sie hat zwei große blaue Müllsäcke, aus denen Kissen und Decken herausquellen, unter ihren Tisch gestellt und trägt eine weiße Mütze mit braunen Flecken. Sie hat die Mütze so tief in die Stirn gezogen, dass sie fast ihre Augen bedeckt. Und dann eine dicke schwarze Hornbrille, übergroß, ihr Gesicht sieht dahinter klein und eingefallen aus. Ihre Hände hämmern wie wild geworden in die Computertastatur, es ist sehr laut, aber gleichzeitig filigran.

Seltsam, wie Mini Andacht überkommt. Sie stützt ihre Ellenbogen auf den Tisch vor sich, dreht in der rechten Hand ihren Stift, schaut herum.

Die alte Frau hämmert weiter und murmelt zwischendurch leise in sich hinein, aber was sie sagt, ist völlig unverständlich.

Ein mittelalter Mann in einer grauen Wolljacke setzt sich an den Computer neben Mini und als er den Bildschirm einschaltet, regt er sich über irgendetwas auf. Er sagt sehr laut »so ein Mist«, und weil niemand reagiert, noch mal: »Scheiße! Das kann doch nicht wahr sein«, und schaut sich um und drückt noch ein paarmal den Knopf unten am Bildschirm. Daneben liest ein Mann, der höchstens fünfundzwanzig ist, die FAZ.

Mini überlegt, ob sie dem Mann in der Wolljacke ihren Computerplatz anbieten soll, weil sie ihn ja sowieso nicht wirklich nutzt, aber dann findet sie ihn unsympathisch und entscheidet sich dagegen. Nach vier oder fünf Minuten stößt er einen lauten Seufzer aus: Ja, ich habe verstanden, dass sich an meinem Schicksal nichts ändern lässt, aber in Ordnung ist das alles trotzdem nicht und warum eigentlich immer ich und so weiter – und steht auf. Dann geht er auf die alte Frau zu, die immer noch tippt. Er schaut ihr direkt über die Schulter und sagt laut, aber mit einer Haltung, als würde er ihr ins Ohr flüstern: »Sie müssen mal einen Absatz machen.«

Die Frau hört auf zu tippen und schaut nicht von der Tastatur auf. Sie macht ein komisches Geräusch und tut Mini leid.

»Ich höre Sie die ganze Zeit tippen«, sagt der Mann, »Sie müssen doch auch mal einen Absatz machen.«

Die Frau sagt sehr leise etwas wie ah, jaja.

Der Mann: »Ich weiß ja nicht, was Sie schreiben, aber Sie können das wirklich schnell.«

Mini überlegt, ob er jetzt schon bereut, die Frau angesprochen zu haben. Und sie hofft, dass er sich schlecht fühlt.

»Waren Sie einmal Sekretärin? Das wirkt so professionell!«

Sie murmelt noch mal ihr ah, jaja und sitzt die ganze Zeit vornübergebeugt vor ihrem Computer. Finger und Augen auf der Tastatur.

Es ist alles sehr unangenehm.

Dann verabschiedet sich der Mann, räuspert sich, will schnell weggehen, sagt noch einmal, mit versöhnlich witzelndem Unterton: »Und nicht die Absätze vergessen!«

Er verzieht sich und es ist stiller als vorher. Die Frau fängt wieder an zu tippen.

Mini sucht sich einen Bildband über einen Freiburger Künstler, dessen Namen sie noch am gleichen Tag vergisst. Gegenüber scheint Sonne durch ein Fenster und direkt neben ihr auf den Tisch. Kleine Staubpartikel schweben in der Luft. Was für ein Arschloch. Es wäre natürlich möglich, noch mal hinterherzugehen, ihm irgendwas zu sagen, dass es nicht so cool war, wie er sich der Frau gegenüber verhalten hat. Aber wahrscheinlich hat er es auch selbst schon gemerkt und dann wäre es schon eher sinnvoll, noch etwas Nettes zu der alten Frau zu sagen. Die tippt schon wieder so panisch, als würde sie gerade an einem Schnelltippwettbewerb teilnehmen. Mini kann sich nicht konzentrieren, ihre Gedanken kommen und gehen, wie sie wollen, ohne dass sie einen Einfluss darauf hat.

Sie versucht jetzt nicht mehr, sich zusammenzureißen und an bestimmte Dinge zu denken. Sie lässt ihren Kopf machen. Irgendwer hat Mini mal etwas erzählt, wahrscheinlich Nina oder vielleicht Franzi, und zwar, dass es so ist wie eine Auszeit, also eine Regeneration, da macht der Kopf, was er will, und wenn man ihn nicht lässt, dann wird er immer müder und irgendwann klappt dann gar nichts mehr, so burnoutartig. Deswegen lieber machen lassen und akzeptieren, dass gerade kein Platz für Konzentration ist. War bestimmt Franzi mit ihrer ach so simplen Art. So unkompliziert, wie Mini auch erzogen wurde, wenn es überhaupt Erziehung genannt werden kann.

Einmal hat Mini in der S-Bahn mit dem Rücken zu zwei Jugendlichen gestanden. Der eine erklärte dem anderen, dass er kurzsichtig und ohne Brille fast blind sei. Um es zu beweisen, sagte er: »Warte …«, nahm seine Brille ab und sagte: »Von, äh …«, ging zwei Schritte zurück, »… hier sehe ich dich nur noch ganz verschwommen.« Dann setzte er die Brille zufrieden wieder auf, ging zurück an seinen alten Platz und schaute den anderen herausfordernd an. Das war in Hamburg gewesen und ist schon Jahre her mittlerweile.

Eine Station später stieg eine Frau ein und rief: »Oh, HEY!!!«, als wäre sie wahnsinnig überrascht oder wahnsinnig erfreut und nicht gerade in einer S-Bahn. Sie rief das, weil sie den kurzsichtigen Jugendlichen kannte, und dann stellte sich heraus, dass er am Wochenende achtzehn geworden war, weil er es sofort erzählte.

»Und hast du gut gefeiert?«, fragte die Frau.

»Jamannaufjeden!« Er sagte das so schnell, dass es sich wie ein einziges Wort anhörte oder eine Parole, die heruntergerasselt werden muss, sobald Frauen in der S-Bahn nach Geburtstagsfeiern fragen.

»Was hast du denn gemacht?«

»Erst mal Rewe, bisschen Blackout, dann noch Hauptbahnhof, so …«

»Ach, na ja, das hört sich doch gut an.«

Mini merkte, dass Menschen um sie herum anfingen, dem Gespräch zuzuhören.

»Ja, ich war so betrunken, Digger, das ging ja gar nicht mehr.«

Mini konnte den Gesichtsausdruck der Frau nicht sehen, aber sie hätte sich gerne umgedreht und geschaut.

»Man wird ja auch nur einmal achtzehn, ne?«, sagte die Frau.

Der Junge stimmte ihr voll zu und außerdem hätte er dreimal gekotzt. Dann fing er an, aufzuzählen, was er alles getrunken hatte: »Drei Flaschen Schnaps hatten wir, normal, Korn halt, dann noch Kirsche – kennst du? –, Saure Kirsche so … Und Pfeffi. Und Wodka.«

Und die Frau sagte: »Oh, na, das ist aber schon ganz schön viel.«

»Ja. Und Bier noch.«

»Ah, zum Verdünnen!« Sie lachte laut und Mini fand sie irgendwie nett. Vielleicht war sie Sozialarbeiterin oder so ähnlich. Mini stellte sich Sozialarbeiterinnen in etwa so vor und hoffte, falls sie selbst einmal eine nötig hätte, genau diese zu bekommen.

»Und ist Olli noch drin eigentlich?«, fragte der Jugendliche.

»Ja. Ja, hat grad Ferien.«

»Maaann. Was hat der denn gemacht, eigentlich?«

»Na ja, weiß nicht, da haben sich wohl irgendwie Sozialstunden angehäuft, weil er was ausgefressen hatte, die hat er nicht gemacht. Genau weiß ich's auch nicht.«

Mini gegenüber saß ein blondiertes Mädchen, das dauernd unauffällig hinschaute und alibimäßig ihre In-Ear-Kopfhörer trug.

Am Jungfernstieg musste die Sozialarbeiterin aussteigen und der andere Jugendliche fragte sie noch irgendetwas zu einem Treffen am Donnerstag und dann sagte sie: »Na, hau rein, Peter!«, und »Ciao!« zu dem anderen.

Und Peter sagte auch noch: »Hau rein!«

Mini sah sie draußen an der Bahn vorbeigehen. Sie war vielleicht Mitte vierzig und hatte graubraune lange Haare, sportlich, schlank, Regenjacke und ganz anders, als Mini sie sich vorgestellt hatte.

Mini überlegte, was sie für eine Familie haben könnte, mit zwei Kindern und einem Einfamilienhaus und ihr Mann wäre Arzt – Kinderarzt – oder Lehrer oder allerhöchstens Anwalt. Und ob sie zu Hause wohl oft von ihrer Arbeit erzählte und ob sie beim Alkoholkonsum ihrer Kinder genauso locker blieb wie bei dem von Peter. Und dann war Mini sich sicher, dass sie ihre eigenen Kinder insgeheim für etwas Besseres hielt als Peter und sich wahrscheinlich mehr Mühe gab, sie von Drogen fernzuhalten. Und wahrscheinlich hätte sie es gar nicht witzig gefunden, ihre fünfzehnjährige Tochter mit einer Zigarette in der Hand zu erwischen. Vielleicht hätte sie nichts gegen einen gelegentlichen Joint, aber erst mit achtzehn oder später und auch nur von Zeit zu Zeit, wegen der Psychosen. Und gegen ein bisschen Bier zum Verdünnen.

Etwas an diesen ganzen Erziehungsgeschichten ekelt Mini an. Sie versucht dann, sich an ihre Familie zu erinnern und herauszufinden, was Erziehung ist und woher sie kommt und von wem. Wurde Mini erzogen? Wenn Pia über einen längeren Zeitraum weg war, irgendwo im Kriegsgebiet so und so, sagte Franzi immer: Deine Mama rettet Leben, Mini. Und dann hoffte sie wahrscheinlich, dass Mini stolz wäre. Vielleicht hätte Mini in der Schule von ihrer tollen Mutter berichten sollen und was Pia für abgefahrene selbstlose

Sachen machte. Aber Pia war ja gar nicht selbstlos. Im Gegenteil: sie war total selbstversessen. Manchmal denkt Mini, dass alles, was Pia an Erziehungsarbeit geleistet hat, nur dazu diente, sich selbst einen Ego-Push zu geben, damit sie sich gut fühlte und nicht wie eine schlechte Mutter, die mit Ärzte der Welt irgendwo in den Irak fährt und fremde Leben rettet, anstatt sich um das ihrer eigenen Kinder zu kümmern. Wenn Mini sich in der sechsten Klasse die Haare pink gefärbt hat und Pia das in einem Video-Telefonat sah, dann sagte sie wohl mal, wie unmöglich das aussähe, und wenn Franzi Pia erzählte, dass Mini schlecht in Englisch war, dann sagte Pia zu Franzi, dass sie Mini dazu anhalten solle, mehr zu lernen. Danach fühlte Pia sich wahrscheinlich gut, weil sie alles zusammenbekam: Als Ärztin am anderen Ende der Welt, als Mutter bei ihrer pubertierenden Tochter, ihrem hochbegabten Sohn, ihrem reichen Partner, ihrer besten Freundin, sie war menschlich überlegen und beruflich überlegen, sie war in jeglicher Hinsicht toll. Mini hat es ihr bestimmt nicht immer leicht gemacht. Und jetzt kann sie es ihr ja nicht mehr schwer machen. Mini stellt sich jetzt wieder die Altbauwohnung der Sozialarbeiterin aus der S-Bahn vor und wie ihr Mann Nudelwasser abgießt und wie ihre Tochter gerade nicht zu Hause ist, aber ihr Sohn ist da und spielt in seinem Zimmer Minecraft oder so. Und wie er dann zum Abendbrot gerufen wird und nicht gleich kommt und dann noch mal gerufen wird und wie sie zusammen essen und auch ein bisschen miteinander reden. Es ist alles in so ein dezentralisiertes warmes Licht getaucht, so ein Altbauwohnungslicht. Außer das Zimmer von dem Jungen. Das hat eine Neonröhre über dem Bett und meistens leuchtet es eher bläulich, wegen des Computers.

6

Paul hat Vero auf Tinder kennengelernt und Mini will ihm erst nicht glauben, dass er solche Apps benutzt, das spricht doch gegen all seine Prinzipien? Aber Paul findet nicht. Er findet es gut, sich auch mal »außerhalb der eigenen Blase« zu bewegen, er redet von openmindedness und Mini sagt ihm, er sei einfach nur notgeil, und nimmt es sofort wieder zurück, als sie merkt, dass es ihn wirklich ein bisschen verletzt. So war es ja auch nicht gemeint. Es war nur ein Witz! Okay. Schon gut.

»Echt jetzt, ich muss mich auch ein bisschen ranhalten, wenn das noch was werden soll mit dem Heiraten und Kinderkriegen«, sagt Paul und Mini ist sich nicht mehr sicher. Vielleicht meint er das ja doch ernst. So halb zumindest. Sie kann sich das vorstellen. Paul in fünf Jahren. Abgeschlossenes Philosophie-Studium, vielleicht macht er gerade ein Volontariat bei einer angesagten Zeitschrift. Ein ganz bisschen mehr Bauch als jetzt, gut rasiert. Mit gemütlichen Cordhosen und dicken Norwegerpullis und etwas ausgeprägteren Geheimratsecken. Er liest Bücher von Foucault und Derrida und Judith Butler und Mini weiß nicht, warum er mit Philipp befreundet ist, denn Philipp liest weder Foucault und Derrida noch sonst irgendwas. Außer vielleicht ab und zu einen Artikel über Krankenpflege oder sein Horoskop und Anleitungen zu Meditationen, die er nie bis zum Ende ausführt.

Philipp kommt gegen vier. »Es ist vollbracht!«, ruft Mini ihm zu, als er noch in der Tür steht und seine Schuhe auszieht. »Paul und Vero sind ein« – sie gibt sich Mühe, lautstark zu triumphieren, sie hat Lust, dass es lächerlich klingt: »PÄRCHEN!«

Er antwortet etwas Unverständliches und verschwindet in der Küche.

»Wir dürfen uns da jetzt nicht zu früh drüber freuen«, sagt Paul. Er liegt auf dem Bett und hat die Beine senkrecht an der Wand hochgelegt.

Mini sitzt auf der Fensterbank. Sie kann auf sein Gesicht herabschauen. Sie nickt. »Ja, genau, Paul, frühestens in fünf Jahren heiraten, und auch nicht allzu schnell zusammenziehen. Gib dem Ganzen mal ein bisschen Zeit, dass es so richtig reifen kann und dann … Na ja, du weißt schon: dann!«

Draußen regnet es. Mini sieht auf dem Weg in die Küche, wie sich kleine Pfützen um Philipps Schuhe gebildet haben, und das Wasser läuft in die Ritzen zwischen den Dielen.

Sie denkt daran, dass sie Philipp in letzter Zeit nicht mehr anschauen konnte. Sie tut es nicht mehr, weil sie Angst hat, dann etwas Neues in ihm zu sehen, und sie weiß, dass er anders von der ganzen Sache mit ihnen beiden denkt als sie. In den Pfützen bewegen sich kleine Partikel, Dreck vom Gehweg: Zigarettenasche, Hundescheiße, Erde, Müll, Nanoplastik, weil Nanoplastik überall ist, vor allem im Bauch von Fischen und in den Bäuchen von Menschen, die Fische essen, zu denen Mini nicht gehört, denn sie isst keine Fische. Gar keine toten Tiere und überhaupt kämpft sie nach jeder Mahlzeit gegen diese Übelkeit an. Ein Unwohlsein in ihrer Mitte, ihre Sattheit und das kurze Gefühl von Befriedigung nach dem Essen: müde und satt, das dauert keine Sekunde an, weil es direkt in eine unwahrscheinliche Verachtung und Scham umschlägt, sobald Mini es bemerkt, und dann wird Übelkeit aus der Scham und dann muss sie versuchen, sich auf etwas anderes zu konzentrieren, auf Gespräche um sie herum und nicht auf ihren Magen, der voll ist und deshalb voller als nötig. Wenigstens keine plastikverseuchten Fische.

Mini geht an den Schuhen vorbei und bereitet sich mental auf Philipp vor. Hier in Freiburg sind sie dauernd umeinander, ineinander, aufeinander, haben ständig Sex, selten gute Gespräche, schon gar nicht zu zweit. Mini wünscht sich andere Gespräche. Sie möchte eine Unterhaltung, in der sie nichts sagen muss, höchstens Dinge, die ihr wirklich von alleine in den Kopf und aus dem Mund kommen.

Sie will solche Unterhaltungen plus Sex und beides mit der gleichen Person und sie denkt, dass die meisten anderen Menschen solche Beziehungen eingehen können, auch Paul zum Beispiel, nämlich mit Vero. Und sie gibt sich Mühe, nicht neidisch zu sein, obwohl ihre Brust sich schon ganz eng anfühlt und sie so etwas wie einen Kloß im Hals hat.

Bei Gelegenheit hasst sie Philipp. Mini würde solche Gefühle nie laut aussprechen, zumindest nicht in Bezug auf andere Menschen, aber in Gedanken kann sie das kaum anders beschreiben. Bitterer Geschmack im Mund, verklemmter Kiefer, Lust zu weinen, aber nicht vor Traurigkeit, sondern aus der puren Wut heraus.

Philipp macht Pilzrisotto und hat noch nasse Haare vom Regen. Als Mini in die Küche kommt, guckt er sie lange an und sagt nichts. Sie fragt ihn, ob er einen guten Tag hatte, und er sagt, geht so und dass er ein bisschen fertig ist.

»Körperlich fertig oder psychisch?«

Beides.

»Ich verstehe mich mit der einen Kollegin nicht gut. Alter, die müsstest du nur mal sehen, es geht einfach nicht«, sagt Philipp und hackt mit dem Messer auf einer Zwiebel herum.

Mini setzt sich ihm gegenüber auf einen Schreibtischstuhl mit Rollen, der aus unerfindlichen Gründen in der Küche gelandet ist. Sie zieht die Beine an und dreht hin und her. Philipp hatte damals in Freiburg seine Ausbildung zur Pflegefachkraft gemacht und jetzt über einen Bekannten eine Aushilfsstelle in einem Pflegeheim gefunden.

Sie sagt »aha« und schaut Philipp einen Moment beim Zwiebelnhacken zu. Dann: »Wie meinst du das ›die müsste man nur mal sehen‹, das versteh ich nicht? Was gibt's denn da zu sehen?«

»Ach, die ist so festgefahren in ihrem Kopf, da kann einfach nichts Gutes bei rumkommen. Das ist dann natürlich jahrelanges Training auf eine Art, jahrelange negative Konditionierung.«

»Inwiefern?« Mini hält sich an der Tischkante fest und schiebt sich mit dem Stuhl nach hinten. Dann zieht sie sich wieder nach vorn, schiebt sich nach hinten, grinst Philipp an. Sie will ihn ja gerne mögen. Will sie wirklich.

»Na, tu mal nicht so. Kannst du dir doch denken, wie so eine tickt. Das ist eine ganz treue Systemschleimerin, die hat sich hier so eingefunden in ihrem Nest und merkt gar nicht, wie sie von innen ganz gammlig wird und wie es sie langsam auffrisst. Und ich würde die am liebsten mal anpacken und kräftig durchschütteln, aber das geht natürlich nicht und würde wahrscheinlich auch gar nix mehr bringen. Nicht in dem Stadium.«

Philipp schüttet die Zwiebeln in den Topf, es fängt zu zischen und zu dampfen an.

»Was ist denn da passiert?«, fragt Mini und Paul kommt in die Küche.

»Philipp hat eine blöde Kollegin«, sagt Mini zu ihm. Sie

stellt sich vor, wie sie ihm zuzwinkern könnte: Du weißt schon, Philipp und seine Eigenarten. Du kennst ihn ja auch. Wir kennen ihn ja beide und können das einschätzen. Und zusammen milde darüber lächeln. Aber sie zwinkert nicht, sondern dreht sich wieder zu Philipp um.

Paul sagt »hm« und bleibt wie verloren in seiner eigenen Küchentür stehen.

Philipp steht mit dem Rücken zu ihnen am Herd. »Na ja, das kann ich euch erzählen. Wir müssen halt jeden Morgen vor dem Frühstück einmal die Runde machen und alle Bewohner fertigkriegen, dass die dann frühstücken können danach. Das ist ja eigentlich nur pure Pflege: baden, anziehen und so«, er schiebt mit dem Holzlöffel die Zwiebeln im Topf herum.

»So. Und dann steh ich da so in dem einen Zimmer bei der Jutta und helf der duschen, was man halt so tut, ich kann das ja auch, ich bin Pflegefachkraft, wofür hab ich denn diese kack Ausbildung abgeschlossen? Gut, und dann kommt sie rein, also diese dumme Fotze, meine Kollegin, und macht *so* ein Theater!« Philipp schmeißt die Arme in die Luft und fuchtelt mit den Händen umher. »Übelst rumgezetert, dass ich eine männliche Pflegekraft bin und ich hätte nichts zu suchen bei den Frauen, ich wäre nur für die Pflege der männlichen Bewohner zuständig, und beruhigt sich gar nicht wieder, ich meine, die Frau ist vielleicht vierzig, das ist jetzt keine Greisin oder so und dann schon so festgefahren im Kopf. Scheiße!« Während er spricht, gestikuliert Philipp wild mit dem Pfannenwender. Ein paar Zwiebelstückchen sind auf der heißen Herdplatte neben dem Topf gelandet und verbrannt. Ein scharfer Geruch steigt Mini in die Nase.

»Mann, so ein *Scheiß!*«, schreit Philipp und schmeißt den

Pfannenwender gegen eine Vase neben dem Herd. Die Vase fällt scheppernd um, zum Glück ist sie aus Blech und kann nicht zerbrechen. Ein kleines bräunliches Wasserrinnsal sickert aus ihrem Hals.

Paul zieht ein bisschen zu scharf die Luft ein und fängt an, die gammligen Blumenreste von der Arbeitsfläche zu pflücken. Er wirft sie in den Biomüll und wäscht sich die Hände. Mini wischt den nassen Fleck mit Küchenpapier sauber und stellt die Vase auf den Kühlschrank.

»Gott«, sagt Philipp, »Gott!«

Mini hat aus irgendeinem Grund Lust, ihn zu provozieren. Sie will ihn anstacheln, sie will ihn noch wütender sehen und in die Enge getrieben. Wahrscheinlich wäre sie erst zufrieden, wenn er komplett und endgültig verzweifelt, aber das tut er nie und deswegen bringt es eigentlich rein gar nichts, es überhaupt darauf anzulegen. Sie fragt trotzdem, was das nun alles mit der Festgefahrenheit von Philipps Kollegin zu tun habe, also die Vorschriften des Pflegeheims, das sei doch eigentlich voneinander zu trennen.

Philipp stöhnt laut. »Ja, dann hast du's halt nicht verstanden.«

»Ah ja, na gut«, sagt Mini.

Paul schaut sie an: Okay, es ist eben manchmal nicht so leicht.

»Na, immerhin gibt es dann wohl gleich Pilzrisotto«, sagt er und zeigt auf den Risotto-Reis.

»Ja, immerhin«, sagt Philipp und sagt es wie das schlagende Argument, das jede Diskussion zum Stillstand bringt.

Paul schenkt allen Sekt ein. Philipp verzieht das Gesicht. Er kneift die Augenbrauen zusammen, nicht viel diskreter als eine Comicfigur, und sein Mund wird schmal. Sein Kopf schaut zwischen den Schultern hervor – schildkrötenartig – und Mini hasst ihn. Sie hasst ihn. Wenn er dieses Gesicht macht, kann sie ihn nicht anschauen. Eine vernünftigere Mini, eine erwachsene, plausible Mini, die würde diesen Philipp belächeln. Niedlich. Kindlich. Wie ein kleiner wütender Junge, der nicht an sich halten kann, wenn seine Gefühle mit ihm durchgehen. Mini ist aber nicht vernünftig und erwachsen schon gar nicht und dann steigt es wieder in ihr auf. Fremdscham? Sie ekelt sich.

Philipp verzieht das Gesicht und brät Risotto-Reis und Pilze. Er steckt seinen Kopf zwischen den Schultern hervor und schüttet Brühe und Weißwein über den Reis. Mini denkt, er könnte jeden Moment anfangen zu knurren und das würde passen. Sie denkt fick dich, Philipp, und sagt nichts.

Als das Risotto fast fertig ist, klingelt es. Mini meint, Erleichterung auf Pauls Gesicht festzustellen, dann Zweifel.

»Ah ja«, sagt Mini, weil es natürlich Vero sein muss.

Vero ist klein und hübsch. Sie trägt nur schwarz und ist stärker geschminkt, als Mini sich je schminken würde. Eyeliner bis hoch zu den Augenbrauen, aber gar nicht aufdringlich. Die Ärmel von ihrem schwarzen Hemd sind so lang, dass von ihren Händen nur die Fingerspitzen hervorschauen. Unlackierte, bis auf die Haut abgeschnittene Fingernägel.

»Okay«, sagt Paul und stellt Mini und Philipp vor. Vero setzt sich schnell auf einen Stuhl und dreht sich eine Zigarette. Sie macht das diskret und trotzdem sehr selbstbewusst. Mini überlegt, wie sie sich in diesem Moment verhalten würde, wenn sie an Veros Stelle wäre, und kommt zu keinem aufrichtigen Schluss, außer dass sie es gerne von sich aus genauso machen würde wie Vero, weil es einfach angemessen ist. Es passt eben: schnell hinsetzen und eine Zigarette drehen und trotzdem noch interessiert schauen, bereit, alle eventuell aufkommenden Fragen zu beantworten, mit gewitzten und höchstens ein klein bisschen überzogenen Sätzen, obwohl auch das komplett passend wäre zu der ganzen Vero-Erscheinung, eine gewisse Überzogenheit ihrer Sätze.

»Auch Sekt?«, fragt Paul und bekommt Veros belustigten Blick: Da fragst du noch? Sie macht eine wischende Handbewegung auf ihr Glas zu, so was wie »immer rein damit«, und Paul sieht glücklich aus. Er schüttet den Sekt in Veros Glas. Vero nimmt zwei energische Schlucke und schafft es, trotzdem elegant auszusehen. Mini hat Philipps schlechte Laune vergessen. Sehr gut, das wird ein guter Abend. Es gibt Alkohol, Paul hat eine neue Freundin, die er heiraten kann, Philipp muss sich beherrschen, immerhin ist Besuch da.

»Seit wann kennt ihr euch jetzt?«, fragt Philipp Vero, obwohl er es genau weiß, weil Paul seit drei Wochen über nichts anderes redet. Vero schaut zu Paul und Paul sagt »äh« und Vero sagt: »Hm, so drei, vier Wochen ungefähr, oder?«

Beim Essen unterhalten sie sich über Veros Leben. Sie studiert Psychologie und arbeitet gerade an ihrer Masterarbeit.

Mini ist zu beeindruckt, als dass Neid aufkommen könnte. Irgendwie fühlt sie sich an Elena erinnert. Alle hübschen, intelligenten Frauen, die sich gehen lassen, das heißt Drogen nehmen und mit vielen Leuten wilden Sex haben, erinnern sie an El. Und rufen ihr vor Augen, wer sie selbst ist. Wer sie selbst nicht ist.

»Meine Mama wollte, glaub ich, immer, dass ich mal Schauspielerin werde«, sagt Vero passend zu einem Gespräch, das sie gerade führen, und isst ein Reiskorn. »Die hat mich in alle Theatergruppen gesteckt, die sie finden konnte, und dann war ich immer bei so Fernsehproduktionen dabei. Als Komparsin? Und in Werbespots manchmal. Das ist echt eklig, wenn man mal so drüber nachdenkt. Ich meine, ich war noch mega klein und so und dann schon irgendwie in einer Werbung für Müsli, jetzt denk ich mir immer: Fuck you, Mum. Also gar nicht, dass ich sie überhaupt nicht leiden könnte, unsere Beziehung ist schon in Ordnung irgendwie, aber anyway, das war schon uncool von ihr und vielleicht bin ich ja auch ein bisschen geschädigt jetzt.« Sie grinst provokant in die Runde.

»Ich bin auch geschädigt durch meine Eltern«, sagt Philipp ganz ernst.

Mini will mhm oder so ähnlich machen und verschluckt sich an ihrem Sekt. Paul, der neben ihr sitzt, trommelt auf ihrem Rücken herum, nett gemeint, aber es tut eher weh, als dass es hilft, und Mini hört auf mit dem Husten, damit er mit der Hauerei aufhört. Eigentlich redet sie mit Philipp nicht über Familie. Sie weiß, dass er keine Geschwister hat und dass seine Eltern geschieden sind, aber sie weiß nichts von irgendwelchen Problemen oder einer schwierigen Kindheit und sie hat eher das Gefühl, er würde sich jetzt interessant machen wollen, weil er merkt, dass Vero ihm überlegen ist. Oder weil er immer noch trotzig ist wegen seines misslungenen Arbeitstags.

»Ich auch«, sagt Mini und lacht laut, weil: sind wir doch alle?

Vero lacht mit, und als sie fertig ist mit Lachen, isst sie noch ein Reiskorn. Dann Sekt.

»Na ja, bei den eigenen Kindern kann man das ja alles anders machen«, sagt Mini.

»Ja«, das zieht Vero lang. »Das ist ja immer so eine Sache

mit diesem: Bei unseren Kindern machen wir das besser und so. So kommt's ja auch nicht unbedingt anders, oder? Also ich will auf keinen Fall so sein wie meine Mutter und alles anders machen als sie und jedes Mal, wenn ich dann vielleicht doch etwas ein bisschen auf ihre Art mache, also, wie sie es gemacht hätte, dann denk ich mir: Scheiße, Vero, das war jetzt aber ganz die Mama, fuck, fuck. Und versuche so auf Teufel komm raus, alles auf meine verbesserte Art zu machen, anstatt mich zu akzeptieren, wie ich bin. Wobei es natürlich trotzdem wichtig ist, die eigenen Handlungen zu hinterfragen.«

»Ja, schon«, sagt Mini.

Philipp schaut an die Decke. Er sagt: »Für mich ist das alles Natur.«

Vero fragt, wie er das meint. »Ich meine, wenn ich Kinder hätte, würde ich mich eh darauf verlassen, instinktiv alles richtig zu machen.«

»Ah, da machst du es dir aber auch wieder leicht«, sagt Vero.

»Was heißt ›ich mache es mir leicht‹? Vielleicht machen es sich andere auch einfach schwer? Sorry, aber dieses ständige Überanalysieren von allem geht mir echt auf die Nerven. Nicht dass ich persönlich jetzt gerade Bock auf Kinder hätte, aber Menschen machen halt Babys, haben sie schon immer getan, und bis jetzt sind sie noch immer drauf klargekommen.«

Mini weiß nicht, ob Vero mit solchen Situationen umgehen kann. Sie arbeitet an ihrer Psychologie-Masterarbeit, denkt sie. Psychologie. Masterarbeit. Menschenkenntnis, denkt Mini.

»Find ich alles schwierig«, sagt Vero nur und hat anscheinend genug von der Unterhaltung und auch von Philipp.

»Ich auch«, sagt Philipp. Mini sieht ihn nicht an, weil sie bei seinem trotzigen Gesichtsausdruck wohl entweder einen Lachkrampf oder einen Heulanfall bekommen würde. Paul hätte jetzt bestimmt Lust auf irgendein philosophisch-intellektuelles Einschlaf-Gespräch, aber mit diesem Philipp in dieser Stimmung ist so etwas selbst ihm zu anstrengend.

Mini versucht es anders. Sie sagt: »Ach, Quatsch. Das ist ganz leicht. In Wirklichkeit hassen Vero und ich einfach nur von Natur aus unsere Mütter und wollen unsere Väter bumsen.«

Paul sagt: »Jaja, lauter Elektras und Ödipusse«, und Vero lacht mit, vielleicht wegen des Sekts. Sie isst noch ein Reiskorn, lehnt sich nach hinten und legt beide Hände auf ihren nicht existenten Bauch. »Huff, bin ich satt!«

Mini fühlt irgendeine Verbindung mit ihr und sagt auch, wie satt sie sei, aber es wäre wirklich wahnsinnig lecker gewesen, mit Blick zu Philipp. Philipp sagt, dass er müde ist und kiffen will und immer noch zu viel hat von dem Vorfall auf der Arbeit, und geht an allen vorbei ins Wohnzimmer, wo er die Milchglastür hinter sich zuzieht.

Als er weg ist, verdoppelt sich Minis Lungenvolumen.

7

Nach der Schule ging Mini manchmal mit Franzi in den Goßlers-Park, wo es eine große Trauerweide gab. Wie eine Höhle, in der sie im Kreis an dem Vorhang aus Ästen entlanglief, die Hände nach dem weichen Grün der Weidenblätter ausgestreckt, den Kopf in den Nacken gelegt. Von Nahem betrachtet, sah der Baum hässlich aus, alt und schlapp, das Innere irgendwie kahl. Von außen und von Weitem war er sehr schön.

Franzi ging dann immer langsamer und Mini rannte viel. Mini war neun. Die Wiese neben der Trauerweide nannten sie Hundewiese. Es gab eine große Bulldogge, die oft dort war, ihr Besitzer ein älterer Herr, jetzt im Spätherbst trug er ein graues Sakko unter einem Wollmantel und teure Jeans. Seine Gesichtshaut hatte die Farbe und die Textur von vergilbtem Zeichenpapier. Er passte jedenfalls nicht so recht zu seinem monströsen Hund. Mit neun hatte Mini keine Angst vor Menschen. Die Dogge allerdings fand sie furchterregend. Einmal zeigte sie mit dem ausgestreckten Zeigefinger auf das Biest und sagte laut zu Franzi: »Das ist der hässlichste Hund auf der Welt und mit dem hässlichsten alten Herrchen. Die sind beide genau gleich faltig.«

Franzi legte ihr eine Hand auf die Schulter und drehte sie zu sich herum. Sie machte es grob, was sonst gar nicht ihre Art war, und sie schaute Mini an, aber nicht wie sonst, mit pudrigen Fältchen um die Augen, in denen sich Mascarakrümel gesammelt hatten. Stattdessen eine harte Furche an der Nasenwurzel, etwas Lehrerinnenartiges, etwas Unfranzihaftes, aber auch sehr echt. Mini wusste natürlich, dass sie das Falsche gesagt hatte, und sie wusste, dass sie sich schuldbewusst zeigen musste, aber weil sie zu klein war, um damit umzugehen, versuchte sie, sich loszumachen und wegzurennen, und während sie zerrte, rief sie: »Hässlich und alt! Hässlich und alt! Fett und faltig!« Sie weiß es noch genau, als säßen die Worte in ihren Knochen, als hätte sie das geschrien und es sich damit auf die Stirn tätowiert in dicken Buchstaben, leuchtend rot: Ich bin ein schlechter Mensch.

»Jasmin«, sagte Franzi und hielt sie fest. Sie hatte damals Gelnägel, die in Minis Schultern stachen, kaum sichtbare Kerben hinterlassen würden und ein beklemmendes Gefühl. »Halt mal still«, sagte Franzi und Mini hielt dann auch still. Franzi drehte sie zu sich herum und schaute sie wieder an, immer noch der Spalt zwischen ihren Augenbrauen, immer noch der traurige Zug um den Mund. Sie sagte: »Stell dir mal vor, du wärst so ein alter Herr, der da mit seinem Hund spazieren geht, vielleicht lebt der auch schon ganz allein und hat nur noch den Hund. Vielleicht lebt er allein, wie Oma Effi, ja? Und dann kommt ein kleines Mädchen und schreit ganz laut, was du grad geschrien hast, und zeigt auch noch mit dem Finger auf ihn, was soll er denn da denken? Wenn schon die Kinder mit dem Finger auf ihn zeigen und ihn hässlich nennen?«

Dann sagte Franzi gar nichts mehr, sie ließ Minis Schultern los und nahm sie bei der Hand, aber sie schaute Mini überhaupt nicht an, sondern geradeaus nach vorne und machte klare kleine Schritte neben Minis unklaren kleinen Schritten. Man ging dort einen kleinen Hügel hoch, an der Hundewiese vorbei, und oben stand das Goßler-Haus, sehr prächtig und weiß. Obwohl sie sich eigentlich nicht traute, schielte Mini seitlich zu dem Herrn und der Dogge. Bei der Dogge rann immer der Speichel von den Lefzen, Mini stellte sich die blutigen Zähne dahinter vor. Die Wangen hingen wulstig neben der Schnauze herunter, schlugen träge schwabbelnd von einer Seite zur anderen, wenn sie sich bewegte, die Dogge, die Innenseiten der Lippen wie nach außen aufgerissen, schwarz-weiß gefleckt und seltsamerweise samtig, obwohl samtig genau das falsche Wort war, um ihr bestienhaftes Gesicht zu beschreiben. Ihr Kopf stand mächtig und angsteinflößend zwischen den bulligen Schultern hervor. Als wäre sie aus einem Spielzeugbausatz zusammengewürfelt worden und dann zum Leben erweckt, versehentlich.

»Aber der Herr ist nicht Oma Effi«, sagte Mini dann. Da hatten sie da Goßler-Haus schon hinter sich und gingen den Hügel auf der anderen Seite wieder hinunter, Richtung Blankeneser Landstraße. »Der ist wenn, dann Lorenz.«

»Weil er ein Mann ist?«, fragte Franzi und schaute auf Mini herunter, sie war wieder lieb und nicht mehr so ernst und traurig. Mini sagte, na ja, weil er so etepetete aussehen würde und genauso schaute wie Lorenz. Sie sagte dann, Lorenz sei ja auch immer allein, vielleicht bräuchte er mal einen Hund. »Lorenz ist doch nicht allein«, sagte Franzi, »er hat doch eine Familie.« Franzi sagte: »Du bist doch seine Familie. Und Konsti und Pia.« Sie sah Mini an und sagte: »Und so besonders alt ist Lorenz ja auch noch nicht.« Dann lachte sie. Mini lachte auch und sagte: »Doch, mein echter Vater ist tausendmal schöner. Lorenz ist ein Greis.« Sie sagte es hauptsächlich, weil sie stolz war, das Wort zu kennen. Dann sagte Franzi nur noch, Mini sei ja wirklich auf Krawall gebürstet heute, und auf dem Heimweg holten sie Brot und Milchhörnchen in der Bäckerei.

Später, als Franzi an ihre Zimmertür klopfte, saß Mini mit dem Rücken an der Heizung halb versteckt hinter dem Schreibtisch, den sie ein Stück nach vorne geschoben hatte. Sie las dort immer Bücher. Manchmal klaute sie sich Schokolade oder andere Süßigkeiten aus der Küche und versteckte die Verpackungspapiere zwischen Wand und Heizung, wo sie in der Wärme zu knistern begannen. Sie legte das Buch dann weg und rutschte nach vorn, auf Franzi zu, und Franzi sagte: »Du weißt ja, dass Konsti seinen Papa einmal besuchen war, oder?« Und Mini sagte klar, sie konnte sich daran erinnern, Konstantin hatte tagelang von nichts anderem geredet. Franzi sagte, der Papa von Konsti sei zurzeit im Krankenhaus und er würde auch noch ein bisschen dableiben. »Weiß ich«, sagte Mini. Dann sagte Franzi, genau, und dass dieser Mann Jonas Fettel heiße und dass er Pias Ex-Mann sei, aber das wusste Mini auch schon und sie fragte dann: »Und mein Vater?« Und Franzi sagte noch mal genau.

Danach erzählte sie, dass Minis Vater Matthieu heiße, aber das wusste Mini auch schon. An den Nachnamen, den Mini nicht wusste, konnte Franzi sich nicht erinnern, aber jedenfalls war er Franzose und hatte damals einen Studienaufenthalt gehabt in Deutschland, sagte Franzi. »Er hat Literatur oder so ähnlich studiert, glaub ich«, sagte sie. Aber es hatte eben nicht besonders lange gehalten zwischen Pia und ihm und Franzi erklärte auch, dass das alles eh nicht so schlimm sei, weil Pia dann ja ganz schnell Lorenz kennengelernt hatte. Minis Stiefvater, den Mini jetzt nur noch Starke nennt, weil sie ihm den Vornamen nicht gönnt. Lorenz. Sie hat den Namen mal gegoogelt, anscheinend hat er was mit Lorbeerkränzen zu tun, was sie ironischerweise für passend hält, weil Starke wirklich ausgestattet ist. Ausgeschmückt. Er hatte alle möglichen Häuser, wie viele, das weiß Mini gar nicht. Das große Ferienhaus in Bordeaux, wo sie immer Urlaub machten, aber nach Pias Unfall wurde es verkauft. Das Hamburger Haus am Elbhang, mit Garten und allem Drum und Dran, und Mini weiß von mehreren Wohnungen, auch in anderen Städten in Deutschland, auch in Berlin und sogar München. Aber ihr leiblicher Vater? Letztendlich hatte Franzi ja anscheinend doch nicht so viel zu erzählen. Bei allen Dingen redete sie und redete, normalerweise mehr als nötig, aber was das anging … Erst viel später erfuhr Mini dann, dass dieser Matthieu mit Nachnamen Minaux hieß, dass er seine eigene Familie in Lyon hatte. Dass er seine eigene Familie in Lyon schon lange hatte. So lange nämlich, dass er, gleich nachdem er ein bisschen mit Minis Mutter rumgemacht und Mini gezeugt hatte, zu dieser Familie zurückkehren konnte – oder zumindest zu seiner schwangeren Freundin, mit der er dann besagte Familie gründete. Sie erfuhr auch, unter anderem durch Konsti, unter anderem durch Franzi, aber am allerwenigsten durch Pia, dass Konstantins leiblicher Vater nicht in irgendeinem Krankenhaus gewesen war, sondern in der Psychiatrie, wo er während mehrerer psychotischer Episoden quasi festgehalten wurde, dass er außerdem schon kurz nach Konstantins Geburt vor Gericht stand, weil er in jener kurzen Zeit, die er als Lehrer an einem Hamburger Gymnasium verbracht hatte, gerne private Unterhaltungen mit Schülerinnen der Klassenstufen 10 bis 13 führte, bevorzugt nach der Sportstunde und unter vier Augen. Diese Unterhaltungen dauerten zwar nie länger als eine halbe Stunde, nahmen aber oft schon kurz nach Beginn eine intensive Wendung und waren dann keine Unterhaltungen mehr.

Auf jeden Fall schießt Mini immer mal wieder der alte

Herr mit seiner Dogge in den Kopf und wie sie sich über ihn lustig gemacht hat. Sie als kleines freches Kind und Franzi traurig über Minis Verhalten. Wenn es ihr einfällt, schämt Mini sich heute noch dafür. Manchmal ziehen sich ihre Wangen von innen zusammen, als könnte ihr gleich übel werden, oder es drückt von hinten zwischen den Schulterblättern nach vorn zum Magen hin. Das sind so Stressreaktionen, eigentlich gar nicht ungewöhnlich.

8

Es riecht süßlich nach stark parfümierten Räucherstäbchen. Die Rauchwolken haben sich nur ganz langsam im Zimmer ausgebreitet und sind jetzt auf Schulterhöhe stehen geblieben. Wenn Mini sich hinstellt, kann sie über den wabernden Dunstteppich hinwegsehen und beobachten, wie die Schwaden auf jede Bewegung reagieren, sich verformen, ausweichen, schwerfällig einem Luftstoß Platz machen. Philipp, im Schneidersitz auf dem Boden, atmet tief ein und aus. Mini liegt auf dem Bett, die Knie über der Brust angezogen und mit den Armen umschlungen, und starrt durch Räucherstäbchenrauch hindurch an die Decke. Weit weg ist die Decke.

Sie fragt: »Brauchst du noch lange?«

Philipp sagt nichts. Er atmet lauter als vorher. Das ist seine Antwort. Mini stöhnt leise und dreht sich auf den Bauch. Sie nimmt ein Buch vom Boden neben dem Bett, eigentlich nur eine Matratze, die Paul ihnen ins Wohnzimmer gelegt hat, und schlägt es auf. Irgendeine Seite. Sie liest die ganze Seite und denkt dabei über das Abendbrot mit Vero nach, über einen TedTalk, den sie auf YouTube gesehen hat (es ging um Selbstdisziplin und wie wir endlich erreichen, was wir uns vornehmen), über das Abendbrot mit Vero, über Räucherstäbchen, die sie nicht abkann, zum Beispiel die gelben Goloka Nagchampa mit diesem klebrig-süßen Geruch, über das Abendbrot mit Vero, über Vero, über Philipp, über ihre eigene Unfähigkeit und über ihre eigene Unschuld, denn sie kann nichts dafür. Sie kann nichts dafür. Kann sie nicht.

Das Buch wie ein seltsam außerirdisches Objekt unter ihren Fingern. Sie betrachtet einzelne Wörter und Buchstaben und hat die ganze Zeit gelesen. Sie schiebt die Nagelhaut an ihrem rechten Ringfinger zurück und reißt mit den Zähnen an der Seite des Zeigefingers einen Fetzen Hornhaut herunter, auf dem sie gedankenverloren herumkaut, bis sie ihn schlagartig ausspuckt, aufspringt und an Philipp vorbei Richtung Badezimmer läuft. Mini trägt ein weites Kleid, knielang, vier Schichten geriffelter Chiffon und geblümt, mit hauchdünnen Trägern. Sie weiß, dass ihre Brustwarzen unter dem Stoff sichtbar sind und ihre Unterhose. Sie hat das Kleid in einer überteuerten französischen Boutique geklaut, zusammen mit Dana, und wollte aussehen wie Dana, was sie natürlich niemals schaffen wird. Sie hat zu wenig Brust, zu dunkle Haare, sie ist zu zurückhaltend. Philipp blickt nicht auf. Als sie auf der Toilette sitzt und ihre nackten Füße betrachtet, vor sich auf dem Boden, wird Mini wütend. Sie fühlt eine Schnur um ihren Bauch und sie fühlt, wie eine andere Person diese Schnur immer weiter zuzieht, weiter und weiter, und sie will nicht, aber was soll sie machen? Sie hat ja keine Macht über diese Schnur, die ihr nicht gehört, die sie nicht kontrollieren kann, ganz ohne Bedienungsanleitung.

Das ist ein typischer Albtraum von Mini. Sie wacht nachts auf, mit kalten Händen und einer tauben Zunge, weil sie das geträumt hat. Oder irgendjemand sticht ihr zum Beispiel mit dem Finger in den Bauch und es tut erst nur ein bisschen weh, aber dann immer mehr und mehr, je tiefer gestochen wird, und sie will sagen: »Stopp! Hör auf«, und: »Du tust mir weh!«, aber sie kann nicht, weil sie ihre ganze Kraft darauf verwenden muss, den Schmerz zu ertragen, und sie will nur noch da raus. Als sie die Spülung drückt und am Waschbecken vorbeigeht, sieht sie im Regal daneben ihre Bürste liegen. Sie sieht das dunkle Holz und den Kolibri, der auf die Rückseite gemalt ist. Die blonden Haare zwischen den Borsten.

Im dunstigen Wohnzimmer steht sie direkt vor Philipp und blickt auf ihn hinunter. »Hast du meine Bürste benutzt?«

Er schaut perplex auf. Lang gezogen: »Jaaaa …?« Er kneift fragend ein Auge zu und zieht den dazugehörigen Mundwinkel hoch.

Sie stöhnt, lauter als nötig, und geht wieder zurück Richtung Bad. Um sie herum: flatternder Chiffon.

Er ruft ihr hinterher: »Dein Ernst?!«

Und sie hat Lust, zu schreien, also schreit sie: »JA, FUCK! JA, DAS IST MEIN BESCHISSENER FUCKING ERNST! WEIL ICH ES DIR SCHON TAUSENDMAL …« Sie muss nach Luft schnappen und gibt das Schreien auf. Sie ist im Türrahmen stehen geblieben und sagt jetzt, ein Keuchen unterdrückend: »Ich hab es dir schon Millionen Mal gesagt, dass ich nicht will, dass du sie benutzt, die hat Franzi mir gemacht und sie ist wertvoll für mich.«

Philipp hat seine Hände von den Knien genommen und die Beine vor sich ausgestreckt. Er sieht nicht wütend aus, eher belustigt. »Also erstens: das hast du mir noch nicht tausendmal gesagt. Eigentlich kann ich mich nicht daran erinnern, jemals etwas über diese Bürste gehört zu haben, und zweitens: ich hab sie ja nur ganz normal benutzt und nicht das Klo damit geschrubbt oder meine Schuhe geputzt oder was weiß ich.«

Mini schaut ihn an. Sie schaut so: Ich kann es nicht fassen. Ich kann es nicht fassen!

Sie sagt: »Du kannst jetzt nicht ernsthaft einfach behaupten, ich hätte dir das nicht gesagt mit der Bürste. Willst du jetzt so tun, als hätte ich mir das ausgedacht, oder was?«

Sie weiß, wie sie Paul von dieser Bürste erzählt hat, die ganze Geschichte, dass sie von Franzi bemalt wurde mit ihrem Namen und ihrem Lieblingstier (war mal ein Kolibri, ziemlich kitschig) und dass sie diese Bürste nie aus der Hand gibt und so weiter. Das hat sie nicht noch mal konkret zu Philipp gesagt, weil er bei der Unterhaltung dabei war, er saß neben ihnen und hat natürlich nicht zugehört, weil er nie zuhört, weil er es nicht für nötig hält, Menschen zuzuhören, deren Anwesenheit in seinem Leben ihm als gesichert erscheint.

Jetzt macht er dieses alberne Ding, wo er seine Augen zukneift und tief einatmet, wie um sich zu beruhigen und anderen zu zeigen, dass er, im Gegensatz zu ihnen, nicht so leicht die Beherrschung verliert. Das ist wie eine Nadel auf Minis Haut. Eine fiese kleine Nadel, mit der er sie mal hier sticht und mal dort, piks, piks, ha!, hab ich dich, und noch da am kleinen Zeh ein Stich – na, schon wütend? –, die kleine Mini kann sich nicht beherrschen, haha, die blöde kleine Mini rastet gleich aus. Mini denkt, wenn sie jetzt weiterschreit, bekommt sie garantiert einen knallroten Kopf, weil sie sich nicht mehr ordentlich artikulieren kann, das wäre peinlich. Sie versucht, ruhiger zu werden.

Philipp sagt: »Ich kann mich einfach nicht daran erinnern. Denkst du nicht, dass es da vielleicht issues gibt mit deiner … also, deiner Einstellung zu Besitztum?«

»Darum geht es doch hier überhaupt nicht. Ich finde es einfach krass, dass du so etwas vergisst – verdrängst – was weiß ich. Oder behauptest, ich würde lügen, wenn ich sage, ich habe dir das schon gesagt. Ich mein, ich erzähle dir Sachen, wichtige Sachen by the way, und du denkst dir dann … Ja, was?! Denkst du dir eigentlich etwas?«

Philipp lächelt fast. Er schaut sie an mit seinem bescheuerten Also-ich-habe-mein-Testosteron-unter-Kontrolle-Gesicht. »Ich denke, du müsstest mal über grundlegende Züge unserer Gesellschaft nachdenken und darüber, wie du vielleicht im Kleinen, in deinem eigenen Kosmos etwas ändern …«

Mini unterbricht ihn und schreit nicht, aber sie redet sehr laut: »Fick dich, Philipp. Fick dich, fick dich! Du denkst dir nämlich: Der Mini, der muss ich nicht mehr zuhören, die ist ja sowieso da. Du hältst dich für irgendwas Besseres. Du stehst drüber? Mir geht es nämlich nicht um scheiß grundlegende Züge unserer Scheiß-Gesellschaft, sondern um grundlegende Züge unseres Zusammenlebens, unserer … na, wie nennst du das, Philipp? Ist das eine Beziehung? Was ist das für dich? Hast du Bock, mich zu ficken, Philipp? Meine Bürste zu benutzen? Meine Räucherstäbchen abzufackeln? Da hast du Lust drauf, oder? Geil!«

Sie will ihm vor die Füße spucken. Sie wird ruhiger und weinerlich. Beide Hände vor dem Gesicht, die Fingerspitzen hart gegen die Stirn gepresst, ihre Daumen liegen auf den Wangenknochen auf. Sie will nicht anfangen zu weinen und legt kurz den Kopf in den Nacken. Dann schaut sie ihn an, zwischen ihren Fingern hindurch und fühlt sich wie ein ängstliches kleines Kind: »Ich finde, du bist ein ekelhafter Egoist mit deiner Meditation und deiner Liebe für alle, und du hast Bock, dir alles zu nehmen, aber du kannst nicht mal ein richtiges Gespräch mit mir führen, bei dem du mir zuhörst und an das du dich in drei Tagen immer noch erinnerst.«

Philipp steht auf und geht um sie herum. Er stellt sich hinter sie und legt seine Hände auf ihre Schultern.

Mini tut kurz so, als würde sie sich wegducken, aber in Wirklichkeit schafft sie es nicht, die Entscheidung zu treffen. Vielleicht würde sie es später bereuen, ihm eine Abfuhr verpasst zu haben. Dann leg halt deine Hände auf meine Schultern, denkt sie, mach eben.

Philipp fängt an, sie zu massieren, und sagt nichts. Er hat sein Kinn auf ihren Kopf gelegt und Mini heult. Das kann er nicht sehen, aber wahrscheinlich spürt er, wie ihre Schultern ganz leicht vibrieren unter seinen Händen, wenn es sie schüttelt, und sie will nicht, dass er da hinter ihr steht, mit seinen Händen und seinem Kinn und seinem Bauch an ihrem Rücken. Sie will es nicht und sie bringt es trotzdem nicht fertig, einfach zu gehen.

Dann sagt Philipp, sorry, er werde die Bürste nicht mehr benutzen. Und Mini sagt leise nach vorne, an ihren Fußspitzen vorbei, darum gehe es doch gar nicht. Und denkt: weil es nämlich um ein Prinzip geht und um Philipps Persönlichkeit und darum, wie er mit ihr und anderen Menschen umgeht, aber das sagt sie nicht. Und weil sein Bauch in ihrem Rücken ist und sein Penis an ihrem Po, weiß ihr Körper, was er zu tun hat, und dabei ist Minis Kopf doch ganz woanders. Sie ist wütend auf Philipp, sie kann Philipp nicht leiden, sie will sich abgestoßen fühlen von ihm. Macht mit, sagt sie zu ihren Genitalien, aber ihre Genitalien machen sich lustig über sie – genau wie Philipp –, sie sagen ihr: Du hast Bock, Mini – Lust! Mini wollte Philipp verfluchen, jetzt muss sie ihre Klitoris verfluchen.

Ein paar Stunden später überlegt Mini, ob sie Nina anrufen könnte. Sie hat das Handy schon in der Hand und Ninas

Kontakt schon aufgerufen und den Finger ganz knapp über dem kleinen Hörer neben Ninas Namen. Dann schließt sie die Kontaktanwendung und öffnet eine andere und noch eine andere und landet schließlich auf Instagram. Sie schaut nicht wirklich auf die Bilder, weil sie eigentlich nachdenken muss. Denkt daran, dass es ja vor allem um sie geht, weil sie es mal wieder nicht gepackt hat. Sie hat etwas ganz anderes gesagt, als sie eigentlich gemeint hat. Und natürlich will sie nicht, dass er ihre Bürste benutzt, aber das wäre ihr egal, wenn er nicht immer so selbstgefällig über andere Menschen urteilen würde. Seine Kollegin zum Beispiel. Oder wie er sich Vero gegenüber verhalten hat. Oder dass sie es nicht schafft, ihm zu sagen, dass sie seine Hände doch nicht auf ihren Schultern haben möchte. Und dass sie nicht weiß, ob sie seine Hände auf ihren Schultern haben möchte. Während sie das alles denkt, streicht sie mit ihrem Daumen immer schneller durch ihren Instagram-Feed. Sie wechselt zur Entdecken-Seite und schaut sich die Beiträge an, die ihr vorgeschlagen werden. Hier und da lässt sie ihren Finger eine Weile auf einem Bild ruhen, um es länger anzuschauen, und liest sich captions durch.

9

In Paris hat Mini viel abgenommen. Sie hat es gar nicht wirklich gemerkt, es ist einfach passiert, wahrscheinlich wegen Leo. Vegan sein, wenig Geld haben, Paris, wo alles teuer ist, immer nur gehen, stehen, tanzen, tanzen, tanzen.

Und dann mit Philipp. Mit Philipps rotblonden Haaren im Gesicht. Mini hat kurz alles vergessen und nur noch den Geruch von Rotblond in der Nase gehabt. Schweiß und Tabak und Kaffee. Es war, wie wenn man eine Kiste hat und da steht Sommer drauf und man macht die Kiste auf und dann strömt einem genau dieser Geruch entgegen und drin ist wahnsinnig viel gute Laune und Glück. Wie Ecstasy, aber besser, weil one hundred percent natural. Und tagelang! Tagelang ganz oben. Leo sagte »drüber«. Er sagte, Mini sei drüber, weil sie so hibbelig und grinsend und trotzdem irgendwie in sich gekehrt war, nicht ganz von dieser Welt. Und dann wird sie, und mit ihr alles andere, immer leichter und leichter, bis Mini drauf und dran ist, einfach – pffuuuhsch – wegzufliegen. Und jetzt weiß Mini auch, wie viel leichter alles ist, wenn sie selbst leichter ist. Und auch wenn ein gewisses Gewicht zurückkam, Minis Körper ist immer noch zum Abflug bereit.

Mit Philipp war es so, dass er ein Freund von Leo war. Aber nicht so durchgeknallt und noch ein bisschen extrovertierter vielleicht. In Paris gab es einen Rasen, es sollte wohl ein Park sein, ein kleines Rechteck mit einem schwarzen Metallzaun drum herum und nachts wurde es abgeschlossen.

Eine verzweifelte Oase, die wenig Schutz vor Autolärm und Abgasen bot und eher traurig als friedlich aussah. Das Gras war so vertrocknet, dass es eigentlich kein Gras mehr war, sondern Sand gespickt mit ein bisschen Heu und es tat weh, sich draufzusetzen. Deswegen hatte Mini lauter rote Punkte und feine Kratzer an den Beinen und ihre Haut war sehr trocken von der Sonne. Sie war verschwitzt und unrasiert und fühlte sich wunderschön. Philipp kam dort zum ersten Mal dazu und er kam zusammen mit Dana. Dana aus Großbritannien. Sie trug zwei dicke lange blonde Zöpfe, auf mysteriöse Weise darin haftenden Schmuck, viele dünne durchsichtige Kleidungsstücke übereinander und darüber noch mehr Schmuck. Ihre Unterwäsche war geblümt. Sie sah aus wie aus einem Fantasyfilm über eine neue Hippiegattung mit dicken blonden Zöpfen und geblümter Unterwäsche.

Dana küsste Mini auf beide Wangen und den Mund und umarmte Philipp so lange, dass es in den Augen wehtat. All das auf dem vertrockneten Rasen. Und weil Mini ein bisschen erkältet war, klang ihre Stimme eine halbe Oktave tiefer bei der Begrüßung und sie fühlte sich wie ein Song von The Velvet Underground.

Dana hatte einen großen Transporter, der genauso aussah wie sie selbst, und darin wohnte sie mit ihrem Hund und auch der sah ihr ähnlich, allerdings abzüglich des Schmucks. Die letzten vier Wochen hatte auch Philipp dort gewohnt und nun sollten sie für eine Weile alle fünf darin wohnen: Dana, Philipp, Leo, Mini und der Hund.

Als Dana und Leo mit dem Hund unterwegs waren, hat Philipp Mini gefragt, ob er sie küssen darf, und Mini sagte ja klar. Und sie kann sich immer noch ganz genau daran erinnern, weil alles so unspektakulär war, und sie hat noch daran gedacht, wie sie manchmal unbedingt will, dass jemand sie küsst, und dann steht viel auf dem Spiel und bei Philipp wollte sie es gar nicht unbedingt, aber unterbewusst ja vielleicht schon, jedenfalls war es nichts Besonderes, es war nur Küssen und dann Sex. Gut, aber auf eine banale Art.

Und dann wurde es besser und besser und Mini hat Nina am Telefon erzählt, wie sie nicht weiß, was sie fühlt. Wie sie auf einer Party waren, Philipp, Dana und sie, und dann hat Philipp nicht sie geküsst, sondern Dana und sie hat Nina gesagt, dass es ihr irgendwie egal war, aber irgendwie auch nicht und dass sie es eben nicht weiß.

Sie hat sich an einen Abend bei Lenn erinnert, damals mit Nina, und wie Wolf Musik machte in seinem Zimmer, so ganz entspannte, elektronische Musik, zu der Mini und Linda tanzten, und alle waren sehr betrunken. Sie gaben sich beide große Mühe, besonders schön zu tanzen. Ein bisschen sexuell, mit schwingenden Hüften und flatternden Armen, weil sie so betrunken waren, wahrscheinlich.

Mini tanzte langsam mit einem Joint in der Hand und schaute Linda an. Sie nahm einen Zug, atmete tief ein, blies den Rauch in Lindas Gesicht und gab ihr den Joint. Linda machte es genauso. Immer einen Zug und wieder der anderen geben. Dann die andere einen Zug und wieder abgeben. Und dabei tanzen.

Wolf machte die Musik.

Irgendwann fingen sie an, sich zu küssen, und es war schön. Aber betrunken war es auch.

Mini überlegte, wie sie sich fühlte. Sie sagte Linda, sie sei schön, oder etwas in der Art.

Hinter ihrer Stirn hatte sich eine Ameisenkolonie eingenistet, daran war das Gras schuld. Sie tanzten noch ein bisschen, und als Mini in die Küche ging, glaubte sie, die Tür von Wolfs Zimmer zufallen zu hören.

Sie ging langsam und schwindelig den Flur entlang und sah sich flüchtig im Spiegel, mit rotem Kopf und ein paar Flecken auf der linken Wange, von Lindas Lippenstift.

In der Küche stand nur Nina an der Spüle mit dem Wasserkocher, die anderen waren im Wohnzimmer. »Willst du Kaffee?«

»Ja … Ja, warum nicht.« Mini setzte sich langsam in einen Sessel. Sie fing an, sich eine Zigarette zu drehen, benutzte zu viel Spucke und riss den Filter ab.

Nina grinste sie an. »Duhn?«

»Ich glaub. Ich hab zu viel getrunken, vielleicht.«

»Kaffee hilft immer.«

»Ich hab grad Linda geküsst.«

»Und? Wie war's?«

»Ich weiß nicht.« Sie begann, an einer neuen Zigarette zu arbeiten. Als sie aufblickte, stand Nina mit dem Rücken zu ihr an der Küchentheke und schüttete Kaffeepulver in die French Press.

»Ich weiß nicht«, sagte Mini noch einmal. Weil sie überhaupt nie wusste. Dann zündete sie ihre Zigarette an und nahm einen tiefen, tiefen Zug. »Wusstest du, dass ich ein bisschen verliebt war in sie?«

»Nee. Hat man dir auch nicht wirklich angemerkt. Aber dann ist das doch gut – oder? Also, dass ihr euch geküsst habt.«

»Ich glaube, sie hat grad Sex mit Wolf.«

»Was?! Wie – jetzt gerade?«

»Mhm …«

»Nachdem ihr euch geküsst habt? Warum hat sie dann

keinen Sex mit dir? Außerdem … Weißt du das? Also, bist du dir sicher?«

Mini lehnte sich zurück und irgendwie war es alles witzig. Sie musste lachen.

»Geh doch zurück«, sagte Nina und schaute sie an. Herausfordernd, auf ihre Art.

»Quatsch«, sagte Mini und lachte lauter.

»Ist das echt so witzig?«

»Nein. Nur … Nur, ich dachte halt, ich wäre richtig verliebt in Linda. Ich hab mir alles vorgestellt irgendwie, weißt du. Ziemlich lange sogar. Und jetzt haben wir uns geküsst, aber nur, weil wir betrunken waren. Nur weil *sie* betrunken war. Ich meine, *ich* hätte sie auch nüchtern geküsst. Und es war …« Mini verdrehte die Augen.

»Nicht so sensationell?« Nina goss das heiße Wasser über den Kaffee.

»Wäre es vielleicht gewesen. Aber es war vor allem unehrlich. Denkst du oft, dass alles, was so auf Partys und so passiert, wenn man Drogen genommen hat oder viel Alkohol getrunken und sich deshalb gut fühlt – ist ja alles nicht wirklich echt. Also ich denke manchmal später, wenn es vorbei ist, dass es gar nichts wert war. Dass man in dem Moment nur glücklich war, weil es eben nicht echt war. Fake, alles gefaked«, sie lachte merkwürdig scheppernd.

Nina rührte im Kaffee herum und stellte zwei Tassen auf den Tisch. Im Wohnzimmer versuchten die anderen, Musik zu machen, aber wer auch immer am Schlagzeug saß, schaffte es nicht mal ansatzweise, den Takt zu halten.

»Na ja«, sagte Nina. »Keine Ahnung. Ist jetzt nicht so, als hätte ich da noch nie drüber nachgedacht, aber weißt du, was ich mir dann immer denke?«

Sie grinste Mini an. »Ich denk immer: Egal. Weil, ›Fake‹ ist halt auch nur ein Wort, es kommt ja bei Gefühlen nicht immer darauf an, wo sie herkommen und wieso, sie fühlen sich halt irgendwie an. Gut, schlecht, komisch, aufregend, witzig – whatever. Jedenfalls kommen sie und gehen und man kann sich dran erinnern. Also warum nicht einfach ein gutes Gefühl haben, das ›chemisch‹ oder wie auch immer hervorgerufen wurde, und sich dann drüber freuen, anstatt alles zu hinterfragen. Genau. Das denk ich mir immer so.«

»Ja, das würde ich auch gerne denken, aber nüchtern fällt's mir schwer. Vor allem, wenn ich das Gefühl habe, ein Gefühl nur künstlich haben zu können und nicht einfach so normal.«

Dann haben sie den Kaffee getrunken.

Mit Philipp war und ist es natürlich ganz anders. Schon allein, weil es sich so mit der Zeit entwickelte, und das macht es greifbarer und realer für Mini. Kein kurzes Drama, wenn es vorbeigeht, sondern lange depressive Tage, und wo vorher grundsätzlich gute Laune war, kommt dann grundsätzlich schlechte.

Sie standen mit Danas Transporter irgendwo in der französischen Pampa und konnten sich tagelang nicht richtig waschen, weil es keine Seife mehr gab, und der einzige Kanal in der Nähe war von einer schmutzig schimmernden Ölschicht überzogen. Philipp sagte, er sei krank, ihm sei »kotzübel«, sagte er, und eine Weiterfahrt? Unmöglich.

Er lag, den Kopf in ein kleines Kissen gedrückt, in der schmalen Schattenspur vor dem Transporter. Leo hatte ihm eine Matratze rausgelegt und war verschwunden. Irgendwo im kleinen Zedernwäldchen neben ihnen.

»Goooott«, sagte Philipp und hob ganz kurz den Kopf aus

dem Kissen, um sich zu Mini umzudrehen, »mir ist kotzübel. Kotz-übel.«

Sie hatten ja kein direktes Ziel und es deswegen auch nicht eilig, aber Mini wollte nach Bordeaux. Mitten in der heißen Sonne begannen die Schweißperlen auf ihren Oberschenkeln zu köcheln und aufgeheizte dunkle Haare verbrannten die Haut in ihrem Nacken.

»Mini?«, flüsterte Philipp, und sie sagte: »Ja?«, und dann kam nichts mehr. Sie fragte leise: »Was denn?«, und sah an ihren Fingern feine, feine Tröpfchen hinunterlaufen. Vorsichtig streckte sie die Zunge aus dem Mund und leckte eines ab. Salzig.

Philipp drehte sich zu ihr und sagte: »Ich hatte gerade das Gefühl, meine Augen würden mir aus dem Gesicht fallen.«

»Vielleicht Fieberfantasien?«, fragte Mini.

Und Philipp sagte, ja, wahrscheinlich, und hatte den Kopf schon wieder im Kissen.

Wenn sie die Möglichkeit hatte, ihr Handy und das mobile Ladegerät irgendwo aufzuladen, postete Mini Fotos auf Instagram. Dana hatte einen Account, wo sie regelmäßig Updates oder irgendwelche Selbstfindungstexte und Empowerment-Zeug veröffentlichte. Manchmal machte sie heimlich Fotos von Mini: ihr nackter, braun gebrannter Rücken über einer weiten Hose, wenn sie oberkörperfrei in der Sonne saß. Oder Minis Profil, lachend neben Philipp und Leo. Oder Mini verschwommen, weil zu weit entfernt von Danas Kamera, wie sie auf der Seite liegt und ein Buch liest.

Elena hatte ihr auf Instagram geschrieben, nachdem Mini ein Foto mit Ortsangabe postete in der Nähe von Aurillac.

Ej! Bist du in frankreich? Bleibst du länger hier?

Mini hatte einen Moment gebraucht, um sich an Elena zu erinnern. Das war eine Freundin von Nina gewesen, vielleicht auch eine von Mini, aber so etwas kann Mini nicht einschätzen, ob jemand mit ihr befreundet ist oder nicht, meistens sind es ja doch nur Bekanntschaften.

Sie schrieb zurück, dass sie schon seit ungefähr drei Wochen in Frankreich sei und wahrscheinlich auch noch eine Weile bleiben werde. Es stellte sich heraus, dass Elena gerade ein Erasmussemester in Bordeaux gemacht hatte und die Semesterferien in Frankreich verbringen wollte. Sie studierte Internationale Beziehungen in Dresden. Deswegen wollte Mini nach Bordeaux. Sie hatte Elena von Starkes Villa dort erzählt, wie sie früher Urlaub am Atlantik gemacht hatten und dass sie die Stadt gerne einmal wiedersehen würde.

Alles Sprachnachrichten auf Instagram und sie hatte Hunderte Male Elenas Profil angeschaut. Ein Foto von ihr neben einem jungen blonden Mann, fast einen Kopf größer als sie, er hatte einen Arm um ihre Schultern gelegt. Ein Foto von ihrem unaufgeräumten Schreibtisch im Studierendenwohnheim in Bordeaux – das war das neuste – und im Hintergrund sah sie Kaffeeflecken auf gestapelten Notizzetteln.

Elena, wie sie auf einer kleinen Mauer sitzt vor einer Tankstelle, sie silhouettenhaft, weil es schon dämmrig ist, und dann ganz bunt die Lichter und Reklame der Tankstelle im Hintergrund.

Mini fühlte sich, als hätte sie für Elena geübt, sie war so gut vorbereitet, wie sie es eben sein konnte, besser ging nicht, denn sie hatte nur begrenzte Möglichkeiten, es gab ja nur den Instagram-Account und das Bisschen, das sie aus Sprachnachrichten von ihr erfahren hatte.

Als Leo zurückkam, legte er Philipp die Hand auf die

Stirn und murmelte irgendetwas. Dann fragte er mit einem Blick zu Mini: »Weißt du, was er gemacht hat?«

Mini sagte: »Na ja, rumgedöst, was anderes kann er ja kaum, in dem Zustand.«

Leo schüttelte den Kopf und sagte, nein, *das* würde er auch gar nicht meinen. Mini fragte, was er denn dann meine.

»Was er vorher gemacht hat halt. Das kommt ja nicht von ungefähr, dass er jetzt so krank hier rumliegt.«

»Keine Ahnung«, sagte Mini, »vielleicht was Schlechtes gegessen oder so?«

»Was gegessen«, sagte Leo nachdenklich. Er schüttelte noch mal den Kopf und nahm Mini bei der Hand. Dann ging er mit ihr ein Stück von Philipps Matratze weg, wieder auf das Wäldchen zu, und flüsterte Mini dabei ins Ohr: »Ich wollte nur kurz mal mit dir alleine reden.«

Als sie ungefähr hundert Meter von Philipp entfernt waren, blieb Mini stehen und fragte: »Was denn nun?«

Leo setzte sich im Schneidersitz vor sie auf den Boden und wartete, bis sie sich auch gesetzt hatte. Dann: »Vielleicht weißt du ja nicht, wie das ist mit den Krankheiten. Ich habe mich da jetzt schon länger mit auseinandergesetzt und auch viel dazu gelesen und mittlerweile bin ich mir ziemlich sicher, dass alles irgendwo herkommt. Es ist ja alles miteinander verbunden, das ist mir schon länger bewusst, dir wahrscheinlich auch, also warum sollten Krankheiten da eine Ausnahme bilden?«

Mini fummelte an ein paar vertrockneten Grashalmen vor sich auf dem Boden herum. Sie brach ein dünnes Ästchen in der Mitte durch, legte die eine Hälfte vor sich hin, brach die andere noch mal durch, schaute Leo nicht an.

»So«, sagte Leo und wartete kurz. Dann sagte er: »Also mit dir und Philipp. Darauf will ich hinaus.«

Er guckte auf Minis Haare und Mini hob den Kopf: »Ja?«

»Na, ihr zwei, ihr habt doch was miteinander?«

Sie sagte ja, stimmt.

»Okay«, wieder eine kleine Pause, »er und Dana auch und wir haben ja noch nicht drüber geredet, aber Dana kenne ich halt schon länger jetzt und ich weiß, dass sie sehr offen ist und natürlich nichts dagegen hat, aber ich glaube, dich könnte es verletzen. Ich glaube, du bist anders als Dana. Und Philipp hat das gemerkt und ich glaub, da sind ihm jetzt Zweifel gekommen und negative Gedanken und mit den negativen Gedanken kommen negative Energien und daher kommt Krankheit.« Er verkniff den Mund ein bisschen und setzte sich gerader hin.

Mini räusperte sich. Sie dachte ja, genau, Leo, ich kenn deine Eso-Schiene, und sagte es nicht, weil sie ihn nicht verletzen wollte.

»Ich mache mir ja auch Sorgen um *dich*«, sagte Leo, »dass du auch in diese negative Gedankenwelt abrutschst und dann nicht wieder rauskommst. Das kann richtig schnell gehen.« Er konnte sehr eindringlich schauen.

In seinem Portemonnaie hatte Leo kleine Abbildungen von Kornkreisen. Ausgeschnitten aus Zeitschriften. Als Mini das das erste Mal sah, noch in Paris, wusste sie nicht einmal, was Kornkreise waren, geschweige denn, welche Bedeutung Leo solchen Dingen zumaß.

Paul sagt dazu: »Ja, das ist ziemlich albern, aber letztendlich … eigentlich harmlos. Er tut ja niemandem was.«

Sie haben noch einen Tag gewartet, es ging Philipp besser, sie sind weitergefahren nach Toulouse.

10

Unser grüner Planet. Neuste Satellitenaufnahmen beweisen die zunehmende Begrünung der Erde.

Mini schaut auf graue und grüne Flächen, kleine blaue Punkte, rote Zipfel: eine Weltkarte. Daneben zeigt eine Skala 30 Prozent, 20 Prozent, 10 Prozent, 0 Prozent, 10 Prozent – was die Prozente besagen, ist nirgends vermerkt.

Leo hat ihr den Link dazu in einer Mail geschickt. Er schreibt:

Liebe mini.
Den verlinkten artikel kannst du auf jeden fall auch philipp zeigen, finde ich sehr interessant und auch erhellend.
Wir sind alle lichtwesen und dein leuchten spüre ich in genau diesem moment, während ich dir schreibe.
Ich wollte dir eigentlich dieses buch mitgeben, welches ich las, als wir unterwegs waren mit dana, das muss ich leider vergessen haben. Sagt dir viktor reisi etwas? Das ist ein schweizer autor den ich sehr schätze, er hat mir zu so einigen erkenntnissen verholfen, welche ich so ohne weiteres wohl nicht von alleine hätte erreichen können. Hoffentlich seid ihr an diesen späten sommertagen wohlauf und lasst euch sättigen von den letzten kraftvollen sonnenstrahlen, die der himmel uns vermacht.
Unsere welt begrünt sich, mini. Ist das nicht eine positive botschaft, von der wir uns stärken und begeistern lassen

sollten, anstatt uns weiter verbitterten horrorszenarien der zukunft hinzugeben?
Sei gegrüßt, umarmt und geliebt
Dein Leo

Ungefähr fünf Minuten später kommt eine zweite Mail:

Ich habe noch eins vergessen: eine freundin von mir leitet in Freiburg workshops zum energieausgleich, selbstfindung u. ä. falls du da lust drauf hast. Sie hat mich neulich eingeladen, aber ich bin natürlich gerade ganz woanders. Ich schicke dir ihre adresse, wenn ich sie finde, habe es gerade nicht parat. Ciao ciao

Mini zeigt Philipp die erste Mail und den Link und Philipp liest sich gewissenhaft alles durch. »Ich bin ja kein Klimaforscher, aber das mit dem CO_2 leuchtet schon ein, oder? Die Pflanzen brauchen CO_2 zum Wachsen und je mehr wir ausstoßen, desto mehr Pflanzen können sich davon ernähren im Prinzip. Klingt schon logisch für mich. Auch wenn ich im Endeffekt keine großen Sorgen habe, was die Zukunft angeht, weil Natur meiner Meinung nach Natur ist und bleibt und wir Menschen uns viel zu viel auf uns einbilden.«

Nachmittags telefoniert sie mit Nina. Die war in Hamburg und hat alle möglichen Menschen wiedergesehen, Kaffee getrunken, Kuchen gegessen, sich eine neue Jacke gekauft.

»Weißt du, mit wem ich mich getroffen habe?«, fragt Nina und Mini murmelt Nein und Mit wem denn und räumt dabei Pauls Geschirr in den Schrank. Sie hat Nina auf laut gestellt und gibt sich Mühe, nicht mit den Tellern zu klappern.

»Lenn«, sagt Nina und lässt Mini Zeit, diese unverhoffte Neuigkeit sacken zu lassen.

»Ui«, sagt Mini versuchsweise und wartet.

»Wie war'sch denn?«, nuschelt sie dann, mit einer alten Zeitung zwischen den Zähnen, die dort lag, wo eigentlich die Tassen hinkommen.

»Interessant war's. Ich hatte da jetzt auch keine großen Erwartungen. Also, wir sind schon noch so sporadisch in Kontakt gewesen. Freundschaftlich. Er hat jetzt einen Hund – ziemlich hässlich, so ein Terrier irgendwie –, den hat er mitgenommen zum Kaffeetrinken. Dann noch was von seiner neuen Freundin erzählt. Sarah Belle? Sandra Belle oder so? Komischer Name. Und wir haben uns halt ganz nett unterhalten, bisschen geupdatet. Er hat so ein fettes Auto, richtig bonzig fast schon, nen Mercedes glaub ich, denk dir mal, mit – wie alt ist er? – 27? Muss wahnsinnig unsportlich sein, der kam schon aus der Puste, als wir danach spazieren waren und kurz mit dem Hund gerannt sind, da hat er richtig schwer geatmet. Na, kein Wunder, wenn er immer Auto fährt überallhin, ne?«

Mini sagt zwischendurch »mhm« und »ja, schon«.

»Ehrlich gesagt hab ich auch noch überlegt«, Nina raschelt mit irgendwas herum, so nach dem Motto: das erzähl ich ja jetzt nur ungern, aber geht dich natürlich schon was an, »ich hab ja auch noch überlegt – also schon so ernsthaft drüber nachgedacht …«

Widerwillige Pause.

»… ob ich mal bei Franzi vorbeischauen soll.«

Geständnis.

»Ähm. Ja?« Mini setzt sich auf den Schreibtischstuhl am Küchentisch und legt das Handy vor sich hin. »Kannst du natürlich machen, wenn du willst. Warum erzählst du es mir jetzt so, als hättest du n schlechtes Gewissen deshalb?«

»Es geht dich halt was an. Keine Ahnung: Franzi? Ist so was wie deine Mama irgendwie?«

»Und?«

»Und ich kenne sie auch ganz gut, sie schreibt mir öfter mal auf WhatsApp. Ich ihr auch. Wir tauschen uns aus und so. Du hast dich jetzt wie lange nicht bei ihr gemeldet? Weiß sie überhaupt, ob du noch am Leben bist? Jetzt mal bisschen krass und überspitzt ausgedrückt. Aber schon so, Mini.«

Mini zieht die Holzmaserung der Tischplatte nach mit Zeige- und Mittelfinger. Themenwechsel? Bitte?! Sie schnalzt gedämpft mit der Zunge.

»War echt nicht böse gemeint«, sagt Nina und klingt weit weg.

»Oh, schon okay.« Mini nickt vor sich hin – erträgt ihr eigenes schlechtes Gewissen: Franzi ist nicht die Einzige, die leidet. »Stimmt ja auch. Ich schreib ihr bestimmt mal ne Mail oder so. Was macht deine Uni? Fängt bald wieder an, oder?«

»Gott, ja. Na ja, hm. Schon gut, es wird, es wird …« Punkt, Punkt, Punkt.

Weil Paul in die Küche kommt, steckt Mini Kopfhörer in ihr Handy, so muss er nicht hören, was Nina alles erzählt, und scrollt dann durch ihre Fotos. Sie öffnet ein Bild aus Frankreich, das Dana von ihr gemacht hat. Sie sitzt auf ihren Unterschenkeln vor Danas kleiner Bücherwand hinten im Auto auf dem Bett und fädelt Perlen auf ein Armband. Das wollte sie später Nina schicken. Hat sie nie getan, es liegt wahrscheinlich irgendwo in einem von Danas Schmuckbeuteln. Minis Gesicht ist auf dem Foto kaum zu erkennen, versteckt hinter ihren Haaren und vornübergebeugt, komplette Konzentration. Die Härchen auf ihren Armen leuchten sehr hell, sie sind in der Sonne fast weiß geworden. Mini schneidet das Bild für Instagram zurecht und bearbeitet die Farben, bis sie ganz satt und leuchtend sind, und sie findet, dass alles an diesem Bild gesund aussieht. Sie überlegt, es sofort zu posten, aber wenn Nina das sieht, ist sie vielleicht beleidigt, dass Mini während des Telefonats auf ihrem Handy herumspielt, und Mini entschließt sich, lieber abzuwarten.

11

Tagsüber ist Philipp im Pflegeheim und Paul in seinem Zimmer. Paul schläft bis vierzehn, manchmal fünfzehn Uhr und geht dann in Unterhose in die Küche, um Kaffee zu kochen. Mini ist früher wach und googelt nach einer Zukunft. Sie schaut sich Ausbildungsplätze und Studiengänge an, die für sie infrage kämen. Wenn sie sich die ersten ein, zwei Sätze eines kleinen Vorstellungstextes über einen bestimmten Studiengang durchgelesen hat, wenn ihre Augen in den paar Sekunden, die das dauern könnte, schon fünfmal zu den blinkenden Werbeanzeigen neben dem Artikel gezuckt sind, sich zurückgekämpft haben zum Text, das nächste Wort aufgenommen haben, aber Mini dann machtlos zurücklassen vor Philipps Laptop, schließt sie die Seite und ruft eine neue auf. Oder klickt einen anderen Link zu einem ähnlichen Studiengang an, zu einem ähnlichen Ausbildungsplatz. Sie klickt auch durch Bilder von Wohnungsanzeigen in Städten, in denen sie noch nie gewesen ist, die Beschreibungen darunter, die Ausstattung: EBK, Etage oder Erdgeschoss, 1-Zimmer, 2-Zimmer, Balkon, Badewanne. Billige Wohnungen in Plattenbauten mit Laminat, grau gesprenkeltes Linoleum, bessere Lage, Dielen, Parkett. Sie öffnet jetzt Google Maps auf ihrem Handy und gibt dresden ein. Sie zieht mit beiden Daumen den Bildschirm auseinander, bis sie nur noch Flächen sieht, gelb gefärbte Straßen, mattgrüne Parks, hellgrau, dunkelgrau. Sie gibt dann dresden äussere neustadt ein und macht das Gleiche. Wieder zoomt sie tief hinein. Dann geht sie auf Satellit und schaut sich die Häuser an. In einem von ihnen wohnt Elena. Sie schließt Maps und öffnet Instagram. Sie schließt Instagram und öffnet den Chat mit Elena. Sie hört sich eine Sprachnachricht an. »Nee, wir waren nur noch bei dieser Ausstellung von Daniel Richter und dann sind wir zu so einer komischen Party, das war so scheiße, Mini, hahahaha, sei froh, dass du nicht dabei warst, weißt du eigentlich schon, wann du mal hochkommen kannst? Ich wollte noch«, sagt Elenas Stimme. Mit halbem Ohr hört Mini ihr zu, während sie sich ein T-Shirt und eine Unterhose aus dem Wäscheberg neben der Wohnzimmertür sucht. Sie zieht ihre dreckige Unterhose aus und knüllt sie zusammen, bevor sie sie unter die anderen dreckigen Unterhosen neben dem Wäscheberg schiebt. Dann zieht sie sich die frische an und legt ein benutztes Handtuch über den Unterhosenberg. Als Philipp morgens aufstehen musste, hat sein Alarm sie beide geweckt. Philipp hat die Angewohnheit, seinen Alarm dreimal auf Snooze zu stellen, bevor er ihn ganz ausmacht. Mini findet das scheußlich. Sie fragt sich, wer diese Funktion erfunden hat, und sie denkt, dass so viel Selbstdisziplin doch möglich sein muss, dass man den Wecker hört und dann einfach aufsteht. Sie hat heute Morgen auch nicht wirklich darüber nachgedacht, als sie Philipps Wecker für ihn ausgestellt hat, im Prinzip hat sie es vergessen. Sie hat zumindest nicht gedacht: Oh, jetzt werd ich ihm mal ordentlich den Tag versauen, indem ich den Alarm für ihn ausstelle, damit er dann wieder einschläft und nicht mehr aufwacht, weil ich den Alarm ja nicht auf Snooze gestellt, sondern ganz ausgeschaltet hab. Das hat sie natürlich nicht vorgehabt. Eher hat sie gedacht: Scheiße, jetzt klingelt schon wieder diese Scheiße, fuck, ist das früh. Und dann schlaftrunken den Schiebebalken auf dem Handydisplay in irgendeine beliebige Richtung gezogen. Gegen acht oder so hat sie gemerkt, dass Philipp immer noch neben ihr lag, und ihn vorsichtig angetippt, an der Schulter, dann »Philipp« gesagt. »Philipp?«

»Mhmm?«

»Philipp?«

»Waaas.«

»Es ist schon fast acht, glaub ich.«

»Waaaas«, schläfrig. »Was?!«, wacher. »Oh, shit«, schon am Anziehen.

»Sorry, ich hab deinen Wecker ausgemacht, vorhin, glaub ich?«

»Alter.« Dann war er weg.

Sie hat schon irgendwie ein schlechtes Gewissen, aber es vereinnahmt sie jetzt nicht. Na ja, ein wenig. Sie wird sich dann nachher bei ihm entschuldigen. Mini ist auch nicht gut im Aufstehen, aber wie gesagt, sie versucht es wenigstens. Dabei wurde es ihr nie beigebracht. Beziehungsweise, sie musste es eben nie lernen, weil sie immer geweckt worden ist. In der Zeit, wo Pia wegen ihrer Arbeit unterwegs war und Franzi bei ihnen gewohnt hat, weckte Franzi sie. Wenn Pia da war, Pia. Und ganz selten Starke. Wenn Starke sie weckte, stand sie besonders langsam auf. Nicht mit Absicht, ihr Körper machte das einfach so. Sie frühstückte dann auch besonders langsam.

Mini hat ein lebhaftes Bild vor Augen, wie sie einmal in der Küche saß, morgens vor der Schule, Konsti war damals jedenfalls schon in Bayern gewesen auf seinem Internat, Mini vielleicht elf, vielleicht auch schon zwölf, und Starke sollte sie zur Schule bringen. Es war nicht weit bis zur Schule, aber Starke mochte es offensichtlich nicht, zu fahren. Zumindest fuhr er nur im äußersten Notfall, nur wenn Franzi wirklich keine Zeit hatte. Warum Franzi an dem Tag nicht konnte, weiß Mini nicht mehr genau, aber sie hat die vage Erinnerung, dass es der Tag gewesen sein könnte, an dem Franzi eine Mammografie machen musste, was eine komische Geschichte war, die Mini nicht wirklich verstand, aber im Endeffekt handelte es sich nur um irgendeine Vorsorgeuntersuchung. Es war nichts gewesen. Mini war ja noch relativ klein und sie wusste gar nicht, was das ist, eine Mammografie, also hat sie sich im Internet Videos angeschaut, wie so was abläuft, und fand es schockierend und auf eine Art entwürdigend, obwohl sie nicht sagen konnte, woran genau das lag. Aber allein die Tatsache, Brüste zu haben, die dehnbar und groß genug wären, sie auf so eine Scheibe zu legen und mit einer anderen platt zu drücken, rief ein unbehagliches Gefühl in ihr hervor und etwas wie Scham. Aber es war wie gesagt eh nur Vorsorge gewesen.

Das Frühstück an der Kücheninsel. Mini aß immer Cornflakes mit Milch. Meistens aß sie die Hälfte in etwa und wühlte dann mit dem Löffel in der Pampe herum, bis es grauer Brei war, wie eine Mischung aus stückigem Nasenschleim und Lehm oder dem ekelhaft samtigen Sand am Grund von Badetümpeln oder Pappmaschee oder anderen widerlichen Sachen. Also wirklich völlig ungenießbar.

An dem Morgen machte sie das auch. Es war allerdings so, dass Starke nicht wusste, dass sie es jeden Morgen machte, weil er normalerweise nicht dabei war. Er war ja eh selten dabei, wenn sie etwas machte. Er sagte also: »Was machst du da?« Und Mini sagte: »Frühstücken?« Und dann sagte Starke, das sehe eher nach gemeingefährlicher Rache an ein paar armen Cornflakes aus und er könne sich gar nicht vorstellen, was diese armen Cornflakes so Schlimmes getan hätten, um diese Behandlung zu verdienen. Er sagte es eigentlich ganz nett, aber Mini hatte überhaupt keine Lust, nett zurück zu sein. Sie sagte deshalb nichts und ließ die Cornflakes einfach stehen, mit dem Löffel darin.

Sie ging dann sehr langsam die Treppe hinauf in ihr Zimmer und holte ihren Rucksack, den sie nach draußen trug zu dem schwarzen BMW SUV, Starkes Auto, und dann setzte sie sich neben den Rucksack auf die Rückbank.

Starke saß schon vorne und tippte etwas in sein Telefon. Danach tippte er etwas in den kleinen Bildschirm vorne am Armaturenbrett. Er sagte dann: »Geht ihr nachher reiten, Nina und du?«

»Ja?«, sagte Mini. »Wir gehen jeden Dienstag reiten?«

»Holt Ninas Papa euch ab?«

Er sagte es so beiläufig, während er in den Bildschirm am Armaturenbrett tippte, weil er ein Navi brauchte, um Minis Schule zu finden. Er stellte außerdem das Radio leiser, damit sie sich unterhalten könnten. Mini zog den Reißverschluss ihrer Jacke auf und zu und sagte ja, klar, wie immer halt. Das Auf- und Zuziehen beschleunigte sich, sie machte es einfach so aus einer Albernheit heraus.

»Lass das mal«, sagte Starke, fuhr an, warf ihr einen Blick zu, »das ist nicht gut für den Reißverschluss.« Er schaute sich selbst über die Schulter und in den Rückspiegel und seine Stirn war gerunzelt in einer Art Gewohnheits-Konzentration.

»Ich könnte euch ja auch mal abholen?«, sagte er dann. Sein Kinn warf ein paar frisch rasierte Falten, weil er den Kopf schräg nach unten drehte, um Mini anzuschauen. Sie zog ihren Reißverschluss sehr langsam hoch und machte ein Geräusch hinten im Mund.

»Nicht?«, fragte er.

»Doch, mach doch.« Reißverschluss auf. Reißverschluss zu.

»Mini«, sagte Starke und griff neben sich mit einer Hand, was wohl eine beruhigende Wirkung auf den Reißverschluss haben sollte. »Du bist ja ein richtiger Morgenmuffel«, sagte er, als wäre sie acht. Sie mussten dann anhalten, weil vor ihnen eine rote Ampel war und mehrere Autos und in einem Großteil dieser Autos saßen Kinder und Eltern und Menschen, die zur Arbeit fuhren. Der Reißverschluss erreichte Minis Kinn und ließ sich dann noch weiter schließen, sodass ungefähr die ganze untere Gesichtshälfte bedeckt war. Sie schaute auf den blauen Pfeil, der sich seinen Weg über das Display neben Starkes Händen fraß, und sie schaute auf die Uhr an Starkes Handgelenk, die sie immer noch genau vor Augen hat, sie war so mittelbreit und silbern, und manchmal kann Mini sie an fremden Handgelenken irgendwo auf der Straße erkennen.

»Ich war auch ein Morgenmuffel früher«, sagte Starke dann. »Als Jugendlicher konnte ich unter Umständen bis mittags schlafen.« Das Ding bei Starke war, wenn er mit Mini sprach, dass er sich völlig unnatürlich ausdrückte. Er sagte Sachen wie *unter Umständen*. »Oma Effi fand das scheußlich«, sagte er, »sie hat am Wochenende immer versucht, mich um acht zu wecken. Aber ich konnte wirklich schlafen wie ein Stein. Geradezu komatös. Jetzt lass doch mal diesen Reißverschluss, Mini, du machst den kaputt mit deinem Rumgeziehe.«

Geradezu komatös. So was sagte er. Er räusperte sich. Mini musste dann anfangen zu lachen, erst wegen komatös, dann wegen *oma-tös*. Die Vorstellung von Oma Effis Getöse war schon witzig. Und auch die Vorstellung von Starke in seinem Kinderzimmer, das war schon komisch alles. Und Starke lachte auch ein bisschen mit, wahrscheinlich dachte er, dass er irgendwie witzig gewesen wäre oder so, was vielleicht auch so war, aber jedenfalls nicht, wie er dachte. Als nur noch Mini lachte, kam es ihm dann wohl doch unangemessen vor und er sagte, also *so* lustig sei es nun auch nicht gewesen.

Am Nachmittag steht sie mit Philipp vor einem Asia-Imbiss. Es riecht genauso, wie es vor jedem Imbiss mit Fritteuse oder Wok riecht. Es ist etwas zu hell draußen, Minis Augen brennen, weil sie den ganzen Vormittag im Halbdunkel vor Philipps Laptop gesessen hat. Ein paar Minuten zuvor hat Philipp gesagt, dass er Hunger hat. »Willst du was zu essen kaufen?«, hat Mini gefragt. Philipp hat Ja gesagt und meinetwegen.

»Hier?«, fragt sie Philipp. Philipp sagt hm. Er zieht dabei so an seinen Rucksackträgern und an den Bändern, die daran runterhängen, rum. Er schaut abwägend. »Was denkst du?«, fragt er dann.

»Ich will nichts«, sagt Mini.

»Ach so? Gar nichts?«

»Ich hab keinen Hunger.«

»Ach so. Ah.« Er hält den einen Rucksackträger mit der Hand fest. Er rückt ihn ein Stück nach vorne, von der Brust weg. Wenn Mini ihm ins Gesicht schauen will, muss sie ein bisschen hochgucken. Sein Gesicht sieht noch genauso sommerlich aus wie in Frankreich, er hat sich eine Weile nicht rasiert. Die Farbe von den Bartstoppeln ist hellbraun.

»Na ja, wir können ja sonst auch später was holen«, sagt er dann.

»Hä, kauf doch jetzt was, wenn du Hunger hast?«, sagt Mini. Sie hat eine Bauchtasche mit ihrem Portemonnaie, Handy und Kaugummis dabei. Filter, Blättchen, Tabak. Es ist 17 Uhr 13, als sie auf das Handy schaut.

»Nee, schon okay«, sagt Philipp. »Krieg ich eins?« Er zeigt auf die Blättchen in Minis Hand. Sie drehen sich beide eine Zigarette. Dann können sie nicht rauchen, weil Mini ihr Feuerzeug nicht findet. Philipp stöhnt und stöhnt, den ganzen Weg lang stöhnt er. Oder seufzt. Und atmet. Er entlässt Luft und nimmt Atemzüge auf eine ganz bestimmte Weise, die Mini zeigen soll, wie unzufrieden er ist.

Mini fragt ihn also, ob er ihr jetzt etwa noch böse ist wegen heute Morgen?

»Was?«, sagt er. »Nein?«

»Okay, cool.«

Sie gehen. Er seufzt. Er atmet.

»Aber schlecht drauf bist du trotzdem?«

»Ich wollte halt einfach nur grad rauchen und jetzt haben wir kein Feuer und es nervt irgendwie alles.«

Erst macht er mit der Zigarette eine Bewegung neben seinem Ohr, als wolle er sie dahinterstecken, dann stöhnt er wieder und stopft sie in seine Hosentasche. Hinten am Arsch, wo sie so gequetscht wird, dass man sie jedenfalls nie mehr rauchen kann.

»Sorry« sagt Mini, mit einer Betonung, die es nach »fick dich« klingen lässt.

»Hä«, sagt Philipp.

»Was hä?«

»Warum entschuldigst du dich jetzt?«

»Weil ich kein Feuer dabeihab. Weil ich keinen Hunger hab. Keine Ahnung, weil alles schiefgeht heute.«

»Na ja«, sagt Philipp. Mehr sagt er erst mal nicht. Sie gehen ein bisschen. »Für dich ist heute eigentlich nicht besonders viel schiefgegangen«, sagt er dann, aber nicht so, als hätte er es schon die ganze Zeit sagen wollen, sondern als wäre es ihm grad erst in den Sinn gekommen. Er räuspert sich, um zu unterstreichen, dass er etwas dazu zu sagen hat und Mini nicht. Die Probleme seines überfüllten Lebens liegen schwer auf seinen Stimmbändern, die Qualen eines Alltags, den er nicht mit Mini teilt.

»Nein«, sagt Mini und macht eine Pause, saugt imaginäre Feuchtigkeit aus ihren Lippen. »Weshalb ich mich ja auch gerade bei dir entschuldigt habe?«

Er sagt wieder na ja. Diesmal sagt er es so, wie er es meint. Von oben herab und ohne Umschweife. »Du hast dich eher gerechtfertigt.« Er geht ungefähr einen Schritt vor ihr und redet mit seiner Schulter.

»Wie habe ich mich denn bitte gerechtfertigt, deiner Meinung nach?« Mini würde lieber stehen bleiben und ein wirkliches Gespräch führen, aber sobald sie langsamer geht, geht Philipp schneller.

»Ja, egal«, sagt Philipp. Er bohrt mit dem Zeigefinger in seinem Ohr und kratzt dann die Ohrmuschel. »Gehen wir jetzt nach Hause oder was?« Mit dem Daumen schnippt er gegen die Kuppe des Zeigefingers. Mini visualisiert die Ohrschmalzpartikel und ihre Flugbahn. Sie bleibt stehen. Philipp geht weiter, als wäre sie ein bockiges Kleinkind, das er einfach ignorieren kann. Sie ruft ihm hinterher, okay, dann würde sie alleine noch ein bisschen spazieren. Irgendwie stellt sie sich vor, dass ihn das zum Lachen bringt, aber sie sieht ja nur seinen Hinterkopf und den Rucksack.

»Ja, mach halt«, sagt er, und zwar relativ laut, weil er ja

schon ein paar Schritte voraus ist, aber er ruft es jedenfalls nicht und vielleicht ist es ihm auch nicht so wichtig, dass Mini ihn hört.

»Alter, Philipp, bleib doch mal stehen jetzt.«

Er bleibt stehen. Mini geht zu ihm und legt eine Hand auf seine Schulter. Das T-Shirt ist sehr warm und ein bisschen feucht. Ihre Hand dort fühlt sich komisch an und erzwungen, also nimmt sie sie wieder weg. Dann versucht sie es noch mal und greift nach seinen Handgelenken und drückt sie und lässt die Hände nach unten wandern, um seine Fäuste herum, und drückt sie. »Können wir uns kurz hinsetzen?«

Er blickt sich um und sagt, er wüsste nicht, wo.

»Ja, keine Ahnung – da?« Sie deutet auf den Bordstein neben ihnen.

Philipp tut so, als hätte er sich noch nie auf einen Bordstein gesetzt, aber schließlich schafft er es und wahrscheinlich wartet er auf Minis Glückwünsche, aber sie hat gerade keinen Kopf dafür. In ihrer Hand ist immer noch die Zigarette, sie fühlt sich knittrig und verschwitzt an.

»Okay«, sagt Philipp und wippt vor und zurück. Seine Unterarme liegen auf den Knien und dazwischen hat er die Hände gefaltet.

Mini schaut auf sein Profil. Sie nimmt die Kaugummis aus ihrer Tasche und legt die geöffnete Tasche neben sich und schiebt einen Kaugummi aus der Verpackung. Danach hält sie Philipp die Packung hin und hat schon mit Zeigefinger und Daumen zu drücken begonnen, hinter einem der Dragees, sie wartet eigentlich nur, dass Philipp die Hand aufhält.

»Willst du mich vergiften«, sagt er und schaut auf die Kaugummis, als würde Mini gerade mit einer Handgranate ausholen.

»Ich wollte dir ein Versöhnungs-Airwaves anbieten, damit wir gemeinsam kauend unsere aufgeheizten Gemüter beruhigen können?« Sie macht winkende Bewegungen mit den Kaugummis vor seinem Gesicht. »Ich schwöre hoch und heilig, sie stammen nicht aus meinem geheimen Chemielabor, in dem ich jeden Tag toxische zuckerfreie Kaugummis entwickle, um meine Feinde zur Strecke zu bringen.«

»So was ess ich nicht, da ist Plastik drin.« Seine Daumengelenke scheinen all seine Aufmerksamkeit in Anspruch zu nehmen.

Nach einer Weile sagt Mini: »Okay, gut. Es tut mir leid, dass ich deinen Wecker versehentlich ausgestellt habe und nicht auf Snooze. Es tut mir leid, dass ich noch keinen Hunger habe, es tut mir leid, dass ich kein Feuerzeug für unsere Zigaretten dabeihab, es tut mir leid, dass eine der größten Kaugummimarken ever dich vergiften will.« Sie drückt den Kaugummi oben gegen ihren Gaumen und dann nach draußen, dass er halb auf der Oberlippe klebt. Auch ihr Oberkörper wippt jetzt ein bisschen, fast als würde sie Philipp imitieren und sich über ihn lustig machen, was aber gar nicht ihre Absicht ist. Sie will dann beschwichtigend weiterreden und zwar: »Ich glaube, heute ist einfach ein Scheiß–«, aber Philipp unterbricht sie sofort und sagt: »Ja, heute ist ein Scheißtag, genau wie gestern und vorgestern und die ganze letzte Woche. Vielleicht sollten wir einfach warten, bis die ganzen nächsten Scheißwochen vorbei sind.« Dann ist er wieder mit seinen Daumengelenken beschäftigt und Mini mit ihrem Kaugummi und schließlich knicken Philipps Daumen ein und er ändert die Sitzposition, sodass er auf den Zehenspitzen hockt, im Begriff aufzustehen. Er steht aber gar nicht auf. Stattdessen legt er seine Ellenbogen wieder auf den

Knien ab und lässt den Kopf zwischen den Schultern hängen. Mini schaut auf die blauen Adern an seinen Unterarmen.

»Und im Übrigen tut es mir auch ganz schrecklich leid, dass ich deine Bürste neulich benutzt habe und dass anscheinend zwei meiner Haare darin hängen geblieben sind, und es tut mir auch ganz schrecklich leid, dass ich dir niemals zuhöre, wenn du mit deinen First World Problems ankommst, und es tut mir auch leid, dass ich kein Feuerzeug für unsere Zigaretten dabeihab, und dass profitgeile Kaugummihersteller uns vergiften wollen, finde ich auch scheiße, aber leid tut mir eigentlich eher, wie blind du denen vertraust und wie wenig du mir vertraust, das tut mir echt alles leid.«

Seine Augenbraue zuckt so leicht und seine ganze Stirn scheint sich gleichzeitig zu verkrampfen und in Bewegung zu geraten, aber Mini muss dann wegschauen, weil sie sonst anfangen würde zu heulen. Etwa vier Sekunden später murmelt sie na dann, steht auf, bückt sich noch einmal nach ihrer Bauchtasche, deren Reißverschluss sie im Gehen schließt. Ihr Kinn zittert schon ein bisschen, was ja zum Glück nicht zu sehen ist. Auf dem Heimweg hört sie sich wieder Elenas Nachricht an. Dann hört sie sie noch mal an. Und danach noch mal.

12

Scheiße, denkt Mini und ihr Top klebt fest an ihrem Rücken. Sie zoomt mit den Fingern näher in die Karte hinein, die zeigt noch vier Minuten an. Sie irrt seit einer halben Stunde in Freiburg herum. Der Sattel von Pauls Fahrrad ist ihr viel zu hoch. Jedes Mal, wenn sie anhält, an einer Ampel oder um auf Maps zu schauen, wo sie ist, hat sie Angst umzufallen. Sie muss mit den Füßen knapp über dem Boden herumstrampeln, bis sie den Mut fasst, sich auf eine Seite kippen zu lassen und gleichzeitig den Po vom Sattel zu heben: Hoffentlich berührt der Fuß unversehrt den Gehweg, hoffentlich fällt sie nicht um und macht sich zum öffentlichen Gespött oder zu Hackfleisch, zu hinter einem Auto zurückgelassenem Körpermatsch.

Sie hat sich fünfzigtausendmal verfahren, Google will ihr nichts Gutes. Jetzt ist sie fast am Ziel – aber vier Minuten! Noch vier Minuten und es ist schon drei nach sechs und um sechs sollte das awareness ritual anfangen und sie kommt das erste Mal und dann gleich verschwitzt und zu spät und mit Kopfschmerzen von der Hitze und dem Stress.

»Meinst du, ich kann da einfach hin?«, hat sie Philipp gefragt, weil sie dort niemanden kennt, und eigentlich wollte sie nicht alleine gehen, in einer Stadt, die ihr fremd ist, zu Menschen, die ihr fremd sind.

Philipp meinte, klar, warum auch nicht, und bei Paul hat Mini lieber nicht nachgefragt, weil er sie nur ausgelacht hätte. Awareness ritual nur für Frauen, was soll das sein. Hat das was mit dem Mondzyklus zu tun? Sitzt ihr da im Kreis und masturbiert? Haha, das meinst du doch nicht ernst, haha. Und dann hätte er ihr vielleicht einen Vortrag über Gender als soziales Konstrukt gehalten, weil sie mit dem, was sie tut, Normen weiterleben lässt, und wenn er so was hört: ritual, nur für Frauen und so weiter.

Sechs nach sechs schließt Mini hektisch ihr Fahrrad an einen Laternenpfahl neben dem Gebäude, zu dem ihr Handy sie geführt hat, und sieben nach sechs stößt sie eine mit Flyern übersäte Glastür auf und findet sich in einem breiten Gang unter hohen Decken wieder. Am Ende des Gangs stehen drei junge Frauen und unterhalten sich leise, eine von ihnen schaut auf, als Mini reinkommt und sich fragend umschaut. Sie nickt ihr zu und lächelt und fragt: »Na? Möchtest du zum ritual?«

Und dort sitzen alle im Kreis und hören zu. Kathi trägt eine lockere Bluse und Leggings. Große Ohrringe, roter Lippenstift, glatte, blond gefärbte Haare. Sie schiebt das Sitzkissen unter sich zurecht. Sie räuspert sich ganz sanft.

Es könnte auch aus einem Film sein: ein großer Saal und ein paar kleinere Räume drum herum. Große Vasen in hellen Erdtönen mit angerauter Oberfläche und fleckig aufgetragener Glasur. Von der Decke hängen dazu passende Kübel, in Netzen aus weißem und beigem Makramee mit Efeu drin. Mit rankenden Pflanzen. Palmenartige Gewächse, Philodendren. Auf dem Boden liegen persische Teppiche, gedeckte Muster, und die Wand entlang sind Gläser angebracht, als Kerzenhalter und mit bunten Scherben beklebt. Mini hat fast eine Woche überlegt, ob sie kommen will, und ist immer noch stolz. Einfach hingefahren, alle Zweifel überwunden, einfach vorgestellt eben an der Tür, ganz ohne Berührungsängste. Obwohl schweißverklebt, ist sie warmherzig empfangen worden, hat sich ein bisschen mit Kathi unterhalten – was macht ihr hier so normalerweise? Ach, na ja, das wird sie ja gleich sehen, sie ist eine Freundin von Leo, Leoli, oh, schön! Freut Kathi. Leo. Hat Kathi jetzt schon länger nicht mehr gesehen, gute Seele, wie geht es ihm etc. etc. etc.

Mini sitzt auf ihrem Kissen und fühlt ihren Puls nachpochen in den Schläfen, sie hat sich so beeilt auf dem Fahrrad und hatte bei der kurzen Begrüßung nicht genug Zeit, sich richtig zu beruhigen. Sie hört Kathis Stimme wie durch eine Nebelwand und hört nicht auf den Inhalt, weil sie sich bei solchen Frauenstimmen nie auf den Inhalt konzentrieren kann, das war schon in der Grundschule so. Wenn eine Lehrerin Mini etwas erklärt hat, während es ganz ruhig war in der Klasse, und sich zu ihr runterbeugte und nah an ihrem Ohr sprach, leise und nett, hat sie nie etwas behalten, geschweige denn verstanden. Sie hat auf den Lehrerinnenfinger vor sich auf ihrem Blatt geschaut und der Stimme gelauscht, direkt neben ihrem Ohr und nur für sie bestimmt, und dann ist die Stimme verebbt und hat gesagt: »Na, siehst du, das ist eigentlich gar nicht so schwer. Nicht?« und Mini hat hastig genickt und dann die Karos von ihrem Mathepapier bunt ausgemalt und eine drei bekommen im Zeugnis.

»Deswegen lade ich euch dazu ein, diese Hand auf euer Herz zu legen und dort zu spüren. Einen Augenblick verharren und einfach nachfühlen, was es zu fühlen gibt, und das sage ich gleich vorweg: Es wird bei jeder etwas anderes sein und es wird intim sein und vielleicht so intim, dass ihr es sogar euch selbst gegenüber, in eurem eigenen Inneren, nicht werdet eingestehen wollen. Aber ich lade euch dazu ein, mutig zu sein und stark. Macht euch nichts vor. Wir wollen das jetzt für ein paar Atemzüge praktizieren und dann gebe ich euch das Zeichen, wieder in euren selbstverständlichen Atemrhythmus zurückzukommen, und wir werden mit der Begrüßung beginnen.«

Kathi legt ihre rechte Hand oberhalb der linken Brust auf, hält den Rücken sehr gerade und atmet. Alle atmen langsam und alle haben die Augen geschlossen. Mini imitiert das und fragt sich, ob sie nach Schweiß riecht. Sie ist sich sicher, irgendetwas riechen zu können, irgendwer riecht auf jeden Fall, aber sie weiß nicht, ob sie das ist oder eine andere.

Es sind neun Frauen, die meisten schätzt Mini auf Mitte oder Ende zwanzig, vielleicht ist sie die Jüngste, aber das stört sie nicht, daran hat sie sich gewöhnt. Sie versucht unauffällig, das Top von ihrem Rücken zu lösen, es klebt immer noch unangenehm feucht an ihrer Haut. Leise Atemgeräusche begleiten den angestrengten Versuch, in einen Zustand der Entspannung zu finden. Durch die Nase ein: hffffff, durch den Mund aus: huuuuh. Und gedämpfte Musik im Hintergrund – eine Hand auf Minis Schulter, zu warm und zu sicher, um sie zu erschrecken. Mini dreht den Kopf nach oben und sieht in Kathis ungeschminkte Augen und auf Kathis tiefrote Lippen. Kathi nickt ihr zu und flüstert: »Wir gehen jetzt zur Begrüßung über«, als hätte sie Mini aus der tiefsten Trance aufgeweckt und müsse aufpassen, sie nicht nachhaltig zu traumatisieren durch eine zu plötzliche Rückführung in die Realität. Sie geht weiter zur Nächsten und wiederholt sich und wiederholt sich, bis alle neun mit glasigen, aber offenen Augen auf ihren Kissen sitzen.

»Gut«, sagt Kathi langsam, »ich denke, wir befinden uns jetzt alle in einem anderen Gemütszustand als vorher. Manche von euch sind vielleicht aufgewühlter oder auch ruhiger, offener, traurig, glücklich, möglicherweise sogar wütend? Aber das ist alles völlig in Ordnung, deswegen sind wir hier, wir wollen als Frauen unsere Weiblichkeit akzeptieren und stärken. Zusammen. Ich lade euch jetzt zu einer awareness-Runde ein. Wir wollen nacheinander, im ritual, unsere ganz aktuelle Gefühlslage aktiv wahrnehmen und den anderen mitteilen. Die meisten von euch sind ja schon länger mit dabei, ihr kennt das. Kein Feedback bitte. Wir wollen einander zuhören und die anderen Frauen nicht in ihren Gefühlen beeinflussen.«

Irgendwie schafft sie es, allen nacheinander in die Augen zu sehen, ohne dass es merkwürdig wirkt. Das muss sie lange geübt haben, denkt Mini. Neben ihr bewegt sich eine Teilnehmerin, sie ist klein, hat einen glatt rasierten Kopf, die zwei Millimeter kurzen Haare, die nachgewachsen oder übrig geblieben sind, reflektieren das abendliche Sonnenlicht und glänzen mystisch. Es sieht fast aus wie ein weiß-goldener Heiligenschein, den sie da auf dem Kopf trägt. Sie guckt seitlich zu Mini und lächelt ein bisschen: »Ich fange mal an. Ich dachte nur, wir sagen auch noch fix unsere Namen, wir haben ja einen Neuzugang.« Sie stellt sich mit Enni vor und Mini fragt sich, ob das ein Spitzname ist oder ihr echter oder ob sie sich das ausgedacht hat. Enni hatte das Problem, dass sie ihre Weiblichkeit nicht finden konnte, dass sie das durch ihr äußeres Erscheinungsbild kompensieren wollte. Damit hat sie aufgehört, gleich nachdem sie angefangen hat, regelmäßig zum ritual zu kommen. Das fasst sie nur schnell zusammen für den Neuzugang, weil sie sich noch daran erinnern kann, wie das war, ist ja auch noch nicht lange her bei ihr. »Letzte Woche habe ich diesen riesigen Schritt gemacht und mich von meinen Haaren verabschiedet und das war echt schwer, vor allem, nachdem ich meinen ganzen Schmuck weggegeben hab und mein Make-up und so und jetzt sitze ich hier und ich fühle mich irgendwie … sozusagen schutzlos? Wie verletzbar, ohne diese Make-up-Schicht und aufgeklebte Fingernägel, ich bin einfach Enni. Und ich hab das letzte Woche so tief erleben müssen, mich selbst, ich hab's vielleicht auch bisschen wie verdrängt in dem Moment, aber gerade beim gemeinsamen Atmen ist alles hochgekommen.« Enni lächelt auf den Boden vor sich und lässt ihren linken Zeigefinger Kreise auf ihrem Knie zeichnen. Sie sagt: »Ja, das reicht vielleicht erst mal so weit von mir.«

Mini lernt im ritual: Anscheinend gibt es männliche und weibliche Energie und es gibt die falsche weibliche Energie und die falsche männliche Energie und idealerweise – könnte man »von Natur aus« sagen? – gibt es ein Gleichgewicht, idealerweise ergänzen sich die beiden Energien, das ist das Prinzip von Yin und Yang, von hier und dort, das Prinzip von Gut und Böse, das Prinzip von groß oder klein. So ist die Welt aufgebaut, das versteht Mini, es geht darum, Ausgleich zu schaffen und Akzeptanz und vor allem Akzeptanz sich selbst gegenüber. Sie als Frau muss ihre Weiblichkeit akzeptieren, embracen, sie muss sich lieben und für das richtige Verhältnis dieser Energien sorgen. In ihrem Körper.

Mini ist skeptisch. Kathi lächelt ihr zu: Ich verzeihe dir. Es ist okay, dass du Zweifel hast, das hatten wir doch alle, am Anfang.

Sie hebt beide Hände zu ihren Schläfen und streicht sich zwei blondierte Haarsträhnen hinter die Ohren. Sie schlägt eine Übung vor. Sie sagt: »Wir haben das natürlich schon ein paarmal gemacht, aber gerade für Mini könnte es wohl gut sein, damit sie sich in diese ganze Materie einfindet. Gerade, wenn frau das erste Mal dabei ist. Wir zeigen dir damit auch, wie willkommen du bist, Mini«, sie zieht Mundwinkel und

Augenbrauen leicht nach oben, ganz schnell, wie ein Zucken.

»Und auch für uns alle ist es immer wieder eine spirituelle«, kaum merkliche Pause hier, in der Kathi das richtige Wort sucht, »ähm-mäh, *energetische*, eine energetische Erfahrung«, sagt sie.

Mini soll in die Mitte des Kreises gehen, soll eine angenehme Position einnehmen, eine Position, in der sie offen ist für alles, was kommen könnte. Sie ist so halb offen. Mini soll die Augen schließen, wenn ihr das hilft, sie darf sie aber auch offen lassen, das ist natürlich ihr selbst überlassen. Mini schließt sie. Mini soll die Anregungen der anderen in sich aufnehmen und damit »arbeiten«. Kathi sagt »arbeiten«. Sie meint, sagt sie, eine Form der Auseinandersetzung. Das können assoziative Bilder sein, die Mini alle – und Kathi meint wirklich *alle* – berücksichtigen soll, nichts verdrängen. Das können auch Erinnerungen sein, aktive Gedankengänge, alles erlaubt.

Mini liegt auf einem persisch gemusterten Teppich, sie hat die Augen geschlossen, liegt seitlich, angezogene Beine, das obere überlappt das untere, ein Arm ausgestreckt, der andere angewinkelt und unter ihr Kinn gesteckt. Als würde sie sich schlafen legen. Natürlich wollen alle nur das Beste für sie, denkt sie, hier haben sie ja bestimmt alle die gleichen Probleme. Aber albern ist es doch. Irgendwie ist es doch albern.

»Ich fange an«, sagt Kathi leise, fast flüstert sie. »Gestern hab ich so einen Typen gesehen mit teuren Sneakers, Nike, wenn ich mich richtig erinnere, Hemd und Jeans und so einer Luxus-Sonnenbrille. Er hatte Ear-Plugs in den Ohren und telefonierte die ganze Zeit mit irgendeiner Person, ein bisschen aufgewühlt. Dabei saß er in einem großen Auto ohne Verdeck. Ich musste sofort an kranke männliche Energie im Überschuss denken.«

Sie räuspert sich und schaut nach rechts. Die Frau neben ihr – Anni? – überlegt eine Weile, bevor sie etwas über einen amerikanischen Film erzählt, den sie gesehen hat, den sie anscheinend nicht besonders gut fand.

Mini hört nicht zu. Sie hat sich seit über drei Monaten nicht mehr bei Franzi gemeldet. »Weiß sie überhaupt, ob du noch am Leben bist?«, hat Nina gefragt. Keine Ahnung, weiß sie's?

Franzi ist so was wie eine Mutter. Franzi war so was wie eine Mutter. Eine siebzehnjährige Mini sitzt neben Franzi an dieser barartigen Kücheninsel in Starkes Haus, der Villa, in der Mini aufgewachsen ist, wenn sie nicht gerade bei Franzi war oder bei Nina. Diese Mini isst Prinzenrolle und trinkt Kaffee mit Milch. Franzi hat ihr iPad vor sich aufgebaut und schaut die Nachrichten. Im Flur rumort Pia und sucht etwas. Ihre Handschuhe vielleicht oder einen Schal, es ist Winter. Sie kommt zurück und sieht genervt aus. Ihr Blick streift Franzi, bleibt an Mini hängen, die gerade aufsteht, weil sie ihre leere Kaffeetasse in den Geschirrspüler stellen will. Mini schaut zu Pia, die immer noch starrt.

Mini fragt: »Was?«, angriffslustig – siebzehnjährige Tochter.

Pia sagt: »Gar nix.« Dann, als Mini sich wieder zur Spülmaschine umgedreht hat: »Ich habe mich nur grad gefragt … Wie viel hast du eigentlich zugenommen im letzten halben Jahr?«

Mini bleibt mit dem Rücken zu ihr stehen. Ihr sitzt ein siebzehnjähriger Kloß im Hals. Sie sagt erst nichts, räumt langsam noch ein paar Schüsseln in die Maschine. Franzi schaut unbeeindruckt in ihr iPad. Leise, kaum hörbar die Stimme eines Politikers, einer, den Mini nicht kennt, er redet über Waffenexporte, hält er für scheiße, aber unumgänglich. Dann sagt Mini, sie wisse es nicht genau, keine Ahnung. Pia sagt, na gut, sei ja auch nur so eine Frage gewesen. Sie fängt an, jedes der Sofakissen einzeln umzudrehen auf ihrer Suche. Kleine Seufzer zwischendurch: sie hat es ja so satt. Dann lässt sie sich in einen Sessel plumpsen, stützt die Ellenbogen auf die Knie und legt den Kopf in die Hände. Mini will nicht weinen, sie hat sich wieder zur Spülmaschine umgedreht und tippt leise mit den Fingern auf der schwarzen Arbeitsfläche aus Marmor. Tipp, tipp, immer Zeige- und Mittelfinger im Wechsel: tipp, tipp – tipp, tipp. Aus Franzis iPad kommt inzwischen der Wetterbericht, scheint spannend zu sein. Mini fasst sich ein Herz und geht zum Durchgang, der von der Küchen-Wohnzimmer-Einheit in den Flur führt. Bevor sie ganz raus ist, dreht sie sich noch einmal zu Pia um und fragt, bemüht beiläufig: »Wieso denn, ist es so schlimm?«

Pia dreht sich um und schaut fragend: »Hm? Ach so. Nein, nein, so schlimm ist es nicht. Ich meine nur, mehr sollte es wohl nicht werden.«

Mini sagt nichts mehr. Sie geht zügig zwei breite Treppen nach oben, in ihr Zimmer. Sie macht die Tür zu und heult. Schluchzend und mit Schluckauf. Sie schreibt etwas in ihr Notizbuch, bis sie nicht mehr weint. Sie nimmt ihren Computer und schaut sich ein Video auf YouTube an. Sie denkt elfmal: Scheiß auf Franzi, scheiß auf Franzi, scheiß auf sie, scheiß auf sie, scheiß auf beide, scheiß auf Franzi, scheiß auf Pia, scheiß auf Franzi, scheiß auf Franzi, scheiß auf Franzi, scheiß – auf – Franzi.

Und schlägt mit der Faust in ihr Kopfkissen.

13

Kriechend langsam fährt Mini zurück zu Pauls Wohnung und fühlt sich geschafft und vielleicht benommen, aber gut. Gut.

Ihre Füße drehen die Pedale und die Pedale drehen die Reifen und sie streift an Häuserfassaden vorbei, sie gleitet und schleicht mit Fahrtwind unter ihren Achseln. Durch den Fahrradsattel ist ihre Unterhose verrutscht und bei jeder Auf- und Ab-Bewegung ihrer Knie scheuert es zwischen den Beinen. Genau da, wo es unangenehm ist, aber Mini denkt: Das halte ich aus. Ich kann eigentlich vieles aushalten. Und deswegen macht sie keinen Stopp, um ihre Unterhose wieder zurechtzuziehen. Und natürlich auch nicht, weil es ihr peinlich wäre: das Anhalten, das Rumzuppeln im Intimbereich. Sie müsste im Prinzip … Also, sie müsste irgendwie von hinten an der Unterhose ziehen, am Po, aber ganz unten und vielleicht würde sie sie auch nicht gleich zu fassen kriegen durch die Hose hindurch und dann bräuchte sie länger, müsste noch auffälliger ziehen, Leute würden anfangen zu gucken und etwas denken. Zum Beispiel: Igitt, will die sich jetzt echt auf offener Straße an ihren Vulvalippen rumfummeln? Oder: bestimmt juckt es sie da, wegen einer Geschlechtskrankheit, Herpes, Feigwarzen, wahrscheinlich ist es Scheidenpilz usw.

Deswegen hält Mini lieber nicht an. Sie sollte sowieso nicht immer so zimperlich sein, sie sollte sich in Selbstdisziplin üben. Und Selbstliebe. Sie hat nach dem ritual noch allein mit Kathi geredet und es war aufschlussreich. Mini mag Kathi und sie fühlt, dass Kathi eine Person ist, die sie verstehen kann. Möglicherweise sogar besser als die meisten anderen Personen, mit denen sie vorher zu tun hatte. Mini hat ihr gesagt, dass sie in Gedanken abgeschweift ist, als sie in der Mitte des Kreises lag. Nicht gesagt, worüber sie nachgedacht hat, aber das wollte Kathi auch gar nicht wissen. Sie meinte so was wie: »Ja, das ist völlig normal, Mini. Uns geht das allen so, wenn wir viel im Kopf haben, und vielleicht bist du auch noch etwas überfordert von den Übungen, gerade am Anfang, wie jetzt.«

Sie haben sich noch über Leo unterhalten, wie Mini ihn kennengelernt hat, und Kathi musste lachen, weil es so typisch ist: »Gott, das ist so typisch!«

Mini muss klingeln, sie hat keinen eigenen Schlüssel, sie teilt sich einen mit Philipp, der ihn nicht aus der Hand gibt. Wahrscheinlich seine Art von Fürsorge oder so. Wenn sie etwas braucht, kann sie sich einfach bei ihm melden.

Durch die Gegensprechanlage sagt eine heisere Frauenstimme: Ja?

Mini sagt: »Ich bin's, Mini«, und die Tür surrt. Drei Stockwerke weiter oben steht die Wohnungstür offen. Techno aus Pauls Zimmer.

Mini schreit »HI!« wie durch eine Wand hindurch und hört eine Antwort, aber völlig unverständlich. Als sie gerade ihre Schuhe ausgezogen hat, steht Vero vor ihr. Schwarze Unterhose, kein Oberteil. Mini will »oh« sagen, aber sie sagt nichts.

»Ach, du bist das«, sagt Vero, »hab ich gar nicht so richtig verstanden durch diese Scheißanlage, die müsst ihr mal reparieren.«

»Paul«, verbessert Mini und schmeißt ihre Jacke auf die Ablage neben der Garderobe. »Ist immerhin seine Wohnung, ich bin nur zu Besuch.«

Das ist etwas, was Mini zutiefst bewundert, das ist Vero: Sie weiß nicht mal, wem sie die Tür öffnet, könnte jemand völlig Fremdes sein, aber vorher schnell was anziehen? Nö, warum auch.

Vero nickt, dreht sich um und läuft in Pauls Zimmer. Ein paar Sekunden später kommt sie zurück, hat ein dreckiges T-Shirt übergezogen, ihr Handy und einen Joint in der Hand. Sie stellt die Musik leiser, grinst Mini an und fragt: »Und?«

Mini denkt: Was ›und‹? Sie macht: »Hm?«

Vero hält ihr den Joint entgegen.

»Na, was machst du heute noch so – urheiß, oder –, wo kommst du grad her? Alles klar bei dir? Was du halt so erzählen willst, immer raus damit – kiffen? Ich bin seit zwei Stunden allein, Paul ist in der Bibliothek zum Lernen und Philipp – keine Ahnung, wo der hinwollte, war einfach weg irgendwie.«

Mini nimmt den Joint und geht in die Küche, wo sie nach einem Feuerzeug sucht. Vero läuft ihr hinterher. Es gibt noch heißen Kaffee in der Thermoskanne.

»Kaffee?«, fragt Mini und Vero sagt klar.

»War grad bei einem awareness ritual«, sagt Mini, »kennst du das?«

»Kann ich mir irgendwie vorstellen«, Vero kichert, »hört sich aber eher nach Philipp an als nach dir.«

»Glaube, der ist etwas zu männlich dafür. Und zu alt.«

»Ach, das macht ihm, glaub ich, nichts«, sagt Vero.

Mini denkt, dass Vero Philipp nicht leiden kann, und versteht das. Sie kichert. »Nee, wohl kaum.«

»Und wie war's so? Was habt ihr da gemacht?«

Mini erzählt ihr von Kathi und den Meditationsübungen und dass sie ein bisschen gezweifelt hat, wegen Abgeklärtheit und so, aber am Ende war es doch ziemlich gut, echt nicht schlecht, Vero könnte ja auch mal mitkommen.

Vero sagt, sie ist sich nicht so sicher, aber ja, vielleicht schaut sie mal vorbei nächste Woche.

»Hast du eigentlich schon einen Plan, wo du hinwillst? Also, nach Freiburg, mein ich«, fragt Vero und Mini fühlt sich überrumpelt. Sie stockt und schaut in ihre Kaffeetasse. Einmal zwischen den Händen drehen, ein Schluck, fast verbrannt. Dann zurückdrehen.

»Nicht so wirklich? Also, ja, doch, ein bisschen. Ich hab eine Freundin in Dresden, die hab ich auch auf der Frankreichreise getroffen, da wollte ich eigentlich mal vorbeikommen. Hatten wir schon in Frankreich ausgemacht, dass wir uns wiedersehen wollen, nachdem ich in Freiburg war. Ich weiß halt nur nicht, ob das noch steht, wir hatten jetzt nicht mehr so Dauerkontakt und – hm – na ja, muss ich mal schauen.«

»Mit Philipp oder ohne?« Vero geht gar nicht darauf ein, sie stellt einfach indiskrete Fragen und trotzdem ist es okay, weil es aus ihrem Vero-Mund kommt.

»Okay, also ehrlich gesagt«, Achtung, Achtung, »im Moment sieht es eher nach ohne aus.«

»Läuft nicht so?«

»Geht so.«

»Und dann, was sind die anderen Optionen? Wo kommst du eigentlich her?«

»Aus Hamburg.«

Vero nickt: »Aber dahin willst du nicht wieder zurück?«

»Wüsste nicht, was ich da sollte«, sagt Mini, sie lacht kratzig und schief. Sie denkt an Starke und Franzi. Wenn sie lange auf die verkümmerte Pflanze am Fenster schaut und danach in Veros Gesicht, hat Vero lauter rote blattförmige Flecken auf der Stirn, die langsam nach oben schweben. Bei jedem Blinzeln rücken sie wieder ein Stück nach unten.

Das stimmt, es ist wohl Zeit, sich Gedanken über eine Weiterreise zu machen. Eigentlich ist sie ja nur zu Besuch und Paul ist kein Freund von ihr, sondern einer von Philipp. Sie hat auch schon darüber nachgedacht. Insgeheim hat sie überlegt. Und überlegt, dass sie wirklich Kontakt zu Elena aufnehmen sollte. Elena hat ihr angeboten, zu ihr nach Dresden zu kommen, das war fast der Plan, war es schon in Bordeaux. Nur dass ihr dann Philipps Angebot dazwischenkam, und was soll sie machen, wenn sie es allen recht machen will und auch sich selbst ein bisschen? Also erst mal Freiburg und dann hatte Elena viel zu tun und Mini hat sich erst mit Philipp und dann immer weniger mit ihm und immer mehr mit ihren eigenen Gedanken beschäftigt und nebenbei total vergessen, sich regelmäßig bei El zu melden.

Auf dem Küchentisch liegt ein aufgeschlagenes Buch: *Der Zauberberg*.

»Liest du das?«

Vero schüttelt den Kopf: »Nein, das ist von Paul, glaub ich.« Sie schnappt sich den Joint, den Mini nach zwei Zügen neben dem Aschenbecher platziert hat. Mini wird Paul vermissen. So unkompliziert und leicht zu bespaßen. Sie findet es gemein von sich, nicht mehr so verliebt in Philipp zu sein, wie sie es in Frankreich war, aber andererseits ist es auch der Lauf der Dinge. Sie nimmt das Buch und tut so, als würde sie darin blättern. Vero guckt aus dem Fenster, raucht den Joint, ein leises Plopp-Geräusch bei jedem Zug, und tippt sanft mit dem nackten Fuß im Takt der Musik aus Pauls Zimmer.

Dann sagt Mini: »Weißt du was?«, und Vero fragt: »Was denn?«, und Mini sagt: »Ich hab voll Lust, mich zu besaufen«, und Vero sagt: »Okay, klingt gut.«

Und gut auch, dass es noch eine ganze Flasche Rum gibt im Regal neben den Tassen, und sie trinken ihn nicht mit Cola oder Saft und auch nicht mit Wasser, sondern pur, den puren Rum aus Shotgläsern und warten nicht lang zwischen einem Glas und dem nächsten. Zack runter, zack runter. Das tut wahnsinnig gut.

Irgendwann sagt Mini: »Mann, ich bin schon ziemlich hart«, und Vero sagt, das sei ja auch das Ziel beim Saufen. Sie gehen in Pauls Zimmer und machen schlechte Musik an.

Als sie nebeneinander auf Pauls Bett liegen und an die Decke starren, die sich schwankend bewegt, sagt Mini: »Ich will nie wieder nach Hamburg …«

Und Vero gähnt und fragt: »Weil's da kacke ist, oder wie?«

Mini grunzt. Sie kann ihre Gedanken schlecht sortieren in dem Zustand, aber sie möchte gerne etwas beichten. Sie möchte gerne die betrunkene Beichte ablegen und dann eine besondere Verbindung mit Vero spüren, die anhält, sodass sie auch nüchtern am nächsten Tag noch da wäre. Sie will eine Tür öffnen in die Vertrautheit und jetzt ist der perfekte Moment dafür.

»Weißt du noch, als wir über unsere Eltern geredet haben, und du hast von deiner Mutter erzählt und Philipp war die ganze Zeit so bitchy unterwegs?« Mini macht eine angespannte und betrunkene Pause und Vero rollt schwungvoll auf die Seite, stützt sich auf den Ellbogen, den Kopf in der Hand und schaut Mini an. Sie hat begriffen, dass das Gesprächsthema sich von lustig-banal zu ernsthaft-tragisch geändert hat, und versucht, ihren Gesichtsausdruck anzugleichen. Mini sagt, sie will auch was von ihrer Mutter erzählen, von Pia, und dass sie vielleicht von vornherein hinzufügen sollte: Pia hat sich nie richtig um sie gekümmert, eigentlich war Franzi viel mehr ihre Mutter. Vero guckt sie an.

Mini redet schnell weiter: »Das hab ich Paul nicht erzählt und Philipp auch nicht.«

»Ich sag's ihnen nicht«, sagt Vero, »also, wenn du nicht willst, dass ich es ihnen sage – nicht sage – also, wenn du willst, dass ich es für mich behalte, dann sag ich es ihnen natürlich nicht.«

»Okay, sagt Mini und ihre Stimmen hören sich lauter und blecherner an als normal, »du hast dann auch kein Mitleid mit mir. Weil es sich krasser anhört, als es tatsächlich war.«

Und sie sagt, dass Pia sich umgebracht hat.

»Oh«, sagt Vero, und logisch, sie weiß nicht, was sie sagen soll.

Das kann Mini verstehen, sie versucht: »Sorry, das war voll der Downer. Ich dachte nur, vielleicht kannst du es irgendwie besser nachvollziehen, weil wir neulich an diesem einen Abend schon mal über unsere Eltern-Komplexe geredet haben.«

Vero sagt immer noch nichts und Mini kann ihr Gesicht nicht sehen, weil sie die ganze Zeit mit der Zimmerdecke gesprochen hat.

Mini schaut schnell zur Seite und auf Veros rote Wangen und in ihre monströs geschminkten Augen mit lauter blauen Adern drum herum. Sie trägt immer noch das dreckige Shirt, es ist wahrscheinlich eins von Paul. Es muss eins von Paul sein, ansonsten wäre es schwarz. In Minis Kopf kommen in ganz schneller Abfolge abstruse Bilder von anderen dramatischen Situationen, in denen sie sich befinden könnte, wie sie nach Pias Tod beispielsweise ihren Halbbruder an einen Unfall verloren hätte, er wäre seit dem Tod von Pia heroinabhängig geworden und an diesem einen verhängnisvollen Abend total zugedröhnt mit dem Fahrrad vor einen LKW gefahren. Sofort tot. Keine Chance. Sie selbst wäre vom Krankenhauspersonal angerufen worden, die einzige erreichbare Verwandte, Starke bei irgendeinem wichtigen Business-Meeting, und dann zusammengebrochen. Zwei Wochen durchgeheult. Mini wird ganz tragisch zumute bei der Vorstellung. Vielleicht hätte es sogar Starke vom Hocker gehauen. Vielleicht wäre er in dieser Geschichte auch so was wie ein richtiger Vater gewesen, vielleicht wäre Konstantin gar nicht in sein Hochbegabten-Internat irgendwo nach Bayern gegangen, sondern hätte noch in Hamburg gewohnt. Eine Familie wie aus dem Fernsehen, also vor Pias Selbstmord, der in dieser Fassung gar kein Selbstmord, sondern auch eine Art Unfall gewesen wäre, und dann plötzlich: alles kaputt. Auch wie im Fernsehen. Starke verliert seine Arbeit, Mini geht nicht mehr zur Schule, alles den Bach runter, nur Vero könnte ihr jetzt helfen.

Aber ist ja nicht so und Mini wacht auf. Sie hat ihr Abi gemacht und diese Ausbildung angefangen und Konstantin war auf seinem Internat und Starke hat weitergearbeitet und Pia ist eine genauso gleichgültige Mutter wie vorher, nur dass sie nicht mehr am Leben ist.

»Nein«, flüstert Vero und klingt fast nüchtern, »das war doch ganz anders, da habe ich über meine Mama geredet, weil die manchmal komische Sachen mit mir vorhatte und so, aber … Aber das war ja ganz anders.« Sie schluckt hörbar.

Mini bereut, das erzählt zu haben, aber sie glaubt trotzdem, dass Vero damit umgehen kann. Wer, wenn nicht Vero, denkt sie. Trotzdem gibt es ihr für den Moment ein unerklärlich angenehmes Gefühl, dass Vero geschockt ist. Mini ist dadurch auch von sich selbst geschockt, denn sie verhält sich nicht, wie sie sich verhalten sollte, wenn sie diese Geschichte erzählt. Sie heult nicht, sie macht keine ringenden Bewegungen mit ihren Händen und ihre Stimme setzt nicht aus.

»Mehr Rum?«, fragt sie und Vero stimmt erleichtert zu, denn das ist offensichtlich die Lösung. Mini springt auf und benimmt sich energiegeladen und hüpft in die Küche. Sie schnappt sich die fast leere Rumflasche (›haben wir das wirklich alles zu zweit getrunken?‹) und scheißt auf die Shotgläser. Sie nimmt direkt einen gewagten Schluck aus der Flasche und fällt zurück zu Vero, die unverändert auf Pauls Bett liegt. Sie sieht gar nicht so verstört aus. Es geht schon. Der Rest vom Rum reicht aus und dann dösen sie herum und machen zwischendurch halbherzige Witze und Gesprächsversuche, bis Paul kommt.

Später sitzt Mini noch allein auf dem Balkon und es ist schon lange dunkel. Sie merkt den Alkohol nicht mehr so stark, und obwohl es immer noch warm ist draußen, meint sie, eine leichte Gänsehaut zu bekommen. Sie nimmt große Schlucke aus einem Bierglas, das sie mit Wasser gefüllt hat. Ganz voll bis obenhin, ein halber Liter Wasser. Wenn sie alles austrinkt vor dem Schlafengehen, bekommt sie keinen Kater.

Unter ihr auf der Straße hält ein Auto und eine Frau steigt aus. Springt raus. So schnell, dass es wie panisch aussieht. Sie sagt etwas in die geöffnete Seitentür und macht drei Schritte vom Auto weg. Dreht sich wieder um. Ein Mann steigt aus und geht langsam um die Kühlerhaube herum, Mini kann die

Gesichter nicht gut sehen, es ist wirklich dunkel, die Straßenlaternen nicht besonders stark. Sie denkt: Die streiten sich. Und weiß nicht, worüber, aber sie fühlt eine Verbundenheit mit beiden. Sie würde sich auch gerne mit Philipp über irgendein banales Thema streiten, nicht richtig streiten vielleicht, sie hätte gerne eine kleine Unstimmigkeit, Meinungsverschiedenheit. Sie würde das gerne mit ihm ausdiskutieren oder gar nicht unbedingt bis zum Ende, aber ein Stück weit und dann würden sie sich ganz einvernehmlich wieder vertragen.

Die Frau geht zurück zu dem Mann, der jetzt direkt neben der Beifahrertür steht. Sie positioniert sich drei Schritte vor ihm. Sagt viele Sätze, von denen Mini keinen einzigen verstehen kann, nicht einmal die Tonlage, es ist zu weit weg. Vielleicht könnte sie sich auch dermaßen mit Philipp verkrachen, dass sie ganz plötzlich abreisen müsste, sie würde sich nicht einmal von ihm verabschieden, zumindest nicht mit Sex oder Zuneigung, höchstens mit einer kurzen Umarmung.

Die Frau beugt sich vor und berührt den Mann am Arm, sachte, sachte, es sieht merkwürdig aus, wie beim Tanzunterricht: Sie muss ihm die Hände um den Hals legen und seinen Füßen hinterherhopsen, obwohl er nach Teenagerschweiß und klammer Kleidung riecht und Pickel im Gesicht hat. Sie muss ihn anschauen, weil das von der Tanzlehrerin verlangt wird, und sich dabei Mühe geben, ihn bloß nicht denken zu lassen, sie könnte ihn mögen. Die Frau beugt sich vor und berührt ihn am Arm, aus sicherer Entfernung, lässt unauffällig hastig wieder los. Er macht einen Schritt auf sie zu und Mini ist fast sicher, beide lachen zu sehen – bildet sie sich wohl ein. Und dann umarmen sie sich und Kuss und er schließt das Auto ab und sie verschwinden nebeneinander in einem der Hauseingänge.

14

»Nein, dann musst du …«, sagt Philipp und bricht ab. »Das ist doch nicht das Problem… Darum geht es nicht, das Ding ist – Nein! Das Ding ist doch, dass er es immer wieder …« Er scheint ständig unterbrochen zu werden, ein Wunder, dass er noch nicht aufgelegt hat. Mini nimmt sich eine Pflaume aus der Plastikschale und wischt an ihr herum. Sie denkt an die Östrogene im Plastik. Neben ihr steht der Reiserucksack. Weich gebettet auf einem Haufen Kleidung.

»Mhm, mhm«, sagt Philipp, es klappert, als würde er im Badregal herumräumen, der Wasserhahn beginnt zu laufen und Mini versteht nichts mehr. Sie pult mit ihrem Finger in der Pflaume, bis sie auf den Kern stößt, und wirft sie dann zurück in die Plastikschale. Fünf Minuten später legt Philipp sein Telefon auf die Kommode neben der Wohnzimmertür. Er bleibt daneben stehen.

»Wer war das?«, fragt Mini.

»Das? Äh«, sagt er, als hätte Mini ihn nach dem Namen des 34. Amerikanischen Präsidenten gefragt. »Meine Mutter?«

»Oh, krass«, sagt Mini, »du hast Verwandte?« Das findet er nicht witzig. »Worum ging es denn?«

»Eheprobleme. Wann fährst du?«

Mini schaut ihren Rucksack an. Sie hält Philipp die Plastikschale mit den Pflaumen hin. »Hast du ein Foto von ihr?«

»Was? Von meiner Mutter?«

»Ja.«

»Weiß nicht. Warum?«

Mini verzieht belustigt das Gesicht und schielt zu Seite. »Ist egal«, sagt sie, »ich hab halt keine Ahnung, wie sie aussieht … Der Zug fährt um zehn vor zwölf morgen, glaub ich.«

Philipp nickt. Er ignoriert die Pflaumen und setzt sich auf den Boden. Mini fragt, ob er noch länger in Freiburg bleiben will. Er sagt, Schon, ist vielleicht auch gut, wenn er noch ein bisschen Zeit mit Paul alleine hat.

»War ich euch im Weg?«, fragt Mini, aber eher so spaßeshalber, wie ein semi-lustiger Witz oder so.

Philipp antwortet allerdings nicht wirklich und das verändert die Stimmung.

»Echt jetzt?«, sagt Mini dann. Sie schweigen. Schließlich gibt Mini auf: »Eigentlich wollte ich auch noch was mit dir besprechen, bevor ich fahr, aber dann hab ich's irgendwie vergessen. Oder es kam halt nicht der Moment.«

»Okay?«, sagt Philipp. Er versucht, nach seinem Telefon zu greifen, warum auch immer, aber vom Boden aus kann er es nicht erreichen, sein Arm ist einfach zu kurz. Deswegen gibt er auf und bleibt sitzen.

»Na ja«, sagt Mini langsam, »ich hab beim letzten ritual mit Kathi über dich gesprochen. Und ihr erzählt, ahhm, wie du dich verhältst. Ich merk so eine Gleichgültigkeit, die irgendwie … Die dir irgendwie immanent ist? Ich mein, wir sind natürlich viel zusammen und reden auch mal miteinander, zwangsläufig, aber ich habe selten das Gefühl, dass du mir richtig zuhörst, geschweige denn, dich für das interessierst, was ich so zu erzählen habe. Das stört mich schon auf ne Art. Irgendwie. Ich wäre vielleicht auch von alleine draufgekommen«, sagt sie, »aber Kathi hat den Prozess, glaub ich, ein bisschen – ähm – ein bisschen beschleunigt? Ich bin da einfach vorgeschädigt auf ne Art. Ich kann mit so einer Ist-Mir-Egal-Haltung mir gegenüber schlecht umgehen und du benimmst dich halt so. Das soll jetzt kein Angriff auf dich als Person sein. Aber trotzdem, da spielt auch viel falsche männliche Energie mit rein.«

Philipp sagt »aha« und fängt an, seine Schläfen zu massieren.

Will er sie jetzt in die Grundlos-angepisst-Schublade schieben? Sie hat allen Grund, genervt zu sein. Kathi hat ihr gut zugeredet und sie meinte selbst, es liegt natürlich nicht *nur* an Philipp. Alle Menschen reagieren unterschiedlich auf unterschiedliche Charaktere und Kathi kennt Philipp nicht, aber Mini vertraut auf Kathis Menschenkenntnis, die sie für unnormal groß hält. Sie will auch nicht unbedingt, dass Philipp sich ändert. Vielleicht könnte sie nichts mehr an ihm finden, wenn er nicht so wäre, wie er ist. Immerhin ist er schon so, seit sie ihn kennengelernt hat. Aber in Dresden kann sie auf neue Ideen kommen. Mini war jetzt dreimal beim ritual, dreimal beim Yoga. Sie hat im Shavasana auf dem Rücken gelegen, geschlossene Augen, Arme und Beine leicht ausgestreckt, und hat an Elena gedacht. Daran, wie sie Elena in Bordeaux getroffen hat und mit ihr in einem kleinen Café saß. Und sie haben sich direkt über alles unterhalten. Da tickt Elena wie Vero, sie redet über alles. Ihr ist nichts unangenehm. Und als Mini dort im Shavasana auf dem Rücken lag und all diese kitschig-romantischen sonnigen Bilder in ihr drin – plopp, plopp, plopp – auftauchten, war sie entschlossen und glücklich und entschlossen. Vor allem entschlossen.

»Ja! Auf jeden, ich freu mich mega riesig absolut total, wenn du kommst«, hat Elena am Telefon gesagt.

Und Vero, die immer mit zum Yoga war, hält Kathi für Minis Rettung, weil: »Ich hab schon gemerkt, dass es dir mit Philipp nicht immer so gut geht.« Meinte sie vor ein paar Tagen zu Mini. Und Kathi hat ihr die Augen geöffnet. Deswegen Dresden. Deswegen Elena.

Und der krönende Abschluss wäre trotzdem gewesen, dass es Philipp nicht egal ist. Dass er sich wehrt oder traurig ist oder wenigstens fragt, warum. Denn er hat kein einziges Mal gefragt, warum Mini wegwill und ihm nicht anbietet mitzukommen und vor allem, warum so plötzlich alles.

Teil 2

I

Es gibt ein bestimmtes Gefühl, das kommt ganz unverhofft und trotzdem sanft auf eine Art, meistens bemerkt Mini es erst, wenn sie schon mittendrin ist. Das ist eine Mischung aus Gemütlichkeit, Aufregung, Wohlsein und Wärme und dann zwischendurch Wellen der Unschlüssigkeit: Fühle ich mich gerade gut? Könnte es sein, dass ich mich gleich schlechter fühle? Bin ich gerade dabei, mich schlechter zu fühlen? Immer hineinhorchen in den eigenen Körper und die Arme um die Knie schlingen, wahrscheinlich eine lange Strickjacke anhaben und sich ganz eingepackt fühlen.

Mini hat diese große Menge Pilze gegessen, diese vielen kleinen, bitter schmeckenden Pilze, und jetzt hat sie genau das Gefühl. Aber noch stärker als sonst, ganz überwältigend. Sie sitzt selbstumschlungen auf der tintenblauen Couch und manchmal denkt sie: Jetzt muss ich weinen, dann wieder: Ich muss jetzt wirklich weinen, und dann starrt sie einfach auf ihre Knie, auf die feine Musterung ihrer Strumpfhose. Eine Feinstrumpfhose und darin ein paar Laufmaschen, kleine Löcher und Unebenheiten und darunter ihre Haut, die pulsiert vor sich hin, immer noch total lebendig, obwohl Mini sich doch überhaupt nicht mehr bewegt.

Auf der anderen Seite des Zimmers tanzen Leute und Mini ist sich nicht sicher, ob sie sie beobachten will oder nicht. Sie hat Angst, dass dieses an Gemütlichkeit grenzende Gefühl verschwinden könnte, wenn sie ihre Augen von der Strumpfhose losreißt. Aber sie kann ja auch nicht auf immer und ewig vor ihren Gefühlen davonlaufen, das sagt sie sich und das ist so wahr, dass sie aufblickt auf die tanzenden Menschen, und sie bereut es direkt ein bisschen, denn dort tanzt eine blonde Frau sehr groß und schwer und sie schneidet ganz und gar grauenvolle Grimassen – bei jedem Schritt eine andere. Die blonde Frau ist sehr betrunken und dauernd rempelt sie jemanden an und bewegt sich hektisch hüpfend von einer Seite des Raums zu einer anderen und wieder in die Mitte und nach hinten und vorne und auf und ab und stößt und rempelt und schneidet dabei ihre Grimassen. Und es macht Mini ganz merkwürdig wütend, wie sie das tut.

Alle wollen besonders sein, niemand langweilig, alle einzigartig. Du willst auch nicht sein wie die anderen, sagt Mini sich und sieht sich, auf Pauls Teppich in Freiburg liegend, dahinvegetieren. Sie liegt und denkt nach und denkt nach und liegt und kommt zu keinem Schluss, weil es keine Schlüsse gibt. Aber darin war sie sich meistens einig mit Philipp. Sie haben gesagt: Natürlich gibt es keinen Schluss und wir könnten alle ewig weitergrübeln, über wirklich alles könnten wir bis in alle Unendlichkeit nachdenken, aber die Kunst! Die wahre Kunst besteht darin, den Schlussstrich selbst zu ziehen und zu erkennen: *Ich* bin nicht diejenige, die diesen Gedanken zu Ende bringen wird. *Ich bin niemand.* Und weil sie beide so wahnsinnig nihilistisch veranlagt sind, besonders Mini, sollen sie versuchen, einfach nur ein bisschen Spaß und so weiter und so fort, schon klar. Mini fühlt, wie sie das Universum versteht. Und sie ist ja so überheblich und am besten redet sie nie wieder und hört nur noch zu.

Eine blonde Frau hüpft auf und ab und schneidet ihr eine Grimasse. Und so was hat Mini einmal wütend gemacht.

Jetzt schaut sie einfach weg. Sie sitzt auf einer tintenblauen

Couch und trägt eine Feinstrumpfhose und hat beide Arme um ihre Knie und es sind drei Minuten vergangen in der letzten Stunde. Sie will den Wecker nicht mehr sehen, andererseits ist es auch gut zu wissen, dass die Zeit dermaßen langsam vergeht. Das bedeutet, sie hat eine riesige Menge Zeit. Mini greift in ihre Jackentasche und hat noch sechs Pilze, getrocknet, klein und bitter. Sie isst noch zwei – angewidert. Wellen der Unschlüssigkeit. Was tue ich hier?

Elena nimmt sie in den Arm. Mini sagt: »Gott, diese Frau ist echt betrunken.«

Und Elena sagt: »Und auch noch so aktiv dabei, das ist echt bewundernswert«, und lacht. »Ich meine, an dem Punkt liegt jeder normale Mensch doch schon kotzend in der Ecke, normalerweise.«

Mini hat einen kleinen Lachanfall, weil El die Komik in Person ist, und bietet ihr von den Pilzen an und Elena isst den Rest.

Dann sitzen sie zusammen auf der Couch. Irgendwann kommt ein Typ, den sie beide nicht kennen, und setzt sich dazu. Er ist vielleicht Mitte zwanzig. Er starrt Elena an. »Darf ich dir eine Frage stellen?«

Elena sagt: »Mach doch.«

Also fragt er, ob sie auch fände, dass es als Frau leichter sei, Männer kennenzulernen.

»Warum? Findest du es so schwer, Männer kennenzulernen?«

»Nein«, er lacht. Wahrscheinlich ist er peinlich berührt.

»Ich glaube nur einfach, dass es für Männer schwerer ist, Frauen kennenzulernen. Und dass Frauen das Problem nicht haben.«

»Aha.«

Mini will nichts sagen, sie ist froh, dass er sie demonstrativ ignoriert.

»Na ja, die Frauen schreiben dauernd nicht zurück oder so und ich denk mir, wahrscheinlich können sie sich das einfach leisten, weil sowieso tausend Männer an ihnen interessiert sind.«

»Hm, keine Ahnung. Meinst du auf Tinder oder wo?«

»Ja, Tinder, aber auch so denk ich, es ist einfach easy für Frauen. Das hat mir auch schon eine Freundin so bestätigt.«

Elena findet ihn offensichtlich dämlich. Deswegen gibt sie sich keine Mühe, nett zu sein.

Sie sagt: »Na, wenn du's sowieso schon weißt, warum fragst du mich dann?«

»Weil ich verschiedene Meinungen einholen will?«

»Also, was Tinder angeht ... Da ist, denke ich, einfach das Verhältnis so. Es gibt da halt mehr Männer als Frauen. Und vielleicht mögen auch einfach nicht alle Frauen alle Männer.«

»Das ist mir ja klar, dass nicht alle Frauen alle Männer mögen. Ich mag ja auch nicht alle Frauen.«

»Na siehst du. Ich glaub aber auch, dass Männer einfach oft aufdringlicher sind als Frauen und sich ungefragt an Frauen ranmachen, einfach so. Liegt wahrscheinlich an der Erziehung und daran, dass es für Männer irgendwie gesellschaftlich akzeptiert ist, sich wie die größten Macker zu verhalten.«

Elena schaut ihn an. Keine erkennbare Reaktion.

»Und Frauen müssen hübsch und lieb sein«, setzt sie noch hinterher.

»Aber Frauen *wollen* doch angesprochen werden von Männern?«

»Wo hast du das denn her?«

»Das ist so. Das hat mir auch eine Freundin bestätigt. Ich hab halt für mich die Erfahrung gemacht, dass Frauen von Männern erobert werden wollen«, und er benutzt wirklich völlig unironisch das Wort »erobert«. Er fragt: »Sag mir nicht, du willst nicht, dass der Mann auf dich zukommt?«

»Nein, will ich nicht. Und ich will auch nicht von Männern erobert werden. Ich find's eigentlich ziemlich nervig, von aufdringlichen Machos angequatscht zu werden«, sagt Elena und hat die Augenbrauen zusammengezogen.

Er sagt: »Na ja, nicht von aufdringlichen Machos natürlich, aber von netten, gut aussehenden Männern halt.« Er räuspert sich. Er trägt ein eng anliegendes T-Shirt mit einer Bauchtasche quer über der Brust und dazu Shorts von Nike. Seine Haare hat er in diesem Fußballschnitt machen lassen. Kurze Seiten und nach oben hin länger, ohne sichtbare Stufen.

»Und wer definiert nett und gut aussehend?« Mini denkt, dass Elenas Stimme robust klingt und dass ihre eigene spätestens an diesem Punkt zu quietschen begonnen hätte.

Er sagt: »Alles, was ich wissen wollte, war doch, ob du mir das bestätigen kannst, dass es leicht ist, nen Typen zu finden. Für dich als Frau. Und übrigens, ich muss sagen, dass ich trotzdem glaube, dass es so ist, und ich wär gerne ne Frau, was das angeht.«

»Ach ja. Du wärst also gerne eine Frau. Dann würdest du dich sicher auch freuen, wenn Männer dir an den Arsch fassen und auf der Straße hinter dir herrufen oder dich verfolgen. Würdest du auch gerne mal sexuell so richtig schön belästigt werden oder vielleicht gleich vergewaltigt? Wäre geil, oder?« Ihr Ton passt kein bisschen zu dem, was sie sagt. Sie hat plötzlich angefangen, ganz ruhig und fast nett zu sprechen.

»Was? Wurdest du mal vergewaltigt?« Er sagt das überzogen schockiert.

»Ich wurde nie vergewaltigt. Aber das ist etwas, was Frauen passiert, weißt du. Es gibt Frauen, die vergewaltigt werden. Und dann gibt es noch alle anderen Frauen, die werden«, sie macht mit den Fingern Gänsefüßchen in die Luft und sagt: »*Nur* sexuell belästigt.« Sie schaut ihn an. »Und sexuell belästigt, das werden so gut wie alle Frauen, das wage ich mal so zu behaupten, weil ich *als Frau* mich dazu in der Lage fühle. Und ich fühle mich auch irgendwie befähigt zu behaupten, dass du *als Cis-Mann* nicht wirklich einschätzen kannst, wie es ist, eine Frau zu sein. Und deshalb finde ich die Äußerung, du wärst gerne eine Frau, damit du endlich von deinen Sexpartnern gefunden wirst und nicht mehr selber suchen musst, sehr fragwürdig.«

»Okay, ich sag mal so«, fängt er an und dann sagt er kurz gar nichts mehr. Nachdem er fertig nachgedacht hat, kommt: »Also, es ist natürlich überhaupt nicht cool, wenn Männer Frauen belästigen. Das würde ich auch nie machen. So was hab ich nie gemacht! Also. Wenn ich eine Frau anspreche und sie will nichts von mir, dann lass ich sie natürlich in Ruhe. Ich würde auch nie ner Frau an den Arsch fassen oder so. Wofür hältst du mich denn?«

Er tut so, als würde er Elena an den Oberarm fassen, und sagt: »Vielleicht mal aus Versehen so am Arm berührt oder so, aber wenn die sich dann erschreckt hat, hab ich mich natürlich sofort entschuldigt und das tut mir dann auch leid. So was passiert eben … Im Eifer des Gefechts … Aber mal ganz ehrlich, wenn dich ein netter, gut aussehender Typ auf der Straße anspricht, würdest du dich dann nicht drüber freuen?«

Elena sagt: »O Gott«, und gibt sich Mühe, ihre Einschätzung dieses durch und durch ironischen Vertreters seiner Gattung durchklingen zu lassen. Dass ihm sowieso nicht mehr zu helfen ist.

Sie wäre wohl gerne aufgestanden und weggegangen, aber vielleicht fühlt sie Verpflichtungen der Gesellschaft gegenüber, ein Gespräch mit diesem Menschen zu führen. Immerhin ist Elena eine Person, die keine Mühen scheut, in Bezug auf heiße Steine und kalte Tropfen.

»Du magst mich nicht, oder?«, fragt er sie und scheint stolz zu sein, diese intime Frage so gerade herauszubekommen.

»Keine Ahnung, ich kenne dich ja gar nicht wirklich. Ich fand einfach dieses Gespräch so leicht unangenehm, glaub ich.«

»Du magst mich halt nicht. Weißt du, ich bin einfach direkt. Ich bin immer so direkt, wenn ich was sagen will, dann sag ich's und ich weiß auch, dass manche Menschen damit nicht so gut klarkommen. Aber ich polarisiere einfach.«

»Okay«, sagt Elena und sieht belustigt aus.

Sie schaut Mini an und Mini muss grinsen. Erst jetzt blickt der Fußballkopf zu ihr rüber. Er kommt auf eine neue Idee: »Deine Freundin mag mich nicht.«

»Ähm … ja, genau«, sagt Elena und: »Da liegt wohl das Problem.« Sie legt Mini den Arm um die Taille.

Fußballkopf guckt etwas verwirrt. Dann reißt er sich zusammen und fragt: »Und was denkst du darüber?«, und blickt Mini übertrieben in die Augen. »Findest du es gut, wenn Männer auf dich zukommen?«

»Ähm. Na ja, kommt auf die Art an, wie sie es machen.«

»Ja klar, total. Siehst du, genau das meinte ich«, Blick zu Elena. Wahrscheinlich kann er sich jetzt doch auch vorstellen, mit Mini nach Hause statt … mit Elena? Besser als gar nichts.

»Also, solang die Art stimmt. Dann findest du es gut, oder? Dann freust du dich doch drüber?«

»Ja, wenn die Art stimmt, ist es okay, denke ich.«

Elena flüstert Mini ins Ohr, dass sie gerne gehen würde. Mini drückt ihre Hand und ignoriert sie ansonsten.

»So, wenn ich dich jetzt frage … Hast du Lust, mit mir zur Bar da vorne zu gehen, und ich mix dir einen Gin Tonic. Wär doch geil, oder?«

Elena muss ein bisschen lachen.

Fußballkopf blickt zu ihr und sagt: »Was denn? War doch nett gefragt? Keine Belästigung oder so.«

»Nee, schon gut«, sagt Elena und schaut den Boden an. Sie nimmt Minis Hand und lässt sie wieder los und macht Anstalten, wegzugehen.

»Aha«, sagt der Typ, als hätte er nach langer Unwissenheit ganz unvermittelt Gott und das Universum und vielleicht sogar das kleine Einmaleins verstanden. »Du siehst mich als Konkurrenz.«

»Genau«, sagt Elena, »ich seh dich als Konkurrenz.«

»Sag ich doch«, sagt Fußballkopf.

Diesmal ist es Mini, die laut lachen muss. Dann sagt sie »okay« zu Elena, steht auf und hält Ausschau nach angenehmeren Gesprächspartnern.

Elena geht zu ein paar Leuten, die sie aus der Uni kennt, und unterhält sich. Wahrscheinlich erzählt sie von dem Gespräch, das sie gerade hatte, Mini hat keine Lust darauf. Sie macht eine Runde durch die ganze Wohnung. Alle stehen in kleinen Grüppchen und lachen oder trinken und manche schweigen sich einfach an oder sind gerade dabei, öffentlichkeitsgeeigneten Geschlechtsverkehr zu praktizieren. Es ist niemand unter ihnen, der ansprechend aussieht.

Mini lehnt sich an eine Wand und trinkt aus ihrem Wasserglas. Sie fühlt sich weder langweilig noch rebellisch. Eher sehr müde. Sie denkt kurz daran, zurück zu Elena zu gehen und nach Speed zu fragen, aber dann entscheidet sie sich dagegen.

Sie lässt sich an der Wand entlang zu Boden gleiten und streckt die Beine aus. Ihr gegenüber steht eine Vierergruppe. Drei Mädchen und ein Mann, dessen Haare fast komplett grau sind. Zwei der Mädchen bewegen leicht ihre Hüften. Es sieht so aus, als würden sie gerne tanzen, aber dabei nicht den Anschluss zur Unterhaltung verlieren wollen. Oder vielleicht wollen sie auch den grau melierten Mann beeindrucken. Oder vielleicht sind sie einfach betrunken und ihre Körper machen Sachen ganz von selbst.

Mini weiß nicht, worum es geht, weil alle vier Spanisch sprechen, aber es wirkt ziemlich ernst und niemand bringt auch nur den Anflug eines Lächelns hervor. Irgendwann verabschieden sich zwei der Mädchen mit sehr affektierten Wangenküsschen und starren beim Rausgehen auf ihre Handys. Das kommt Mini dämlich vor. Andererseits, sagt sie sich, würde sie wahrscheinlich selbst genauso wirken, nach vier oder fünf Glas Weißwein.

Mini überlegt, ob sie hingehen und in die Unterhaltung einsteigen will, aber dann müsste natürlich alles auf Englisch weitergehen und das wäre wohl anstrengend und außerdem fängt die andere gerade an, mit der grau melierten Vaterfigur rumzumachen, und es wäre unhöflich, zu stören. Er sieht wirklich ein bisschen aus wie ihr Vater, denkt Mini und will sich nicht eingestehen, ob sie es sexy findet oder nicht. Dann denkt sie an Philipp und der ist ja auch deutlich älter als sie. Immerhin nicht so alt, dass er ihr Vater sein könnte. Eigentlich hätte sie sogar Sex mit Starke haben können, ohne dass es direkt Inzest gewesen wäre, denn er ist ja gar nicht ihr biologischer Vater.

Sie steht auf, geht zu den Getränken und will jetzt doch Alkohol trinken.

Sie nimmt ein Wasserglas und füllt es bis zur Hälfte mit Wodka. Die andere Hälfte füllt sie mit Leitungswasser auf. Es schmeckt widerlich. Weil es so widerlich schmeckt, trinkt Mini es so schnell wie möglich aus. Sie braucht ungefähr fünf Minuten dafür. Als sie fertig ist, spürt sie eine leichte Übelkeit in sich aufsteigen. Sie wiederholt das Ganze, nimmt aber statt Leitungswasser Cola Light, das ist deutlich besser.

Als Mini ein bisschen betrunken ist, muss sie grundlos zu lachen anfangen. Kurz darauf ist sie sehr betrunken und beginnt zu weinen. Auch ohne Grund natürlich. Elena tröstet sie, so gut es geht bei einem Heulanfall ohne Grund, und irgendwann ist Mini auch wieder etwas nüchterner. Sie macht etwas Sexartiges mit Elena auf dem Sofa und dann schläft sie ein und Elena geht nach Hause, weil es mindestens sieben Uhr morgens ist und sie sich eindeutig zu nüchtern fühlt, um auf dem vollgekotzten Sofa zu schlafen.

2

Bei Elena gibt es nichts, was Mini tun könnte, und sie kommt sich nutzlos vor. Elena geht um zehn zur Uni oder in die Bibliothek oder wohin auch immer und kommt erst abends zurück. Sie schreibt an ihrer Bachelor-Arbeit. Sie sieht schön aus. Lange Wimpern, lange Haare, braune Haut, ganz glatt und pudrig. Zum Frühstück trinkt sie schwarzen Kaffee mit Zucker und isst nichts. Elena. Wenn sie von der Uni kommt, ist Mini nicht immer da. Das ist schwierig. Sie will nicht sehen, wie Elena aussieht, nach stundenlangem Lernen, ewiger Konzentration, geballter Intelligenz, immer noch schön, fast schöner als vorher.

Der Kontrast ist Mini zu hart, sie selbst: nichts getan, nutzlos dahingelebt und dennoch erschöpft, Elena: schön, frisch, Energie, Energie. Aber die Erschöpfung kann nicht grundlos sein, nicht in Minis Alter. Sie hat nachgedacht, wie sie immer nachdenkt, sie hat mit niemandem geredet, sie weiß, dass das nichts bringt. Sie will sich nicht beschweren. Sie hat überlegt, Nina mal wieder anzurufen, aber diese Freundschaft kommt Mini vor wie eine Geschichte. Wie ein Roman, den sie vor Jahren gelesen hat, den sie mal wieder zur Hand nehmen könnte, aber wer weiß schon, ob er ihr noch gefällt.

Beim Hausarzt sitzen drei Männer über sechzig und eine Frau um die fünfzig. Mini will keine der ausgelegten Zeitschriften lesen, aber sie will auch nicht zu den Starrenden dazugehören, sie nimmt ihr Handy und scrollt durch ihren Instagram-Feed.

Sie wäre nicht gekommen, aber etwas muss ihr Sicherheit geben, sie will wissen, was es ist, bestimmt kein Tumor, daran glaubt sie nicht mehr, sie hat etwas anderes im Verdacht, eine Infektion, HIV oder was Bakterielles vielleicht, das ihr Immunsystem so sehr beschäftigt, dass sie keine Energie mehr hat. Andere arbeiten acht Stunden, denkt sie, und ich muss krank sein, ich muss etwas haben, etwas stimmt nicht. Das ist ein sicheres Gefühl und sie tut sich nicht leid dafür, sie verabscheut sich.

Die Frau hustet ein bisschen, es hört sich gekünstelt an. Sie erntet zwei genervte und einen mitleidigen Blick. Mini hat eine Dokumentation angeschaut, an einem Nachmittag im Bett, da ging es um Krankenhauskeime und wie Menschen erst dort so richtig krank werden, im Krankenhaus, wo sie eigentlich behandelt werden sollten. Es ging um Wunden, die nicht mehr verheilen, multiresistente Keime, die sich darin einnisten und gegen die nichts getan werden kann. Nur noch Amputation, Bein ab, Arm ab, keine Antibiotika, nichts. Wobei Antibiotika die Darmflora zerstören, Mini würde sie sowieso nicht einnehmen. Am Ende, sagt sie sich, spielt doch ihre Psyche die größte Rolle und wem es wirklich gut geht mental, der wird wahrscheinlich auch gar nicht erst krank. Das hat Leo auch so gesagt. Er sagte, dass es die heilende Energie gibt, der sich jeder Mensch öffnen muss in einer bestimmten Körperhaltung, und Menschen, die sich nicht öffnen, die verschlossen bleiben, die kriegen die negativen Gedanken und dann Krankheiten. Weil ja alles miteinander verbunden sei. Oder ist? Muss sie noch einmal drüber nachdenken. Es könnte auch sein, dass es ihr psychisch nicht gut geht, aber sie ist sich nicht sicher.

Der Arzt sagt ihr, er würde gerne ihren Bauch abtasten.

Die Papierdecke auf der Liege verrutscht ständig, sie fühlt sich nackt, obwohl nur der Bauch zu sehen ist und ein paar Schamhaare, weil sie die Hose so weit runterziehen musste.

»Alles klar«, sagt er und hat sie fast nicht berührt, »das ist so weit in Ordnung.«

Sie sagt: »Es ist auch nicht im Bauch, es ist eher so eine Art Dauererschöpfung, manchmal werd ich ohnmächtig ohne Grund.«

Er sagt hm, hm. Und dann, dass es wohl am Kreislauf liegen muss, und ansonsten – er überlegt desinteressiert.

Mini sagt: »Heute Morgen war mir richtig übel, ich dachte, ich muss mich übergeben, ich hab zehn Minuten vor dem Klo gesessen, aber dann war es wieder vorbei und als ich aufstehen wollte, bin ich umgekippt.«

»Ja, das sind ganz klassische Kreislaufbeschwerden, es ist ja auch sehr heiß. Trinken Sie mal viel Wasser. Oder Tee, was Ihnen lieber ist, und vielleicht einfach mal im Bett bleiben heute und morgen. Melone könnten Sie auch essen, Suppe, alles mit viel Flüssigkeit. Und Zucker könnte auch mal ganz gut sein. Haben Sie Stress auf der Arbeit?«

»Nein, eigentlich nicht.«

»Haben Sie starke Regelblutungen?«

»Nein, nicht wirklich.«

Dass Minis Periode ausbleibt, schon seit Frankreich, das ist ein Symptom. Irgendetwas stimmt nicht mit ihr, etwas ist krank. Sie hat keine Lust, es dem Arzt zu erzählen, er erscheint ihr inkompetent.

Er sagt, er könne ja mal eine Überweisung zur Frauenärztin mitgeben. »Da sollte gynäkologisch alles abgecheckt werden, gerade bei dieser morgendlichen Übelkeit und den starken Kreislaufbeschwerden. Hatten Sie denn ungeschützten Geschlechtsverkehr in letzter Zeit?« Denn du bist ein kleines dummes Kind.

Mini sitzt auf diesem Stuhl und fühlt sich winzig. Sie fühlt sich wirklich so bescheuert. Sie denkt daran, wie Elena in dieser Situation wütend werden würde. Sie wäre ganz sicher in der Lage, diesem Arzt etwas Schlagfertiges auf die großporige Nase zu spucken, und er wäre still und würde für immer still sein gegenüber jungen Frauen. Mini hebt nur ihren Blick vom Boden und lässt ihn über diesen gigantischen Schreibtisch wandern, vorbei an Stiftehalter und Locher und Tacker, über einen Computer-Bildschirmrand hinweg und hoch, höher, hinauf zu wasserblauen Ärzteaugen. Die Augen sind gesenkt und sehen sie nicht, sie sehen nur eine Computertastatur. Und die dazugehörigen Finger tippen kompetenterweise: tack, tack, tack, etwas dort hinein.

Und dann: »So, na gut, haben Sie sonst noch Fragen? Die Überweisung können Sie sich dann vorne bei der Sprechstundenhilfe abholen. Wenn da bei der gynäkologischen Untersuchung alles in Ordnung ist und sich Ihre Beschwerden nicht bessern, können Sie noch mal herkommen zum Blutabnehmen.« Tack, tack, tack.

»Ich habe auch oft Verdauungsbeschwerden«, sagt sie noch, versuchsweise.

»Mhm, ja.« Er schaut irgendwo in die Ferne, auf eine gelb angelaufene Pflanze, halb hinter dem Regal versteckt. »Es gibt etwas, das nennt sich Reizdarmsyndrom«, fängt er an – das kennt Mini. Sie schaltet ab, er ist es nicht wert.

Vor der Tür klammert Mini sich an ihre Überweisung und denkt nach, ob sie gehen soll, aber dann entschließt sie sich kurzerhand, es zu tun, weil es ja doch stimmt. Nicht, was das Arschloch gesagt hat, aber untersuchen lassen sollte sie es, möglicherweise hat es etwas mit ihrem Inneren zu tun. Vielleicht ist es ein Tumor an ihren Eierstöcken, deswegen blutet sie nicht mehr, jetzt bringt er all ihre Hormone durcheinander und da wird ihr übel, da kommt der Schwindel ins Spiel. Dann schneiden sie ihre Gebärmutter raus und sie muss ihr Leben lang synthetische Hormonpillen schlucken, jeden Tag: Pille hier, Pille da, nie wieder unabhängig sein, nie schwanger werden, aber gerettet. Gerettet vor dem, was sie hätte zerstören können, wäre sie nicht rechtzeitig bei der gynäkologischen Untersuchung erschienen, denn da hat die aufmerksame, verständnisvolle Ärztin es entdeckt. Großer Schock dann, weil Mini natürlich nicht damit gerechnet hat, wer rechnet denn mit so was? Dreiundzwanzig und Eierstockkrebs, damit rechnet sie doch nicht?

Gynäkologin. Güh-näh-koh-loh-gie. Komisches Wort.

»Meine Frauenärztin hat mir gesagt …«, das haben frühreife Mädchen bei Mini in der Schule immer fallen lassen. So nebenbei. Mini nicht, sie war die Norm, sie war nicht frühreif, sie hat ihre Tage mit dreizehneinhalb bekommen und das erste Mal war sie mit sechzehn bei einer Frauenärztin. Da wurde sie nicht einmal richtig untersucht. Nur die Pille hat sie gekriegt: gegen Pickel, gegen unregelmäßige Perioden, gegens Schwangerwerden, gegen Unterleibskrämpfe und für Sex, bei dem sie trotzdem ein Kondom benutzen sollte, weil es ja nicht nur die Schwangerschaft, sondern auch noch Krankheiten … Etc.

Mini schwitzt. Vielleicht riecht man Mini. Sie ist nicht gut vorbereitet und trotzdem lässt sie sich prüfen. Sie stellt sich darauf ein, möglicherweise durchzufallen.

Lange warten muss sie nicht, das Wartezimmer ist leer bis auf eine einzige andere Frau und Mini hat ja die Überweisung, ein wenig zerknittert durch ihren festen Griff, aber ausreichend. Die hat sie gezeigt, zusammen mit ihrer Krankenkassenkarte, das waren ihre Tickets: gute Reise, Mini.

Die Ärztin heißt Frau Dr. Liebig und sie fragt gar nicht viel, sie will gleich nachschauen. Ein Abstrich, dann Ultraschall auf Minis Bauch und Ultraschall in Minis Vagina. Vaginaler Ultraschall, das findet Mini gut, weil Ärztinnen damit wahrscheinlich viel erkennen können und auch Sachen bemerken, die sie mit einer beschissenen Tastuntersuchung ihrer Bauchdecke nicht finden. Arschloch.

»Noch ein bisschen mehr nach vorne rutschen mit dem Po.«

Mini rutscht. Sie wird abgetastet mit Plastikhandschuhen und fühlt sich wunderbar. Manchmal denkt Mini, sie ist viel zu selten bei der Frauenärztin und dabei liebt sie es. Das gibt ihr das beste Gefühl: Fachkundige Finger schauen sich alles an, begutachten und tasten ab, stecken Werkzeuge in sie hinein. So professionell, so routiniert, so völlig unaufgeregt. Kein Zittern, keine Erregung, keine Emotionen, keine Erwartungen an sie, höchstens mal ein: Noch ein bisschen mehr nach vorne rutschen mit dem Po, so als wäre es das Normalste auf der Welt, in ihren Genitalien herumzuwurschteln. Aber es tut ja auch kein bisschen weh und es ist ihr nicht unangenehm und sie sitzt einfach da, ganz nackt an den Stellen, wo es sich nicht gehört, und ganz angezogen an anderen Stellen, und weiß, hier sitzen sie alle, genau wie ich sitzen hier all diese Menschen und lassen ihre Genitalien untersuchen und diese Frau da, mit ihren Plastikhandschuhen – eine behandschuhte Hand auf Minis Bauch, eine in ihr drin –, diese Frau hat sie alle gesehen, von außen und von innen. Und zu Mini sagt sie dann: »Noch ein bisschen nach vorne rutschen mit dem Po«, und dann rutscht Mini und weiß, sie tut es nur deshalb, weil sie dann besser untersucht werden kann.

»Mhm«, macht die Ärztin und nickt. Das kann sie sich erlauben, dort zwischen Minis Beinen zu nicken, weil sie mehr über Minis Inneres weiß als Mini selbst. Sie sagt: »Mmh, ja«, und guckt noch mal und schiebt diese kleinen Kreuze auf ihrem Ultraschallbildschirm herum und klickt ein bisschen und sagt: »Gut, dann ziehen Sie sich mal wieder an und kommen vor, dann besprechen wir alles.«

Und sie besprechen alles. Und zwar: Mini hat also keine Periode mehr. Seit wann denn? So zwei Monate? Mhm, mhm. Im Ultraschall ist zu sehen, dass Minis Ovarien polyzystisch sind. Und was heißt das? »Sie haben polyzystische Ovarien, das sieht man im Ultraschall daran, dass da so, na ja, wie ganz viele kleine Bläschen, wie so helle Flecken zu sehen sind. Und das sind lauter kleine Zysten. Das verhindert dann oft den Eisprung. Woran das liegt, kann ich jetzt noch nicht genau sagen. Also es gibt etwas, das nennt sich PCOS, das polyzystische Ovarialsyndrom. Aber da gibt es noch andere diagnostische Kriterien, die dann untersucht werden müssen. Und es hat auch etwas mit den Hormonen zu tun. Dafür würden wir Blut abnehmen.«

Mini sagt okay und fragt, was es sonst noch sein könnte.

»So ein Ausbleiben der Periode kann ganz unterschiedliche Gründe haben, Stress, psychische Verstimmungen, Ab- oder Zunahme, also das Gewicht. Haben Sie in letzter Zeit viel abgenommen?«

Mini sagt, nein, nicht dass sie wüsste.

Die Ärztin macht weiter: »Also dann kämen eben einfach noch andere Faktoren infrage, da gibt es wirklich ganz viele

Ursachen. Ich würde Ihnen sonst vorschlagen – vielleicht haben Sie auch schon darüber nachgedacht –, die Pille einzunehmen. Das kann in den meisten Fällen zuverlässig helfen, den Zyklus zu stabilisieren.«

»Das will ich eigentlich nicht«, sagt Mini.

»Haben Sie da Vorbehalte?«

Mini sagt, sie habe die Pille schon mal genommen, das war nicht so gut. Außerdem sehe sie da verhütungstechnisch gerade keinen Bedarf. Während sie das erklärt, spürt sie ihr Herz klopfen. Schweiß unter den Achseln, dünne Stimme. Es ist ihr peinlich. Sie hat das Gefühl, die Kompetenz der Ärztin ganz dreist anzuzweifeln, und dabei ist die Ärztin eigentlich wirklich nett zu ihr. Sie könne und wolle Mini ja auch zu nichts zwingen, sagt die Ärztin und Mini fühlt sich noch schlechter.

»Wenn Sie sich dann doch noch dafür entscheiden, können Sie natürlich jederzeit wiederkommen für ein Rezept.«

Aber weil das mit den Hormonen untersucht werden muss, soll trotzdem hier und jetzt Blut abgenommen werden und das macht die Assistentin.

Als Mini später schon fast aus der Tür raus ist, wird ihr so schwindlig, dass sie es nicht mehr schafft, sich auf einen der Stühle am Eingang zu setzen. Sie liegt auf dem Boden, über ihr das rotfleckige Gesicht der Sprechstundenhilfe.

Sie spricht mit sächsischem Dialekt. Sie packt Mini am Arm und hievt sie auf den Stuhl und sagt: »So was, echt.«

Mini hat einen großen dunklen Blutfleck in der Armbeuge. Sie denkt an ein Handyspiel, so ein Jump and Run-Spiel, mit kleinen sich drehenden Äpfeln oder Diamanten oder blinkenden Ausrufezeichen, nach denen man springen musste. Es machte Geräusche, wenn man durch sie hindurchrannte oder sprang und die Belohnungen bekam. Sie hat das sehr lebhaft vor Augen, als würde sie selbst gerade rennen und springen, obwohl sie eigentlich völlig ausgelaugt auf diesem Stuhl sitzt und leise im Hintergrund die Ärztin schimpfen hört. Denn die Assistentin hat einen Fehler gemacht, anscheinend. Mini stellt sich vor, wie sie jetzt ihretwegen gefeuert werden könnte, was natürlich Quatsch ist, aber sie tut Mini ein bisschen leid, die Assistentin. Und als Mini auf diesen Blutfleck in ihrer Armbeuge schaut, wird ihr übel. Die Ärztin drückt eine Mullbinde auf die Einstichstelle, sie hat den Ärmel hochgekrempelt, die Assistentin steht schuldbewusst daneben, vielleicht hat sie Tränen in den Augen. Oder Mini bildet es sich ein, weil, warum sollte sie Tränen in den Augen haben?

»Mindestens eine Minute draufdrücken nach der Blutabnahme, das müssen Sie doch wissen!«, sagt die Ärztin und die Assistentin flüstert: »Ja, das hab ich irgendwie … Irgendwie hab ich das vergessen, ich weiß auch nicht.«

»Das vergisst man nicht, Sie sehen ja, was dann passiert, das ist doch nicht das erste Mal, dass Sie Blut abnehmen.«

»Nein, das hab ich sonst auch … Also, ja, keine Ahnung.«

Mini kriegt ein neues Pflaster und einen Pappkegel mit Wasser, es passt ungefähr ein großer Schluck hinein, sie will nicht nach einem zweiten, dritten, vierten fragen, deswegen bleibt sie einfach sitzen und irgendwann sagt die Sprechstundenhilfe etwas. Und dann geht Mini und ihr ist auch gar nicht mehr so mulmig, eigentlich fühlt sie sich richtig gut. Wie neugeboren, da muss noch etwas anderes als Wasser in diesem Pappkegel gewesen sein.

3

So. Und jetzt ist Mini da.

Angekommen unter Els Haaren, von ihrer Kopfhaut angenommen. Eine Haut, die intimer und echter ist und unzugänglicher als jede andere Haut. Unter Elenas dunklen Haaren: ein paar weiße Schuppen und feuchte Wärme, gesättigter Geruch, dicht, ehrlich, ein letztes Shampoo-Restaroma vom Haarewaschen vor zwei Tagen, Mini war dabei. Sie gräbt ihre Nase hinein und nimmt alles auf.

Das ist nichts, was sie erregt, erregt wird sie anders. Das hier ist die endgültige Ankunft und sie braucht diesen Geruch, um sich zu entspannen, sich zu vergewissern: Elena ist da und wird da sein. Wenn Mini nicht mehr sicher ist, dann hilft ihr Els Kopfhaut. Und sie riecht auch anderswo, sie riecht auch unter den Achseln und zwischen den Beinen und den Pobacken, aber das ist anders, das ist weniger wertvoll.

Mit Minis Kopf in ihrer Armhöhle fragt Elena: »Stinke ich?«

Und Mini sagt: »Ein bisschen.«

Und Elena: »Ein bisschen ist gut.«

Und Mini sagt ja und dass das stimmt, ein bisschen ist gut, aber in Wirklichkeit braucht sie einfach nur die Ehrlichkeit von Els Haaren und ihrer Kopfhaut.

Scharfer Schweißgeruch unter den Achseln oder satt und kräftig im Intimbereich oder sauer-salzig in Els Innerem – alles abwaschbar, alles austauschbar. Nichts kommt dem gleich, was sich unter schwarz gewellten Haaren verbirgt und wahre Nähe ist, mehr als Erregung und mehr als Aufregung.

Nach dem Sex isst Elena Butterbrote. Sie isst dicke Scheiben mit dicken Butterschichten, frisches Graubrot, frisches Schwarzbrot, manchmal mit Salz, manchmal mit Zucker oder einfach nur Butter. Das ist Energie. Das ist die Power, die sie vorher in Minis und ihre eigene Lust gesteckt hat und die sie sich jetzt zurückholt, damit sie das Gleiche oder etwas Ähnliches bald wieder machen können. Wenn Mini an einer Bäckerei vorbeigeht und den Geruch von frischem Brot wahrnimmt und aufsaugt, dann denkt sie an Elena und den Sex mit Elena.

Jetzt gibt es noch keine Butterbrote. Mini liegt noch schweigend neben Elena und Elena liegt noch atmend neben Mini.

Mini denkt an die Blutuntersuchung, bei der nichts herausgekommen ist. Sie hat gutes Blut. Wenn Elena jetzt fragen würde: Woran denkst du?, was sie nicht tun würde, weil sie keine dieser Personen ist, die so was fragen, wüsste Mini keine Antwort. Keine passende.

Sie hat das Gefühl, meistens das Falsche zu denken. Philipp hat sie manchmal gefragt, woran sie denkt. Dann kam es ihr vor, als wäre er insgeheim nur darauf aus, sie in eine unangenehme Position zu bringen, eine, in der sie geistesgegenwärtig, flink, gewitzt eine Antwort finden muss. Sich von den wirklichen Gedanken losreißen, ertappt sein, mitunter ein schlechtes Gewissen haben und dann trotz allem Rede und Antwort stehen. Weil, worauf sollte er mit dieser Frage denn sonst hinauswollen? Schikanöse Gesprächsstrategie. Irgendeine schadenfrohe Ader in ihm, die Spaß daran hat, andere Menschen struggeln zu sehen, sie selbst ins Straucheln zu bringen und dann dabei zuzuschauen: Na, wie kommst du da jetzt wieder raus?

Aber Elena fragt so was ja gar nicht. Sie liegt und atmet und gleich wird sie eine Hand aufheben – die rechte Hand – und über eines von Minis Körperteilen streichen, zum Beispiel ihren Bauch oder ihren Arm oder eine ihrer Brüste, leichter Schauder hier. Und dann wird sie in die Küche gehen und Butterbrote schmieren und zurückkommen ins Bett, ein Brot durchgebissen, kauend, atmend, rote Wangen und noch ein sanftes Pochen zwischen den Beinen.

Einwandfreie Blutwerte hat Mini, etwas zu wenig Eisen, aber das ist normal, da kann sie supplementieren. Allerdings hat sie gestern online gelesen, dass manche Werte gar nicht richtig nachgeschaut werden. HIV zum Beispiel. Das ist im regulären Blutbild gar nicht dabei. Oder Syphilis oder Hepatitis, die ganzen STDs. Darüber muss sie sich jetzt weiter Sorgen machen. Sie ist sich auch nicht mehr sicher mit den Schilddrüsenhormonen. Untersuchen die das?

Da ist sie gerade erst draufgekommen, aber es deutet alles darauf hin. Eine typische Schilddrüsenunterfunktion: Abgeschlagenheit, Müdigkeit, antriebslos und so weiter. Konzentrationsschwäche. Sie würde mit Elena darüber reden, aber dann wäre es ein Thema und sie hat keine Lust, dieses Thema zu sein.

Mini denkt jetzt meistens nachts darüber nach, weil sie nicht schlafen kann. Elena schläft immer. Sie liegt neben Mini, sie sagt »schlaf gut« und lässt den Lichtschalter klicken und atmet zweimal ein und aus, tief und langsam, und ist weg. Mini liegt neben Elena und dreht sich auf die andere Seite und hat ihr Handy und Kopfhörer, weil sie schon weiß, sie wird noch lange wach liegen. Und dann hört sie sich einen Podcast an oder schaut auf Instagram, schreibt manchmal mit Kathi und liegt und denkt. Am schlimmsten ist Els Wunsch nach funktionierender Kommunikation und wie sie das auslebt. Weil ein wichtiger Punkt nämlich das Verstehen ist und Elena sich immer die größte Mühe gibt, Mini zu verstehen und sich ihr zu öffnen. Und sie will, dass auch Mini sich öffnet, und wenn Mini sich öffnet, dann fühlt El sich in Mini ein und zeigt Anteilnahme und Verständnis und dann sollen sie sich alle beide gut fühlen und eine gute Beziehung haben.

Elena hat zwei Butterbrote gegessen und Mini ein halbes.

»Machen wir los?«, ruft Elena aus dem Bad und beim Aufstehen dreht sich Minis Kopf eiernd und in Schlangenlinien. Sie sieht lauter winzige Karos in Beige und auch etwas Schwarz.

»Ich zieh mir schnell was an«, schreit sie zurück und wartet, bis sie wieder sehen kann. Rotes Top, wo bist du? Shorts und Gürtel? Zopfgummi? Mini hüpft einbeinig durchs Zimmer, ihre Hose nur halb angezogen, und versucht, das Gleichgewicht zu halten. Sie hat das Gefühl, sich schrecklich beeilen zu müssen. Sie ist nicht trödelig und auch nicht diejenige, auf die andere dauernd warten. Aber in Els Gegenwart kommt Mini sich unbeholfener, schlechter, langsamer vor. Sie wirft einen Blick in den Spiegel und will laut aufschreien, sie sieht beschissen aus. Hastig versucht sie, ein anderes Shirt zu finden oder ein Hemd oder irgendetwas, und merkt schon, wie ihr Kopf heiß wird und ihre Achselhöhlen feucht und klamm. Mini könnte wetten, in der Zeit, die sie fürs Anziehen braucht, wenn sie es gerade noch geschafft hat, einen Schluck Wasser halb zu schlucken, die Hälfte davon auf ihr T-Shirt zu kippen und ihr Portemonnaie zu schnappen, wird Elena:

Butterbrote geschmiert und gegessen, schnell aber gründlich geduscht, Haare zu einem wunderbar legeren Knoten zusammengebunden, dezentes Make-up aufgetragen, passenderes Outfit als Mini angezogen, einen Spritzer Parfüm im Nacken und den letzten Rest Kaffee im Topf warm gemacht und getrunken haben.

Mini: rotes Gesicht und Schweiß unter den Achseln. Elena: rosige After-Sex-Wangen und Parfüm-Duft.

Aber das ist okay, weil sie sich mögen und Elena Mini liebt, und deshalb sieht sie über alles hinweg, was Mini in den Wahnsinn treibt, und Mini würde auch gerne über alles hinwegsehen, nur dass sie das nicht hinkriegt.

Und als sie später mit ein paar rauchenden Bekannten von Elena auf der Straße stehen und eigentlich alles furchtbar angenehm ist, eine angenehme spätsommerliche Wärme, ein angenehmer Windhauch, angenehme Stimmen um Mini herum und angenehmer Duft von Holzfeuer, Tabakrauch, Bier und Schweiß vermischt mit Sonnencreme, da packt Mini es trotzdem nicht. Sie schaut Elena beim Konversieren zu und hat nur sich selbst im Kopf.

Im Projektraum bereiten Menschen mit ausgefallenen Frisuren den Filmabend vor. Mini sieht Leggings in Leopardenmuster, unrasierte Beine unter lächelnden und gepiercten Gesichtern. Es gibt eine politische Dokumentation mit anschließendem Gespräch, die Journalistin ist anwesend und wird Fragen beantworten. Mini weiß nicht mehr genau, ob Elena sie persönlich kennt, sie hat nachgefragt und es vergessen, wie sie auch den Namen des Films vergessen wird, sobald sie das Kino verlassen.

Mittags waren sie bei Rewe einkaufen, weil El unbedingt etwas zum Buffet beisteuern wollte. Mini kam sich bescheuert vor, mit Einkaufsliste und Einkaufswagen neben Elena her zu trotten, fast wie eine Familie oder so was in der Art. Es hätte nur noch das Kind gefehlt und das Auto, um später die Einkäufe in den Kofferraum zu laden und ins Einfamilienhaus zurückzufahren. Vorgarten und richtiger Garten, sauberer Kühlschrank, keine bakterielle Vielfalt im Kühlschrank, nur mit Chlor gesäuberte Glasplatten, Hafermilch, vegetarische Leberwurst, Leinöl.

Mini musste an Fahrradanhänger denken. Sie ist ja noch gar nicht im Einkaufslistenalter. Elena kennt kein anderes Alter.

Elena stand vor dem Kühlregal und betrachtete Käse. Irgendetwas arbeitete in ihrem Kopf. Mini dachte kurz, sie würde die Preise vergleichen, aber das wäre merkwürdig, sie vergleichen nie Preise. Sie bücken sich auch nicht nach einer Billigvariante ganz unten im Regal. Mini und Elena kaufen keinen mittelalten Gouda von ja! – ihre Finger gleiten über Gruyère und Tiroler Bergkäse auf Augenhöhe, bis sie gefunden haben, was sie suchen, und dann versenken sie Stücke für 4 Euro pro 100 Gramm in ihren Einkaufskörben. Mini bekommt Geld von Starke, Elena bekommt Bafög und kellnert neben dem Studium. Sie hat Mini gesagt: »Ich kaufe schon auch Tierprodukte, aber halt wenigstens die guten, da gebe ich gerne mehr Geld für aus. Wenigstens bin ich kein Shopaholic und verbringe den ganzen Tag damit, mir irgendwelche Fast-Fashion Markenklamotten online zu bestellen, dafür geht dann immerhin kein Geld drauf.«

»Was suchst du?«, fragte Mini.

»Ich hab nur grad überlegt«, hat Elena gemurmelt und mit

einer Hand hat sie schon das Kühlregal geöffnet. Den Zeigefinger an den Lippen drehte sie sich zu Mini um.

»Wir nehmen schon den Blauschimmelkäse oder? Gorgonzola? Weil ich gerade dachte … Nee, Quatsch«, sagte sie und griff nach dem Gorgonzola. Ein Käsekeil, in Plastik eingerahmt.

»Was denn?«, fragte Mini.

»Ich dachte nur kurz, vielleicht doch eher mit Gouda und Parmesan oder so, weil manchen Gorgonzola vielleicht auch zu doll ist? Aber Quatsch. Nee. Die können dann ja auch was anderes essen, gibt bestimmt sowieso Millionen Snacks, und wenn ich mich schon zum Gelyncht-Werden bereitstelle, weil ich was Unveganes mitbringe, kann's ja wenigstens was Geiles sein, wa?«

Sie nickte sich selbst zu. »Und Gorgonzola ist einfach geiler«, setzte sie noch hinterher.

Mini wird dann später sagen, sie hätte nicht aufgepasst, Gorgonzola sei echt nicht so ihr Ding, außerdem wisse Elena ja, wie schlecht sie Gluten abkann, und noch viel schlechter in Kombination mit Laktose. Und Käsestangen sind der Inbegriff von Gluten und Laktose, fettiges Weizenprodukt – Horror, Horror.

Als sie sich auf den Weg zur Kasse machten, stürzte ein kleines Kind schreiend und schnaufend aus dem Nebengang und Elena musste den Einkaufswagen abrupt zur Seite reißen, sodass er unsanft in Minis Hüfte stieß. »Fuck, sorry, Mann«, sagte El und Mini rieb sich den Arsch.

Sie ist nicht geübt darin, das Alter von schreienden Kindern einzuschätzen, aber wenn sie müsste, würde sie in diesem speziellen Fall auf fünf oder sechs tippen. Dreckige Cordhose und alle möglichen Körperflüssigkeiten im Gesicht: Rotze, Spucke, Tränen und die Mundwinkel verkrustet mit etwas, das Nutella sein könnte oder eingetrocknete Tomatensoße.

»Oh, ich hol noch schnell Tomaten, voll vergessen«, sagte Elena und verschwand hinter bunten Müslipackungen und Toastbrot zum Gemüse. Mini stand verloren neben dem Einkaufswagen. Sie hatte eine Hand am Griff, wie um sich festzuhalten, als könnte sie so verhindern, von schreienden Kindern umgerannt zu werden.

Das Kind war laut. Es kreischte. Es heulte unverständlich. Ein übergewichtiger Mann mit tätowierter Glatze und Sonnenbrille lief genervt hinterher. Er sagte, dass es ihm langsam reiche und er hätte keinen Scheiß-Bock mehr auf dieses verfickte Theater. Das Kind wurde leiser und der Mann nahm es bei der Hand. Er fragte: »Packste's wieder?«, und das Kind stampfte mit dem Fuß auf. Ein kleines bockiges Klischee. Aber dann trottete es etwas widerwillig hinter dem Typen her und auf eine Frau zu. Sie war dünn, ein paar Dreads, die Seiten vom Kopf rasiert, knielange Cargopants, knochige Knie. Sie schob einen Einkaufswagen mit zwei Kästen Bier und einem Jahresvorrat an Toastbrot. Mini starrte, und als sie merkte, wie sie starrte, reckte sie auffällig den Kopf, um so zu tun, als würde sie nach Elena Ausschau halten, über die tätowierte Glatze hinweg und an einem rotzenden Kind vorbei.

Neben Mini blieb eine mittelalte Frau stehen: »Mensch, manchen Leuten sollte man das Kinderkriegen verbieten.«

Mini warf ihr einen Blick zu und wusste nicht, was man in einem solchen Fall zu sagen hat. Sie sagte nichts.

Die Frau schaute noch mal zu der Familie rüber und sagte: »Ist doch asozial. Haben Sie das gesehen? Die kaufen sich jetzt Alkohol und dann besaufen sie sich hemmungslos. Da sollte man doch eigentlich direkt das Jugendamt einschalten.«

Mini sagte wieder nichts. Sie dachte über etwas Beschwichtigendes nach, so was wie: Na ja, das wissen wir ja gar nicht so genau, vielleicht gibt es heute Abend eine Grillparty oder so, kann doch auch ganz nett sein. Oder: Hm, also das finde ich schon etwas vorschnell geurteilt, Sie kennen die doch gar nicht. Sagte sie aber nicht. Irgendetwas in ihr will es sich nicht verscherzen mit solchen Frauen, sie kann nie einfach Partei ergreifen, aus dem Stegreif heraus. Sie lächelte nur halbherzig und entschuldigend: Mhm.

Elena kam mit zwei Packungen Bio-Tomaten zurück und an der Kasse standen sie hinter der Frau. Sie trug ein blasspinkes T-Shirt und darüber eine beige Bluse. Eine wadenlange Hose aus glattem khakifarbenem Stoff raschelte leise, wenn sie sich bewegte.

An einer der anderen Kassen turnte das Kind herum, zog sich vorne am Einkaufswagen hoch, stützte sich mit Händen und Ellenbogen ab und wackelte mit den Füßen, die es in der Luft hängen ließ. Es rief: »Guck mal, Papa! Guck mal, ich bin die Stärkste!«

Papa griff sich hinters Ohr, holte eine selbst gedrehte Zigarette dahinter hervor und grinste. Die Zigarette drehte er zwischen den Fingern hin und her. Er sagte: »Na, herzlichen Glückwunsch, das kann sich doch echt sehen lassen«, und steckte die Zigarette in den Mund.

Die Frau vor Mini und Elena machte einen Schritt nach vorne, der Schlange hinterher, ließ ihre Hose rascheln und murmelte: »Keine Manieren.«

Mini wollte zu Elena schauen, gucken, ob sie den Kommentar gehört hatte, ob sie die Situation erkannte, aber es war gar nicht nötig, denn die Frau drehte sich zu Mini und El um, genau wie sie es schon vorher gemacht hatte, und sagte in ganz normaler Lautstärke, sie finde das eine richtige Schweinerei, diese Asozialen mittlerweile überall, und sie wisse ja, manche Kinder seien schwieriger als andere, aber im Grunde liege das doch immer an den Eltern. »Und bei solchen Eltern?«, sagte sie noch und schüttelte ungläubig den Kopf.

Elena runzelte wie auf Knopfdruck die Stirn, sie schafft in solchen Situationen den überzeugendsten Gesichtsausdruck. Als würde sie ständig nur darauf warten, dass genau so eine Frau ankommt und einen Kommentar macht, den sie, Elena, nicht unterstützen kann. Und wo sie dann einschreiten muss, mit gerunzelter Stirn, mit leicht gekräuselten Mundwinkeln, als hätte sie einen Löffel von etwas furchtbar Ekligem in den Mund gesteckt bekommen. Etwas, das sie partout nicht ausstehen kann.

Die Frau wollte sich schon hoseraschelnd wieder umdrehen und anfangen, ihre Einkäufe auf das Kassenband zu heben, aber Elena war schneller. Sie sagte, wie ehrlich interessiert, als ob sie es nicht wüsste: »Was genau meinen Sie damit? Also: ›solche Eltern‹?«

Die Frau stieß einen Grunzer aus, wie amüsiert, ein grunzender Lacher: Hah! Na, was wohl? Hah! Sie sagte: »Na, das sehen Sie doch selbst da vorne? Zwei Kästen Bier, Zigarette schon im Mund und dann das Kind, seit ner Woche nicht gewaschen.«

Sie hob das Kinn in die Richtung. Elena schaute nicht hin, sie schaute weiter die Frau an und Mini fragte sich, wie sie das machte. Geistesgegenwärtigkeit. Mini hätte reflexhaft den Kopf gedreht. Dann hätte sie alles betrachtet: Bierkasten, dreckiges Kind, Zigarette. Wahrscheinlich wären in ihrem Kopf alle möglichen Gedanken aufgeploppt. So was wie: Schon ein bisschen uncool, mit so viel Alkohol und Rauchen vor dem kleinen Kind, aber trotzdem, das geht mich nichts an und überhaupt. Und dann hätte sie wieder verzeihend gelächelt, ein bisschen bedauernd, ein bisschen traurig und mhm, mhm gesagt und die Frau hätte sich umgedreht und der Kassiererin einen lieben Blick zugeworfen, weil sie offensichtlich eine vernünftige junge Frau ist und arbeitet und sich die Haare wäscht, statt sie abzurasieren.

Elena sagte: »Ich glaube nicht, dass Sie da in der Position sind, irgendwie so zu werten. Und schon gar nicht, Ihre Meinung hier einfach in der Öffentlichkeit kundzutun.«

Die Frau schaute perplex mit einem angeekelten Zug um den Mund. Es sah aus, als müsste sie aufpassen, ihre Lippen nicht versehentlich zu verschlucken in ihrem Schock, in ihrem Ärger, in ihrer Verbissenheit.

El: »Ich weiß ehrlich gesagt auch nicht, was Sie damit bezwecken wollen? Das ist so eine Art von Lästern, die ich einfach nicht verstehe. Das heißt, vielleicht schon irgendwie, ich verstehe schon, dass da so was wie eine Aufwertung durch Abwertung stattfindet oder ein gemeinsames Überlegenheitsgefühl oder vielleicht haben Sie auch schlechte Erfahrungen mit Menschen gemacht, die diesen da vorne in irgendeiner Form ähnlich sind oder so. Keine Ahnung.«

Die Frau drehte sich um und schüttelte den Kopf. Sie sagte nichts, versuchte nur noch, der Kassiererin zuzunicken, vielleicht Beistand von ihr zu erhalten. Aber das war's. Und Mini und Elena bezahlten und redeten nicht weiter darüber.

Aber jetzt arbeitet es in Mini und es arbeitet während des ganzen Films. Sie versucht auch nicht mehr, die Ausführungen der Journalistin zu verfolgen während der anschließenden Fragerunde. Neben ihr Elena mit aufgeregter Stimme, weil dieses Thema und diese Art des kritischen Journalismus sie interessierten. Logisch. Und sie schon so lange so interessiert hat und sie hat tausend Fragen – Millionen –, alle müssen gestellt werden und alle müssen beantwortet werden und bei jeder Antwort stellt sich eine weitere Frage. Aber bei Mini tun sich keine Fragen auf und den Film hat sie nicht gesehen, sie musste ja im Kopf andere Bilder anschauen. Mittelalte Frauen, raschelnde Hosen, Krampfadern, Gesundheitssandalen, schwitzende Frauen, ordentliche Frauen, Frauen, die sie nicht ausstehen kann, die sie noch nie ausstehen konnte, die Mini trotzdem nicht hassen sollen. Die Mini trotzdem mögen sollen. Die nichts Schlechtes von ihr denken sollen. Oh, vielleicht schon mal denken: Die ist aber …! Mensch, ein bisschen dreist, ein bisschen draufgängerisch. Oder: Das hätte ich – gesundheitssandalentragende mittelalte Frau – mich aber nicht getraut, auch als junges Mädchen nicht. Und dass sie sich dann kurz angegriffen fühlen, aber gar nicht direkt, sondern eher indirekt, und später darüber nachdenken und Mini dann möglicherweise bewundern. Weil sie irgendwas aufgezeigt hat. Und so subtil und elegant und, und, und.

Minis Finger jucken. Während wieder und wieder dieses Szenario aufploppt, sich vor die improvisierte Leinwand schiebt und das Gesicht der Frau ganz groß das Gesicht der Journalistin verdeckt, kratzt Mini zwischen Ring- und Mittelfinger und bemerkt es nicht mal. Sie kratzt auch von der Armbeuge bis zum Handgelenk, an der Innenseite der Hand, wieder zwischen den Fingern, wieder in der Armbeuge. Eigentlich juckt es gar nicht so stark. Meistens fängt das Jucken erst mit dem Kratzen an. Haben nun Minis Finger gejuckt und Mini hat gekratzt oder hat Mini gekratzt und ihre Finger haben gejuckt? Oder kratzt sie einfach und denkt nach und kratzt dabei, ohne es zu merken?

4

Was sie wirklich angerichtet hat, sieht Mini erst am nächsten Morgen. Die ganze Nacht muss sie an ihrer Haut gearbeitet haben. Normalerweise passiert ihr das eher im Gesicht, wenn sie eine kleine Stelle spürt. Wenn sie sich mit den Fingern über die Wangen streicht oder über die Stirn und fühlt, wie da was Unebenes ist, etwas, das ein Pickel sein könnte. Das ein Pickel werden könnte. Dann lässt sie nicht locker, bis es blutet. Plötzlich ist ihr Finger ganz rot und sie schaut in den Spiegel und sieht, wie es langsam aus ihr herausquillt. Kleine Tropfen, die sie abwischt, mit ihrem verhängnisvollen Finger, der nie macht, was sie will. Oder vielleicht will sie es auch. Vielleicht kann sie auch erst lockerlassen, wenn es nicht weiter geht. Aha, jetzt blutet es, jetzt ist Schluss, mehr geht grad nicht.

Sie zeigt Elena ihre Armbeugen. »Guck mal, ich hab mich die ganze Nacht gekratzt.«

»Oh, fuck«, sagt Elena, wahrscheinlich sieht es in ihren Augen krasser aus als in Minis oder vielleicht will sie auch nur, dass Mini sich ernst genommen fühlt. »Juckt es doll?«

»Schon ein bisschen, ja. Hab aber gar nicht so wirklich gemerkt, wie ich gekratzt hab, muss ich irgendwie im Schlaf gemacht haben.« Mini fährt mit dem Finger über den Schorf. Es brennt. So rau und rot und ungesund.

Elena verschwindet im Bad und kramt. Sie räumt im Schrank herum.

»Du weißt nicht, was es ist?«, ruft sie und wartet gar keine

Antwort ab. Weil Mini doch nie etwas weiß, das ist wohl schon allgemein bekannt, warum überhaupt fragen, ach Elena.

Sie kommt mit zwei Tuben Creme zurück. »Schau mal, ich hab Bepanthen, kann ja irgendwie ein Ekzem sein oder was in die Richtung, das hatte ich als Kind manchmal, dann musste ich immer Bepanthen drauf tun. Und auch generell, ist halt gut bei dieser Kruste, dem Schorf da. Und ansonsten hab ich noch diese hier mit Teebaumöl, die hab ich mal im Bioladen gekauft, weiß aber nicht, ob das nicht vielleicht sogar zu aggressiv ist bei so frischen Wunden.«

Sie nimmt Minis Arm und beugt sich runter, geschäftig, interessiert. Immer ist sie interessiert, wie das wohl sein muss? Anstrengend? Spannend?

Mini sagt: »Okay, ich kann ja mal Bepanthen probieren, das ist, glaub ich, ne sichere Wahl. Ja, nee, ich hatte das schon auch manchmal früher, so im Kindergarten-, Grundschulalter mit Ausschlägen und so. Wahrscheinlich einfach trockene Haut, und wenn man dann einmal mit dem Kratzen anfängt.«

Die Creme ist dick und hinterlässt einen fettigen Film auf Minis Haut. Bei jeder Armbewegung löst sich der Unterarm langsam vom Oberarm, von Cremekleber zusammengehalten. Widerlich, wie dickflüssiger Schweiß in der Armbeuge, wo er doch gar nicht hingehört. Am Küchentisch versucht sie, die Arme so zu halten, dass immer ein Spalt Luft zwischen Ober- und Unterarm ist, sie sollen nicht aufeinanderliegen, sonst müssen sie sich klebrig schmierig wieder voneinander trennen. Mini ekelt sich davor. Sie sitzt vornübergebeugt, Haarspitzen auf dem Tisch, ihr Handy vor sich, sie hält es mit beiden Händen fest. Als würde es sich davonmachen, wenn sie es nicht gut genug umklammert. Als würde es verschwinden und sie alleine zurücklassen, haltlos. Auf der anderen Seite vom Tisch: Elena im Schneidersitz auf ihrem Stuhl, nasse Haare, die sie gerade gewaschen hat. Die ganze Küche riecht nach Shampoo, Seife, Pflegeöl. Elena scrollt auf ihrem Handy durch Nachrichten. Sie hat da irgendwelche Zeitungen abonniert, um alle möglichen Sachen zu erfahren. Mini stellt sich vor, wie El Kategorien anklickt: Politik, Gesellschaft, Kultur, Wissen. Und dann später in der Uni kann sie mit den anderen darüber reden. Aber gar nicht so von wegen: »Hey, wisst ihr schon von dem und dem«, oder »Echt krass, was da und da passiert ist«, sondern eher ganz beiläufig, wenn sie sich sowieso unterhalten, ganz normal, dann wissen halt alle von dem und dem und alle wissen schon, was da und da passiert ist, und bauen es eben irgendwie ein in ihre Gespräche. Und es wissen dann ja auch alle, dass alle anderen es schon wissen, das ist Voraussetzung gewissermaßen, ansonsten würde man doch gar nicht miteinander reden, dann würde man doch keine Bachelor-Arbeit schreiben und zu politischen Filmabenden mit anschließender Fragerunde gehen.

Elena nimmt ihre Kaffeetasse vom Tisch, ohne den Blick vom Handy zu heben, und Mini fragt sich, ob sie die ganze Zeit weiterliest. Wie zwei kleine Computer machen ihre Augen einfach weiter, während ihre Hand zugreift, und in ihrem Kopf werden einwandfrei – technisch einwandfrei – Informationen verarbeitet. Hardware funktioniert. Software funktioniert. Allerfeinste Technologie, oberste Preisklasse.

In Minis Discover-Feed wechseln sich blonde Models in luftigen Kleidern über flachen Bäuchen und dicke Frauen mit hängenden Brüsten ab. Ein Beitrag zeigt drei lachende

Frauen, viel zu lachend, die T-Shirts tragen, auf denen Brüste aufgezeichnet sind. Es gibt zwei kleine runde Kreise mit Punkten drin, zwei lange Schläuche mit Punkten an jedem Ende und zwei große Halbkreise mit Kullern im unteren Drittel. Mini klickt auf das Bild und darunter steht: all breasts are beautiful, und ein Haufen Hashtags. Lauter Herzen und liebe Worte in den Kommentaren. Mini scrollt weiter nach unten und sieht, wie ein Hähnchen mariniert wird in drei, vier, fünf Sekunden, aufgetischt, mit Kräutern gespickt, das soll sie zu Hause nachmachen, ist ganz leicht, nur fünf Zutaten und ab in den Ofen. Sie sieht eine Frau mit käsiger Haut und Akne, die sich vor ihrer Kamera schminkt und zwischendurch Grimassen schneidet, das soll fröhlich aussehen. Sie tupft weiße Creme unter ihre Augen, um ihre Nase herum, auf ihre Stirn und Wangenknochen, tupft dunkelbraune Creme unter ihre Wangenknochen, an die Seite ihrer Nase, tupft in allem herum, wischt herum, tupft hautfarbenes Make-up über alles drüber, klebt sich falsche Wimpern auf die Augenlider und sieht auf einmal ganz beängstigend aus, aber ohne Akne und orange-braun glitzernd statt bleich und käsig. In den Kommentaren schreiben Leute: beautiful with and without make-up, oder sie verlinken andere Menschen, damit die sich auch anschauen können, wie diese Frau sich schminkt. Oder sie verlinken wen und schreiben dahinter: guck mal, das meinte ich neulich, und schreiben nicht, was sie meinten. Elena würde so was exklusiv nennen.

Mini merkt sich ein Foto in ihrer Galerie. Sie findet die Frisur gut, eine Art Vokuhila, die Seiten vom Kopf rasiert, dann in Hellblau und blassem Lila gefärbt und viele Ohrringe, irgendwie postpunkartig, lauter Silberschmuck und ein schwarzes Netzoberteil. Sie zeigt es Elena und sagt: »Ey, so diese Haare, aber nicht ganz so punkig, das fänd ich ganz geil, glaub ich.«

Elena sagt: »Auf jeden! Richtig nice. Hast du Bock, das zu machen die Tage?«

Mini sagt, mal schauen, sie will noch Fotos von sich mit ihrer jetzigen Frisur machen lassen.

»Was für Fotos?«, fragt El.

Mini zeigt ihr eine PM, die sie auf Instagram bekommen hat, das Profil eines Fotografen aus Dresden.

»Oh, witzig«, sagt Elena, »den kenn ich! Das ist Eddie.«

Sie nimmt Mini das Handy aus der Hand und geht langsam seine Fotos durch. Bei manchen hält sie kurz inne und sagt so was wie: »Krass«, und wenn Mini dann fragt: »Was denn?«, dann sagt El zum Beispiel, dass das Klara sei, oder: »Nee, das ist nur …«, guckt noch mal und lacht: »Das ist ein Freund von mir hier. Mark. Kennst du nicht.«

Und: »Ich wusste, dass Eddie auch Fotos macht, aber ich hatte irgendwie sein Insta gar nicht auf dem Schirm. Voll nice!«

Mini sagt: »Hätte ich mir auch denken können, dass du den kennst. Oder zumindest über irgendwelche Ecken.« Sie möchte El angrinsen.

»Wieso?«

»Na, weil du jeden kennst?«

»Na ja, ist jetzt nicht so, als wäre ich mit ganz Dresden vernetzt«, sagt El, tut abwehrend und ist in Wirklichkeit geschmeichelt. Sie zieht ihre Beine zur Brust und legt die Arme drum herum. Ihr Kinn auf den Knien. Sie schaut ihre nackten Zehen an. Schöne Zehen. Elenas Zehen.

Mini macht mit und sagt, doch, manchmal hätte sie schon das Gefühl, als sei Elena mit ganz Dresden vernetzt. Sie will

Elena etwas Gutes tun und ihr zeigen – was ja auch stimmt: Sie ist beliebt. Elena hat Millionen Freundinnen. Menschen, mit denen sie spricht, wollen sie so gut wie immer wiedersehen. Und trotzdem ist es ihr egal, ob sie gemocht wird oder nicht, wahrscheinlich weil sie weiß, dass sie so oder so gemocht werden wird, für immer und ewig. Elena sagt, das könnte ja auch daran liegen, dass Dresden einfach nicht die größte Stadt sei. Das sei ja nicht Hamburg, wo Mini herkommt.

»Aber der ist cool«, sagt sie noch, »also Eddie. Und echt nice Fotos. Der studiert auch an der HfBK oder so. Macht auf jeden Fall irgendwas mit Kunst.«

Nach dem Frühstück geht Elena in die Uni und will den ganzen Tag wegbleiben. Mini stellt sich vor, wie sie in Seminaren über Texte redet und sich an Diskussionen beteiligt. Dann unterhält sie sich auf Französisch mit Erasmus-Menschen aus Frankreich oder Spanien und hat fast keinen Akzent. Ein wenig Akzent, das finden die dann süß oder authentisch oder so. Dana war ja immer niedlich, wenn sie Deutsch geredet hat mit ihrem britischen Akzent, da ist Philipp total drauf abgefahren. Einmal, als er wirklich betrunken war, hat er mit Dana geschlafen – das wusste Mini, weil sie es hören konnte: Sie lag draußen in einem Zelt und Philipp und Dana waren in Danas Transporter und hatten Sex. Und sie waren immer sehr laut, wenn sie Sex hatten. Meistens ging Dana nach einer Weile in eine rasante Form ekstatischen Stöhnens über, als würde sie gerade an einem dieser Hippie-Workshops teilnehmen, wo Menschen sich ins Nirvana hecheln. Nur lauter. Völlig unmöglich, das zu überhören. Dann irgendwann musste Philipp aufgestanden sein für einen kleinen Spaziergang oder weil er genug von Dana hatte. Er war eine Weile weg, Mini lag in ihrem Zelt, alleine, sie hatte allein sein wollen für eine Nacht und es vorher allen mitgeteilt, um nicht jede halbe Stunde von irgendwem gestört zu werden.

Mini lag also dort und wegen Dana und Philipp war sie nicht mehr müde, wusste aber auch nicht, woran sie denken wollte, und vor allem nicht, woran sie denken durfte.

Noch so richtig verknallt in Philipp, dass sie dauernd an ihn dachte, wenn er gerade nicht da war, an seine Arme, Schultern, Haare und so weiter, und dabei regelmäßig die drängendste Erregung spürte.

Mit Dana hatte sie sich angefreundet. Obligatorische Freundschaft.

Sie versuchte also zu denken: schön. Das ist doch schön, wie bei uns alles funktioniert. Freiheit, Sommer, Jugend, so in die Richtung. Dabei war Philipp ja gar nicht mehr so jugendlich.

Er musste zwanzig Minuten weggewesen sein, höchstens eine halbe Stunde. Und als er den Reißverschluss von Minis Zelt aufzog, ohne etwas zu sagen, dachte Mini zuerst, es sei Leo, der nach Feuer fragen wollte oder Tabak oder vielleicht einfach quatschen, obwohl er wusste, dass es ihr gerade nicht passte. Aber es war Philipp. Und er war immer noch betrunken. Mini drehte sich nicht von ihm weg und tat auch nicht verärgert, nicht einmal gleichgültig, als er sich zu ihr legte, fast fürsorglich war sie ihm gegenüber. Total unpassend.

Sie weiß nicht, wie sie sich jetzt verhalten würde in einer ähnlichen Situation mit Philipp. Vielleicht würde sie ihn einfach ignorieren. Aber sie hätte ganz bestimmt nicht die Kraft und das Selbstvertrauen, ihn wegzuschicken. Höchstens einmal. Aber einmal wegschicken reicht nicht bei Philipp.

Schon gar nicht, wenn er betrunken ist. Einmal könnte sie ihm mittlerweile vielleicht sagen: Ey, Philipp, ich hab doch gestern Abend gesagt, ich will heute Nacht gern alleine schlafen. Aber dann würde er nicht gehen. Er läge dann neben Mini, an Mini und bald über ihr und sie wäre nicht mehr verliebt, aber trotzdem die gleiche kleine, schwache Mini, die es nicht schafft.

5

Gegen 16 Uhr bekommt sie eine Nachricht auf Telegram. Elena fragt, ob sie mit zum Sport will. El trifft sich ungefähr dreimal die Woche mit ihrer Volleyball-Gruppe. Elenas Flinta-Volleyballgruppe. Mini war schon ein paarmal dabei und hat es weder gehasst noch gemocht, aber vielleicht doch eher gehasst als gemocht. Sie wäre auch gar nicht unbedingt wieder hingegangen nach dem ersten Mal, nur will sie Sport machen und sich bewegen und sie will nicht dieses Image verfestigen, das sie langsam vereinnahmt: Mini sitzt nur zu Hause und hat kein richtiges Leben. Volleyball ist anstrengend und Anstrengung tut Mini gut. Alle haben starke Oberschenkel und gehen beim Baggern in die Knie und springen beim Aufschlag beherzt in die Luft. Stark und angriffslustig. Etwas einschüchternd auch. Mini steht dann mutlos herum, mitten auf dem Feld, kräftige Oberschenkel um sie herum, und wenn sie hinten steht, kann sie vor sich Rücken sehen unter weiten T-Shirts, sehnige Muskeln oder Sport-BHs und ein dünner Schweißfilm darunter, aber sehnige Muskeln, vor allem die.

Und dazwischen Mini und gleich kommt ein Ball, lass ihn dir nicht entgehen, Mini, du kannst das auch, schau mal, wie sie es alle schaffen, wie sie ihn abprallen lassen auf ihren Unterarmen: »ICH!«, »HIER!«, »HAB IHN!«, und dann hoch in die Luft und mit der flachen Hand, hart wie ein Brett, übers Netz schlagen – Lichtgeschwindigkeit. Oder mehr. Aber bloß nicht zu Mini, da passen alle auf. Zu Mini nur die netten

Bälle, es geht ja auch nicht primär ums Gewinnen, es geht auch um den Spaß und keine soll sich ausgeschlossen fühlen.

Sie schreibt zurück:

Kommst du denn vorher noch mal nach Hause, dass wir dann zusammen gehen?

Elena schreibt:

Also wenns für dich ok wär kannst du mir vllt mein sportzeug mitbringen?
Musst auch nichts neues raussuchen also einfach dieser sportbeutel der da im flur liegt. kennst du ja

Mini:

Ok
18 uhr oder?

El:

Yes

Mini beugt sich vor und lässt die Stirn auf Elenas Bett fallen. Sie hat die gemusterte Tagesdecke über das Bettzeug gelegt und spürt, wie sich der raue Stoff, blau, lila, türkis, in ihr Gesicht drückt. So liegt sie eine Weile, mit dem Bauch auf den angewinkelten Knien und der Stirn vor sich auf der Matratze – Haltung des Kindes, denkt sie, wie beim Yoga: child's pose. Als sie sich wieder aufrichtet, schwummrig im Kopf, fallen Mini ihre Arme ein. Und vor allen Dingen fällt ihr ein, was sie getan hat, seit Elena morgens in die Uni gefahren ist. Weil sie nämlich nicht das getan hat, was sie hätte tun sollen. Sie hat kein langärmliges T-Shirt angezogen und brav gewartet, dass die Creme einwirkt und alles abheilt. Sich nicht abgelenkt, einfach weggeschaut, die neugierigen Finger davon abgehalten, darüberzufahren. Das wäre natürlich zu schön gewesen. Es ist aber nicht wirklich Minis Schuld. Eigentlich ist sogar Elena verantwortlich dafür. Und zwar, weil sie nicht geblieben ist. Mini war allein und hatte keine Aufgabe. Sie hatte nur sich selbst und ihre aufgekratzten Unterarme und ihre Gedanken, die nie Ruhe geben wollen. Deshalb war es nur eine Frage der Zeit, bis ihre Finger weitermachen wollten, kurze Nägel zwar, aber mal ehrlich, man kann auch mit den kürzesten Nägeln kratzen. Und möglicherweise hat Mini sich auch nicht auf ihre Nägel verlassen, nicht, als das Verlangen größer wurde, nachdem sie einmal angefangen hat mit der Kratzerei. Es kam einfach über sie. Da reichten die Nägel dann doch nicht mehr. Das ist Mini jetzt peinlich. Natürlich wird nie jemand herausfinden, dass sie in die Küche gegangen ist und sich Besteck gesucht hat. Am besten ging es mit dem Brotmesser, das hat lauter kleine Zähne und dann sägende Bewegungen, hin und her und auf und ab. Ekelhaft. Nein, wie sie das gemacht hat, muss sie nie erzählen, aber trotzdem gibt es Spuren. Viel mehr Spuren als morgens nach dem Aufstehen. Frische Wunden, abgepulter alter Schorf, Blut, wirklich widerlich. Nicht, dass sie es vorher verdrängt hätte, hat sie nicht, aber sie hat nicht daran gedacht, dass es Volleyballfelder gibt und Flinta-Volleyballgruppen und weite T-Shirts und Shorts und Unterarme, auf denen Bälle abprallen. Nackte Unterarme.

Mini stöhnt. Innerlich schreit sie sogar.

Das Langarm-Shirt muss es tun. Viel zu warm für spätsommerliche Temperaturen und viel zu brav für Elenas Volleyballgruppe. Dicker Baumwollstoff, aber undurchsichtig, immerhin. Mini überlegt kurz, wieder abzusagen, vielleicht hat sie Bauchschmerzen, vielleicht Migräne, wer weiß, bei der Hitze und bei ihrem Kaffeekonsum. Aber sie fühlt sich so bescheuert, egal was sie tut, und irgendetwas in ihr will sie dort beim Volleyball haben, bei Elena und beim Sport. Auch als Ablenkung. Wenn sie nur weiter in der Wohnung sitzen bleibt, wird sie weiterkratzen und außerdem muss sie sich ganz dringend bewegen. Wer sich nicht genug bewegt, rostet ein, kriegt alle möglichen Krankheiten, die man eben so kriegt, wenn man sich nicht genug bewegt, wird fett und schlaff. Mini will das Gegenteil sein und ist es auch im Prinzip, aber natürlich nur so lange, wie sie sich an ihren gesunden Lebensstil hält. Mit ausreichend Sport und der richtigen Ernährung bleibt sie schlank und straff und jung, jung, jung.

Und logisch: Bewegung für die Ausgewogenheit. Für das innere Gleichgewicht. Sport, Yoga, Meditation, veganes Essen oder wenigstens vegetarisch. Eigentlich kann sie nicht früh genug damit anfangen, sagt Mini sich. Und was soll sie tun, bis 18 Uhr, sie hat noch über eine Stunde, bis sie aus dem Haus muss, das Volleyballtraining ist direkt um die Ecke. Es gibt sowieso nichts zu tun, sie kann sich genauso gut schon aufwärmen. Auf YouTube sucht sie ein Workout, dreißig Minuten Pilates und Cardio, schlechte Musik, aber das ist egal, beim Sportmachen ist sie dann ja abgelenkt und hört die Musik gar nicht mehr.

Nach dem Workout ist Mini so heiß und verschwitzt, dass sie duschen geht. Während ihre Finger sich dem Duschkopf entgegenstrecken, denkt sie noch daran, wie albern sie ist.

Sport vor dem Sport und Duschen vor dem Sport, sie ist wirklich merkwürdig. Aber dann läuft warmes Wasser über ihre Schultern und kaltes und wieder warmes, sie macht Wechselduschen, wie die Omis, das regt die Durchblutung an. Mini hält sich den Wasserstrahl ins Gesicht und reibt sich die Augen. Sie verreibt halb abgeschwitzte Mascara und reibt sich schwarze Augenringe ins Gesicht. Über Elenas Box läuft Disco, eine Spotify-Playlist, die Mini irgendwann einmal aus Langeweile erstellt hat. Ihre Beine sind Pudding, aber sie tanzt trotzdem beim Abtrocknen. Die Haare hat sie nicht gewaschen, sonst würden die anderen sich garantiert wundern, wer kommt denn auch mit frisch gewaschenen Haaren zum Volleyball, wäre ja bescheuert.

Elena sitzt auf einer sehr langen Bank aus hellem Holz und bewegt ihre Knie. Alle Geräusche hören sich irgendwie aggressiv an. Mini setzt sich zu Elena und Elena räuspert sich leise. Sie greift Mini an der Schulter und lehnt sich dann dagegen, lässt eine Hand in Minis gleiten..

»Ist dir das peinlich mit den Armen?«, fragt sie und fragt es so diskret, dass niemand etwas mitkriegt.

Mini sagt: »Nein, wieso?«

»Na ja, es ist mega warm und wir machen gleich Sport und du trägst lange Ärmel?«

»Ist nur, weil es sonst wehtut beim Baggern.«

»Oh, stimmt«, sagt Elena, »daran hab ich gar nicht gedacht. Aber willst du dann überhaupt mitmachen? Musst du ja nicht. Außerdem ist es vielleicht eh nicht gut, wenn das so gereizt wird, dann fängt es am Ende wieder an zu jucken und du kratzt weiter und verzögerst die Heilung. Keine Ahnung.«

Mini sagt, ist schon okay, sie macht trotzdem mit, es ist ja auch nicht so schlimm. Sie denkt dabei: Doch, es ist schon so schlimm, du hast den neusten Stand ja noch gar nicht gesehen, aber musst du vielleicht auch nicht, vielleicht trage ich jetzt einfach ein, zwei Tage Langarm-Shirts, das passt schon, das geht schon.

Sie hat das Gefühl, dass alle schauen, sie sieht ja wirklich komisch aus. Die anderen halb nackt und Mini solide Baumwolle. Ein großer Schweißfleck macht sich auf ihrem Rücken breit, zwei große Schweißflecke unter den Achseln, schon während sie sich aufwärmen, ein paar Sit-ups und Mini ist klatschnass. Und dann ihre Beine, wabbelig und schwach, noch nicht erholt vom Workout davor, aber sie feuert sich an: Mach weiter, Mini, du kannst das!

Sie machen Sit-ups zu zweit, Füße aneinander, Knie angewinkelt und hoch, abklatschen, zurück, hoch, abklatschen, zurück und so weiter. Eins, zwei, drei, vier, Minis Herz schlägt sie fast um. Sie hätte natürlich etwas essen sollen, hat sie vergessen, in der Aufregung. Und nach dem Sport hat sie sowieso nie Hunger und sie hat ja Sport gemacht vor dem Sport.

»Alles klar?«

Wer ist das? Klara? Es gab eine Klara. Aber ist das Klara? Könnte auch wer anders sein. Blonde Haare, Septum- und Lippenpiercing, ganz schön gewagt, mit so was zum Volleyball, da braucht ja nur mal ein Ball ein bisschen schief zu fliegen oder mal einen Moment nicht ganz so aufmerksam geschaut und peng, schon ist die Lippe durchgerissen oder ein ordentlicher Septumdefekt, das kann böse enden. Von so was gibt es genug Fotos auf Google, die haben Mini schon oft von allen möglichen Piercingträumen befreit. Eitrig entzündete Bauchnabel oder knotig verwachsener Nasenknorpel. Trotzdem, Mini muss ja selbst schlimm genug aussehen, wenn sie jetzt sogar gefragt wird, ob alles klar sei bei ihr. Oder fragt man das auch einfach so?

Sie sagt: »Ja, voll, bisschen düsig heute, weiß auch nicht, warum. Obwohl, ich war den ganzen Tag drinnen und hab zu viel Kaffee getrunken, daher könnte es auch kommen.«

»Oh, das kenn ich«, sagt Klara, »ich war jetzt auch so viel drinnen im Sommer, mit den ganzen Prüfungen und so, ich hatte einfach zehn verschiedene Prüfungen! Und dann bleiben die Koffeinüberdosen auch nicht aus.«

Sie lacht. Mini lächelt und sagt »ja, voll« und dreht sich weg. Sie hätte noch etwas sagen sollen. Sie hätte sagen sollen: Oh! Doll! Zehn Prüfungen? Was studierst du denn? Und dann hätte Klara – oder wie auch immer sie heißt – gesagt: Ja, Mann, das war echt hart. Ich studier Soziale Arbeit und du? Und dann hätte Mini sagen müssen: Hm, grad gar nichts, hab ne Ausbildung angefangen, aber das war irgendwie nichts für mich, jetzt hab ich mir erst mal ein bisschen freigenommen. Und sie hätte sich blöd gefühlt, beim Unisport. Denn das ist es doch? Es ist Unisport. Flinta-Volleyball, politisch korrekter Unisport.

Sie spielen eine Runde und machen Pause. Mit ihrer Wasserflasche tippt Mini auf ihrer Unterlippe herum und sagt zu Elena: »Das ist Klara, oder?«

»Mhm.«

»Die hat mich die ganze Zeit angeschaut beim Spielen.«

Elena dreht ihr Gesicht zu Mini und grinst. Sie schnippt mit einem Finger an Minis Wasserflasche, sodass ein paar Tropfen auf Minis Nase landen.

»Sie hat dir zugelächelt«, sagt El.

»Ja, keine Ahnung. Ich hab das Gefühl, alle starren mich an.«

»Maaann«, Elena stöhnt und spielt genervt. Sie sagt: »Alle freuen sich, dass du da bist, und alle finden dich so unglaublich, total, wahnsinns-sympathisch, wegen deiner liebenswerten, ruhigen, zurückhaltenden Art.«

Dann zupft sie an Minis Langarmshirt herum: »Vor allem bewundern sie deine stilsicheren Outfits, für alle Temperaturen gewappnet, Hitze kann unserer Mini nichts anhaben. Und trotz Sport im Pulli riecht sie kein bisschen nach Schweiß.«

Elena tut so, als würde sie ihre Nase in Minis Achsel stecken wollen, und Mini zieht ihre Schulter weg. »Alter, El, das ist nicht witzig, mir ist mega heiß unter dem Ding.«

»Dann zieh es halt aus, meinetwegen kannst du gerne im BH spielen«, Blick von oben nach unten über Mini hinweg, wie ein Scanner, »trägst du überhaupt einen? Du hast da gar nichts drunter oder?«

»Nein?«, sagt Mini und zieht es in die Länge.

Bestürzt reißt Elena den Mund auf und hält ihre Hand davor, die wie ein Bogen gespannt ist. Sie macht die Augen ganz groß, um auszusehen wie die erschrockene weibliche Hauptfigur aus der letzten *Bravo*-Fotolovestory. Fehlen nur noch die rot lackierten Fingernägel.

»Was erlauben Sie sich eigentlich?«, zischt sie flüsternd. »Hier einfach so ohne Büstenhalter aufzukreuzen? Schande! Schande über dein hippieskes Haupt!« Sie schüttelt Mini an den Schultern. »Glaubst du vielleicht, nur weil du schöne Brüste hast, könntest du dir alles erlauben? Soll ich hier auch mal einfach so ohne meinen Sport-BH ankommen und so tun, als wäre alles in bester Ordnung? Ich bin fassungslos. Fassungslos!«

Mini hat angefangen zu lachen. Sie fühlt sich nicht mehr so schlecht. »Ich muss aufs Klo«, sagt sie.

»Na gut, dieses eine Mal lasse ich dich damit durchkommen. Aber wenn dir zu heiß wird, kannst du den Pulli natürlich gerne ausziehen. Ist ja auch nicht so, als hätte ich was gegen deine BH-losen Brüste.«

Mini hebt ihre Faust und verpasst Elena einen Schlag in die Bauchgegend, ohne sie zu berühren. Elena krümmt sich zusammen, die Hände in die Magengrube gepresst, und schreit: »Gnade, Gnade!«, und Mini verschwindet zur Toilette. Für den Rest des Trainings ist sie besser gelaunt.

6

Etwas über eine Woche dauert es, dann sind ihre Arme wieder glatter, die Haut zwar immer noch fleckig gerötet, aber wenn Mini ihre Handflächen prüfend darüberlegt, kann sie keinen Schorf mehr spüren. Babyhaut, sie schmiert jeden Tag fettige Bepanthen darauf. Elena ist beeindruckt von Minis schneller Wundheilung und Mini auch, das hätte sie sich nicht zugetraut.

Noch besser fühlt sie sich, als sie die Bilder von dem Shooting mit Eddie bekommt. Er schickt eine Mail mit dem Link und schreibt dazu, dass es richtig gut gewesen wäre, Mini sei so frei und natürlich. Das sagte er schon, während sie die Fotos machten. »Wow, du hast echt ein krasses Körpergefühl. Ich meine jetzt nicht nur so von wegen, du weißt, wie du deinen Körper in Szene setzen kannst oder so, darauf bin ich eigentlich gar nicht so aus, ich mache ja keine Werbefotos oder kommerzielle Mode oder so. Aber du hast einfach – keine Ahnung, du hast irgendwie keine Hemmungen und so eine Freiheit mit dir selbst, das ist richtig gut.«

Eddie macht eine Ausbildung zum Maskenbildner, er hat wohl dauernd alle möglichen Projekte am Laufen. Mini klickt sich durch ihre Bilder, gebannt von allem, was sie sieht. Und dabei sieht sie ja nur sich selbst. Ihr Gesicht kann man auf den Fotos allerdings nicht wirklich erkennen. Eine metallisch glänzende Silberschicht zieht sich über Nase und Stirn und ihr Mund wird von einem überdimensionalen Stehkragen verdeckt. Den Stehkragen hat Eddie an einer Halskrause befestigt, ein halb transparenter Plastikschirm mit einer gebrochenen Struktur, die lauter kleine bunte Lichtreflexe auf Minis Wangen wirft. Ihr Körper ist mit silbernen Glitzerpartikeln bestäubt. Ganz merkwürdige Posen. Mini ist überrascht, wie beeindruckend sie aussieht. Nicht wie Mini, sondern wie eine Schauspielerin oder eine Außerirdische oder einfach eine Frau, zu der andere aufschauen. Die von anderen bewundert wird. Sie hofft, dass Eddie eines oder zwei der Fotos benutzen wird. Sie hat nicht richtig verstanden, woran er da genau arbeitet, aber sie hat noch mehr dieser Stehkragen in seinem Atelier gesehen und er hat ihr außerdem Fotos von zwei anderen Personen gezeigt, passend zu denen mit ihr. Immer ganz nackt und dann dieser Kragen, der das halbe Gesicht verdeckt.

Mini muss die Bilder nicht bearbeiten, das hat Eddie alles gemacht. Erst kann sie sich nicht entscheiden, welches sie posten möchte, aber als sie schließlich nur noch einen Klick entfernt ist, als ihr Finger schon über dem blauen Häkchen schwebt, die caption geschrieben, Hashtags gesetzt und Minis unwirklicher Körper auf einem unwirklichen Foto, hält sie inne. Ihr Herz klopft laut. Eigene Fotos zu posten löst irgendwas in Mini aus. Sie kann es selbst nicht verstehen, aber da ist diese energiegeladene Nervosität, Lampenfieber vielleicht. Lampenfieber nur für sie selbst, im stillen Kämmerlein, kein Auftritt steht bevor, sie muss sich niemandem stellen, zumindest nicht direkt. Nur das Foto von ihr, das sie ausgewählt hat, auf dem sie so zu sehen ist, wie sie in Wirklichkeit nie zu sehen wäre, das soll jetzt in die Welt hinaus. Und das Foto führt zurück zu Mini, das ist Mini, aber ist auch nicht Mini, vielleicht ist es Mini, wie sie gerne sein möchte. Minis nackter Körper, Brustwarzen zensiert, Geschlechtsteile zensiert, aber der Rest ist da und kann betrachtet werden, lange und ausgiebig und von allen, die Lust darauf haben. Mini presst ihren Finger auf den Haken, klick, hat ein rasendes Gestolpere in der Brust. Sie zittert und ihre Kopfhaut kribbelt bis runter in den Nacken.

Das ist gut, denkt Mini. Wow, das ist gut. Und dann macht sie die App zu und weiß schon jetzt: Das wird auch weiterhin gut sein. Sie ahnt schon, etwas gefunden zu haben. Und zwar etwas, das ihr unterliegt, nur ihr gehört und nur von ihr gesteuert wird.

»Echt krass«, Elena klingt anerkennend. Sie klingt oft anerkennend und Mini weiß, dass es nicht gespielt ist, weil Elena wahnsinnig leicht zu begeistern ist. Eine ihrer Abermillionen wunderbaren Eigenschaften.

»Weißt du was?«, sagt sie und leuchtet aus dem Gesicht, »ich kann mir richtig vorstellen, wie du irgendwie Model wirst oder halt bekannt mit Fotos oder so was. Ich meine, das ist natürlich ein ekliges Business und so, aber bestimmt kann man das auch voll gewissenhaft und cool machen und ich glaube, da ändert sich auch gerade viel in ne positive, feministische Richtung.«

Mit Nina hat Mini sich früher darüber lustig gemacht. Alle Mädchen wollten Model werden und vor Heidi Klums prüfendem Blick einen Runway herunterstolpern auf Plateauschuhen, in glitzernden Kleidern, mit langen, glatten Haaren. Und dann berühmt sein und jeden Tag Lippenstift zum Frühstück, Sit-ups zum Mittag und Make-up-Entferner zum Abendbrot. Nina und Mini hatten darüber gelästert und Spiele erfunden, in denen sie Klassenkameradinnen von sich nachgestellt hatten, ziemlich gemeine Spiele, aber es war wirklich witzig gewesen. Das ist Mini schon beim Fotografieren mit Eddie eingefallen. Aber dann hat sie gedacht: So ist es hier ja gar nicht. Ich bin hier so was wie ein Kunstwerk. Es ging auch nicht direkt um sie, sondern um Eddies Kostüme und sein Konzept und seine Fotos und sie war nur ein Mittel zum Zweck, mit einem Kragen vor dem Mund. Und lange, glatte Haare waren auch nirgends zu sehen. Nur eng an den Kopf gegelte Locken, nach hinten gestrichen, um nicht weiter aufzufallen, denn um Minis Haare ging es ja genauso wenig wie um sie.

»Kannst du mich erkennen?«, fragt Mini.

Elena beugt sich tiefer über das Handy und zoomt in eines der Fotos hinein. »Weiß nicht«, sagt sie, »schon, ja. Aber ich kenne dich ja auch in- und auswendig. Ich erkenne deinen Arsch und deine wundervolle silbern angesprühte Intimbehaarung – sexy! –, und da, hehe, diesen Pickel, den du seit Ewigkeiten auf dem Po hast, guck mal!«

Sie hält Mini kichernd das Handy unter die Nase und zieht es wieder weg, bevor Mini etwas sehen kann. »Sorry, musste sein. Nee, ich glaub nicht, dass man dich so leicht erkennen würde, wenn man's jetzt nicht wüsste, dass du das bist. Ist das schlecht?«

»Nein, das ist super«, sagt Mini.

»Weil du keine Nacktfotos von dir auf Instagram haben willst, wo man dein Gesicht erkennt?«

»Weiß nicht.« Mini weiß schon. Sie weiß, dass sie nicht wie sie selbst aussehen möchte, weil sie mit sich selbst nicht viel anfangen kann. Sie weiß nur nicht, wie sie es Elena sagen soll, ohne total bemitleidenswert zu klingen. Sie sagt: »Ja, vielleicht, wobei ich darüber wahrscheinlich auch hinwegkommen muss, weil es eigentlich voll okay ist, sich so oder so oder so zu zeigen im Internet. Ich kann ja machen, was ich will, und es ist eh schon total bescheuert, dass ich so viel zensieren muss.«

Elena nickt. Sie sagt etwas über Sexismus auf Social Media und Mini gibt von Zeit zu Zeit zustimmende Geräusche von sich, obwohl sie in Gedanken sehr weit weg ist. Sie schweift dauernd ab. In ihrem Kopf schieben sich Bilder übereinander, fast wie richtige Träume: Vero bei Paul in der Küche und wie sie die Müslipackung aus dem Regal nimmt und sie dann lachend in die Luft hält, hoch über ihren Kopf: »Guckt mal, das hier bin ich! Witzig, oder? Ich musste ja früher immer Werbung für Müsli machen, jetzt ist mein Gesicht auf jeder Müslipackung im deutschsprachigen Raum und ich bin berühmt sozusagen und alles nur, weil meine Mutter mich früher gezwungen hat, bei diesen blöden Castings mitzumachen.« Mini stellt sich Veros schwarz umrandete Augen auf einer Packung Fünf-Korn-Müsli mit Bio-Siegel vor und wie die Verkaufszahlen in den Keller sinken würden, weil so punkig-aufmüpfige Gesichtszüge bestimmt sehr abschreckend auf die Fünf-Korn-Ökos wirken.

»Aber wie gesagt«, Elena ist am Ende ihrer Predigt angelangt, »da ändert sich auch gerade ganz viel. Vielleicht darfst du in nem Jahr oder so auch als Frau deine Nippel auf Instagram zeigen. Who knows.«

Mini sagt ein letztes Mal »mhm« und schiebt ihr Handy auf dem Teppich herum. Sie sitzen auf dem Boden und El versucht sich daran, eine ihrer Hosen zu flicken. Sie kann nicht nähen und hat eine Ewigkeit gebraucht, den richtigen Faden auszusuchen, die richtige Nadel, den richtigen Stoffrest, den sie unter das Loch setzen kann. Früher oder später wird sie sich garantiert die Nadel in den Zeigefinger rammen und einen ärgerlichen Aufschrei loslassen. Aber die nächste Generation kann es ihr danken, keine Hosen von H&M, alles Second-Hand und was kaputtgeht, wird geflickt, blutige Handarbeit, körperliche Schmerzen, Narben auf ihren Händen werden von Els Aufopferung zeugen. Elena hat Löcher in den Fingern, Jesus hatte Löcher in Händen und Füßen und eine blutüberströmte Stirn, ist das Blasphemie? Kann Mini auch egal sein, sie war schon seit Jahren nicht mehr in der Kirche. Elenas Nähkasten steht offen zwischen ihnen auf dem Teppich. Etwa dreißig Zentimeter lang und vielleicht zwanzig Zentimeter hoch, die Seiten lassen sich aufziehen und geben den Blick auf einen Haufen Garnrollen, lose herumfliegende Nadeln und Knöpfe, Dosen mit nicht identifizierbarem Inhalt und zwei Wollknäule in Grün und Beige frei. Anscheinend wollte Elena mal stricken lernen. Hat sie dann doch nicht gemacht. War nicht ihr Ding. Der Nähkasten ist von Els Oma, aber Mini ist sicher, dass er damals weder so chaotisch noch so dürftig bestückt war. Sie nimmt eine Dose mit einer bunten Sammlung an Knöpfen heraus und tut so, als würde sie sich schrecklich dafür interessieren. Jeden Knopf einzeln anschauen, auf dem Teppich ablegen, den nächsten begutachten, bis sie mit allen durch ist, aber das kann dauern.

Elena hat sich wieder ihrer Hose zugewandt. Im Hintergrund schreit die Sängerin einer Punkband herum, die hat Elena neulich entdeckt und will sie seitdem auf Dauerschleife hören. Manchmal singt sie laut mit. So was hätte Mini bei Philipp total gestört, wenn Elena es macht, findet sie es je nach Stimmung: lustig, niedlich, schön oder (eher selten) anstrengend.

Wie aus dem Nichts heraus hat El ihre Augen auf Mini gerichtet und fragt, aber ohne zu lächeln: »Und wie geht es dir eigentlich?«

Das ist ihre Frage. Elenas Lieblingsfrage. Wenn sie das fragt, will sie keine Ein-Wort-Antwort hören, sondern eine echte Bemühung seitens Minis. Sie erwartet einen ausführlichen Monolog über momentane Befindlichkeiten, Probleme, Freuden und Sorgen und Gefühle und hast du nicht gehört. Alles, Elena will alles. Dabei lauscht sie dann ganz aufmerksam und einfühlsam und bewegt manchmal ihren Kopf oder gibt leise Geräusche von sich, aber nur so laut, dass Mini weiß: Elena hört noch zu. Auf keinen Fall soll Mini in ihrem Redefluss unterbrochen werden. Obwohl Mini so gut wie nie einen Redefluss hat. Meistens fühlt sie sich ertappt oder wie in einer mündlichen Prüfung, wenn sie dachte, schon fertig zu sein, alles leidlich hinbekommen zu haben, vielleicht nicht die Bestnote, aber jedenfalls auch nicht durchgefallen. Und dann sagt die Prüferin, die doch eigentlich ganz nett war während der ganzen Prüfung, auf einmal: »Ach, fast vergessen, können Sie eben noch erläutern, wie …?«, und da ist Mini natürlich aufgeschmissen, das weiß sie nicht, da kann sie nur noch stottern und kläglich versagen.

Sie versucht es mit: »Oh, ganz gut.« So fängt sie meistens an. Ist wie bei Vorträgen, es gibt einfach diese paar bewährten Einstiegsformeln und wenn man einmal eine gute gefunden hat, warum nicht auf immer und ewig weiterverwenden. Sie lächelt Elena zu, weil sie will, dass Elena weiß: Mini geht es gut.

Elenas Blick wird skeptisch. Wahrscheinlich will sie über Sex reden. Es läuft nicht gut. Seit Minis Hautgeschichte nicht mehr. So ganz genau kann Mini selbst nicht sagen, woran das liegt.

»Na ja«, fängt Elena an und hört wieder auf. Es ist nicht so, als wäre es ihr peinlich, so etwas zu thematisieren – überhaupt nicht –, nur will sie, wie immer, dass Mini es von sich aus anspricht.

Na gut, denkt Mini und sagt: »Ja, ich weiß schon.«

Morgens haben sie anderthalb Stunden alles Mögliche gemacht und Mini hatte keinen einzigen Orgasmus. Das wäre total in Ordnung gewesen, aber Elena hatte drei und Mini seit anderthalb Wochen keinen mehr, obwohl sie mindestens jeden zweiten Tag Sex haben. Mini klaubt die Knöpfe zusammen und lässt sie einzeln und klackernd wieder in ihre Box zurückfallen. Die Punkband spielt jetzt irgendeinen ruhigeren Walzer. *Eins*-zwei-drei, *eins*-zwei-drei.

Elena wartet, dass Mini weiterredet.

»Du meinst wegen heute Morgen, oder?«

»Ja, schon.«

»Hm.«

»Was hm? Also, ich würd schon gern drüber reden, weil ja vielleicht auch was dahintersteckt?«

»Keine Ahnung.« Minis Finger auf dem Teppich sehen leichenhaft aus in dem schwindenden Licht. Weiß und lang und knochig. Etwas dicker und gelber an den Knöcheln und die Nägel sind bläulich und kurz. Tipp, tipp, tipp. Mini klopft abwechselnd mit Zeige- und Mittelfinger auf dem Muster herum. Zeigefinger auf die rote Linie, Mittelfinger auf die weiße, Zeigefinger auf die Blume neben der roten Linie, Mittelfinger auf das Karo neben der weißen. Diesen Teppich könnte sie wirklich ewig studieren. »Ich glaube, das ist gerade einfach eine Phase, die mein Körper durchmacht. Ich meine, das kann ja auch mit meinem Zyklus zusammenhängen oder so.«

»Du meinst, das ist hormonell? Bist du denn erregt?«

»Klar bin ich erregt.« Ist sie nicht. Nicht wirklich. Sie

kann noch nicht einmal sagen, ob es an ihr liegt oder an Elena. Natürlich gab es dieses Ekelgefühl, als sie sich die Arme aufgekratzt hat, und sie hat sich vor sich selbst geekelt und dachte, dass Elena sie mit dieser hässlichen Haut wohl kaum schön finden könnte, aber das ist es nicht mehr. Es ist noch etwas anderes dazugekommen. Eine Art Überdruss.

»Dann hast du auch Spaß? Ich hab irgendwie manchmal nicht so den Eindruck.«

»Doch«, sagt Mini und klingt etwas zu aufgebracht. »Natürlich hab ich Spaß. Und ja, ich kann mir schon vorstellen, dass es hormonell ist.«

»Ja, aber hat sich da denn was geändert, an deinen Hormonen? Neulich meintest du noch, du hättest seit Ewigkeiten deine Tage nicht mehr gehabt.«

Mini schluckt und es kostet sie Anstrengung, alles ist zäh in ihrem Hals. Das hätte sie nie erzählen sollen. Warum erzählt sie überhaupt Sachen? »Ja. Also, doch. Ich hab sie ja schon manchmal, nur halt nicht regelmäßig. Die Frauenärztin meinte, es ist wahrscheinlich PCOS, das hat auch was mit den Hormonen zu tun irgendwie.«

Sie hört, wie Elena auf einen Fingernagel beißt. Ein dumpfes Knacken. »Hm«, sagt sie und offensichtlich glaubt sie Mini kein Wort.

»Jedenfalls macht es ja keinen Unterschied. Ich meine, dann komme ich halt grad nicht jedes Mal, wenn wir Sex haben. So what? Gibt auch Frauen, die nie kommen, weil sie es gar nicht können oder so.«

Elena mit zusammengezogenen Augenbrauen: »Das ist ja nicht der Punkt. Du bist vorher gekommen und jetzt kommst du nicht mehr, so einfach ist das. Oder so schwierig, wie man's nimmt. Jedenfalls macht es einen riesen Unterschied, ob du nie kommst oder ob du plötzlich nicht mehr kommst, und ich denke halt, vielleicht steckt was dahinter, vielleicht auch was, worüber wir reden können und das sich klären lässt.«

»Ich weiß doch selbst nicht, woran es liegt«, sagt Mini und merkt, wie sie immer genervter klingt. Nett bleiben, ermahnt sie sich, Elena bleibt auch immer nett. Und Elena *meint* es auch immer nett. »Es hat auf jeden Fall nichts mit dir zu tun, okay? Also ich kann mir schon vorstellen, dass ich manchmal …«

Neben Minis Leichenfingern auf dem Teppich vibriert ihr Handy. Es bewegt sich langsam zur Seite im Takt der Vibrationen. Einfach ignorieren. Mini setzt an, weiterzureden, und wird von Elena unterbrochen. Hörbares Einatmen durch die Nase. El deutet auf Minis Handy, das gerade surrend ausrastet. »Kannst du das vielleicht kurz ausmachen? Oder rangehen oder so? Keine Ahnung, wie wichtig dir unser Gespräch so ist.«

Aber gerade als Mini das Handy vom Teppich aufhebt, verstummt es. Auf dem Display sieht sie noch aufblinken: 1 verpasster Anruf.

»Ist schon aus«, sagt sie und legt es mit dem Display nach unten zwischen ihre ausgestreckten Beine. Während sie sich nach vorne lehnt und mit den Händen ihre Zehen umklammert, um sich zu dehnen, überlegt sie, was für eine Erklärung sie Elena bieten könnte.

»Du meintest, du wärst manchmal …?«

Mini richtet sich wieder auf und stützt beide Arme hinter sich auf dem Boden ab. Sie sagt: »Ich meinte, ich bin bestimmt manchmal ein bisschen abgelenkt in letzter Zeit«, und bevor Elena antworten kann, sagt sie noch: »Aber positiv. Es passiert einfach viel im Moment. Und das kann ich halt nicht mal so eben abschalten in meinem Kopf, vielleicht hat mein Körper da einfach nur begrenzt Kapazitäten.«

Elena setzt an, etwas zu sagen, macht dann abrupt den Mund wieder zu und lacht heiser auf. Sie kommt vom Schneidersitz in die Hocke, auf Zehenspitzen, die Hände vor sich aufgestellt und sagt: »Das ist doch albern.« Dann steht sie ganz auf und verschwindet im Flur. Mini hört, wie sie die Jacken in der Garderobe durchwühlt.

Im linken Zeh hat es zu pochen begonnen. Ein rhythmisches Pulsieren, das langsam auf die Fußaußenkante übergreift und die Wade hochkrabbelt. Mini ändert ihre Sitzposition. Sie wartet, dass Elena zurückkommt, und entsperrt ihr Handy. 1 verpasster Anruf. Philipp. Das Pochen hört schlagartig auf. Stattdessen spürt Mini jetzt ihr Herz. Und ihre Ohren werden heiß und bestimmt sind sie feuerrot. Was will denn Philipp jetzt von ihr.

»Hast du noch Tabak?«, ruft Elena aus dem Flur und hat anscheinend aufgegeben mit ihrer Jackentaschendurchsuchung. Sie kommt zurück ins Wohnzimmer, eine leere Tabakpackung in der Hand, und lässt Blättchen und eine Tüte Filter vor Minis Füße fallen. Sie sagt: »Meiner ist so gut wie alle.«

Dann registriert sie das Handy in Minis Hand und Mini registriert, dass sie wie dämlich auf den Bildschirm starrt, und zwingt sich, ihre Überforderung zu verbergen.

»Ähm. In meinem Beutel«, murmelt sie und weiß, dass Elena angepisst ist, weil sie ihrem Handy mehr Beachtung schenkt als der unglaublich dringenden Lösung ihres gemeinsamen Problems, an dem eigentlich schon eher Mini schuld ist.

Elena bleibt einfach stehen, ihre stumme Art zu sagen: Ja? Okay? Kannst du ihn dann holen bitte?!

Und Mini hievt sich hoch, das Handy in der Hand, und geht langsam in den Flur.

Als sie mit dem Beutel zurückkommt, nimmt Elena sie in den Arm. Sie überfällt sie geradezu: Hier kommt eine Menge Liebe, das ist genau, was du jetzt brauchst, Mini, dann wird alles wieder gut. Ganz schwer fühlt Mini sich in der Umarmung und auch sehr klein. Ein wenig steif. Zögerlich bewegt sie die Schultern und möchte sich gerne wieder lösen, aber ohne dass Elena denkt, Mini würde nicht gerne von ihr umarmt werden. Langsam einen Schritt zurückmachen und die Hand mit dem Beutel ausstrecken: »Da«, sagt sie und hält El ihre Tabaktasche entgegen.

»Danke.« Elena raucht und die Luft um sie herum wird dicker. Fast ganz dunkel ist es im Zimmer und Mini will kein Licht anmachen. Dann wäre es viel zu schnell viel zu hell, und nicht dass die Atmosphäre gerade gut wäre, aber immerhin ist sie stabil. Bloß nicht daran rütteln. Lieber den Rauch sich ausbreiten lassen und im Schweigen versinken. Und Mini denkt vor allem daran, dass Philipp angerufen hat, und weiß nicht, was er von ihr will, nach über einem Monat, in dem er sich kein einziges Mal gemeldet hat.

»Sorry«, sagt Elena plötzlich und Mini erschreckt sich richtig, weil es zu laut klingt für den Moment. Sie macht ein fragendes Geräusch.

»Ich meinte das nicht böse vorhin. Also, als ich gesagt hab, das sei albern. Ich wollte das jetzt nicht diskreditieren, was du gesagt hast oder so. Ich meine, ich hab ja auch keine Ahnung.«

Mini bewegt nur leise den Kopf auf und ab. Dann legt sie

sich neben Elena auf den Boden und nimmt die letzten Züge von der Zigarette. Ihre Schläfe auf Els Oberschenkel ganz nah an der Leiste und irgendwann merkt sie, wie Elenas Bauch neben ihrem Hinterkopf Geräusche macht. Mini verliert sich in organischem Blubbern, wie eine nostalgisch angehauchte Kindheitserinnerung. Fast unecht. Dabei müsste es doch echter sein als das meiste andere, was Mini sonst so hört und spürt.

Später geht Mini auf die Toilette, und als sie zurückkommt, ist Elena nicht mehr im Wohnzimmer. In der ganzen Wohnung brennt kein Licht. Nur ein paar gelbe Straßenlaternen kämpfen sich ihren Weg durch die Fenster, aber sie haben keine Kraft. Wie ein Gespensterhaus. Und das gibt Mini ein Gefühl der Melancholie, sie wird ganz sentimental, als hätte sie ein Glas Merlot zu viel getrunken und müsste jetzt über ihr Leben und den Sinn der Menschheit philosophieren. Vorsichtig bewegt sie sich im Flur, um nichts anzustoßen und keinen Lärm zu machen. In der Küche sitzt Elena am Tisch, da sitzen ihre Umrisse, im Fast-Dunkel auf dem Siebziger-Jahre-Sessel. Sie raucht schon wieder und schaut wortlos auf.

Mini hält ihr die Hand entgegen, Zeige- und Mittelfinger geöffnet: Kann ich auch? Sie bekommt die halb aufgerauchte Kippe und einen schwer lesbaren Blick und setzt sich rittlings auf Elenas Beine mit dem Gesicht zu ihr. Hinter Minis Rücken umfasst Elena eine Hand mit der anderen und zieht Mini ganz nah zu sich heran. Als Elenas Gesicht sich in Minis T-Shirt drückt, direkt auf ihrer Brust, spürt sie Feuchtigkeit. Warme Nässe, Elena hat geweint. Soll sie jetzt etwas sagen? Normalerweise weint Elena nicht, manchmal vielleicht, wenn es ihr selbst sehr schlecht geht. Ganz selten. Normalerweise redet Elena, statt zu weinen.

»Okay«, sagt sie und macht eine Handbewegung, die Mini als ›jetzt stehst du auf und wir reden noch mal ernsthaft drüber‹ interpretiert. Okay. Also aufstehen und mit den Händen hinten nach dem Tisch greifen und dann hoch auf den Tisch setzen und Elena im Dunkeln gegenüber, etwas erhöht: das Thema, Mini ist das Thema. Sie stellt ihre Füße rechts und links von Elenas Po auf den Sessel und beugt sich nach vorne, das Kinn in den Händen.

»Ich finde nicht, dass du wirkst, als würde es dir gut gehen.«

»Nicht?«, fragt Mini, sie will lieber noch nichts Konkretes dazu sagen.

»Nein. Du wirkst total fertig.«

»Inwiefern?«

»Na ja, erst die Sache mit deinen Armen, ich meine, das ist doch – na ja – ich finde, das ist eine Form von Selbstverletzung, könnte man sagen. Also, ja, ich weiß es natürlich nicht genau, aber … Das. Und dann finde ich. Also ich finde, du bist mega dünn.«

»Mega dünn?«

»Ja.«

Mini zieht ihre Beine weg und starrt auf die Dielen. »Ähm. Ja. Also. Ja. War ich doch schon immer?«

»Ja, warst du schon immer. Aber nicht so und ich kenn dich auch noch nicht ewig. Es geht ja auch nicht einzig und allein ums äußere Erscheinungsbild, was weiß ich, deine Körperform oder so, es geht ja auch ums – ja, ums Essverhalten halt.«

»Das da wäre?«

»Das ich etwas auffällig finde?«

»Aha.« In Minis Kopf rasen Gedanken umher, zu schnell,

als dass sie etwas sortieren oder kontrollieren könnte. Was sagen denn normale Menschen in solchen Situationen? Kommen normale Menschen in solche Situationen? Normale Menschen würden auf jeden Fall nicht in Tränen ausbrechen und sehr aufgewühlt sein, weil eine derartige Anschuldigung bei normalen Menschen ja überhaupt nicht gerechtfertigt wäre, und deswegen würde sie einem normalen Menschen auch kein bisschen nahegehen. Also sagt Mini: »Konnte ich jetzt noch nicht so feststellen.« Und denkt sofort, dass es genau die falsche Antwort war. Sie hätte viel vehementer verneinen sollen. Oder, nein, oder sie hätte weiter erkunden müssen, wie sie von Elena wahrgenommen wird. Erst mal die Lage auschecken. Aber dafür ist es noch nicht zu spät.

»Na ja«, fängt Elena an und Mini unterbricht sie: »Woran machst du das denn fest?«

»So. Weiß nicht«, sagt Elena, »an der Menge? Daran, dass du einfach nur halb so viel isst wie ich zum Beispiel. Aber ich will dir da jetzt sowieso nicht zu nahe treten damit, ich hab halt nur – ich denke, vielleicht geht es dir irgendwie nicht gut, und ich will dir helfen.«

Da ist sehr viel Wasser in Minis Augen, das muss sie unbedingt unter Kontrolle behalten. Warum, fragt sie sich, wühlt dieses Thema sie jetzt so auf. Das sollte ihr doch am Arsch vorbeigehen. »Also«, sagt sie und versucht, sich etwas zurechtzulegen, »ich weiß das schon zu schätzen. Dass du dir Gedanken machst um mich.« Es ist so weit: Eine Träne hat sich ihren Weg gebahnt und fließt so auffällig wie möglich Minis Wange hinunter und in ihren Mundwinkel hinein. Scheiße. Scheiße. Immer das Gleiche, immer wieder. Nie macht Mini das, was sie will, nie gehorcht ihr Körper ihren Gedanken, nie hat sie sich im Griff. Sie wird ärgerlich. »Fuck.

Ehrlich, ich find das einfach beschissen. Echt unsensibel von dir, dass du mir jetzt so einen Floh ins Ohr setzt. Du findest mich nicht mehr schön? Fandest du mich überhaupt jemals attraktiv?«

Elena ist perplex. Mini hat sie einfach so überfallen. Sie sagt langsam: »Ähm. Wo kommt denn die Idee jetzt her?«

Sie will sich nach vorne beugen und Mini anschauen, aber Mini dreht ihren Kopf zur Wand: Nein, ich weine nicht. Kein bisschen, meine Schleimhäute sind gereizt, weil du so viel rauchst. Haha. Ja, genau. Hahaha.

»Das hab ich doch mit keinem Wort gesagt, Mini? Das ist total aus der Luft gegriffen. Es ging mir einfach insgesamt um deine psychische Verfassung.«

»Klar.«

»Ja. Klar.« Elena guckt lange, ohne noch etwas zu sagen. Sie sitzt ganz still.

Mini eingesunken auf dem Tisch, traut sich nicht, auch nur den kleinsten Teil ihres Körpers zu bewegen. In ihr macht sich das Verlangen bemerkbar, richtig wütend und aufgeregt zu werden. Laut werden, gemein werden, so war es mit Philipp auch immer. Aber da ist Elena genau wie er. Sobald Mini sich aufregt, wird El ganz ruhig und dann hat sie direkt gewonnen, weil Mini lächerlich rüberkommt. Das kleine Kind. Mini, miniklein.

»Ist das denn etwas, was dich sehr beschäftigt?« El bleibt ruhig.

»Dass du mich unattraktiv finden könntest?«

»Mann. Mini.«

»Was?«

»Dass du nicht ausreichen könntest. Wie du bei anderen ankommst, dein Äußeres, so was halt, was weiß ich. Wir haben schon auch manchmal darüber geredet, dass du dich irgendwie nutzlos fühlst oder denkst, andere würden mehr hinkriegen als du oder so.«

Elena könnte ein schlechtes Gewissen bekommen. Vielleicht hat sie schon eins.

Mini versucht sich an einem vernichtenden Blick. Sie guckt starr und ihre Tränen sind fast nicht mehr zu sehen, alles gehört wieder Mini. Ihre eigene Mimik. Sie sagt: »Nein. Bis jetzt hat mich das nicht besonders beschäftigt und ich hab mich auch ziemlich wohl mit mir gefühlt in letzter Zeit. Ich meine, wir haben diese Fotos gemacht und ich hab richtig gutes Feedback gekriegt und war hier bei dir und ich dachte, wir hätten irgendwie eine ziemlich gute Beziehung und wären richtig cool miteinander. Aber anscheinend war das eher einseitig. Weil es dir ja wohl nicht so geht. Vielleicht reiche ich dir auch echt nicht aus.« Während sie das sagt, fällt ihr ein, dass Philipp angerufen hat und dass sie nicht weiß, warum. Und ihre Hand zuckt schon, weil sie sofort nach ihrem Handy fassen möchte, es in der Hand halten will, beruhigend. Da gibt es noch andere Menschen außer Elena und es gibt Situationen, die leichter sind. Und es ist ganz absurd, aber nichts würde Mini jetzt besser tun, als ihr Handy zu nehmen, es mit ihrem Fingerabdruck zu entsperren. Nur sie kann das machen, es sind ihr Fingerabdruck und ihr Handy. Und dann würde sie den Daumen über verschiedene Anwendungen gleiten lassen: Hier könnte sie schauen oder dort, sie könnte Telegram öffnen oder WhatsApp, sie könnte ein YouTube-Video angucken oder sich an ihrem Instagram-Feed entlanghangeln. Sie hätte verlässliche Gedanken. Gedanken, die sie immer hat, keine, die ihr von Elena aufgezwungen werden. Sie müsste auf nichts spontan reagieren, sie *könnte* höchstens. Vielleicht würde sie einfach mal ein paar Minuten auf gar nichts antworten und einfach für sich sein auf Instagram.

Aber da war ja was. Denn hier in der Küche sitzen sie sich immer noch gegenüber und El geht es mindestens genauso schlecht wie Mini, auch wenn sie keinen Grund hat. Ihr wurde nicht gerade gesagt, sie sei falsch und hässlich und unnormal.

»Meinst du das ernst?«, fragt Elena und fragt es so kleinlaut, dass Mini sich komisch fühlt. Sie hat schon vergessen, was sie gerade gesagt hat. Was hat sie gesagt?

Sie beißt neben dem Nagel ihres Mittelfingers ein Stück Hornhaut ab. Zögernd: »Nein.«

Dann: »Weiß ich nicht. Nein, sorry. Mein ich natürlich nicht so. Ich weiß auch nicht, warum ich manchmal so bescheuertes Zeug von mir gebe.«

7

Weil der ganze Wald nach Tier und vor allem nach Pferd riecht, muss Mini an den Reitunterricht von früher denken und an die anderen Mädchen und daran, wie wichtig es war, die beste und professionellste Reitausrüstung zu haben. Es gab Reiterstiefel oder Stiefeletten und Chaps, die man sich um die Waden wickelte, und dann gab es Helme und Gerten, Leckerlis, Bürsten, Koffer. Mini hatte immer alles gehabt, wegen Starke, der ihr alles kaufte.

Sie ist total außer Atem, aber will weiterlaufen. Und nicht stehen bleiben. Das ist doch das Prinzip von Joggen. Weiterlaufen, auch wenn es wehtut, um sich irgendetwas zu beweisen. Und angeblich ist es auch gesund und gut für alles Mögliche. Aber das eigentliche Ziel ist trotzdem die Selbstdisziplin und das ist genau das, was Mini fehlt, deswegen läuft sie gleich noch ein bisschen schneller. Und keucht und keucht und hustet. Rauchen ist ja auch nicht gerade gesund.

Der Pferdegeruch hat sie irritiert. Es gibt weit und breit keinen Bauernhof. Vielleicht waren es auch andere Tiere. Wie riechen denn eigentlich Hühner, die kann sich ja jeder im Schrebergarten halten oder mehrere Hunde auf einmal.

Mini hüpft auf und ab, weil nur Joggen ihr öde vorkommt. Sie macht drei Hampelmänner, große Sprünge nach vorne, kleine Sprünge nach hinten. Sie tippelt mit den Füßen vor, zurück, zur Seite und so weiter und dehnt dabei ihre Schultern. In den Ohren fühlt sie ihre Kopfhörer, leichter Druck von hartem Plastik, sie bewegt die Arme beim Laufen, die

Musik, der Geruch, Haarsträhnen, die sich aus ihrem Dutt gelöst haben.

Mini merkt später, wie das Atmen wehtut. Sie kann nicht mehr laufen, sondern geht langsam, weil sie diese stechenden Schmerzen in der Brust hat. Keine bestimmte Seite, nicht oben oder unten. Die ganze Brust sticht nach innen, und zwar beim Atmen. Sie denkt an eine Lungenentzündung, die genauen Symptome kennt sie nicht, sie hat noch nie eine gehabt, aber es könnte natürlich alles sein. Es könnte ein Herzinfarkt sein.

Auf dem Boden formen gelbe Blätter Muster, es ist kein schöner Herbsttag, eher einer von den traurigen, die sie so richtig bemerken lassen, dass der Sommer vorbei ist und dass er frühestens in einem halben Jahr wiederkommen wird. Kalt und windig, keine Sonne, die Blätter gelb statt rot.

Auf Instagram hat ihr ein Fotograf geschrieben, bestimmt einer, der sie über Eddie gefunden hat. Er schreibt, dass er ihr Gesicht interessant findet und authentisch. Sie hat einen mega Körper. Hat sie sicher: 50 Kilo. Er hat ihr seine Telefonnummer mitgeschickt und will Fotos von ihr machen. Was für Fotos?, fragt Mini. Alles Mögliche, antwortet er, was so passt, das sehen wir dann am besten, wenn wir uns sehen. Nur ohne die Kommata. Kommas, Kommata, Satzzeichen.

Mini sagt okay und schreibt ihm auf Telegram:

Hey hier ist Mini von Insta

Er antwortet direkt:

Sehr gut freut mich dass du bock hast. Ich würde vorschlagen wir treffen uns am donnerstag in meinem studio ich könnte so ab 16 uhr passt dir das?

Mini sagt, das passt und dass sie 17 Uhr kommen würde, wenn er ihr noch die Adresse schickt. Sie denkt, na ja, schlechte Haut und schlechte Zähne, aber vielleicht ist es ja das, was Fotografen wollen, weil authentisch oder so.

Sie setzt sich auf eine Parkbank und schaut einem Kind zu. Ein kleiner Junge schlägt mit einem Stock auf den Boden und schreit: Stirb! Stirb! Ich hau dir den Schädel ein!

Mini hat so was nie gemacht. In der Grundschule war Mini so schüchtern, dass sie dauernd alleine war. Sie hat in ihrem Kopf gespielt, unauffälligerweise. Einmal wollte sie etwas sagen und es kam nicht richtig aus ihrem Mund, da dachte Frau Ebers, sie hätte einen Sprachfehler und würde deshalb nie reden. Pia fand das wahnsinnig lustig und lachte so lange, bis Mini auch lachte.

Als jetzt ihr Handy klingelt, kann sie es sich schon denken. Sie nimmt ab und sagt: »Na?«

»Hey«, sagt Philipp. Lang gezogen.

Mini wartet.

Dann sagt er: »Ähm. Geht's dir gut?«

»Geht so?« Sie wartet. Irgendwann fragt sie: »Was willst du denn?«

Er: »Ja … Weiß nicht, ich wollte dich anrufen, wir haben schon ewig nicht mehr geredet. Ich weiß gar nicht, was du machst. Irgendwie geht's mir scheiße. Hast du Zeit zum Reden grad?«

»Ja, ein bisschen, ich war Joggen, ich bin noch im Park.« Mini steht auf und fängt an zu gehen. Das Handy ist klebrig, nass und kalt mit ihrem Schweiß. Es hat angefangen, ganz leicht zu nieseln.

»Joggen? Cool. Ähm …?«

»Ja?«

»Ich will dich gerne sehen. Bist du noch in Dresden?«

»Ja.«

»Bei Elena? Seid ihr jetzt zusammen oder so?«

Sie macht ein grunzendes Geräusch, das könnte viel bedeuten. Es bedeutet gar nichts.

Kurze Pause.

Dann räuspert sie sich und sagt: »Ich weiß nicht, was du von mir willst, Philipp. Ich hab dich ja auch gern und so, aber du tust mir nicht gut und ich weiß nicht, keine Ahnung. Ich brauche Ruhe. Ich mache vielleicht etwas anderes jetzt. Modeln oder Film oder so.«

»Film?«

»Na ja. Es läuft ziemlich gut auf Instagram, ich hab da schon Erfolg irgendwie, ich glaube, vielleicht kann ich damit bald richtig Geld verdienen«, sie denkt an Vero und Werbung für Müsli. Nimmt Philipp ihr so was ab? Nicht, dass es ihr noch besonders wichtig sein müsste, was er ihr abnimmt und was nicht. Könnte ihr eigentlich egal sein.

»Instagram. Hm. Klingt gut, das ist ja auch wichtig, dass Menschen ihre Träume irgendwie umsetzen und so. Ich habe da nämlich auch drüber – ich will auch nur noch tun, was das Schicksal mit mir vorhat, kann man das so sagen? Ich habe keine Lust mehr auf dieses kopfbetonte Rumgeeier. Ich war im Krankenhaus.«

Er macht eine Pause. Dann, weil sie ihm nicht sofort die passenden Gefühle entgegenbringt, fragt er: »Mini?«

»Mhm.«

»Ich hatte eine Lungenentzündung, war schon okay, ein bisschen am Tropf, schlechtes Essen und so, tut alles nichts zur Sache. Ich weiß, woran das lag.«

»Die Lungenentzündung oder was meinst du? Woran lag es denn?«

»An dir.«

»Ach ja.« Mini denkt, sie sollte jetzt auflegen. Sofort auflegen. Nichts mehr mit Eso und Schicksal und Fügung und so weiter. Er hatte eine Lungenentzündung, er war im Krankenhaus, er hat nichts gegessen, er hat an Mini gedacht. Er hat gemerkt, was das Schicksal in Wirklichkeit von ihm will, er hat sich einen runtergeholt, so geil fand er seine Erkenntnis.

Mini ist ein bisschen wütend, aber sie kann ja an die Fotos denken, die bald von ihr gemacht werden, und die, die schon gemacht wurden, und dass sie jetzt das wird, was sie schon immer sein wollte. Es gibt dieses, jenes, alles Mögliche: Filme, Videos, Fotos, Zeitschriften, das Internet. Es gibt das Internet! Und sie steckt mittendrin.

Sie sagt in ihr Telefon: »Ich weiß nicht, wie du das meinst. Aber Philipp, ich denke, dass ich das schaffen könnte, etwas zu machen. Das ist ja eine Form von Kunst, du weißt schon, so mit Sinn und Hingabe und Zeug. Wovon Menschen halt so träumen. Eigentlich ist es doch leichter als früher, oder? Theoretisch kann es ja jeder schaffen. Jede. Online, Instagram, YouTube, alles möglich. Ich hab in letzter Zeit manchmal Fotos gemacht mit Leuten und gemerkt, dass es mir liegt irgendwie. Ich fand mich ja nie schön, eher durchschnittlich oder nicht mal, aber wenn du so siehst, was aus dir rausgeholt werden kann oder dass du etwas hast, Authentizität auf eine Art, das macht was mit dem Ego. So … Selbstbewusstsein halt. Ich glaube, es geht mir besser.«

»Du weißt nie, wie es dir geht, Mini.«

Kurze Pause.

»Ich war krank«, sagt er und klingt eingeschnappt, fast kindlich. Beleidigt. Beleidigte Leberwurst, haha.

»Ja, Mann, fuck, das tut mir leid. Wie ist es jetzt, seit wann bist du wieder auf freiem Fuß?« Sie muss kichern.

Philipp bleibt still. Er sagt: »Seit einer Woche ungefähr. Geht schon, aber wir müssen reden, Mini. Ich will, dass wir uns sehen und über alles reden.«

Mini will nicht wissen, worüber er reden will. Sie will ihn nicht sehen, aber vielleicht schon, sie weiß nicht mehr genau, wie es ihr vorher ging, das ist schon so lange her, aber sie glaubt, sie denkt: Wahrscheinlich geht es ihr jetzt besser.

Sie atmet tief ein. Pferd, Hühner, Hunde? Sie hält die Luft an und zählt bis drei. Sie atmet durch die Nase wieder aus, sie hat einen schmerzenden Punkt links oben auf dem Kopf. Ein Punkt, der drückt seit ein paar Tagen mehr als sonst, meistens, wenn sie unter Menschen ist. Jetzt haut er ihr von oben auf den Schädel und bis ins linke Auge runter. Stirb! Stirb! Ich schlag dir den Schädel ein!, muss sie denken. Und muss beinahe lachen.

»Ja, dann komm her, du kannst jederzeit herkommen. Sag einfach Bescheid.«

»Gut, ich komm nächste Woche. Mittwoch vielleicht.«

Mini sagt okay und dass er vorher noch mal anrufen soll, sie schickt ihm eine SMS mit der Adresse und denkt, scheiße, das will ich nicht, scheiße.

Hinten scheint eine große Sonne und im Osten zwei Regenbogen übereinander, der eine ganz ausgebildet, von dem anderen nur die Seiten rechts und links über dem kleineren. Es sieht sehr kitschig aus.

8

Bis dahin war Mini gar nicht klar, wie wenig Elena über ihre Beziehung zu Philipp und Leo und Dana wusste. Sie hatte Elena kennengelernt, nachdem sie Leo in der Bahn getroffen hatte, nachdem sie über seine Verschrobenheit hinweg war.

Weil Mini sich denken kann, dass Elena mit derartigen Eigenarten nicht viel anzufangen wüsste, hat sie davon auch nichts erzählt und ein Aufeinandertreffen der einen mit der anderen Welt vermieden. Jetzt will Philipp kommen. Jetzt kommt Philipp nach Dresden und in Dresden ist Elena.

In Dresden sagt Elena ihr, was sie von diesem »esoterischen Mist« hält, und zündet weder Räucherstäbchen noch Wasserdampf-Kerzenhalter in Buddha-Form an. Stattdessen raucht sie viele Zigaretten am Tag und macht sich niemals Gedanken über die gesundheitlichen Auswirkungen. Sie schaut einfach schräg von unten auf Minis Nase und bläst Rauch an ihr vorbei und nimmt einen Schluck aus ihrer Kaffeetasse – schwarz mit Zucker – und Mini schmilzt dahin und lauscht allem, was diese vollkommene Person ihr zu sagen hat. Und sie hat viel zu sagen, diese vollkommene Person. Elena weiß über Politik Bescheid, sie weiß von politisch korrekter Sprache und davon, wie sie sich behaupten kann, gegen das Patriarchat. Sie weiß von allen möglichen Verschwörungserzählungen und Antisemitismus und davon, welche Menschen sich durch so etwas kleinkriegen lassen. Sie weiß von Kolonialität und Postkolonialität und sie hat Bücher über all das gelesen und nicht nur gelesen hat sie die

Bücher, nein, sie redet auch darüber und diskutiert darüber und behält – sie behält! – die Inhalte. In ihrem feinen, schönen Kopf hinter den braun gewellten Haaren und Mini ist natürlich ein bisschen neidisch, aber sie fühlt sich auch wie ein Kind und ist wissbegierig und hofft, dass irgendwann, wenn sie nur richtig zuhört und nicht allzu oft widerspricht, Elenas Wissen auf sie abfärben wird und ihre Köpfe miteinander verschmelzen. In Schönheit und Intelligenz eine Symbiose eingehen. Es ist ein bisschen, wie es schon immer mit Nina war: Aufschauen und Bewundern, nur jetzt noch eine Nummer größer, next level.

»Das ist schon irgendwie …«, Elena tut so, als würde sie es nicht aussprechen wollen, »also ich will nicht direkt ›krank‹ sagen, das kann man so vielleicht auch nicht sagen, ich weiß ja gar nicht genau, was da passiert ist. Aber doch. Keine Ahnung, weißt du sowieso am besten, aber das ist irgendwie nicht so ganz in Ordnung, also … Nein, irgendwie nicht?«

Mini hat ihr von der Begegnung mit Leo im Zug erzählt, wie er ihren Notizblock geklaut hat, und nur weil Elena gefragt hat, sonst hätte sie natürlich alles für sich behalten. Aber wenn Elena fragt, wie sie Philipp kennengelernt hat, und sie dann sagt »über Leo« und Elena dann fragt, wie sie Leo kennengelernt hat, dann hat sie eben nichts anderes zu erzählen.

»Ja, vielleicht«, sagt Mini und sie weiß ganz sicher, dass Elena Leo merkwürdig finden würde, und Philipp könnte sie wahrscheinlich nicht ausstehen.

Sie hat ungefähr die Hälfte weggelassen. Was nützt es Elena zu wissen, dass Leo im Zug über einen gar nicht so kurzen Zeitraum seine Hand ungefähr genau an seinem Hosenstall liegen hatte und Mini zu angewidert war, hinzuschauen, was genau dort passierte. Es bringt Elena auch nicht viel, von den Tannenzapfen in Leos Rucksack zu erfahren oder allzu ausführliche Beschreibungen seiner spirituellen Neigungen zu bekommen. Weil Elena mit so etwas eben nicht viel anfangen kann und Menschen sind nun mal unterschiedlich und Mini hält sich für eine dieser Personen, die offen für vieles, wenn nicht gar das meiste sind. Sie denkt mit großer Sicherheit: Sie kann sowohl mit einer Elena als auch mit einem Leo befreundet sein. Allerdings muss sie Elena beibringen, dass Philipp nach Dresden kommen will, und dann muss Elena natürlich fragen, was es damit auf sich hat, und immerhin ist Philipp ein Thema, von dem Mini Elena im Prinzip so ungefähr nichts erzählt hat.

Im Bad legt sich die Waschmaschine ins Zeug. Das sind die letzten zehn Minuten, wummernd laut, die ganze Wohnung scheint zu beben. Elena sitzt vor ihrem Laptop und in der Kopfzeile ihres Browsers kann Mini grob eine Million geöffnete Tabs sehen. Hauptsächlich PDFs. Alle dreißig Minuten seufzt Elena laut auf oder kichert leise in sich hinein und das ist Minis Signal. Wie abgesprochen. Dann muss sie fragen: »Was denn?«, teilnahmsvoll. Und dann sagt Elena zum Beispiel: »Ach Gott, ich hab halt keinen Bock mehr. Dieser Text. Der ist ja auch echt mega interessant und so, aber ich hab das jetzt dreimal gelesen, also dreimal die gleiche Seite? Und immer noch nichts verstanden? Ich meine, wer schreibt denn so was und für wen?« Oder sie sagt: »Nee, ich hab nur grad gedacht …«, und kichert noch mal, »wenn man das mal irgendeiner unvoreingenommenen Person geben würde, die sich sonst nicht mit so was beschäftigt: ›Zauberer-Werden‹, ›Tier-Werden‹. Da kommen so zwei französische Dudes daher und schreiben irgendwas über Vampire und Werwölfe und Meuten und dann denken sich alle so: ›Boah, krass, Philosophie vom Feinsten‹, oder wie? Als ob man die nicht erst mal für verrückt erklären würde …« Und lacht und Mini weiß nicht, wovon sie redet. Und dann lässt sie sich ein bisschen was erklären und vergisst es schnell wieder und in dreißig Minuten ungefähr … Leises Lachen, angewidertes Schnauben, leicht geschürzte Lippen und Luft, die sich durch Zähne schiebt. Zähne von Elena. Und ein fragender Blick seitens Minis und das gleiche Spiel noch mal und noch mal und irgendwann in ein paar Wochen wird Elena ihre Bachelor-Arbeit geschrieben haben und in ein paar Jahren Master und dann akademischer Beruf, vielleicht auch etwas Politisches?

Mini fühlt sich hintergangen. Es ist ja nicht direkt ungerecht, dass Elena schlau ist und sich mit Philosophie vom Feinsten beschäftigt, aber was ist dann mit Mini?

Mini geht Wäsche aufhängen, um nicht weiter über Leo und Philipp und alternative Denkweisen reden zu müssen. Sie nimmt den ganzen Klumpen Handtücher, Unterhosen, T-Shirts aus der Waschmaschine und ist noch im Nachthemd. Sie spürt feucht-warme Nässe durch den dünnen Stoff kriechen und es riecht nach parfümiertem Waschmittel. Der Wäscheständer steht auf dem Balkon und auf dem Weg dorthin verliert Mini ein Paar graue Boxershorts und ein kariertes Küchentuch. Beide Male bückt sie sich zum Aufheben und presst den feuchten Wäscheklumpen mit einem Arm in ihren Bauch. Sie kann ihr Herz hören. Pochen in den Ohren und hinter ihrer Brust ein merkwürdiges Blubbern. Das ist nicht normal. Manchmal macht ihr Herz auch so etwas wie einen kleinen Hüpfer, ein Stolpern. Kein gutes Zeichen. Gar nicht gut.

Eine Herz-Neurose, hat Mini gelesen: Sie hat so große Angst, einen Herzfehler zu haben, sie ist so überzeugt, einen Herzfehler zu haben und dass der erste richtige Herzinfarkt nur eine Frage der Zeit ist, dass sie nichts mehr hinkriegt. Sie meidet jegliche Art körperlicher Belastung, nur um ihr Herz zu schonen, und was dann passiert, ist nämlich, dass es genau kontraproduktiv ist. Ein Teufelskreis: durch den Mangel an sportlicher Forderung wird Minis Kreislauf immer schwächer und das bestärkt sie in ihrem Glauben daran, dass etwas nicht stimmt mit ihrem Herz, und zack, noch tiefer drin in der Neurose und noch mehr Schonung und noch schwächer und so weiter.

Seit Mini das gelesen hat, nimmt sie immer die Treppe, auch wenn es einen Fahrstuhl gibt. Sie geht alle zwei Tage joggen und manchmal läuft sie die Treppe hoch, immer zwei Stufen auf einmal, dann wieder runter, mit kleinen hüpfenden Schritten und völlig aus der Puste bis ganz nach oben. Sie kann ihr linkes Handgelenk mit der rechten Hand umschließen und es ohne Anstrengung schaffen, dass Daumen und kleiner Finger der rechten Hand sich berühren. Es gibt kaum ein Gefühl, das Mini eine so allumfassende Befriedigung verschafft. Sie tut es vor dem Spiegel nach dem Zähneputzen, versuchsweise, wenn sie in der Straßenbahn sitzt, oder gleich morgens nach dem Aufstehen auf der Toilette.

Die Wäsche trocknet in der Sonne.

Auf Instagram folgen Mini mittlerweile über tausend Personen. Menschen, die sie kennt, Menschen, die sie nie getroffen hat, und Menschen ohne Gesichter. Sie hat hier in Dresden Fotos von sich machen lassen, nachdem ihr ein Fotograf auf Instagram geschrieben hatte. Sie hat vor ein paar Tagen auf eine Story von Kathi reagiert und ihr geschrieben, wie sie das ritual vermisse, seit sie nicht mehr in Freiburg sei, und Kathi meinte, sie werde auch vermisst, weil nämlich jede Frau im ritual ein wichtiger Teil des rituals sei, und da mache Mini keine Ausnahme, auch wenn sie nicht lange dabei gewesen sei. Und dann ist es natürlich wichtig, die Praxis auch für sich selbst, im eigenen Inneren, fortzuführen, das ist eigentlich sogar das Wichtigste, und dass Mini als Frau ihre Weiblichkeit nach außen trägt und sich die Energien bewusst macht. Mini ist eine Botschafterin für eine bessere Welt im Prinzip, was sie in Freiburg und schon vorher in Frankreich gelernt hat, ist nur der Anfang.

Wenn Elena ihr von Feminismus erzählt und diesen ganzen aktuellen Problemen von FLINTAS, von POC und so weiter, von »Lösungsansätzen«, dann denkt Mini mit, dann bewundert sie es, wie Elena sich damit auseinandersetzt, und will ein Stück weit auch selbst so sein oder versuchen, so zu werden. Aber irgendwo in ihr sagt auch etwas: na ja, Mini. Naah-ja. Ist es denn wirklich so schwer? Hast du nicht schon erfahren, Mini, wie einfach das alles in Wirklichkeit sein kann? Denn sie war ja glücklicher zwischendurch, sie hat ja gerade angefangen, Dinge selbst in die Hand zu nehmen und ihre positive Energie zu entdecken und zu generieren und schließlich zu nutzen. Wenn das alles nur esoterischer Mist wäre … Was sie sich selbst natürlich manchmal versucht, in Erinnerung zu rufen, weil sie eine Realitätsverweigerung, die mit solchen Sachen einhergeht, für total gefährlich hält. Wenn das aber alles nur Mist wäre, dann hätte es wohl kaum eine solche Wirkung gezeigt.

Mini schaut auf die Wäsche und schaut in die Sonne. Sie macht sich einen Fototermin für in drei Tagen aus und einen anderen am nächsten Tag.

Sie schreibt Kathi:

Ich bin grad am struggeln …
Hab das gefühl meine gedanken spielen verrückt und ich kriege mich nicht so richtig sortiert
Und dann irgendwie schwer meinen platz zu finden weil ich mir immer denke ich gehör nicht dazu und krieg auch nichts auf die reihe

Sie setzt sich auf die Holzkiste neben dem Wäscheständer, die dient Elena auf dem Balkon als Bank, vor allem wenn sie Besuch hat und nicht genügend Stühle. In Minis Feed ist ganz oben ein Bild von einem halb nackten Model, dem sie folgt. Vielleicht Mitte zwanzig? Sie sitzt vor einer riesigen Salatschüssel mit grünen Körnern und keiner sichtbaren Sauce und lächelt subtil hinter ihrer Sonnenbrille hervor. Mini beachtet es nicht weiter und scrollt nach unten durch mindestens zehn Fotos der gleichen Sorte. Sie denkt manchmal, dass diese oberflächliche Selbstinszenierung ungesund ist und sie all diesen Seiten nicht mehr folgen sollte, aber genau diese Profile werden ihr dauernd vorgeschlagen, und wenn sie sich das dann sowieso über Discover anschaut, kann sie es auch gleich in ihrem Feed haben.

Kathi antwortet ungefähr fünf Minuten nachdem Mini ihr geschrieben hat. Sie schickt eine Sprachnachricht: »Okay, also erst mal: hi, Mini! Hm … Das soll dein Problem jetzt überhaupt nicht abwerten oder ihm den Problemstatus aberkennen oder so, aber das klingt alles total … ja, voll bekannt für mich. Ich höre das von so vielen Frauen. Gerade, wenn du dich jetzt vielleicht in einem Umfeld befindest, wo du das Gefühl hast, deine Energien nicht richtig embracen zu können und vielleicht auch irgendwas … na ja, unterdrücken zu müssen? Kann das sein? Vielleicht fühlst du jetzt vor allem, dass du, hm, ähm, stark und kraftvoll sein musst und irgendwie zielorientiert? Und das ist ja alles ganz typisch männliche Energie. Aber männliche und weibliche Energie müssen sich immer die Waage halten, darüber haben wir ja im ritual auch immer gesprochen, Yin und Yang, es braucht ein Gleichgewicht. Also wenn du Ziele erreichen willst und stark sein willst, typisch männliche Energien nutzen möchtest, dann kannst du das natürlich nur, wenn du deine Weiblichkeit dabei nicht vernachlässigst.«

Dann eine geschriebene Nachricht:

Du weißt ja auch dass du dich immer und jederzeit bei mir melden kannst ;)
Bin immer da und stehe mit rat und tat zur seite

Teil 3

I

Vero öffnet das vierte Bier. »Da hab ich die ganze Wodkaflasche alleine getrunken und sie dann auf den Boden geschmissen, weiß gar nicht mehr, ob das Absicht war. Eigentlich kann ich mich nicht so erinnern, aber das haben sie mir später im Krankenhaus erzählt, dass ich mich dann einfach da reingelegt hab. Also, in die Scherben. Da musste ich in die Notaufnahme, aber vor allem wegen Alkoholvergiftung, glaub ich. Jetzt hab ich voll die Narben am Arsch und auch hinten an den Beinen und am Rücken, weiß nicht, ob dir das mal aufgefallen ist. Fuck, das muss echt geblutet haben.« Sie nimmt riesige Schlucke. »Hattest du schon mal eine Alkoholvergiftung?«

Mini sagt Nein.

»Du Glückliche, das ist auch echt nicht gut für dich. Fürs Gehirn und so.«

»Wohl eher nicht.« Mini trinkt Wodka mit Wasser.

Sie sitzen draußen, weil es drinnen zu stickig war, aber hier ist es viel zu kalt.

Vero klappert mit den Zähnen, dass es garantiert noch auf der anderen Straßenseite zu hören ist, aber ihr fällt es anscheinend nicht auf. Sie trägt eine schwarze Feinstrumpfhose mit mehreren Laufmaschen, schwarzes Netzoberteil, schwarzer Samtrock, schwarze Stiefel, mindestens zehn Ketten und eine schwarze Schiebermütze. Es hat ungefähr acht Grad.

Mini ist auch kalt, aber sie starrt fasziniert auf Vero, unfähig, etwas Sinnvolles zum Gespräch beizutragen. Paul kommt nach draußen und schreit: »In zehn Minuten seid ihr Tiefkühlkost! Ich geh Döner holen, wollt ihr auch was?«

Vero schreit zurück: »Alter! Ich hab Bier!« Und dann noch: »Ich ess heute nichts, ich will saufen!«

Paul schreit: »Das schließt sich ja nicht aus!« Und ist weg.

Veros Zähne hören für einen Moment auf mit dem Geklapper. Sie öffnet das fünfte Bier. Sie lässt sich zur Seite kippen, ihre Schulter gegen Minis, legt ihren Kopf an Minis Hals.

»Bist du eigentlich magersüchtig?«

Kann man so was einfach fragen?

Mini sagt: »Nein?!«

Vero sagt: »Okay, sorry, wollt ja nur mal nachfragen. Hätte doch sein können«, und lässt ihren Kopf einfach liegen.

Mini ist kurz sehr glücklich. Dann findet sie, eigentlich traurig sein zu müssen, und fühlt sich komisch, weil sie nicht so recht weiß. Dann wieder glücklich.

»Ich weiß nicht, ob du das mitgekriegt hast, aber bei Philipp. Also er tut ja immer so magersüchtig, aber in Wirklichkeit glaube ich, das ist nur eine Masche. So manipulativ irgendwie. Er weiß, dass er damit Leute rankriegt. Und *so* dünn ist er auch nicht. Also schon dünn, aber nicht mega dünn. Ich finde es irgendwie uncool, zu sagen, man ist magersüchtig, obwohl man es gar nicht ist. Ist doch so?« Vero schielt Mini von der Seite an, sie hat den Kopf beim Sprechen von ihrer Schulter genommen.

»Das hat er mir nie gesagt«, sagt Mini, »ich weiß nicht. Wäre doch eigentlich traurig, wenn es so ist.« Dann sagt sie noch: »Ich finde, er ist schon auch ziemlich dünn.«

Die echte Farbe von Veros Lippen ist schwer einzuschätzen, weil sie so viel dunkelroten Lippenstift trägt, Mini tippt auf Blau.

»Aber warum hast du dann eigentlich Schluss gemacht?«

»Hab ich nicht.«

»Hast du nicht?«

»Es hatte sich einfach. Wir haben nicht Schluss gemacht, es war einfach vorbei.«

»Ah ja. Na dann. Ich hab ihn vorhin gefragt, ob er mitwill, und er sah echt scheiße aus, irgendwie. Weißt du, warum er nicht wollte?«

Mini macht eine unbestimmte Bewegung mit dem Arm, das soll wegwerfend wirken. Weil sie nicht weiß, wohin mit ihren Händen, schiebt sie sie zwischen ihre übereinandergeschlagenen Beine und schüttelt den Oberkörper: kalt, kalt, kälter.

Vero nickt und sagt: »Auch egal, interessiert dich vielleicht gar nicht mehr. Wollen wir dann wieder rein?«

Jede erzählt etwas über sich und das Leben, und wenn es ausartet, wird unterbrochen und der Nächste ist dran. Einer erklärt Mini das mit dem Kolonialismus und einer, dass er jetzt wirklich völlig sein White Privilege verstanden hat und dazu noch seine geradezu offensive Männlichkeit, für die er aber gar nicht so wirklich etwas kann, denn sie ist ihm ja gewissermaßen aufgezwungen worden von dieser patriarchalen Gesellschaft. Deswegen versucht er jetzt aktiv, sich mit seiner Existenz zurückzuhalten und weniger untergründig rassistisch zu sein. Und den Sexismus will er auch sein lassen, wobei ihm natürlich klar ist, dass sowohl Rassismus als auch Sexismus so tief in ihm verankert sind, dass er nie wird behaupten können, er wäre farbenblind. Dabei schaut er sie stolz an und Mini packt das unergründliche Verlangen, ihm den Kopf zu tätscheln. Anscheinend hat sie zu viel gelächelt, jetzt muss sie ihn wieder loswerden.

Am Tresen will sich einer prügeln. Der einzige infrage kommende Prügelpartner, der einzige, den er in unter zwei Schritten erreichen kann, ist sein Nachbar und der hat keine Lust, sich zu prügeln.

Die Frau hinter dem Tresen schreit: »Verpiss dich!«, und der Prügelwillige verschwindet durch die Tür. Als die Tür hinter ihm zufällt, schreit sie noch mal »verpiss dich«, doppelt so laut, vielleicht kann er es ja noch hören.

Mini trinkt weiter Wodka, Mini bekommt Kokain geschenkt, Mini tanzt ein bisschen, sie hört niemandem zu, aber redet mit allen und alle reden mit ihr. Als Gespräch getarntes Herumgeschreie und es funktioniert so viel besser als jede noch so hochkarätige nüchterne Unterhaltung.

Dann wird es leerer, sie machen das Licht an – alle raus. Mini hat keine Ahnung. Sie könnte mit Vero mitgehen, aber da ist Philipp. Sie könnte mit dem privilegierten weißen Mann schlafen und sich noch etwas erklären lassen. Mit der Hand in der Hosentasche fummelt sie an ihrem Schlüsselbund herum. Daran hängt der Schlüssel zu Elenas Wohnung, wo sie ein Bett hat und schlafen kann, und morgens würde sie aufwachen, ganz alleine.

Elena ist seit einer Woche in Amsterdam und besucht eine Cousine, die sie schon ewig nicht mehr gesehen hat. »Das ist so geil, wir haben uns schon *ewig* nicht mehr gesehen!«, hat sie gesagt, und zwar mindestens zehnmal innerhalb einer Woche, und natürlich hat sie Mini angeboten mitzukommen. Mini sagte Nein, Philipp will doch auch kommen und Paul und Vero. Elena nickte. War sie enttäuscht? War Mini sich überhaupt sicher?

Am Nachmittag, kurz bevor sie abfahren wollte, stand Elena mit dem Rücken zum Schreibtisch und betrachtete Mini. Der Schreibtisch sah komisch aus und leer. Als diente er nur zur Dekoration und würde von niemandem benutzt. Das war, weil Elena ihren Laptop in einen grau-blauen Reiserucksack gesteckt hatte und ihre Bücher zurück in die Bibliothek gebracht hatte und die leeren Plastik- und Glasflaschen zum Pfand und weil sie zu guter Letzt sogar mit einem angefeuchteten Stück Klopapier den hinteren Teil der Tischplatte, wo sich normalerweise Staub sammelte und anderer Dreck, abgewischt hatte. Ein bisschen, als würde sie annehmen, dass Mini in ihrer Abwesenheit einen sauberen Arbeitsplatz bräuchte. Irgendwie kam es Mini unsensibel vor. Es blieben dann noch dreißig Minuten, bis Elenas Mitfahrgelegenheit unten vor der Tür stehen würde. Elena wollte zuerst zu einem Freund nach Berlin fahren und dann von dort aus mit dem Fernbus nach Amsterdam. Sie hatte ein paar Leute gefragt, ob sie demnächst nach Berlin fahren würden und sie mitnehmen könnten, und nachdem sie diese paar Leute gefragt hatte, viele hatte sie sicher nicht fragen müssen, hatte jemand gesagt, Klar, er würde eh nächste Woche hoch. Super, Dienstag, so gegen fünf? Klar, super. So in etwa.

Mini saß auf dem Bett, Kissen im Rücken, die Wade des einen Beins auf dem angewinkelten Knie des anderen. Die Wade wurde auf dem Knie platt gedrückt, das Knie fühlte sich hart und scharf an, wie aus Metall. Mini drehte den Fuß in der Luft, er war nackt und die Zehennägel frisch geschnitten, sie überließ ihn der kühlen Luft. Es war da schon Oktober und sehr kalt, selbst drinnen in der Wohnung. Mini hatte sich eine Wärmflasche mit kochendem Wasser gefüllt und hielt sie fest gegen ihren Bauch, übte mit den Handballen

Druck aus auf die mit Fleece überzogene Oberfläche. Sie machte das immer so, aber meistens schob sie die Wärmflasche unter ihr Oberteil, dass sie direkt an der nackten Haut lag, dass die nackte Haut rote Flecken mit weißen Rändern bekam, was dann ein bisschen unangenehm war, aber auf eine bessere Art als zu frieren.

»Dann sehen wir uns nicht mehr, bevor du nach Leipzig fährst?«, fragte Elena und ihre Augen waren sehr offen, als sie Mini anschaute.

»Eher nicht«, sagte Mini. Sie lächelte, um zu zeigen, dass das ja kein Problem war.

Elena sagte: »Trotzdem schade.« Sie betrachtete Mini fortwährend.

Und Mini versuchte, zurück zu betrachten. Elenas Haare, heute in strähniger Unordnung, ihre schmale Nase, ihr glatter Nasenrücken, ganz, ganz glatt. Mini kannte jedes winzige Haar, das aus jeder winzigen Pore auf diesem glatten Nasenrücken spross. Dann Minis platt gedrückte Wade, die nur Mini sehen konntc. Was Elena sah, war ein Rätsel.

»Na ja«, sagte Elena und wusste offenbar nicht, was sie noch sagen sollte. Dann fragte sie: »Musst du noch irgendwas loswerden?«

Das kam Mini in dem Moment beinahe unbeholfen vor. Unbeholfener zumindest als Elenas normale Art, Fragen zu stellen.

»Etwas loswerden?«

»Keine Ahnung, irgendwas, was du noch sagen wolltest, halt.«

»Äh.« Mini verdrehte ihre Augen von Elenas Nase Richtung Decke, Kopf und Körper hielt sie still. Elena zugewandt. Sie nahm dann die Wade vom Knie und streckte beide

Beine aus, schob die Hände unter die Oberschenkel, legte sie zurück auf die Wärmflasche und presste die Wärmflasche gegen den Bauch. Das heiße, wabbelige Ding in sich hinein, als könnte sie so in ihr verschwinden, die Wärmflasche in Mini, Mini in der Wärmflasche.

Sie sagte noch mal Äh. Dann sagte sie, na ja, dass sie Elena sehr lieb hätte und dass sie sich freuen würde, sie dann wiederzusehen, wenn Elena aus Amsterdam zurückkäme oder Mini aus Leipzig, mal sehen. Und sie könnten halt telefonieren und schreiben, eh klar.

»Ja, eh klar«, sagte Elena.

In der Ecke an der Wand, also zwischen Zimmertür und Schreibtisch, stand ein Ficus in einem Tontopf. Der Baum war sehr groß, der Topf ganz verkalkt von außen mit mehreren krustigen gelblich weißen Schichten wie am Becherrand angetrocknete Sahne und einige der länglichen Ficusblätter, in staubigem Grün, lagen am Boden. Die am Boden liegenden sahen eigentlich nicht viel verdorrter aus als die am Baum. Daneben stand Elenas Rucksack. In dem Rucksack Elenas Laptop. Mini fragte sich, ob sie auf der Busfahrt nach Amsterdam daran arbeiten würde. Vielleicht würde sie an einer Hausarbeit schreiben. Oder einen Artikel lesen, den ein Kommilitone ihr geschickt hatte. Vielleicht auch nicht, sagte Mini sich, sie arbeitete ja nicht die ganze Zeit, manchmal machte sie auch andere Sachen, Elena war ja keine Maschine. Aber wie auch immer.

Als sie sich etwas später umarmten, ein paar Schritte vor der Wohnungstür, rochen Elenas Haare nach Elena. Sie hatte ihre Hände hinten in Minis Rücken und sie blieben lange so stehen und dann küssten sie sich und einen Tag später kam Philipp.

»Und was ist nun? Kommst du?« Veros Stimme klingt wie mit Autotune verzerrt, aus einem Science-Fiction-Film, daran merkt Mini erst, in welchem Zustand sie ist: Ihre Ohren legen schon Autotune über die Stimmen von Leuten.

Das Airbnb von Paul, Philipp und Vero ist zum Glück nicht weit entfernt, sie können den Weg zu Fuß gehen, fast rennen sie: zu viel Alkohol und Kokain. Vero ist nicht mehr zurechnungsfähig, sie lässt Mini im Flur stehen und verschwindet in dem Zimmer, das sie sich mit Paul teilt, ohne Gute Nacht zu sagen. Mini sieht nichts, alles ist dunkel.

Licht an – Scheiße, viel zu hell. Licht aus, nein, doch lieber an. Kurz über den linken Schnürsenkel stolpern, Stiefel ausziehen und mitten in den Flur fallen lassen. Mini macht das Licht wieder aus und stolpert durch die Dunkelheit in die richtige Richtung. Sie fühlt sich sechsmal betrunkener als in der Kneipe. Sie wünscht sich, mit Vero zusammen irgendwo rumzuliegen und sinnlose Gespräche zu führen, bis zum nächsten Abend, und dann langsam schwerer zu werden und schwerer und schließlich zu schlafen und am nächsten Morgen gemeinsam aufzuwachen.

Bei Philipp kommt sie im T-Shirt an. Wo ihre restliche Kleidung ist, wird sich morgen zeigen. Eine warme Bettdecke über den Kopf gezogen, Philipps Po in ihrem Schoß, ihre Stirn in seinem Nacken, ihr betrunkener Atem auf seiner noch immer gebräunten Haut. Auf seiner Haut, in den blonden, den weißen Härchen kondensiert jetzt Luft aus Minis Lunge und an jedem Härchen hängt ein Tropfen Atem. Glasige Tropfen von etwas, das vorher in Mini drin war, in ihr drin und jetzt ist es auf Philipp und klebt an ihm und sehr schnell schläft sie ein.

Mini wird auf den Rücken gedreht und macht ein kleines

Geräusch – ist sie nüchtern? Unmöglich, sie ist doch gerade erst nach Hause gekommen, sie ist bei Philipp, mit Philipp im Bett und Philipp ist über ihr. Sie hört sich etwas von Kondom benutzen sagen, aber sicher ist sie sich nicht, noch viel zu benebelt, noch ganz dicht, sie macht die Augen zu und schläft halb.

Mini wacht auf mit Kaffeegeruch und es ist bestimmt schon gegen zwei.

Neben ihr liegt eine Wolldecke zerknittert auf dem Bett, Philipp ist schon aufgestanden, sie hört seine und Pauls Stimme aus der Küche. Ein fieser Schmerz schießt hinter Minis linkem Ohr in ihren Kopf und schafft es bis in den Nacken. Ihre Stirn donnert. Aufstehen bringt jetzt auch noch nichts, denkt sie und macht die Augen wieder zu, aber an Schlafen ist gar nicht zu denken. Nach einer Viertelstunde oder einer halben – Minis Zeitgefühl ist ihr abhandengekommen und ihr Handyakku ist irgendwo am Laden – klopft es vorsichtig an der Tür.

»Mini?«

Sie atmet auf. Es ist Paul. Es ist nicht Philipp, es ist nur Paul.

»Ja?«, ruft sie zurück, mit kratzigem Hals. »Kannst auch reinkommen, ich bin wach.«

Die Tür gibt einen schrillen Aufschrei von sich, als Paul sie betont langsam öffnet, vielleicht will sie Mini beschützen: Nein, heute bleibst du im Bett, Mini, niemand rein, niemand raus.

»Also ich hätte ja«, sagt Paul und balanciert eine riesige, bis an den Rand gefüllte Tasse, »den ultimativen Katerkaffee, meine beste Kreation seit Langem. Wärst du dafür schon bereit oder soll ich gleich wieder verschwinden?«

Beim Gedanken an Kaffee dreht sich Mini der Magen um, aber sie versucht ein Lächeln, weil Paul einfach der liebste und beste und fürsorglichste Mensch ist, den sie kennt, und niemals würde Mini es über sich bringen, ihm etwas abzuschlagen.

»Bei Vero brauch ich es gar nicht erst zu versuchen«, sagt Paul, »die war sich vorhin für ne halbe Stunde übergeben und ist schnurstracks wieder ins Bett. Ihr seid gut: Wir wollen saufen, saufen, saufen, aber bloß kein Abendbrot. Was soll denn da der Magen sagen?«

Er lacht und hört gleich wieder auf, weil es natürlich nichts bringt, Mini in diesem Zustand Witze zu erzählen, sie ist null aufnahmefähig.

»Ich stell ihn dir einfach auf den Nachttisch – hu, Gott, hab ich, glaub ich, bisschen voll gemacht, die Tasse. Aber ich meinte es halt auch nur gut mit dir – da. Das ist – Trommelwirbel«, er macht eine kleine Pause, als würden jetzt wirklich gleich Trommeln und Fanfaren erklingen, »gezuckerte Kondensmilch, drei Espressi, also eigentlich ein ganzer Espressokocher voll, Cayennepfeffer, Zimt, bisschen Salz und – das ist der Geheimtipp: ein Löffel Butter, weil verkaterte Köpfe brauchen ja vor allem eins: Zucker und Fett.«

Mini sagt: »Und Wasser«, und merkt, wie sie vom Durst überrollt wird. Drei Liter auf einmal könnte sie trinken oder vier. Eine ganze Badewanne eisgekühltes Wasser!

»Aha«, sagt Paul und hebt einen Zeigefinger in die Luft, »stimmt, du bist ja grad erst aufgewacht.«

Er hopst zur Tür raus und kommt direkt darauf zurück mit einer Zwei-Liter-Cola-Flasche, die er mit Wasser aufgefüllt hat. Dann tappt er zurück in die Küche und lässt Mini alleine.

2 verpasste Anrufe. Ganz schwach kann Mini sich daran erinnern, wie sie im betrunkenen Halbschlaf dahindämmernd nach ihrem klingelnden Handy greifen wollte, es verfehlt hat, entschied, in dem Zustand könne es ihr auch egal sein, und noch irgendwo in der Ferne oder wahrscheinlich direkt neben ihr Philipps Schnaufen: Echt jetzt?

Vielleicht hat er sich sogar bei ihr beschwert.

Das Handy wackelt richtig in ihrer Hand, so zittrig sind ihre Finger. Unwillig drückt sie auf den grünen Hörer und lässt das Piepen in ihren Ohren scheppern. Ihr Kopf lehnt hart an der Wand, ihr Rücken auch, sie hat die Bettdecke bis zum Hals hochgezogen. Ein einziger Schluck von Pauls Kaffee ließ sie schon sauer aufstoßen, sie hat die Tasse angeekelt auf den Schemel gestellt. Wer macht bitte Butter in einen Kaffee und dann Chili und Zimt *und* Kondensmilch – ist doch bah! Da würde sogar einer unverkaterten Mini das Kotzen kommen. Ein kaltes Bier. Ein kaltes Bier hätte sie noch genommen.

»Mini?«

»Ja, wer sonst.«

»Oha, du klingst ein bisschen …«

»Scheiße?«

»Heiser?«

»Verkatert.«

»Ah, okay. Du, ich bin noch so bis neun da heute Abend, dann muss ich los. Du wolltest doch heute kommen?«

Konstantin. Bestimmt hatte er gerade schon ein Online-Meeting mit Menschen aus Japan, den Staaten und Kanada, dann ein gesundes Mittagessen – Salat und Proteine –, in Gedanken schon bei ordentlich gefalteter Kleidung oder so ähnlich. Aber vielleicht hat sie auch ein falsches Bild von ihrem Bruder, so gut kennen sie sich ja gar nicht.

»Eigentlich schon.« Mini nimmt das Handy vom Ohr weg, um nach der Uhrzeit zu schauen. 15:11. Okay, das geht schon, das muss gehen. Sie sagt: »Ich würde sonst gleich mal nach Verbindungen schauen und dir dann schreiben, wann ich da wäre?«

»Das passt. Ey, sorry, dass wir uns dann gar nicht so richtig zu Gesicht bekommen. Also, je nachdem, wie lange du bleibst, natürlich. Ich hätte dich schon gerne noch länger gesehen, nicht nur ne Stunde oder so, aber dieses Seminar ist super wichtig, das steht auch schon seit Monaten.«

»Ich weiß schon. Musst dich ja auch nicht rechtfertigen.«

In Wirklichkeit ist Mini diejenige, die sich rechtfertigen müsste. Weil sie sich nie meldet, weil sie den Kontakt zu Konstantin sozusagen abgebrochen hat, wenn auch nicht offiziell. Aber sie hat ihn wirklich geghostet, den ganzen Sommer über, und er hat es nach einer Zeit auch nicht mehr weiter versucht.

Seine letzten Nachrichten auf Telegram:

04.08
Lorenz hat mich gefragt, was bei dir los ist. Er sagt, du hättest ihm als letztes noch eine total inhaltslose karte aus Paris geschickt?
05.08
Ich verstehe schon, dass du grad Zeit für dich brauchst und so, aber ein paar Menschen machen sich echt sorgen
Er überweist dir übrigens auch jeden Monat Geld mini
Aber hast du ja wahrscheinlich schon gemerkt
02.09
Okay ich versuchs jetzt noch mal, weil lorenz sich echt dauernd bei mir meldet und franzi hat auch schon öfters

nachgefragt. Kannst du vielleicht wenigstens mal so ein wort als antwort schicken oder so was?
Damit ich weiß, dass du noch lebst?
Hallooooo?
Mini??????

Das hatte Mini irgendwie verdrängt. Und Konstantin ist dann auch mit keinem Wort darauf eingegangen, als sie ihm vor ein paar Tagen schrieb, sie wolle zu Besuch kommen. In solchen Situationen ist er genau wie Mini. Natürlich könnte er ihr das jetzt vorhalten, aber damit würde er die ganze Geschichte natürlich eher schwieriger machen, anstatt Dinge zu erleichtern. Harmoniebedürftig oder so. Bloß kein komplizierter Streit, keine langwierigen, sich hinziehenden Konflikte, die dann in Familientragödien und Brüchen mit nahen Verwandten ausarten. Drama gibt es schon genug bei ihnen, da hat Pia gute Vorarbeit geleistet, und Konstantin ist sowieso der Beste im Verzeihen. Auch wenn seine Stimme sich immer noch etwas verkühlt anhört. Er wahrt wohl noch Distanz, vorsichtshalber. Schon okay, man kann ja nie wissen. Mini kann auch nicht wissen.

Um zwanzig nach vier fährt ein Zug, dann wäre sie halb sechs in Leipzig. Kann sie das schaffen? Der Rucksack steht im Eingang, sie hat fast nichts dabei. Das meiste liegt noch bei Elena. Mini weiß auch noch gar nicht, wie lange sie überhaupt in Leipzig bleiben will, aber als Philipp jetzt auch noch gekommen ist und Gespräche mit ihr führen wollte und mit ihr zusammen sein will und eine Beziehung führen und alles Mögliche, und mit Elena wurde es sowieso immer anstrengender. Weg, immer weg, bevor irgendwas explodiert im Kopf.

Philipp sitzt in der Küche an einem albernen, viel zu niedrigen Tisch – ist das Wohnzimmeratmosphäre? – und kneift belustigt die Augen zusammen. »Hab ich jetzt gar nicht mehr so mit gerechnet, dass du dich heute noch mal unter die Lebenden begibst.«

»Ich fahr heute zu Konsti nach Leipzig?«

»Sicher, dass du da in der richtigen Verfassung für bist?«

»In welcher Verfassung müsste ich denn sein, um meinen Bruder zu besuchen, deiner Meinung nach?«

»Keine Ahnung. Kein wandelnder Leichnam zum Beispiel?«

»Ganz reizend, danke.« Sie füllt die Zwei-Liter-Colaflasche in der Spüle auf und stopft sie in den Rucksack, den sie halbherzig hinter sich hergezogen hat. Ohne Philipp anzuschauen, läuft sie ins Bad, putzt Zähne, wäscht ihr Gesicht, gibt sich Mühe, nicht in den Spiegel zu schauen, und geht so energiegeladen wie möglich zurück zu ihrem Rucksack, um den Kulturbeutel darin zu verstauen.

Philipp ruft aus der Küche, dass es nicht böse gemeint war.

Mini sagt, schon okay, und sie müsse sich beeilen. Der Zug komme gleich.

»Dann sehen wir uns in Leipzig?«

»Ja, mal sehen.«

»Okay …?«

»Okay.«

Vorsichtig öffnet sie die Tür zum Schlafzimmer von Vero und Paul und flüstert einen Abschied. Paul lässt sich umarmen, an Vero traut sich heute niemand mehr ran.

2

Minis Rucksack ist fast leer, sie hat ihre Kleidung bei Elena gelassen, es ist ja auch alles bescheuert, sie hat Geld, sie ist reich, sie kann sich jederzeit neue Kleidung kaufen, Lorenz Starke ist Multimillionär. Er weiß nicht genau, was sie tut, aber sie kriegt jeden Monat über zweitausend Euro von ihm, und wenn sie einmal mehr braucht, ruft sie ihn an. Er hat ein schlechtes Gewissen, er denkt, Mini wäre kurz vorm Selbstmord.

Sie könnte nackt durch die größte Straße der Stadt laufen, nackt in einen Bus einsteigen, ohne sich umzuschauen, gerader Blick nach vorne, wie mit dem Lineal gezogen, verschleierter Blick, alles verschwommen, so angestrengt starren, dass die Augen zu tränen beginnen. Dicke Tränen rollen aus Minis rechtem Auge und ihre linke Wange hinunter, über die Nase hinauf zur Stirn: Schweißperlen. Sie möchte sich gerne etwas anziehen und wieder richtig gucken, aber da müsste sie dann durch, sich etwas beweisen, sie beweist es sich viel zu selten. Du bist lasch, Mini. Lahm, langweilig, verklemmt, verbittert. Ihr Rucksack ist federleicht.

Vom Bahnhof kann sie zu Fuß zu Konstantins Wohnung laufen, durch die Innenstadt. Alles um sie herum will Mini überrollen und beschallen, nie kann sie ihre Ruhe haben.

Sie macht einen Zwischenstopp in einem überteuerten Secondhandladen und beobachtet eine Mädchengruppe beim Shopping. Sie stellt sich vor, wie es wäre, solche Freundinnen zu haben. Die sagen dann so was wie: Das sah irgendwie ganz anders aus auf dem Bügel. Oder: Maaann, ich wollte heute echt keine Jacke kaufen, ich kaufe immer nur Jacken.

Oder: Kannst du mal den Reißverschluss zumachen? Ich komm da nicht ran. Fuck.

Mini nimmt sich eine Strickjacke und eine Jacke aus tiefrotem Leder in Schlangenhautoptik, zwei Jeans, einen Gürtel und einen lackartig goldenen Fischerhut. Sie geht in die Umkleide, zieht den Gürtel in ihre Hose. Sie schaut in den Spiegel und sieht verquollene Augen. Sie findet sich schön. Mini, Mini.

Der Gürtel hat eine gewaltige Schnalle, verschnörkelte Ornamente, silbern, aber grünlich angelaufen. Den Fischerhut und eine von den zwei Jeans steckt sie in ihren Rucksack. Sie überlegt einen Moment. Unentschlossen, weißes Gesicht im Spiegel, verquollene Augen. Fast, als würde sie gleich losheulen. Oder als hätte sie die ganze Nacht geheult, was ja auch beinahe stimmt, sie hat morgens gekotzt und dann ihre Nase innen ganz verkrustet, blutig verkrustet. Wenn sie sich schnäuzt, sind kleine rotbraune Flecken im Taschentuch, wenn sie mit dem kleinen Finger unten an der Nasenscheidewand kratzt, getrockneter Rotz der gleichen Farbe unter ihrem Fingernagel. Sie schaut das an und es ist, als könnte sie in sich hineinschauen. Sie schiebt auch die rote Lederjacke in den Rucksack, der gefüllt werden muss. Nichts ist gesichert in diesem Laden. Preise wie bei Prada und alles kostenlos zum Mitnehmen. Mini geht aus der Umkleide und hängt die andere Jeans mit der Strickjacke an die Rückgabestange. Sie lächelt einem der Mädchen zu. Das Mädchen ist überfordert und schaut schnell weg.

Auf der Straße klopft Minis Herz ein bisschen. Das ist das Beste am Klauen. Früher hat sie es so gemacht: reingehen, einstecken, rausgehen, direkt vor dem Geschäft alles begutachten. Sie hoffte immer ein bisschen, vom Personal gesehen zu werden. Als würde sie sich lustig machen über die Welt. Ihr könnt mich mal. Ich klau euch was und gehe und strecke euch die Zunge raus und ihr merkt es nicht einmal und das macht es fast noch genussvoller für mich und ich bin unbesiegbar und überhaupt.

Das erste Mal hat sie mit Nina geklaut. Nach der Schule in der Drogerie.

Und Nina! Nina war aufgeregt. Ihr Herz klopfte so laut, dass es Mini schon fast in den Ohren wehtat. Außerdem zitterten ihre Hände in ihren Jackentaschen und sie biss auf der Innenseite ihrer Wange herum. Manchmal war Mini beruhigt, wenn es Nina so ging. Der makellosen Nina. Wenn Nina auf ihrer Wange herumbiss, wenn sie unter den Achseln schwitzte oder – Genugtuung! – wenn Nina einen Pickel direkt auf der Nase hatte.

Mini lauschte. Sie hörte das Knistern von Plastikverpackungen im letzten Gang, sie hörte das ruhige Knacken eines Kugelschreibers, der in irgendeiner Hosentasche bedient wurde, klick, klick, und außerdem leise Gespräche, aus der Kosmetikabteilung, wo ein Parfüm getestet wurde.

Nina war verschwunden. Wie besprochen. Mini schaute an die Decke: kein Spiegel. Mini schaute nach links und rechts: keine Verkäuferin. Mini lauschte wieder, keine Schritte. Und dann fasste Mini all ihren Mut zusammen und ließ ihre Hand zuschnappen. Wahllos schlossen ihre Finger sich um den nächstbesten Gegenstand im nächstbesten Regal und der Gegenstand glitt in ihre große, warme Manteltasche, als wäre es seine wahre und einzige Bestimmung, in diese Manteltasche zu gleiten. So glitt er hinein und Minis Herz machte noch zweimal laut bumm, bumm und dann war es ruhig und Mini fühlte sich seltsam zufrieden, denn auf einmal stand sie nicht mehr im neonröhrenbeleuchteten Drogeriemarkt, sondern auf der Straße davor.

Und als Nina mit roten Wangen und roten Ohren und auch ein bisschen zittrig aus dem Geschäft kam und Mini erwartungsvoll anschaute, zog Mini – und zwar triumphierend! – ihre Pappschachtel aus der Tasche.

Ninas Mine verzog sich. Ninas Augen wurden groß. Und Nina prustete los, wieherte vor Lachen, lachte Tränen. »Mini! Alter, Mini«, geschüttelt von lachenden Schluchzern, »so was kannst auch nur du bringen!«

Aber das war das erste Mal gewesen und nur weil Nina lieber Mascara und Lippenstift und Parfüm klaute … Mini konnte ihre Schachtel Tampons viel besser gebrauchen.

Dann hat Mini vergessen, wie gut es tut. Aber es tut gut! Es ist das Beste. Und jetzt fühlt sie sich wunderbar und vorher hat sie sich ein bisschen scheiße gefühlt. Jetzt wunderbar.

Ihr Rucksack ist gefüllter, ihr ist wieder warm, ihre Ohren endlich durchblutet. Ein paar Minuten später steht sie vor Konstantins Wohnungstür.

3

Und Mini versteht immer noch nicht, wie das gehen soll mit dem Älterwerden. Die Haut. Die Sache mit der Haut ist ihr das größte Rätsel. Sie sitzt und knetet ihre Wangen. Sie streicht über ihre Lippen und ihre Stirn und es ist alles ganz weich und fest und seltsam ungewohnt glatt, wegen der Creme, die sie in Konstantins Bad gefunden hat. Junge Haut. Und dann hat sie ein Foto gesehen von sich, von vor fünf Jahren und ihre Haut! Niemals hatte sie so glatte Haut! Nie!

Aber da – vor ihren Augen und direkt davor – der Beweis: das Foto und darauf ihre Haut. Das ist ihr so befremdlich: Sehr bald wird das alles grau und schlaff und mit feinen Linien übersät sein und wahrscheinlich noch weicher als jetzt, aber auf diese andere Art. Diese hängende, pudrige, matte, fein linierte, fein geäderte, fein behaarte Art. Wangen von mittelalten Frauen. Die kennt Mini. Und das will nicht in ihren Kopf, dass sie sie selbst einmal mit sich herumtragen wird. Aber doch, Mini, doch.

Mini – miniklein und blöd.

Philipp hat ihr gesagt, dass er sie liebt. Er hat das nüchtern gesagt und es war kein Sex im Spiel, also gibt es keine mildernden Umstände und das bedeutet, dass er es entweder ernst gemeint hat oder irgendetwas bewirken wollte, und weil Mini nicht wüsste, was, hat er es natürlich ernst gemeint.

Das Foto scheint hell in Minis Augen. Sie zoomt tief hinein in die feinen Poren von ihrer eigenen feinen jugendlichen Haut und sie weiß nichts mehr. Mini steht dort vor einem Einkaufscenter und schaut nicht gerade ernst, aber lächeln tut sie jedenfalls nicht und sie schaut in Ninas neue Kamera, Ninas Kamera, mit der Nina eine berühmte Fotografin werden wollte und die sie höchstens ein Jahr benutzt hat, nicht einmal regelmäßig. Mini mit ihren dunklen Locken und den dunklen Augen und ihrer kleinen Nase und bleichem, gelblichem, wunderschönem Gesicht bläst Rauch aus ihrem halb geöffneten und eigentlich noch kindlichen Mund. Eine Jeansjacke und ein dicker Schal und zwischen den Fingern die Zigarette. Da habe ich schon geraucht?, fragt Mini und fühlt sich komisch und wirklich ein wenig alt. Sie schiebt das Foto auf dem Bildschirm hin und her und zoomt raus und wieder rein und weil sie gerade an Philipp denkt und daran, wie merkwürdig doch alles ist, hätte sie beinahe Lust zu weinen. Aber wenn sie will, klappt es nie. Weinen kann sie nur bei Belanglosigkeiten und zur falschen Zeit am falschen Ort, nie, wenn sie wirklich Lust darauf hat oder wenn es angebracht wäre.

Ich liebe dich. Kitschig, kitschig.

Sie hat natürlich nichts zurückgesagt, so was tut sie nie und bereut es später. Aber was sich nicht ändern lässt, das lässt sich nicht ändern und jetzt kommt das Neue.

Mini hat seit Tagen Hunger. Sie könnte dagegen anessen und weiß trotzdem, dass es nichts bringen würde. Sie kennt diesen Hunger, der ist da und will nicht mehr gehen, bis sich etwas grundlegend geändert hat. Was genau, das kann sie nicht sagen, manchmal ist es unmöglich, diese Dinge herauszufinden, es kommt von alleine oder es kommt nicht, je nachdem.

Aber eine Zigarette, darauf hat Mini Lust. Sie lauscht, wie

es knistert, wenn sie einen Zug nimmt, ganz leise, und das Ploppgeräusch, das ihr Mund dabei macht, und fühlt sich ruhiger. Nicht gerade weniger nachdenklich, aber trotzdem versorgt.

Mini hört auf mit den Fotos, sie will an andere Sachen denken. In Gedanken ausgemalt:

Gigantisch schöner Körper mit genau den richtigen Makeln und sonst makellos, also perfekter als makellos, der wäre von Mini. Sie hat diesen Körper ganz für sich und dazu die richtigen Gedanken. Also solche, die sie glücklich machen und vielleicht nachdenklich von Zeit zu Zeit, aber nie so, dass es sie einschränkt, höchstens auf die interessante Art, die andere tiefgründig und intelligent finden. Und Mini hat ihren Körper für alles benutzt, wofür man so einen Körper benutzen kann, denn er funktioniert ja einwandfrei: Er ist immer bereit, wenn es bereit zu sein gilt, und braucht keine Vorwarnung und lange Aufwärmphasen, er ist da – jederzeit.

Sie könnte zum Beispiel fasten. Das soll die bemerkenswertesten Effekte haben und Mini malt sich aus, wie sie mit ihrem neuen Körper Interviews gibt auf YouTube-Kanälen vor Millionen und wie sie in der angenehmsten Stimme sagt, während sie an ihrer Zigarette zieht: ›Fasten hat mein Leben verändert. Es gab da diesen Moment, vor einem Jahr ungefähr, da ging es mir wirklich nicht besonders gut, meine Beziehung ist in die Brüche gegangen und ich bin umgezogen, weil ich einfach Abstand brauchte von allem, ich musste einfach weg, da habe ich viel geraucht und psychisch war ich halt total am Ende irgendwie. Und da hab ich das dann einfach mal ausprobiert, erst nur ein paar Tage und dann auch mal etwas länger und es war doll. Es war wirklich unglaublich, was das mit mir gemacht hat. Alles Gift hat meinen Körper verlassen, ich fühle mich so leicht und gesund. Ich bin ein neuer Mensch geworden, ich erkenne mich gar nicht wieder auf alten Bildern.‹

So etwas könnte sie sagen, zum Beispiel. Und dabei elegant an ihrer Zigarette ziehen und viel Schmuck tragen, vielleicht wie Dana, mehrere Schichten Kleidung übereinander, braune Haut, feine, muskulöse Arme, scharfe Wangenknochen. Sie hätte schwarz geschminkte Augen und wäre Selbstbewusstsein pur.

Mini raucht noch eine Zigarette und bekommt Bauchschmerzen.

Sie weiß auch gar nicht, ob das okay ist. Bei Konstantin herrscht so unglaublich viel Ordnung, man könnte meinen, sich in einem Hotelzimmer zu befinden. Er hat Mini seine Schlüssel gegeben und damit sein Zimmer und ist weggefahren, weil er dauernd wegmuss, und dieses Seminar geht zwei Wochen, das darf er natürlich nicht verpassen. Ein Seminar, eine Tagung, ein Kongress, er ist vielleicht auch schon berühmt in seinen Kreisen, wer weiß, ein hochbegabter Achtundzwanzigjähriger, mit sechzehn Abitur gemacht, obwohl er es auch mit fünfzehn hätte bestehen können, mit links. Er hat sogar eine Nespresso-Kaffeemaschine mit einer Auswahl an Kapseln. Mini hat mehrere verschiedene in die größte Tasse, die sie finden konnte, laufen lassen und dann Milch dazu geschüttet, sie fühlt sich rebellisch. Das ist nicht schwer in dieser Wohnung. Sie hat kein schlechtes Gewissen, weil sie in seinem übertriebenen Boxspring-Bett raucht, immerhin ist sie seine Schwester und er hat fast nicht mit ihr geredet, als er ihr die Schlüssel gegeben hat. Das hier ist ihre Rache. Vielleicht war er ihr böse, weil sie so lange nichts von sich hat hören lassen. Sie hat eben keine Muße.

Es gibt einen Plan für Minis Leben und sie weiß nicht, ob sie ihn einhalten kann. Sie fühlt keine großen Verpflichtungen gegenüber anderen Personen. Aber sie selbst, sie ist sich eine Verpflichtung. Was macht Mini mit einem Körper, den sie in die Nähe der 50-Kilo-Grenze gebracht hat, der von so vielen Menschen als schön empfunden wird, der ihr im Großen und Ganzen doch ganz gute Dienste leistet, auch wenn sie sich meistens krank fühlt, auf diese diffuse Art.

Mini hat so große Pläne und bis jetzt macht ihr Körper ja mit. Aktfotos auf Instagram, empowernde captions auf Instagram. Über 80 000 Menschen folgen ihr und sie fühlt sich wunderbar.

Sie hat eine collaboration gemacht mit einer kleinen Firma, die Schmuck verkauft. Geknüpfte Armbänder, silberne und goldene Kettenanhänger, handgefertigt und teuer. Mini musste nichts dafür tun, die haben ihr geschrieben, die haben ihr den Schmuck geschickt, kostenlos zu Elena nach Dresden, und dann hat sie zwei Fotos von sich mit silbernen Kettenanhängern und silbernen Ohrringen gepostet – schöne Fotos – und das Ganze in ihrer Story erwähnt und sie hat 500 Euro bekommen. Einfach so.

Jetzt sitzt sie im Bett und das Leben hat sich ganz heimlich von ihr entfernt. Unter den Achseln riecht sie nach Schweiß und Deoresten und sie starrt wie gebannt auf den Startbildschirm ihres Laptops, keine Fotos mehr.

Sie sucht im Internet nach einem Porno, aber alles, was sie findet, ist unglaublich albern. Affektiertes Stöhnen, rasierter Intimbereich, falsche Berührungen, unlogische Berührungen, unlogisches Stöhnen, nerviges Stöhnen, grauenhafte Dialoge.

Eine Stunde sucht sie mindestens und will es nicht wahrhaben, aber: schrecklich. Also kein Porno und sie hat nicht einmal mehr Lust, sich etwas auszudenken, also raucht sie noch eine Zigarette und verzichtet aufs Duschen und schaut alle ihre Instagram-Storys an, bis sie einschläft.

4

In Konstantins Wohnung gurgelt Konstantins Nespresso-Maschine und Mini schnippelt Obst in eine von Konstantins weißen Ikea-Schüsseln, streut zwei Löffel Haferflocken darüber, vier Mandeln, einen Löffel Honig und nennt es Müsli. Ihre Hände zittern.

Vor dem Spiegel im Flur schneidet sie sich selbst Grimassen und drückt ihr Kinn nach hinten und weiter nach hinten, aber egal wie stark sie drückt, sie kann kein Doppelkinn machen und das ist sehr gut. Sie probiert eine lange dunkelgrüne, weit geschnittene Hose aus Samt mit einem durchsichtigen Oberteil an und findet sich nicht gerade schön, weil sie keine Brüste hat, und überhaupt, sie findet sich eben nicht gerade schön, aber immerhin trägt sie ein durchsichtiges Oberteil und keinen BH und immerhin – das ist gewagt. Mini malt sich Muster mit goldenem Eyeliner auf die Stirn und trägt vier Ohrringe an jedem Ohr, denn sie hat auf beiden Seiten vier Ohrlöcher, und ihre Haare flicht sie wie die von Dana zu zwei dicken Zöpfen. Nur dass Minis Haare schwarz und lockig sind und nicht hellblond wie Danas und sie weiß auch, dass sie niemals mit allem mithalten kann.

Sie findet trotzdem, sie könnte sich jetzt gut fühlen, und postet ein Foto von ihrem Outfit in ihrer Instagram-Story.

Ich liebe dich, das ist doch albern, so was sagen Frauen in Cocktailkleidern und High-Heels bei *Sex and the City* und machen sich folgenlang Gedanken darüber, ob der Geliebte es »zurücksagen« wird. Und eine Generation später regen

Elenas sich darüber auf, weil es sexistisch ist. Kann doch niemand ernst meinen. Philipp würde wieder seine Hand auf ihren Oberschenkel legen, wenn sie nebeneinander irgendwo sitzen, er wäre nicht so schlau wie Elena, er würde sie nicht jeden Tag fragen: Und wie geht es dir eigentlich? Und dann einen gefühlsschwangeren Monolog erwarten und dass sie sich ihm öffnet.

Er tut Mini leid. Sie hat ein verdammt schlechtes Gewissen, weil sie ihn in Freiburg zurückgelassen hat und zu Elena nach Dresden gefahren ist. Vielleicht ging es ihr deswegen so schlecht in Dresden, weil sie untergründig ein schlechtes Gewissen hatte, Philipp gegenüber. Besonders schlecht fühlt sie sich, weil sie ihn so wenig ausstehen konnte am Ende, und dabei hat er ja nicht direkt, er hat ihr ja nicht direkt – nichts angetan. Er war nur er selbst und Mini kam nicht drauf klar, aber wahrscheinlich kam sie nur deswegen nicht drauf klar, weil sie mit sich selbst nicht klarkam. Und dann mit Elena, wo sie dachte, es wäre alles perfekt, hatte sie sich ja auch getäuscht. Nicht dass sie Elena nicht mehr mögen würde, sie hat sie immer noch wirklich, wirklich gern, nur diese Anschuldigungen, diese Überfürsorglichkeit, diese Besserwisserei. Elena, der Gutmensch, macht alles richtig, will allen helfen, ganz besonders Mini. Hängt ihr irgendwelche psychischen Störungen an, pathologische Verhaltensmuster, von denen Mini selbst noch gar nichts weiß, und beginnt dann mit der Therapie im eigenen Wohnzimmer. Elena mit Zigarre im Mund und Mini auf dem Sofa, Tuch über dem Gesicht, so, jetzt machen wir schön ein bisschen Psychoanalyse und dann wird alles wieder besser. Und alles ist politisch und alles ist so wichtig und es ist so wichtig, was wir sagen und wie wir es sagen, und ich nehm dir das ja gar nicht übel, wenn du aus Unwissenheit mal was Falsches sagst, Mini, aber du musst schon wissen, es verletzt ja trotzdem Leute und darüber musst du dir im Klaren sein, aber wie gesagt, ich liebe dich trotzdem sehr und ich nehm es dir wirklich nicht übel.

Dann soll er halt kommen. Dann soll er eben seine Hand auf ihrem Oberschenkel haben, sie können es ja noch mal probieren.

5

Mini und Philipp schauen sich fünf Wohnungen an, alle unglaublich günstig, alle gut gelegen. Eine Woche zuvor hat Philipp die Zusage zu einem neuen Job erhalten. Er wird drei Tage die Woche runterfahren nach Markkleeberg und persönliche Assistenz bei einem Anfang Sechzigjährigen mit Multipler Sklerose machen. Philipp war total begeistert, als er ihr davon erzählt hat, er meinte, es sei wirklich ein Glücksgriff. »Der Typ ist so interessant«, sagte er, »und ne krasse Lebensgeschichte, echt. Er war sogar Professor für – äh – nicht Biochemie? Aber irgendwas Naturwissenschaftliches auf jeden Fall und kürzlich ist seine Frau gestorben und jetzt braucht er halt Unterstützung. Aber echt krass. Krasses Schicksal.« Mal sehen, wie lange er das durchziehen wird. Mini will nicht immer so blöd von Philipp denken, sie glaubt auch, dass er es gut machen wird, er kann eigentlich gut mit Menschen, aber irgendwie. Länger als drei Monate die gleiche Stelle? Irgendwie traut sie es ihm nicht zu.

Mini hatte Angst, Philipp würde mit ihr zusammenwohnen wollen, das wäre ihr zu viel, sie hat keine Lust, wieder Tag und Nacht um ihn sein zu müssen. Weil sie keinen unnötigen Konflikt provozieren wollte, hat sie ihn nicht direkt gefragt. Sie hat nur vorgeschlagen, nachdem sie drei Wochen auf Untermiete in einer Ein-Raum-Wohnung übereinandergelegen hatten, dass sie ihm bei der Wohnungssuche helfen könnte, denn sie bräuchte ja auch selber etwas. Er hat nichts von Zusammenziehen erwähnt und Mini war erleichtert und jetzt schauen sie sich gemeinsam Wohnungen an. Mini und Philipp, Hand in Hand, Arm in Arm, flüsternde Zweifel in Minis Ohr, aber ist schon gut, sie hat alle Zeit der Welt, wenn sie sich von ihm trennen will, dann kann sie das machen, ist ihre Entscheidung. Nur: solche Entscheidungen will sie von sich fernhalten, deshalb wartet sie. Mit seiner Hand auf ihrem Oberschenkel.

»Also, ich fand die im Dachgeschoss ziemlich geil«, sagt sie und Philipp sagt, dass es da ganz schön heiß wird im Sommer und im Winter kalt, aber dafür der Ausblick und so.

»Welche fandest du denn am besten?«, fragt Mini ihn.

»Hm, also die beiden Erdgeschoss-Wohnungen fand ich bescheuert, kein schöner Boden, da schimmelt es wahrscheinlich jeden Winter aufs Neue. Ich glaub, so alles in allem, hm, wahrscheinlich diese Anderthalb-Zimmer-Wohnung mit dem Balkon noch und der fertigen Einbauküche, ich meine, ganz ehrlich, du hast ja wohl auch nicht so Bock, dich jetzt auch noch um ne neue Küche zu kümmern.«

Mini nickt. Sie fragt: »Willst du denen schreiben?«

»Ach, ich würd's auch dir überlassen. Also die Wohnung, die Wohnung würde ich auch dir überlassen.«

Er trommelt mit den Fingern auf seiner Brust herum. Ist er nervös? Warum ist er nervös?

Mini schüttelt den Kopf. »Nee, Quatsch«, sagt sie und schüttelt noch mal den Kopf.

»Du brauchst doch auch ne Wohnung?« Sie schaut ihn mit gespitzten Lippen an, lächelt verwirrt: »Wo willst du denn sonst wohnen?«

Philipp macht große Augen. Er kratzt sich hinten am Hals und streckt die Hand nach Mini aus. Eine große, warme

Hand, schmale Finger, er hätte wohl Klavierspieler werden können. Mini nimmt sie zögerlich, wartet auf seine Antwort.

»Hm, na ja. Ich weiß doch noch gar nicht, wie lange ich jetzt hier in Leipzig bleibe, das kann ich so genau ja gar nicht sagen«, er drückt ihre Hand. Minis Hand erschlafft in seiner, sie muss sich anfühlen wie ein kaltes Stück Fleisch, ganz leblos. Was?

Mini fragt ihn, was das soll, und: »Damit rückst du jetzt raus? Wir schauen uns seit anderthalb Wochen Wohnungen an! Ich dachte, du suchst auch? Was ist mit deinem neuen Job?«

Sie dachte, sie würde ihm bei der Suche helfen und er ihr.

›Ich weiß ja noch gar nicht, wie lange ich in Leipzig bleibe.‹ Sie versucht zu lächeln. Perplex lächeln, aber da kommt keine Belustigung, sondern nur Wut oder was es sonst noch so gibt an nervigen, kontraproduktiven Gefühlen. Mini zieht ihre Hand weg.

Er sagt: »Okay, ähm … Sorry? So ganz genau haben wir da jetzt auch noch nicht drüber gesprochen und der Job ist ja erst mal eine Übergangslösung und ich bin schon fast einen Monat hier. Ganz ehrlich, ganz, ganz ultramegaehrlich: Mal kommt es mir so vor, als würdest du dein Leben mit mir verbringen wollen, dann bist du wieder tagelang weg und wohnst bei Konsti oder wo auch immer und das wäre okay, wenn du mir trotzdem irgendwie mal sagen würdest, was Sache ist.«

Sie stehen mitten auf dem Gehweg vor dieser letzten Wohnung, vor einer, die Mini scheußlich fand. Eine Straßenbahn fährt vorbei, vollgestopft mit Kopfhörern und leuchtenden Handydisplays.

Mini soll sagen, was Sache ist. Aber die Sache ändert sich

doch ständig? »Also, ich dachte ja, die Sache wäre so: Wir sind zusammen, wir sind ein Paar, Philipp und ich sind ein Pärchen und wir wohnen in der gleichen Stadt und helfen uns jetzt gegenseitig bei der Wohnungssuche und ich dachte, jetzt hast du sogar Arbeit hier und ich suche mir auch was Besseres, weil mein Job scheiße ist.«

Sie geht nach hinten und lehnt sich an die Hauswand, die Hände steckt sie hinter den Po, sodass sie auf dem schmalen Vorsprung in der Fassade liegen. Sie betrachtet Philipp. Er hat sich die Haare geschnitten und etwas zugenommen. Er sieht so gut aus, dass er ein Schauspieler sein könnte. Er könnte in einem amerikanischen Film einen sexy Aussteiger spielen, der irgendwo in den Rocky Mountains mit seiner sexy Frau und seinen drei wilden rothaarigen Kindern eine Hütte aufbaut.

Lauter Aufnahmen von der blonden Frau in kurzen Cargo-Hosen und immer ein bisschen von ihrem flachen Bauch zu sehen, gebräunte Oberarme, schlank, trainiert.

Lauter Aufnahmen von ihm: oberkörperfrei oder im karierten Hemd, schmutziges Hemd, kurzer Vollbart und stechend blaue Augen. Verschwitzt und dreckig. Sein Charakter wäre natürlich ganz anders als der vom echten Philipp. Viel aufmerksamer und liebevoller und nicht so egoistisch.

»Ja«, sagt Philipp und sagt, er würde ja jetzt auch nicht sofort abreisen wollen oder so. Er guckt eindringlich. Stechend blaue Augen direkt vor ihrem Gesicht. »Es ist halt einfach riskant für mich, jetzt so einen richtigen Mietvertrag zu machen und eine eigene Wohnung zu haben.«

»Riskant?«

»Ach, Mensch, du weißt schon, das ist viel zu absolut, zu unwiderruflich, so, so … Das will ich gerade nicht, das kommt mir gerade falsch vor. Ich bin eh froh für dich, wenn du deine Traumwohnung gefunden hast, Mini. Aber ich selbst würde mir jetzt halt erst mal eine Zwischenmiete für zwei, drei Monate suchen, weißt du.«

»Ehrlich jetzt?«

»Komm schon. Die im Dachgeschoss ist echt nicht schlecht, die fände ich zum Beispiel super«, er kratzt wieder seinen Hals und hinterlässt rote Streifen auf der Haut. »Also für dich«, setzt er hinterher.

»Ja, für mich wäre die super.« Mini dreht den Kopf nach links und beobachtet eine Weile den Straßenverkehr. Dann seufzt sie und schlägt vor: Nach Hause fahren? Philipp will sie umarmen und sie tut so, als würde sie es nicht bemerken, und geht an ihm vorbei auf die Haltestelle zu.

Sie hat zweimal für je drei Tage in Konstantins Wohnung geschlafen, nachdem sie sich die Zwischenmiete gesucht haben. Ist das wirklich so viel?

Zu lange mit Philipp im gleichen Zimmer, im gleichen Bett, in der gleichen Dusche, das lässt sie verrückt werden und sie bekommt körperliche Reaktionen davon. Richtige spürbare Reaktionen ihres Körpers. Juckreiz überall, Pickel auf dem Rücken, einen steifen Nacken. Negative Energie. Genau wie Leo gesagt hat, genau wie Kathi gesagt hat: Sie bekommt diese negativen Gedanken und es ist alles eine Frage der falschen Energien, denn Philipps Vibes, das ist ein ganz klassischer Fall von falscher männlicher Energie und so was bringt Krankheit. Sie kann noch so sehr versuchen, dagegen anzukämpfen, es ist schwierig. Immerhin hat sie ein Stück weit zu sich selbst gefunden.

Mini hat Philipp angeboten, mit ihm zu meditieren, um in ein anderes Mindset zu kommen, und er hat natürlich Ja gesagt, weil er das liebt: meditieren, rumhängen, Sex haben, Yoga, Räucherstäbchen, kiffen. Aber sie hat die ganze Zeit diesen Widerstand gespürt. Da war irgendwas, irgendein Brocken, ein riesiger Findling, den sie nicht aus dem Weg räumen kann, schon gar nicht, solange Philipp sich von der anderen Seite dagegen lehnt.

Gut, dann ist sie eben manchmal weg und nicht ununterbrochen um ihn herum und das ist normal, das weiß er selbst. Aber er könnte auch an sich arbeiten, er könnte auch etwas tun, das ihnen beiden helfen würde, indem er seine eigenen Energien reinigen würde. Sie arbeitet an sich und arbeitet ständig an sich und ihr ist es egal, was andere machen, aber das hier, das geht sie etwas an, weil, so eine Beziehung, eine Zweierbeziehung – was ist so was überhaupt? Es ist eine Art Zusammenspiel und Verschmelzen und natürlich muss nicht immer alles perfekt abgestimmt sein, aber damit es wenigstens ein bisschen funktioniert, braucht es doch beidseitigen Einsatz. Mini hat jetzt ihren Kopf auf Philipps Schulter und starrt ins Straßenbahnfenster. Sie sagen beide nichts. Wahrscheinlich hat er das Gespräch schon vergessen, weil es für ihn nebensächlich ist.

Dann ringt Mini sich zu etwas durch. »Okay, also die mit dem Balkon, meinst du?«

Er bewegt seinen Kopf über ihr, sie kann sein Gesicht nicht sehen, nur den Wollmantel, der unter ihrem Kinn Falten wirft. »Ja, die fand ich am besten, glaub ich.«

Mini richtet sich auf und sagt, gut, eigentlich ist die wohl wirklich besser als die Dachgeschosswohnung, sie schreibt ihnen noch heute Abend. Nachdem sie das gesagt hat, fühlt sie sich wie nach einem ausgiebigen Saunagang. Ihr Kopf ist wattiert und ihre Arme und Beine werden von massiven

Gewichten nach unten gezogen. Gut. Sie fühlt sich toll. Als hätte sie etwas unwahrscheinlich Großartiges ganz alleine erreicht.

Ihr Handy vibriert in ihrer Tasche. Zweimal kurz hintereinander, das ist Instagram. Als sie hinter Philipp die Treppe zur Wohnung hochläuft, schaut sie unauffällig nach, Philipp hasst es, wenn sie in seiner Gegenwart am Handy ist. Dann fühlt er sich vernachlässigt, er braucht immer Aufmerksamkeit, wie ein kleines Kind. In ihren Insta-Messages findet Mini eine Kollaborationsanfrage von einem Unternehmen namens casensual. Sie werben mit einer modernen und spirituellen Ausrichtung, verkaufen unter anderem Lingerie und Yoga-Tools. Und produzieren alles nachhaltig und Fairtrade und so weiter. Sie wollen Mini Samples schicken, die sie testen und in ihren Storys posten kann. Mini sagt zu, noch während sie sich die Treppe hochkämpft.

Als sie hinter Philipp oben vor der Wohnungstür ankommt, ist ihr schwindlig. Es ist fast sechs Uhr abends und sie hatte nur zwei Scheiben Toast mit Hummus zum Frühstück. Mini hält sich am Türrahmen fest, um nicht umzufallen, als sie sich die Stiefel auszieht, und geht langsam nach drinnen, wo sie vom Sofa erwartet wird.

Nach dem Abendbrot und nach der Doku über eine portugiesische Gemeinschaft von Menschen, die bei Faro nach der Erleuchtung suchten und sie anschließend in Form eines naturverbundenen Lebens in der Sonne gefunden haben, nach dem Sex mit Philipp, liegt Mini wach im Bett und kann nicht schlafen. Will auch nicht schlafen. Sie ist aufgeregt. Oder nervös, genau kann sie das nicht beurteilen. Jedenfalls pocht ihr Herz ganz heftig und manchmal macht es einen kleinen Hüpfer – einen Ausrutscher – und dann muss sie an die Herzneurose denken, die sie ganz alleine und nur durch ihre Willenskraft besiegt hat. Mini hält die Augen fest verschlossen. Etwas zu sehen, Schatten in dem dunklen Zimmer auszumachen, das würde ihr jetzt den Rest geben. Sie fühlt Philipps Arm an ihrem Bein. Er ist heiß und schwer. Mini liegt auf dem Rücken, wie eine Puppe. Wie eine steife unbewegliche Puppe, einfach abgelegt und vergessen, und bis morgen früh darf sie sich nicht bewegen. Sie atmet tief ein und aus und spürt nach und wird immer aufgeregter, geht irgendwann auf Klo und pinkelt, sitzt und starrt und hört ein Rauschen in den Ohren. Zurück im Bett, lauscht sie Philipps leisem Atem neben sich, ganz unregelmäßig – ist das normal? Dann schläft sie doch noch ein.

6

Und so ist es also, das zu sein, von dem andere träumen.

Das ist so: Sie lebt ihr Leben und macht nichts Besonderes, nichts, was andere nicht auch tun würden. Macht pubertären Scheiß, aber auf die ästhetische Art. Was Mädchen halt so machen. Subtile Selbstverletzung, salonfähiger Abfuck, gewachster Intimbereich und Essstörungen.

Und dann lädt sie ein paar Fotos auf Instagram hoch und ein paar Aktbilder von sich, Portraits auch, 50 Kilo, gelbe Zähne. Macht hier eine collaboration und dort etwas Werbung, unbedeutendes Zeug. Und – schwupps – Mini ist berühmt.

Vielleicht hätte sie es gar nicht gemerkt. 200 000 folgten ihr auf Instagram, dann 250 000 und morgen 300 000 und so weiter. Sie ist das, wovon andere träumen. Sie ist die Wichsvorlage von all diesen Männern und ihre Figur der feuchte Traum von Tausenden Mädchen und jungen Frauen mit gewachstem Intimbereich. Mini starrt auf ihr Handy. Macht es aus, legt es weg, macht es wieder an, starrt, scrollt, starrt, scrollt, starrt.

Sie zeigt es Philipp und Philipp sagt: »Oha. O Gott. Ich wusste gar nicht, dass du Instagram hast«, und findet sich wohl sehr witzig.

»Ich bin eben hip. Wohl weil ich tausend Jahre jünger bin als du.«

»Millionen.«

»Und jetzt?«

»Jetzt wirst du Influencerin. Heißt doch so?«

»Klar heißt das so. Bin ich ja auch schon, irgendwie. Aber nicht so. Fuck. Scheiße Mann.«

Einmal dachte Mini, dass sie blind wird. Da war sie dreizehn vielleicht oder vierzehn und weil sie Pia nichts erzählen wollte, hat sie es mit Konstantin besprochen. Sie war sich sicher, dass sie erblinden würde, weil sie so gut hören konnte. Sie konnte besser hören als alle anderen. Sie konnte hören, wie sich Armhärchen bei Kälte aufstellten, wie ein Magen ganz leise grummelte, wie zwei Schweißtropfen heimlich einen Nacken hinunterliefen, das konnte sie hören. Sie hatte es so weit durchdacht, sie hatte herumgerätselt. Und schließlich die Erkenntnis, die ihr selbst den Schweiß in den Nacken trieb und ihre eigenen Haare sich aufstellen ließ: blind. Der Hörsinn versuchte, den schwindenden Sehsinn auszugleichen. Ihr Körper bereitete sich auf das Unvermeidbare vor. Bald würde sie höchstens noch verschwommene Umrisse erkennen können, dann diffuse Schatten, später nichts. Für immer Schwarz vor Minis Augen.

Konstantin: »Blind?!«

Mini: »Ja, blind. Ich bin mir sicher.«

»Aber MINI. Mini, Mini. Man wird nicht einfach blind, das muss dir doch klar sein?«

»Natürlich wird man nicht einfach blind. Ich bin ja nicht bescheuert. Wenn ich sage, ich habe gründlich darüber nachgedacht, dann meine ich, dass ich gründlich darüber nachgedacht habe.«

Skeptischer Blick. Wohlwollendes Lächeln – leicht gequält. »Hm, hm.«

»Ich bin nicht normal, Konsti. Ich höre viel mehr als andere, weißt du. Wirklich! Schau mich nicht so an. Ich sitze im Bus und ich höre, wie dem Mädchen neben mir der Schweiß den Rücken runterläuft und wie der Typ ganz hinten eine Gänsehaut bekommt, weil das kleine Fenster auf ist und kalte Luft reinweht. Das denk ich mir doch nicht aus. Ich höre das und ich hab sogar geübt. Ich werd immer besser.«

»Genau. Genau, und was hat das jetzt mit deinen Augen zu tun, Mini?« Er schaute herausfordernd und nickte mit dem Kopf, als hätte er die richtige Antwort gegeben.

»Mal abgesehen davon, dass sich das alles echt krank anhört und jeder halbwegs vernünftige Arzt dich sofort in die Klapse stecken würde, bei deinen Gehirngespinsten.«

»Und uns haben sie erzählt, du wärst hochbegabt, Konsti. Kannst du deine herausragenden geistigen Fähigkeiten nicht mal sinnvoll nutzen, vielleicht?«

»Also?«

»Also, ich wusste es ja selbst lange nicht. Ich wusste, es ist nicht normal, so gut zu hören, und dass andere viel weniger hören. Ich wusste aber nicht, warum ich so gut höre. Vielleicht wär es mir auch nie eingefallen, wenn ich nicht diese Eingebung gehabt hätte. Das war wirklich ein wahnsinniger Geistesblitz, Konsti! Abgefahren, total abgefahren.«

Sie schaute zu Konstantin rüber, dessen Miene ihm langsam zu entgleiten drohte.

»Aaalter, es ist einfach so gekommen, so … wie reingeschossen in meinen Kopf und da wusste ich es: Ich erblinde. Mein Augenlicht geht mir verloren, Stück für Stück, und meine anderen Sinne übernehmen die Aufgabe meiner Augen. So ist das, wenn man blind ist. Man kann zwar nicht mehr sehen, aber du glaubst ja gar nicht, wie gut Blinde sich zurechtfinden im Alltag. Die hören alles. Alles! Und mit diesem Hörsinn können die alles um sich herum ausmachen und orten und so. Wenn sie einen Menschen nicht sehen, dann hören sie ihn eben kommen und erkennen an der Stimme, wer es ist oder so. Oder sie ertasten es. Jedenfalls checken sie alles genau wie wir.«

»Boah ey, Mini, du bist durchgeknallt.«

»Ich bin nicht durchgeknallt! Ich habe mich übrigens auch damit abgefunden, bald nichts mehr sehen zu können.«

Dabei beließen sie es.

Und dann hat Konstantin ihr noch erzählt, dass er weggehen würde, wahrscheinlich wegen ihrer Verrücktheit oder Pias Gleichgültigkeit oder Starkes Stiefväterlichkeit, aber er konnte sich das natürlich leisten, wegzugehen, er war hochbegabt.

»Ich wollte dir auch noch was erzählen.«

»Ja?«

»Ich hatte doch diesen Test in der Schule, den IQ-Test?«

Er sah ein bisschen stolz aus, aber im Großen und Ganzen gab er sich doch Mühe, möglichst gleichgültig zu wirken.

»Ich hatte ein ganz gutes Ergebnis da. Und – ähm – also mir wurde angeboten, die Schule zu wechseln …«

»Okay?«

»Ich habe verschiedene Schulen zur Auswahl und die meisten sind relativ weit weg und ich dachte, wenn die sowieso schon alle so weit weg sind, dann ist es doch auch egal, ob ich vier Stunden von zu Hause wohne oder acht. Das dachte ich.«

»Das dachtest du also.«

Mini ließ sich nichts anmerken. Sie meinte aber, einen leicht erhöhten Pulsschlag zu vernehmen, irgendwo hinter

Konstantins linker Brust. Und als sie zu Boden schaute und so tat, als würde sie ihn gar nicht mehr beachten, da hörte sie ganz deutlich, fast als würde er es ihr ins Gesicht schreien, wie seine Augenlider flatterten. Augenlider können aus unterschiedlichen Gründen flattern, überlegte Mini, sie flattern vor Aufregung, sie flattern, um Tränen abzuwehren, sie flattern, wenn ein kleines Insekt ihnen in den Weg kommt. Manchmal flattern Augenlider auch einfach so. Es ist dann aber eher ein Zucken als ein Flattern. Und was war Konstis Flattern? War es Flattern oder Zucken?

»Ich sprech noch mal mit Pia drüber. Ich will nach Bayern ins Internat. Die haben da alle möglichen coolen Möglichkeiten.«

»Möglich.«

Ein Flattern war es. Eindeutig Flattern.

Mini beschloss, die Haut rund um ihre Fingernägel zu begutachten. Am Mittelfinger rechts schob sie die Nagelhaut etwas zurück. Mini hatte damals einen Lehrer, einen Biologielehrer, einen Herrn Lachse, der hatte so viel Nagelhaut, dass fast keine Fingernägel mehr da waren. Seine beiden Daumennägel waren komplett von Nagelhaut überzogen. Es sah fürchterlich aus und seit Mini es das erste Mal gesehen hatte, schob sie morgens nach dem Aufstehen, im Bus zur Schule, in der Frühstücks- und Mittagspause, im Bus nach Hause und abends nach dem Zähneputzen die Nagelhaut an allen ihren Fingern zurück.

Manchmal kam es auch einfach so über sie und sie erinnerte sich an Herrn Lachse und seine nagellosen Daumen und dann musste sie einfach, ob sie wollte oder nicht, dann musste sie ihre Nägel anschauen und hier und da ein wenig schieben.

Konstantin schaute ihr zu. Er tat so, als würde er gleich aufstehen. Er stand aber nicht auf.

»Warum machst du das die ganze Zeit, Mini?«

»Was?«

»Du pulst dauernd an deinen Nägeln rum?«

»Ach so. Das ist Nagelpflege, im Prinzip. Ich pass nur auf. Kennst du Herrn Lachse?«

»Ja klar. Den hatte ich mal in Physik für zwei Jahre.«

»Dann kennst du auch seine Fingernägel?«

»Keine Ahnung, was ist mit seinen Fingernägeln?«

»Das ist dir nicht aufgefallen?! Alter, Konsti, du bist echt der verpeilteste Hochbegabte, den ich je gesehen habe.«

Mini weiß nicht genau, wie lange das mit dem Erblinden sie beschäftigt hat. Spätestens als sie die Mittelohrentzündung hatte, mit fünfzehn vielleicht, da muss es aus gewesen sein. Aber sie weiß, dass sie sich manchmal Sachen einbildet und sich außerdem meistens viele Gedanken macht und vielleicht andere Gedanken als andere Leute.

Philipp sagt: »Ich finde, du solltest den Account löschen und erst mal klarkommen.«

»Ja. Oder … ich könnte zwei Wochen offline gehen!«

Philipp versteht keine Ironie. Er sagt: »Genau, das ginge auch«, und Mini muss lachen:

»Du bist bescheuert oder? Hast du das schon mitgekriegt: Wir schreiben das Jahr Zweitausendsonstwas, die Straßen sind gefüllt mit nach unten schauenden Gestalten. In den Händen halten sie seltsame, schwarz glänzende Tafeln, manche bunt verziert. Wir setzen uns in eine Straßenbahn und blicken uns um: Um uns herum sitzen nach unten schauende Gestalten, in den Händen halten sie …«

»… ihre selbst auferlegten Handfesseln, die Überwachungsapparate unserer Gesellschaft, ihre verschlossene Gefängniszelle und den Schlüssel dazu in einem, aber entscheidet sich auch nur einer von ihnen für die Freiheit?«

»Nicht eine!« Sie grinst ihn an. »Und ich ganz bestimmt nicht. Mein Handy ist mein Leben. Leh-benn. Mal abgesehen davon: Ich werde reich und berühmt!«

»Ist nur eine Illusion. Das ganze Leben ist nur eine Illusion. Aber wenn's dich glücklich macht.«

Mini ist das, wovon andere träumen. Ihre Augen funktionieren besser denn je. Ihre Kopfschmerzen verschwinden nach ein oder zwei Ibuprofen, ihren Kaffee trinkt sie grundsätzlich schwarz, manchmal ist es lustig, dieses schwindlige Kurz-vorm-Umkippen-Gefühl. Noch einmal auf den Text starren, diese E-Mail. Das hat sie trotzdem nicht erwartet.

hi mini :)
wir von casensual bieten dir hiermit einen vertrag für die kommende winterseason an. wie du sicher schon auf unserer website gelesen hast, sind wir eine gemeinnützige organisation mit schwerpunkt auf moderner spiritualität, selbstliebe und openmindedness. weil wir uns an ein junges und vor allem femme publikum richten, brauchen wir für die ausdehnung unserer reichweite frauen wie dich. wir suchen good souls mit altruistischer self-confidence.
bei der kampagne, die wir für die winterseason geplant haben und natürlich noch eigens auf dich zuschneiden werden :), handelt es sich um kurze videos, die wir vor allem auf unserer website und als online werbung (youtube, insta) veröffentlichen werden, sowie fotos. außerdem würden wir mit dir über regelmäßige posts auf deinem

insta account reden wollen. du wärst also das gesicht und vor allem der spirit und das idol unserer kampagne. die beste freundin und große schwester unserer kundinnen.

Sie schreiben von Minis Potenzialen und Minis Selbstvertrauen, ihrer Reichweite, mit der sie etwas Gutes bewirken kann, wenn sie es eben will. Ein Unternehmen für Lingerie, teure Slips, teure BHs ohne Bügel und mit viel Spitze, teure Socken, teure Strumpfhosen, Leggings, Kniestrümpfe. Als Mini die erste collab mit casensual gemacht hat, bekam sie zwei Sport-BHs und zwei Leggings zugeschickt. Außerdem drei kleine Schachteln, alle hell und in Erdtönen. In einer befand sich eine weiße Duftkerze, die einen etwas penetranten seifigen Geruch verströmte und mit schraubenartigen Rillen verziert war. Aus den anderen beiden zog Mini Räucherstäbchen, beide irgendeine Zitrusnote, nicht so wirklich ihr Ding, aber drei oder vier hat sie trotzdem angezündet.

Und irgendein Teil der Erträge geht an … geht an so und so. An indische Frauen? An Frauen aus Afrika? Das ist Mini natürlich nicht egal, das findet sie toll. Sie könnte skeptisch sein, wie es sich gestaltet. Ist das viel Geld, das da gespendet wird? Ist das nur eine Marktmasche?

Aber sie fühlt ganz eindeutig: Es passt. Im Großen und Ganzen passt es. Sie erfüllt die Anforderungen. Sie ist erfolgreich auf Instagram. Menschen, Frauen, Mädchen mögen sie und liken ihre Fotos und sind bestärkt durch ihre captions. Und manchmal zündet sie Räucherstäbchen an. Manchmal auch Duftkerzen. Und sie meditiert viel und macht Yoga, das ist ihr Lifestyle. Es passt.

Philipp hat sich die Mail jetzt durchgelesen. Er ist ganz unten hängen geblieben: »What the fuck«, sagt er leise. Dann laut: »Scheiße, echt jetzt?! Das hast du schon auch alles gelesen hier unten, Mini? Das hast du schon auch gelesen?« Er drückt ihr das Handy beinahe ins Gesicht, so nah hält er es Mini unter die Augen.

Mini schüttelt sich und macht einen Schritt zurück. »Ja, hab ich gelesen, ich weiß, Mann, das ist es doch. Das ist doch das eigentlich Krasse.«

»Ja«, sagt Philipp, »ja, das ist krass.«

Dann legt er das Handy weg und schaut Mini an. »Alter. Wenn du dir das jetzt ausrechnest. Also fünfzehntausend pro Post, dann noch Geld für die Videos, ich meine, das ist Werbung, Alter, *Werbung*, damit machen Menschen richtig Kohle, wenn du dir das ausrechnest. Plus die Fotos auf deren Website und so weiter und so fort und du bist die Hauptfigur da. Das sind bestimmt ...«, er legt den Kopf in den Nacken und beißt auf seiner Unterlippe herum, starrt angestrengt, »locker über Hunderttausend am Ende könnten das sein. Plus«, setzt er hinterher, »plus, dann bist du bekannt. Ich meine, *dann* bist du echt bekannt.«

Mini nickt nur vor sich hin und will nicht weiter darüber reden. Es gibt ihr ein komisches Gefühl. Ein Huch-oh-Gott- und Stimmt-das-jetzt-so-Gefühl. Und Blubbern im Darm.

7

Sie nimmt die Wohnung mit Balkon. Sie hat keine Möbel zum Einrichten, aber auf Ebay-Kleinanzeigen findet sie einen Tisch, sie findet einen Schrank, ein paar Stühle, sie kauft eine Matratze bei Ikea und ein Bettgestell. Philipp hilft ihr beim Transport, sie leihen sich ein Auto aus und er fährt sie von einer Ebay-Adresse zur nächsten. Sie ist ihm dankbar und sie ist ihm böse, weiß aber, dass sie kein Recht darauf hat, wütend zu sein. Deswegen reißt sie sich zusammen. Zwischendurch wundert Mini sich, wie merkwürdig sich alles entwickelt. Plötzlich bekommt sie Geld, wenn sie Beiträge auf Instagram postet und Unternehmen erwähnt, die ihr vorher Testprodukte zugeschickt haben. Plötzlich kündigt sie bei Biomare, denn das Geld braucht sie nicht und Zeit hat sie auch nicht. Sie macht Fotoshootings und Live-Streams auf Instagram, in denen sie gemeinsam mit Hunderten Followerinnen meditiert. Sie hat auch mit Kathi ein ritual-Treffen gestreamt und es kam so gut an, dass sie schon das nächste planen. Plötzlich ist sie das Gesicht von casensual und überall auf Instagram zu sehen. Plötzlich schreiben ihr Menschen und fragen um Rat und sie weiß gar nicht, wohin mit sich, sie muss die Nachrichtenfunktion deaktivieren, weil sie sonst überflutet wird und keine Luft mehr kriegt.

Plötzlich hat sie eine eigene Wohnung, plötzlich ist sie nicht mehr in Frankreich, nicht mehr in Freiburg, Dresden oder Hamburg, plötzlich ist sie bei sich zu Hause und dann ist plötzlich Philipp weg.

Er fährt eine Woche nachdem Mini das letzte unentbehrliche Möbelstück in ihrer Küche platziert hat: ihr Küchenregal. Helles Holz, glatt abgeschliffen mit leichter Maserung. Er verabschiedet sich so liebenswert von ihr, dass sie für einen Augenblick daran zweifelt. Sie denkt kurz: Das soll ein Abschied sein? Er ist morgen wieder da. Wer sich so verabschiedet, ist morgen wieder da. Aber anscheinend war der Mann in Markkleeberg ihm doch nicht interessant genug oder Mini war ihm nicht sicher genug oder auch möglich, dass sie ihm die falschen Gefühle entgegengebracht hat. Vielleicht kommt er nicht darauf klar, dass sie selbstbestimmt handelt. Sie steckt jetzt natürlich schon viel Energie in ihre Arbeit.

Jedenfalls ist er dann weg. Weg, weg, weg.

Seit vier Tagen kein Philipp mehr und nur noch Mini und ihre neue saubere Wohnung mit Räucherkerzenduft und etwas Zigarettenrauch in der Luft.

Als sie sich gerade ihre Stiefel anziehen will und sich beeilt, weil sie spät dran ist für ein Fotoshooting mit einer Fotografin, einer bekannten Fotografin noch dazu namens Juls Ice, klingelt ihr Handy. Sie wirft einen flüchtigen Blick auf das Display – wie sie nur noch flüchtige Blicke wirft in letzter Zeit – und sieht Elenas Namen aufleuchten. Das Handy vibriert in ihrer Hand. Quälend langsam schiebt Mini ihren Daumen nach links und das Klingeln verstummt. Sehr flüchtig (flüchtig, flüchtig) denkt sie: Ich habe El weggedrückt. Ich hab sie einfach weggedrückt. Und dann schnürt sie den zweiten Stiefel zu und wirft sich ihren dicken Wollmantel über, der fast bis zum Boden reicht, und verschwindet in den grauen Winterabend.

Mini fährt meistens Straßenbahn, sie würde auch das Fahrrad nehmen, aber irgendwie fehlt ihr die Energie. Warum, weiß sie nicht, und im Moment will sie sich weniger Gedanken um ihre körperliche Gesundheit machen, weil ja doch alles ziemlich gut funktioniert, und sie weiß, dass es letztendlich alles eine Frage des Geistes ist. Gesunder Geist ist gleich gesunder Körper. Deswegen nimmt sie ihre Energielosigkeit hin und fährt Straßenbahn und sie vertraut auf sich selbst. Wenn sie zu sich gefunden hat – und sie ist nah dran –, wird sich alles von alleine regeln.

Die Straße ist wie leer gefegt, wohl, weil es so kalt ist. Und Mini überkommt der Wunsch, umzudrehen und sich unter ihrer Bettdecke zu verstecken. Sie will zurück in die Wärme, so schnell es nur geht. Aber ihr Pflichtbewusstsein sagt ihr: nein, Mini. Und sie weiß, dass dieses Fotoshooting nicht nur ein Fotoshooting ist, es ist Teil ihrer Aufgabe und ihre Aufgabe ist es, etwas Gutes zu tun. Da ist sie nun, kleine Mini, nicht größer als vorher, aber trotzdem riesig, und alle schauen ihr zu.

Vereinzelt kann sie Gesichter ausmachen unter dicken Wollmützen oder Kapuzen, die sich kaum merklich drehen. Die Welt schaut sie an. Passantinnen drehen sich nach ihr um. Jugendliche schauen von ihren Handys auf. Sie wollen es diskret tun, sie wollen nicht, dass es Mini auffällt, aber natürlich spürt sie etwas, wenn ein Augenpaar sie bis zur Straßenbahnhaltestelle verfolgt. In der Bahn setzt Mini sich ganz nach hinten, sie kann durch die große Scheibe auf die Schienen schauen, die unter der Straßenbahn hervorsprudeln. Zwei Spuren, die immer länger und länger werden, bis der letzte Teil nicht mehr zu sehen ist in der Ferne oder bis die Bahn um eine Kurve fährt und sich die Perspektive ändert. Mini verirrt sich im Instagram-Labyrinth, wo alles miteinander verbunden ist. Sie schaut sich das Profil von Juls Ice an, scrollt immer weiter nach unten, dort tauchen Fotos von vor Jahren auf. Das meiste ist schwarz-weiß, es gibt ein seltsames Projekt mit Überschneidungen, von dem Juls ihr schon bei ihrem letzten Shooting erzählte. Sie hat mehrere Personen und Gegenstände fotografiert und die Fotos so bearbeitet, dass sie sich überlappen, teilweise ineinander verschmelzen und seltsame Formen ergeben, ein organisch-anorganischer Brei, alles Substanz, aber nichts von dem ursprünglich Fotografierten ist auf den bearbeiteten Bildern noch zu erkennen, keine einzige vertraute Form befindet sich unter ihnen. Mini öffnet Profile von verlinkten Models und anderen Fotografinnen, ein paar findet sie interessant, manche banal.

Sie steigt an der Angerbrücke aus und läuft noch ein Stück die Lützner Straße hinunter, das ist ihr obligatorischer Spaziergang, einmal täglich will sie den Kopf frei kriegen. Juls Ice hat eine schlecht geheizte Wohnung auf der Lützner Straße, die sie nur für ihre Arbeit nutzt. Sie wohnt dort nicht und teilt sie auch mit niemandem, daran glaubt Mini zu erkennen, dass sie es zu etwas gebracht hat. Immerhin hat sie mit der Fotografie genug Geld verdient, um eine eigene Wohnung nur für die Fotografie zu mieten, und sie ist freischaffend, keine Auftragsarbeiten.

Mini hat nur halb verstanden, warum Juls gerade mit ihr Fotos machen möchte, immerhin ist Mini eine Art Influencerin, wenn auch keine besonders kommerzielle, denn es geht ihr ja nicht um den materiellen Reichtum, sondern um geistigen. Trotzdem hätte sie nicht gedacht, dass eine Fotografin wie Juls Ice an ihr als Model interessiert wäre.

Juls redet von einer Serie, in der sie von ihren vorherigen Arbeiten Abstand nehmen will. Sie sucht dafür urverschiedene Typen, es könnte sein, dass auf Minis Session ein Shooting mit einem Fußballer oder einer berenteten Kindergärtnerin folgt. Mehr wollte sie nicht sagen.

Mini klingelt nicht, sie ruft Juls auf dem Handy an, weil sie denkt, dass die Klingel vielleicht überhört wird. Letztes Mal war die Musik so laut, dass Mini sich reflexartig die Ohren zuhielt, als sich die Wohnungstür vor ihr öffnete. Jetzt summen die Lautsprecher nur leise vor sich hin, angeschaltet, aber nichts, was sie abspielen könnten. Mini umarmt Juls zur Begrüßung und sagt, dass sie noch fix aufs Klo muss.

Die Toilette ist nicht direkt in der Wohnung, sondern daneben, im Treppenhaus, zwischen Juls Eingangstür und der ihres Nachbarn, sie müssen sich ein Bad teilen. Der Wasserhahn tropft leise. Mini setzt sich auf die Klobrille, leichter Schwindel. Sie zieht die Hose bis zu ihren Füßen hinunter, darunter trägt sie eine Strumpfhose und dicke Socken. Als sie fertig ist und sich abwischt, bleibt eine bräunlich rote Spur auf dem Klopapier zurück. Mini schaut verwirrt darauf. Das ist Blut. Sie lässt die Hand mit dem Papier sinken und wartet einen Moment. Dann schaut sie noch mal. Immer noch da. Mini hatte seit Frankreich keine Periode mehr. Und das, was sie da am Klopapier zurückgelassen hat, sieht auch nicht wirklich nach einer richtigen Periode aus. Aber es ist Blut. Es ist ganz sicher Blut.

Geistesabwesend knöpft sie ihre Hose zu und fängt an, sich die Hände zu waschen. Sie macht das ganz sorgfältig mit viel Seife und trocknet sich danach am Handtuch ab, das neben dem Waschbecken hängt, himmelblau. Sie schaut ihr Gesicht im Spiegel an und schaut sich direkt in die Augen. Sie kramt in ihrer Manteltasche nach ihrem Portemonnaie. Sie hat noch einen kleinen Rest Speed von einer Party, auf der sie am Wochenende war, und das würde sie normalerweise nicht vor einem Fotoshooting tun – das ist ja ihr Job, da gehört es sich eigentlich nicht –, aber jetzt braucht sie es. Mini macht eine Line auf ihrem Handy, eine Hälfte durchs rechte Nasenloch, die andere durchs linke und alles schnell wieder eingepackt.

Blutspur am Klopapier.

Da ist ein ganz kleiner Einfall in ihrem Kopf, der auch riesengroß sein könnte. Sie weiß es noch nicht sicher. Aber einen ganz kleinen Einfall schiebt sie langsam hin und her und dann immer flinker und fühlt sich aufgeladener als vorher. Da ist was wie eine große Energiewelle, die sich vor ihr aufbaut und Anstalten macht, sie hemmungslos zu überrollen. Gut.

»Bist du fertig?«, ruft Juls von drinnen.

Mini schreit »Ja!« und ist zurück im Studio.

»Alles in Ordnung?« Juls runzelt die Stirn und Mini fährt sich durch die Haare. Sie sagt, klar sei alles in Ordnung, und Juls sagt, sie müssten sich ein wenig beeilen, weil sie später noch zu einer Ausstellungseröffnung wolle. Mini muss für die Fotos so gut wie nichts machen. Juls sagt ihr, wo sie hinschauen soll, wo sie die Hände hinlegen soll, sie korrigiert ihre Kopfhaltung und den Punkt, auf dem ihre Füße am Boden stehen. Nach einer Weile gehen sie über zu abgedrehteren Posen, Verrenkungen, in denen Mini sich unwohl fühlt, aber das ist laut Juls der Sinn der Sache. Unwohlsein ist gut, genau was sie braucht für dieses Projekt.

Bevor sie sich auf den Rückweg macht, geht Mini noch mal aufs Klo, aber es kommt kein Blut mehr.

Sie öffnet im Treppenhaus WhatsApp und schreibt an Elena: Hej du :) was war denn? Dann knöpft sie ihren Mantel bis obenhin zu und beeilt sich zurück zur Bahn. Sie fröstelt noch, bis sie wieder bei sich zu Hause ist. Elena hat die Nachricht gelesen, aber sie antwortet nicht.

Der Wasserkocher ist kaputt. Das war Philipp. Gleich nachdem Mini die Wohnung bezogen hatte. Ein wirklich schöner Wasserkocher mit einer Karaffe aus Glas und er hat in unterschiedlichen Farben geleuchtet, je nach Temperatur. Mini kam nach Hause, sie hatte zwei Tage in Konstantins Wohnung geschlafen und in der Ecke neben der Küchentür lag ein Scherbenhaufen. Scherben und ein Metallring, das war einmal der Fuß vom Wasserkocher gewesen. Das lag einfach als Haufen in der Ecke, ein Teil der Scherben schon auf dem Kehrblech und daneben der Handfeger.

Philipp kam in die Küche, als wäre nichts passiert, und fing an, Kartoffeln zu schälen.

»Ist der Wasserkocher kaputtgegangen?«, fragte Mini und offensichtlich war der Wasserkocher kaputtgegangen.

»Ähm, ja, der ist mir runtergefallen«, sagte Philipp und Mini fragte sich, wie so was passieren kann. Wasserkocher fallen einem nicht einfach runter, dachte sie. Sie war wütend auf Philipp. Sie merkte, wie sie nie über diese Wut hinwegkommen würde.

Manchmal war sie fast nicht zu spüren. Phasenweise, wenn sie eine gute Zeit hatten zu zweit, wollte Mini denken: Ich liebe dich, Philipp, du bist der Mann meines Lebens, ich will dich nie hergeben, und wusste trotzdem, dass sie ihn in Wirklichkeit nicht leiden konnte. Dass sie dieses bestimmte Gefühl überkam, wenn sie ihn anschaute, das gleiche Gefühl, das sie schon als Jugendliche regelmäßig überrollte, wenn sie Pia angeschaut hatte. Hass, Ekel, Wut. Sie wollte ihm einen dicken Schlag ins Gesicht verpassen. Mini schämte sich dafür und sagte: »Scheiße, den mochte ich schon gerne«, dann fing sie an, die Scherben auf dem Kehrblech in den Restmüll zu entleeren und die restlichen aufzufegen. Philipp hatte Musik angemacht und wippte gedankenverloren herum, während er die Kartoffeln schälte. Ganz unbeeindruckt.

Er drehte sich zu Mini und sagte: »Ja, der war echt super. Tut mir leid, da hab ich nicht so aufgepasst«, er ging mit seinen Kartoffelhänden auf Mini zu und legte sie ihr um den Brustkorb, ließ sie nach unten wandern in die Taille. Er zog Mini an seinen Bauch, er nahm sie mit in seine Bewegung. In den Händen hielt Mini immer noch Kehrblech und Feger. Sie wollte schreien. SCHREIEN. Sie wollte ihm einen dicken Schlag ins Gesicht verpassen. Sie schämte sich dafür und bewegte selbst leicht die Hüften. Sie drückte ihren Bauch gegen seinen. Ihr war übel und sie wollte ihn schlagen und schämte sich.

Und der Wasserkocher ist immer noch kaputt. Deswegen muss Mini jetzt ihr Wasser auf dem Herd warm machen. Natürlich nur vorrübergehend, bis sie es schafft, einen neuen Wasserkocher zu kaufen.

Mini wartet auf ihr heißes Wasser, presst sich gegen die Herdkante, um der Platte näher zu sein. Ihr ist immer noch kalt. In ihre größte Tasse – rot mit weißen Punkten – hat sie den Inhalt von einem Beutel Tütensuppe-Fertigmischung geschüttet. Heiße Tasse. Champignon-Creme-Suppe mit fünf winzigen Croutons. Sie kratzt mit einem Löffel darin herum. Als das Wasser anfängt zu kochen, vibriert Minis Handy in ihrer Manteltasche. Sie hat den Mantel noch nicht ausgezogen, die Wohnung ist ein Kühlschrank in Übergröße. Elena, natürlich.

»Hi«, sagt Mini und stellt das Handy auf laut.

»Na du«, hört sie eine raue Stimme von ganz weit weg. Eine Stimme aus Dresden.

»Sorry, ich war vorhin voll aufm Sprung. Ich hatte noch ein Shooting und war schon bisschen spät dran, deshalb dachte ich, ich meld mich lieber danach bei dir. Alles klar? War irgendwas Bestimmtes?«

»Ah, okay«, Elena atmet laut, sie sollte weniger rauchen.

Mini vergisst ihre Tütensuppe und geht ins Schlafzimmer. Sie legt sich auf ihr Bett, sie schaut die Decke an, während Elena redet: »Nee, ich wollte vor allem einfach mal hören, wie's dir so geht. Bei mir ist alles gut, ich hab ja jetzt erst mal frei, nachdem ich mich so gestresst hab mit der Bachelor-Arbeit. Ich seh halt immer nur bisschen, was du so auf Insta teilst, deswegen ...«

Deswegen?

»Ja voll, das ging irgendwie mega schnell und ein bisschen unerwartet alles. Obwohl ich ja schon länger dabei bin«, sagt Mini, »aber ich bin auch echt glücklich damit momentan. So ... ich hab was zu tun, ich weiß, ich mach was Gutes und Leute interessieren sich dafür, ich fühle mich nicht mehr so nutzlos, weißt du.«

Sie sieht Elenas Gesicht vor sich: meistens ganz ernst.

Elena sagt »Hm, ja« und schickt Zweifel. Sie sagt: »Ähm, du, das ist jetzt sehr direkt, aber du bist mir immer noch mega wichtig, Mini. Ich finde das doll. Ich finde, du hast es verdient, glücklich zu sein, haben ja eh alle Menschen und so, aber manchmal ist halt auch die Frage, wie. Also: wie bist du glücklich, bist du wirklich glücklich, ist das, was du tust, echt gut für dich, verstehst du?« Sie atmet wieder so laut. Sie sagt: »Ich hab gar nichts gegen Instagram. Benutz ich ja selber, wenn auch irgendwie anders als du, und das heißt gar nicht«, sie redet schneller und schneller, »dass ich dich in deiner Nutzung dieser App irgendwie beeinflussen will oder so, das heißt es überhaupt nicht. Es geht mir eher um den content, den du teilweise so hochlädtst. Also diese Richtung … So eine sehr spirituelle Richtung und ein bisschen, ähm, fragwürdig? Auf eine Art?«

Mini schluckt. Aber das ist Elena und Mini weiß es schon zu schätzen, dass sie sich Gedanken macht. Und sie kennt El natürlich und wie sie so drauf ist, eher nüchtern teilweise, eher realistisch trocken und wissenschaftlich belegbar und nicht unbedingt offen für alternative Denkweisen. Aber wenn Mini Elena akzeptiert, wie sie ist, müsste Elena auch Mini akzeptieren, wie Mini ist.

»Wie meinst du das?«, fragt Mini. Sie will nichts dazu sagen. Wenn sie Elena alles sagen lässt, was Elena sich vorher überlegt hat, vielleicht kommt sie dann um ein eigenes Statement herum.

»Ich meine, mit diesem ganzen spirituellen Kram. Manche Sachen … Also ich habe mir manche von deinen Live-Videos angeschaut – ich hab dich echt lieb, Mini, das weißt du. Ich glaub, da eventuell Sachen gehört zu haben, die klingen für mich so nach, nach irgendwelchem verschwörungstheoretischen Unsinn oder zumindest irgendwas, das so in diese Richtung geht. Vielleicht irre ich mich auch total. Oder …«, atmen, atmen, »Gott, also das hat mich wirklich ein bisschen aufgeregt, mit diesem: ›die männliche und weibliche Energie müssen sich die Waage halten, kranke männliche Energie, kranke weibliche Energie‹ pipapo. Also – ernsthaft? Schon allein die Wortwahl, Mini. Come on, wir leben im 21. Jahrhundert, Feminismus sollte dir ja auch kein Fremdwort sein, wir waren zusammen. Wir. Ich bin lesbisch. Männliche und weibliche Energie, das hat mich schon, also nicht nur gestört, das hat mich echt wütend gemacht.«

Mini hält den Mund. Elena hat es natürlich nicht verstanden. Weil sie zu sehr festgeklemmt ist in ihrer Welt, und das ist okay. Dafür kann sie nichts, aber es würde ihr selbst guttun, weniger in diesen fundamentalistischen Mustern zu denken. Sich zu öffnen.

Elena sagt nichts mehr und Mini merkt, dass sie dran ist. Was erwartet El denn? Sie hat sich doch schon alles zurechtgelegt. Mini sagt, das hätte ja nichts mit Männern oder Frauen zu tun. Zumindest nicht direkt. Es gehe einfach um den Energiehaushalt generell, der ausgeglichen sein müsse, und da gebe es dann Energien, die man als männlich und weiblich bezeichne, aber die hätten natürlich alle Menschen, egal ob Mann oder Frau, etc. etc.

Mini sagt: »Ich bin schon überzeugt, damit was Gutes zu tun. Weißt du, mir hat das geholfen mit der Meditation, mit Yoga, mit neuen Einsichten, dass man nicht immer so gegen gedankliche Wände läuft, weil man Theorien, die jetzt vielleicht nicht so großflächig vertreten werden von Menschen, einfach direkt ausschließt. Verstehst du? Und ich achte natürlich auch darauf, mit welchen Unternehmen ich zusammenarbeite. Ich bin jetzt das Gesicht von casensual, die machen echt nice Sachen, nachhaltige Produktionen und so.«

Mini hört nur Leere. Etwas rauscht. Dann ein Lachen, gemeines Lachen, das ist doch nicht von Elena, so ein zynisches Schnaufen.

»Ähm, casensual? Hast du die eigentlich mal gegoogelt? Also jetzt nicht nur deren Website, sondern mal, mit wem die zusammenarbeiten, also woher die Fördergelder beziehen, zum Beispiel?«

Hat Mini nicht. Sie steht ja in direktem Kontakt mit dem Unternehmen. Sie sagt:

»Schon, ja. Also ich finde das schon unterstützenswert, was die machen.«

Als ob Elena ihr jetzt wirklich so hinterherspioniert hat. Wer ist sie? Ihre Mutter?

Sie hört das gleiche Schnaufen noch mal. Total inszeniert, so würde Elena niemals von Natur aus lachen. »Ja, genau. Total unterstützenswert. Mann. Okay, par exemple: Sagt dir FA was? Femmes Ascendantes?«

Mini hat keine Ahnung. Doch, ja, das sagt ihr was. Femmes Ascendantes ist eine der Organisationen, von denen casensual gefördert wird. Die sind neben anderen Organisationen unten auf der Website vermerkt. Ein kleines rundes Logo: ein Frauenkopf mit langen Haaren im Profil, hellblau, und im Hintergrund eine rote Sonne.

Elena lässt ihr keine Zeit zum Antworten. Sie sagt: »Das ist eine sogenannte Frauenrechtsorganisation. Du kannst auch mal auf der Website schauen, was die da so schreiben, sieht auf den ersten Blick wahrscheinlich irgendwie super aus für viele Menschen: gleiche Rechte für alle, Unterstützung von sozial benachteiligten Frauen, gegen Zwangsverheiratung, gegen Genitalverstümmelung, all so was, so das Übliche irgendwie. Und dann kommen noch so ein paar wirre Artikel, die muss man überhaupt erst mal finden, und da stellt sich dann raus: Ups, FA ist auch für ein Kopftuchverbot an Schulen und FA behauptet, muslimische Geflüchtete würden unsere hart erkämpften westlichen Frauenrechte bedrohen. Und FA ist klammheimlich auch noch voll transfeindlich unterwegs. Und das alles schön unter so einem ach so gemeinnützigen und modernen Deckmantel. Also, vielleicht wusstest du das einfach nicht?«

Sag was, Mini, da musst du jetzt wieder raus. Los, Mini, los.

Mini sagt: »Also, ich weiß nicht. Also ... bist du dir da sicher?«

Elena verzeiht ihr ihre Blödheit. Tut sie immer. Sie sagt, Mini könnte das ja noch mal nachlesen, sie würde ihr ein paar Links per Mail schicken. Und vielleicht auch noch was zu einer anderen Organisation, die von casensual unterstützt wird. Moonsters oder so ähnlich. Irgendwas mit Verschwörungserzählungen.

Mini ist müde und wird immer müder. Sie hat ein bisschen Bauchschmerzen. Vielleicht kriegt sie ja wirklich ihre Tage. Sie erzählt Elena noch, wie Philipp gefahren ist, und sagt ihr, dass sie sie trotzdem super gerne wiedersehen würde. Super gerne. Und Elena hört verhalten zu oder sie ist ernüchtert. Wahrscheinlich ist sie Mini böse, aber sie hat auch gesagt, dass Mini ihr wichtig ist, und deswegen kann sie Mini doch gar nicht richtig böse sein. Und dann legen sie auf und Mini geht duschen und Zähneputzen und findet noch ein ganz klein wenig Blut, aber nicht viel. Ohne Abendbrot ins Bett, morgen ist auch noch ein Tag.

8

Nachts juckt alles. Fast wie damals bei Elena, als sie sich die ganzen Arme aufkratzen musste. Ein ganzer Körper in Flammen. Mini kann nicht einschlafen, sie ist so aufgeregt. Gegen vier Uhr schaltet sie die Lampe auf ihrem Nachttisch ein und blinzelt gegen das helle Licht. Sie fühlt mit Zeige- und Mittelfinger zwischen ihren Beinen, betrachtet die Finger im Licht, aber sie sind ganz sauber, kein Blut. Sie steckt die Finger ganz in sich hinein und da ist trotzdem nichts mehr. Sie nimmt sich ihren Taschenspiegel, der liegt neben dem Bett, und schaut sich an. Es gibt zwei Seiten: die normale und die mit Lupenfunktion. Mini sieht gerne ihre Haut in groß. Unnatürlich große Poren, jeder Makel wird sofort entblößt. Sie setzt sich auf und hält den Spiegel unter sich. Äußere Vulvalippen, innere Vulvalippen, ganz faltig und weich, wie verschrumpelt. Sie versucht, alles zu sehen, aber das Licht wirft so scharfe Schatten, manche Stellen sind unerreichbar. Mini denkt, dass das alles so weit weg ist. Wenn sie sich so im Spiegel anschaut, unerbittlich vergrößert, kommt ihr Körper ihr noch entfernter vor. Sie klappt den Spiegel zu, es klickt leise. Sie sitzt und denkt.

Als sie einige Minuten gedacht hat, steht sie auf und wartet den Schwindel ab und geht zu ihrer Tasche. Sie holt ihr Notizbuch heraus und einen Kugelschreiber, will einen Text schreiben und ihn danach an Philipp schicken. Per Mail oder auf Telegram. Mini könnte Philipp auch anrufen, aber geschrieben kommt es ihr ernsthafter vor und außerdem ist es schwierig, am Telefon zu lügen. So kann sie Dinge besser zurechtlegen. Philipp hat gesagt, sie müsste sich entscheiden. Hiermit entscheidet sie sich für eine Fortsetzung. Sie stellt sich vor, dass es Wirklichkeit ist. Sie stellt sich eine andere Mini vor mit einem kugelrunden Bauch und angeschwollenen Brüsten und sie stellt sich vor, wie Menschen sie auf der Straße anschauen und sich denken: Das ist doch? Diese Influencerin von Instagram, oder? Wie hieß die Marke noch mal – casensual oder so. Und ah ja, die ist jetzt also schwanger. Soso. Und alle würden auf ihren riesigen monströsen Bauch schauen, über dem selbst ihre plötzlich riesigen Brüste klein aussehen würden. Und das wäre in Ordnung. Sie wäre ja schwanger. Dann könnte sie das Kind bekommen, würde ein bisschen inkontinent sein, hoffentlich nur für eine Weile, sie wäre ja regelmäßig beim Beckenbodentraining, das würde sie dauernd auf Instagram posten. Sie hätte nach einer ganz kurzen Zeit ihre alte Figur zurück, sie würde ein halbes Jahr stillen und ihr Kind in einem Tuch tragen, vor der Brust.

Mini kritzelt mit dem Kugelschreiber auf dem Papier herum. Sie malt Spiralen und Kreise und Striche und verliert sich. Da war Blut. Eine kleine Spur am Klopapier. Das war keine Periode, sagt Mini, das war zu wenig. Sie weiß, dass es keine Periode war, und eigentlich weiß sie, dass sie nicht schwanger werden kann. Kann sie nicht, weil sie dafür einen Zyklus bräuchte, und den hat sie nicht, weil, weil – da will sie nicht drüber nachdenken. Schon klar. Schwarzer Kaffee. 49 Kilo.

Aber es ist trotzdem eine Möglichkeit, es besteht eine Möglichkeit, vielleicht war es eine Einnistungsblutung. Und es wäre gelogen, zu behaupten, sie sei schwanger, das lässt sich nicht mit Sicherheit sagen, aber sie soll doch eine Entscheidung treffen. Das wollte er doch. Mini lässt das mit dem Notizbuch. Sie greift nach ihrem Handy, will es anschalten, lässt es wieder sinken. Sie legt sich zurück in ihr Bett, auf den Rücken. Sie macht das Licht wieder aus. Draußen fährt ein Auto vorbei und zeichnet huschende Lichter an die Wand gegenüber. Mini blinzelt ins blaue Grau.

Auf die Seite gedreht stützt sie sich auf einen Ellenbogen und schaut sich ihr Instagram-Profil an. Sieht ganz anders aus als sie. Elena hat in ihrer Story ein politisches Meme gepostet, das Mini nicht kapiert, sie fühlt sich blöd. Okay, sagt Minis Kopf, okay.

Sie öffnet Philipps Kontakt auf Telegram. Sie haben nie viel miteinander geschrieben. Höchstens ganz kurze Nachrichten, wo es um Uhrzeiten ging, wann sie sich treffen wollten, oder: Weißt du schon, wann du nach Hause kommst oder so.

Mini tippt schnell und verschreibt sich dauernd. Sie schreibt: hej du, ich hoffe du bist gut durchgekommen, und löscht es wieder. Schreibt: hey hey, alles klar, ich wollte nur kurz, löscht es wieder, schreibt noch mal hej du und dann: ich glaube ich bin schwanger. Und schickt es ganz schnell ab. Ihre Finger pochen neben ihr auf der Matratze. Decke anstarren, Decke anstarren, Augen zumachen, Schwindel, wieder auf, wieder Decke anstarren. Es ist halb fünf. Er wird es sowieso frühestens morgen lesen.

Danach träumt sie und lebt mit Philipp in Starkes alter Villa bei Bordeaux und sie sagt: Philippe, je suis enceinte! Und Philipp guckt sie an und fragt: Was? Und dann merkt sie, dass er kein Französisch kann. Also sagt sie: Mais Philippe, on est en France, tout le monde parle français ici. Und er schaut wieder ganz ernst in ihre Augen, fragt sie, was sie eigentlich von der gefälschten Mondlandung halte, und dann hat er auf einmal einen ganz schlimmen Hautausschlag und sagt, es sei höchst ansteckend, und Mini denkt vor allem, dass ihr Baby so was nicht bekommen soll, denn Babys sind ja so schon ziemlich hässlich bei der Geburt, und wenn es dann auch noch Pusteln hat überall. Und sie merkt, dass die Wehen kommen, und zum Glück ist Elena da und ist die Hebamme. Dann wacht sie auf und es juckt wieder.

Zum Frühstück liest Mini E-Mails. Sie hat eine Einladung zum Jahrestreffen von casensual, da sind auch Influencerinnen willkommen, zumindest die wichtigen. Mini will gehen, sie hofft, ein paar Menschen kennenlernen zu können. Irgendwie hat sie Angst vorm Alleinsein, besonders seit Philipp nicht mehr da ist. Außerdem wäre es richtig, sich langsam mit den anderen aus der Branche bekannt zu machen. Alle kennen sich und Mini will endlich dazugehören. Sie bekommt die Fahrtkosten nach Hamburg erstattet und die Hotelkosten auch und das Ganze geht zwei Tage. Mini spielt ganz flüchtig mit dem Gedanken, dann auch Franzi zu besuchen und vielleicht Starke wissen zu lassen, dass sie kommt, obwohl er wahrscheinlich gar nicht in Hamburg ist. Das verwirft sie wieder. Sie hat sich nicht mehr bei Franzi gemeldet. Sie hat sich auch nicht mehr bei Nina gemeldet. Nicht wirklich. Nina würde sie schon gerne mal wiedersehen. Aber nicht Franzi. Nicht alles wieder hochkommen lassen.

Hamburg, Hamburg.

Wäre schon nett. Mini fasst sich ein Herz und schreibt zurück, dass sie gerne kommen will. Bestimmt gibt es viel Sekt und viele Drogen. Oder keine Drogen, weil es um Gesundheit geht und clean living oder so ähnlich. Aber Sekt. Und grüne Smoothies.

Elena hat ihr natürlich schon vier Artikel geschickt. Mini

klickt einen an und lässt ihn in ihrem Browser geöffnet, sie kann ihn später lesen. Zwei Anfragen von Start-ups, mit denen sie früher schon kollaboriert hat, darauf hat sie keine Lust mehr. Rentiert sich nicht. Da macht sie extra Fotos oder sogar Videos, manchmal richtig aufwendig, und bekommt am Ende vielleicht fünfhundert Euro pro collaboration. Sie löscht beide Anfragen. Eine Lisa Wolf hat ihr geschrieben, von ze.tt, und fragt nach einem Interview. Mini ist kurz verwirrt. Ein Interview. Mit einem Finger tippt sie die PIN in ihr Handy neben sich auf dem Tisch. In der anderen Hand hält sie eine Kaffeetasse. Vorsichtige Schlucke, während sie ihr Instagram öffnet. Über eine Million Follower. Ein Interview. Minis Gesicht in einem Zeitungsartikel und Bilder von ihrem Account und Sachen, die sie sagt zu einer jungen, modernen Journalistin namens Lisa Wolf. Sie tippt den Namen in ihren Browser: lisa wolf zett. Ein paar Artikel erscheinen, in einem geht es um feministische Pornografie, das würde Elena gefallen. Mini schreibt noch nichts zurück, sie kann es sich ja noch mal überlegen.

Dann eine halbe Stunde Yoga mit einem YouTube-Video, jeder Sonnengruß lässt ihren Kopf Karussell fahren. Yoga vor dem Frühstück.

Nach dem zweiten Kaffee hat sie zittrige Finger und geht duschen. Es gibt keine Badewanne in der Wohnung, das ist der größte Nachteil. Vor allem jetzt, wo Mini alleine ist, da würde sie am liebsten jeden Tag in das heißeste Badewasser steigen und für mindestens eine halbe Stunde immer heißeres Wasser nachlaufen lassen und am Ende knallrot wieder rauskommen, mit Kreislaufaussetzern und deshalb total benebelt im Kopf.

Philipp hat ihr geschrieben: Okay, ruf dich nachher an. Mini denkt, What the fuck, und schickt einen Daumen nach oben zurück. Sie macht mehrere Selfies von sich, die gewaschenen Haare in einem Handtuchturban, weißes Handtuch, ungeschminkt und mitten im Licht, das durch die Balkontür in ihr Gesicht scheint. Sie bearbeitet eins der Bilder, schreibt dazu: ab 12 uhr livestream am set von @casensual :) und postet es in ihrer Story.

Eine einzelne nasse Strähne hängt ihr in die Stirn und in regelmäßigen Abständen bildet sich an ihrem Ende ein Tropfen, der neben Minis Handy auf ihre Hand fällt. Sie wischt ihn ab und wartet auf den nächsten. Tropf – wisch – tropf – wisch. Immer weiter.

Minis Füße graben sich in ihren Teppich, weich und hart zugleich, sie sitzt einfach da und starrt, ihr Handy in der Hand, die Wassertropfen fallen, ihre Haare sind sauber. Um 11 Uhr hat sie den Termin für einen Werbespot bei casensual, da möchte sie einen Livestream aufnehmen. Es ist gut, alles so transparent wie möglich zu gestalten. Oft werden Leute auf Instagram und YouTube für Produktplatzierungen angefeindet, weil es zum Beispiel so aussieht, als würden sie nur Geld verdienen wollen. Darum geht es Mini natürlich nicht. Sie hat ja Geld. Bei ihr ist es eine Überzeugung. Deswegen zeigt sie alles, was sie tut, in ihren Storys oder Livestreams, sie will nichts geheim halten. Philipp hat sie einmal gefragt, ob es ihr nicht unangenehm sei, dass andere so viel von ihr wissen. Ob sie es nicht merkwürdig finde, ihr ganzes Leben mit Menschen zu teilen, und da gebe es ja sicher Hunderte Verrückte, die sich alles, also wirklich alles, was sie postet, anschauen und sie vergöttern, und zwar auf eine echt pathologische oder auch perverse Art, und das müsse sie doch irgendwie – also, irgendwie verstören?

Mini sagte: »Eigentlich nicht. Also irgendwelche Perversen oder Stalker oder so, die gibt's ja eh immer. Und dann ist es ja nicht so, als würde ich alles, alles, *alles* teilen. Halt das, was ich für teilenswert halte, wovon ich denke, dass es Menschen helfen könnte, wenn sie es sehen. Oder was Leute interessiert.«

Und trotzdem gefällt ihr der Gedanke, alles zu teilen und dass es mehr als eine Million Menschen gibt, die sie selbst nicht kennt. Aber diese Million schaut ihr zu und interessiert sich für ihr Leben. Und es zeigt ihr ja auch, was sie richtig macht. Dass sie etwas richtig macht. Dass es ihr gut geht. Immerhin wünschen sich so viele, es würde ihnen genauso gehen wie Mini, also geht es Mini gut oder wenigstens besser als anderen. Mini sieht den Sinn darin. Das fragen doch dauernd alle: Wo ist der Sinn? Was ist der Sinn vom Leben? Warum bin ich hier und was mache ich, was soll ich machen, warum soll ich das machen?

Sie spürt es jetzt. Sie hat sich nicht immer gut gefühlt, aber seit sie erkannt hat, was ihr guttut, wie die Welt aufgebaut ist, hat sie auch zu sich gefunden und das gibt sie jetzt weiter. Yoga zum Beispiel. Meditation. Übungen zum Energieausgleich. Plus das elektrisierende Gefühl, diese Lebendigkeit, kurz bevor sie etwas postet. Die Zufriedenheit, wenn sie ihren Account anschaut, alles passt, alles sieht so beneidenswert aus und sie weiß: Das ist sie und das sieht nicht nur beneidenswert aus, das wird auch beneidet. Mehr als viertausend Kommentare unter ihrem letzten Beitrag. Ein paar wollen sie ficken, ein paar haben Herzen in den Augen, ein paar lieben ihre positiven Vibes und eine kann solche Gutmenschen nicht ab. Das ist okay, denkt Mini. Manchmal kann sie sich ja auch nicht ab.

Sie zieht sich Leggings unter ihre Jeans und darf sich nicht schminken, weil für den Werbespot von casensual sonst was mit ihr veranstaltet werden wird. Mini markiert ein paar der Kommentare mit gefällt mir und sieht, dass Juls Ice sie in ihrer Story erwähnt hat. Sie erwähnt die Story in ihrer eigenen Story und überlegt, ob sie vielleicht öfter mit alternativen Fotografinnen arbeiten sollte. Vielleicht könnte sie sich so ein unabhängigeres Image aufbauen. Seit sie so eng mit casensual zusammenarbeitet, hat Mini manchmal ein schlechtes Gefühl. Angst, zu kommerziell rüberzukommen. Dann war da auch noch Elena und hat natürlich wieder ein Haar in der Suppe gefunden und das hat die ganze Sache nicht besser gemacht. Mach halt, was du willst, Mini. Sagt Mini. Ich mach, was ich will. Ich soll Entscheidungen treffen – ich treffe Entscheidungen. Ich bin berühmt. Sie steckt die Schlüssel ein, behält das Handy in der Hand, zieht die Kapuze über die Kopfhörer und ist auf dem Weg zur Straßenbahn.

9

Am Set ist noch nicht viel los, als Mini ankommt. Sie wird von einer Frau geschminkt und frisiert, die sie schon von den zwei vorherigen shoots mit casensual kennt, und muss Fragen beantworten. Wie es ihr geht, an was für Projekten sie im Moment arbeitet und was ist eigentlich mit ihrem Freund? Philipp?

»Ist grad auf den Kanarischen Inseln«, sagt Mini. Als wären sie noch zusammen, was sie ja vielleicht auch sind?

»Oh!«, ruft die Frau, um zu zeigen, wie neidisch sie ist, weil: Kanarische Inseln? Und Sonne?! Hallo-o?!

Und dann sagt Mini: »Ich hoffe, er kommt bald zurück, weil, ich hab nämlich ziemlich dolle Neuigkeiten.«

»Aha«, sagt die Frau und will wissen, was für Neuigkeiten, und tut so, als sei sie Minis beste Freundin.

»Ich bin schwanger«, sagt Mini, »weiß ich seit heute Morgen.«

»Ernsthaft?«

Mini spürt große, weiche Brüste in ihrem Rücken, als die Frau sich hinter ihr nach vorne beugt, die Hände in ihren Haaren, und Minis Gesicht im Spiegel anschaut. Mini nickt unter den Händen. Klar, warum nicht.

»Und das hast du ihm nicht direkt gesagt?«

»Nein, noch nicht, aber wir telefonieren heute Abend, denk ich.«

»Ey, ahm, jetzt nicht indiskret gemeint oder so, aber war das denn geplant?«

Mini überlegt, war das geplant? Sie hat auch schon Videos gesehen, wo Frauen behaupten, sie seien trotz Pille schwanger geworden. Das könnte ihr wohl kaum jemand als Dummheit oder fehlendes Verantwortungsbewusstsein auslegen. Es gibt halt keine einhundertprozentig sichere Verhütungsmethode. Oder vielleicht war es auch geplant. Vielleicht ist sie so eine. Vielleicht hatte sie den Wunsch, mit Anfang zwanzig schwanger zu werden. Eine Insta-Mom zu sein. Ihre Fans mitzunehmen zum Kinderwagenkaufen, und vielleicht hat sie Lust, Fotos vom noch total schrumpeligen Neugeborenen auf einem Lammfell zu teilen. Quengeliger Babyblick: ach Gott, wie süß. Elena mit angewidert verzogenem Mund: Ja genau, in Wirklichkeit wollen natürlich alle Frauen nur eins. Der Wille zur Fortpflanzung liegt uns in den Genen, da können wir nichts gegen machen. Dafür brauchen wir große, starke Männer mit dicken, langen Schwänzen und kantigen Gesichtern, die es uns so richtig geben, bevor sie ihr Sperma in uns hineinspritzen. Und das ist so potent, da wimmelt es nur so vor eifrigen Spermien und alle wollen unsere Eizellen befruchten und unsere Eizellen wollen befruchtet werden, wie gesagt, alles Natur, alles Gene und Triebe und Natur.

Mini lächelt und schaut nach oben in pink umrandete Augen. Weiche Brüste in ihrem Rücken. »Na ja«, sagt sie verheißungsvoll. »Nicht direkt geplant. Okay, dir kann ich's ja erzählen: Kondom gerissen, Pille danach nicht genommen, weil ich eh nicht dachte, in der fruchtbaren Phase zu sein. Und dann haben wir auch irgendwann schon mal drüber geredet, was wäre wenn und so, und da wurde ziemlich schnell klar, dass wir eigentlich schon beide Bock drauf hätten. Wir sind jetzt noch nicht ewig zusammen, aber unsere Beziehung ist echt … Gott, das klingt so unsexy, so ist das eigentlich gar nicht gemeint, aber unsere Beziehung ist schon ziemlich stabil, würde ich sagen.«

Die Frau nickt: »Find ich gar nicht unsexy. Bin sogar ein bisschen neidisch, ehrlich gesagt. Ich hatte schon ewig keine stabile Beziehung mehr. Obwohl ich jetzt auch noch nicht so – also Kinder? –, wäre jetzt eher noch nicht so mein Lebensabschnitt, glaub ich. Wobei. Wenn es hart auf hart käme. Keine Ahnung, vielleicht ja schon. Keine Ahnung.«

Sie sprüht klebriges Zeug in Minis Haare.

Mini sagt ihr, sie solle es lieber nicht am Set herumerzählen, immerhin wäre sie noch nicht so super lange dabei, bei casensual, und eigentlich hätte sie auch so schon genug Aufmerksamkeit.

Klar, ist verständlich, die Frau hält dicht.

Während sie geschminkt wird, beginnt Mini mit dem Live-Stream und hat das Handy in einer Halterung mit Saugnäpfen am Spiegel befestigt. Sie kann in ihr kleines bleiches Gesicht sehen, ihre langen Haare. Nebenbei beantwortet sie Fragen von ihren Zuschauerinnen. »Doch schon. Eigentlich mache ich jeden Tag Yoga. Es ist natürlich wichtig – das ist ja auch der Sinn vom Yoga –, auf den eigenen Körper zu hören und sich dann danach zu richten. Manchmal mache ich auch nur einen twenty minute flow und das reicht mir dann total. Ich meine, I don't wanna force it – right? Aber ich weiß auch mittlerweile, was mir guttut und was mein vibe ist in dem Moment.«

»Nein, Philipp und ich leben nicht zusammen, er ist gerade im Urlaub auf den Kanarischen Inseln.«

»Hm, gute Frage. Was ist mein Go-To Snack? Ich glaube, also ich denke, im Moment wäre das Hummus mit Karotten und Gurke, das geht eigentlich immer. Oder diese Oat-Bars von … Ai, wie heißt das noch mal? Diese veganen? Lovoats! Genau, die meine ich.«

Die Frau schmiert und tupft gerade um ihre Augen herum, deswegen kann Mini keine Fragen mehr lesen im Chat. Die Frau sagt: Ja, auf jeden, die Oat-Bars von Lovoats kennt sie auch, die sind richtig nice. Mini denkt: Fast eine Mahlzeit so ein Ding, und hat immer wieder diese Brüste im Rücken und dann eine Menge silber-metallischen Lidschatten auf den Augenlidern.

Ihr Leben ist toll. Im Chat reagieren alle mit gelben Herzen und grünen Herzen und roten Herzen und Daumen nach oben in allen Farben und schicken Feuerwerk-Emojis und diese rote 100.

Dann trägt Mini Unterwäsche und Yoga-Leggings und Ketten und Ringe und sitzt im Lotussitz vor vielen Pflanzen und die meisten sind aus Plastik, aber das sieht man auf den Fotos später nicht mehr. Und hoffentlich fällt es auch im Live-Stream nicht auf. Aber wahrscheinlich eh nicht, weil auf Handybildschirmen ja auch alles noch mal viel kleiner ist. Mini muss sich millionenmal drehen und große Schritte machen und am Ende etwas sagen.

Sie muss flüstern: »Casensual – explore the most casual way of sensuality«, und kommt sich kein bisschen blöd vor dabei, weil sie von allen Seiten ernst genommen wird. Kein Blut mehr auf der Toilette. Keine Übelkeit heute Morgen. Noch kein Anruf von Philipp.

Mini musste während des Shootings einmal an Pia denken. Sie musste denken: Wie viel hast du eigentlich zugenommen im letzten Jahr? Fast eine ganze Mahlzeit, so ein Lovoats-Bar. Und dann musste sie noch an den Whirlpool denken.

Pillencocktail im Whirlpool. Franzi hatte ihr mal erklärt, dass Pia einzigartig gewesen sei, und Mini hatte keine Energie gehabt, ihr zu widersprechen. Ja schon, einzigartig schon, aber nicht auf die richtige Art. Und nicht so, wie Franzi es gemeint hatte.

Franzi: Pia war einzigartig und selbstlos. Pia war eine Wucht. Pia hat Medizin studiert und zwei Kinder bekommen und einen reichen Mann und dann war sie trotz alledem mit Ärzte der Welt unterwegs und hat im Jemen *Leben gerettet*. Und im Irak hat sie *Leben gerettet.* Mini, deine Mama hat *Leben gerettet.*

Love you, ma, denkt Mini und lächelt unterschwellig in die Kamera, das sieht toll aus auf Fotos.

Hate you, ma, denkt Mini und schmollt unterschwellig in die Kamera mit halb geschlossenen Augen und streckt das Kinn nach vorne und oben, das kommt auch gut. Meine Mama hat Leben gerettet und war einzigartig. Und dann hatte sie keine Lust mehr auf ihr Leben und Franzi hat das verstanden, weil: Pia war traumatisiert, und wer traumatisiert ist, der kann sich alles erlauben. Eine traumatisierte Pia darf sich im Whirlpool ertränken, während die französische Sonne im Atlantik versinkt. Und es roch nach Mandelblüten und Lavendel. Badeöl von L'Occitane.

Schon okay, Pia, du warst traumatisiert, du hast schlimme Sachen erlebt und ich kann das eh nicht nachvollziehen. Mini hat trotzdem geweint und auch laut gelacht bei der Beerdigung, aber anscheinend war das normal. Nennt sich Spannungslachen. Hat ihr mal ein Therapeut erklärt und der hatte da vollstes Verständnis für, dass sie lachen musste, als ihre Mutter in der Erde verschwand. Tschüss, Pia, war einzigartig mit dir, weil du eine einzigartige Frau warst. Pillencocktail im Whirlpool. Meine Mama hatte Stil, sagt Mini vor sich hin: Pillencocktail im Whirlpool.

Sie macht auch noch Fotos mit einem anderen Model zusammen, Vivienne, größer als sie, blonder als sie, aber weniger Reichweite auf Instagram, und Mini verlinkt sie in ihrer Story und wird von ihr verlinkt und sie verstehen sich beide ausgezeichnet. Während der Kaffee- und Zigarettenpause sagt Mini Lisa Wolf von ze.tt für das Interview zu und fühlt sich erleichtert und mutig. Sie nimmt sich ganz fest vor, die Artikel von Elena zu lesen. Sie nimmt sich noch mal fester vor, danach mit Elena zu telefonieren und ihr alles zu erklären, damit sie merkt, dass es Mini nicht egal ist.

Sie könnte zum Beispiel sagen: El, könnte sie sagen, ich liebe dich, El, ich habe dich immer geliebt und das ist jetzt auch ganz unkitschig und fast komplett ernst gemeint, wobei, du weißt, dass es mir schwerfällt, bei diesen Dingen ernsthaft zu bleiben. Weil ich manchmal mit mir selbst nicht klarkomme. Aber jetzt schon besser als früher. Weil … ich bekomme ein Kind von Philipp, ich bin schwanger. Ich hatte letzte Woche einen Termin bei meiner Frauenärztin und die hat sich alles angeschaut mit Ultraschall und so und es ist wahr. Ich bin echt und ehrlich schwanger. Mit dir hatte ich den besten Sex meines Lebens, Elena. Ich dachte, wir wären vom Schicksal zueinander geführt worden und würden unser Leben gemeinsam verbringen – immer und ewig. Jetzt bin ich schwanger von Philipp und eine berühmte Influencerin, hört sich das nicht bescheuert an?

Dann könnte sie weinen und Elena müsste Mitleid mit ihr haben, obwohl alles so unglaublich albern wäre. Aber Elena käme es ja vielleicht gar nicht so dermaßen albern vor, weil die natürlich alles glauben würde, und wenn Mini wirklich schwanger wäre von Philipp, dann wäre das schon krass. Ist immerhin auch nicht so, als hätte Mini eine Schwangerschaft schon ausgeschlossen. Sie hat noch keinen Test gemacht und solange sie noch keinen Test gemacht hat und ihre Tage nicht bekommt, lässt sich überhaupt gar nichts mit Sicherheit sagen.

10

Vibrationen in Minis Manteltasche und Philipp auf dem Display. Trommelwirbel in der Brust. Mini drückt ihn weg und legt das Handy zurück auf den Nachttisch. Sie stemmt ihre Fäuste in den Rücken. Ganz unten, wo die Lendenwirbelsäule schon fast im Po endet, da tut es ihr meistens weh. Dann hämmert sie ganz feste und lehnt sich nach hinten zurück, gegen die eigenen Fäuste, den Kopf zur Zimmerdecke. Ein Schritt zur Seite und ihr Oberschenkel berührt die Bettkante. Sie kann grad nicht mit ihm reden. Keine Energie, keine Zuneigung.

Das Bett ruft: Lass dich fallen! Mini lässt sich fallen. Schön weich, hier kann sie liegen bleiben, für immer. Sie hat sich eben einen der Artikel durchgelesen. Wundert sie, wie Elena so was auftreiben konnte, hat sie nichts Besseres zu tun? Immerhin muss sie wohl zuerst alle Partnerorganisationen von casensual ausfindig gemacht haben, um dann deren Websites anzuschauen und einzeln Artikel über diese anderen Organisationen zu suchen und zu finden und zu lesen. Das ist typisch Elena. Recherchieren und nachgraben. Sie lässt sich von nichts aufhalten, wenn sie glaubt, an etwas dran zu sein. Oder es ist ihre überhebliche Seite. Sie ist es ja gewohnt, schlauer zu sein. Zumindest schlauer als Mini. Und jetzt hat Mini Erfolg und Elena kann es nicht glauben, weil sie sich wahrscheinlich denkt: Ich habe dies und das gelesen und kann tausend Sprachen und kenne all diese philosophischen Theorien und das ganze Zeug und engagier mich politisch und studiere und so weiter und dann kommt Mini, weiß gar nichts, macht gar nichts, aber plopp, sie ist das Gesicht von so und so und überall bekannt.

ÜBER DIE MISANTHROP*INNEN HINTER DER FEMINISTISCHEN TARNKAPPE

Ein Artikel von Vice. Ist ja auch nicht gerade die objektivste Quelle für politischen Journalismus, denkt Mini, da hätte sie mehr erwartet von Elena.

»Ist das nun Feminismus, wenn eine Frauenrechtsorganisation sich, sagen wir mal, gegen geschlechtsangleichende Operationen äußert? Und wie könnten wir es nennen, wenn sie danach behauptet, ein Kopftuchverbot an europäischen Schulen sei die letzte Möglichkeit, die ›weibliche Freiheit‹ zu retten? Übrigens, wenn wir FA Glauben schenken, sind männliche Geflüchtete zum Großteil Vergewaltiger und der Hauptgrund für sexuelle Belästigungen von Frauen.
Femmes Ascendantes (FA) hat vor ungefähr einem Monat eine Sammlung von Erfahrungsberichten im FA-Magazine veröffentlicht, in denen Frauen von Belästigung berichten.
Ist ja per se keine schlechte Idee. Ein Thema, über das gar nicht genug gesprochen und geschrieben werden kann. Aber was, wenn diese Berichterstattung in höchstem Maße ›zensiert‹ ist? Und damit meine ich nicht, dass die Berichte an sich bearbeitet wurden. Vielmehr wurden bestimmte Artikel zur Veröffentlichung ausgewählt und andere nicht. Das waren vor allem solche Artikel, in denen

Frauen von einer Belästigung durch nicht weiße und nicht europäische Menschen berichteten. Das kam ans Licht, als mehrere Frauen, die zuvor bei FA mitgewirkt hatten, sich von der Organisation distanzierten, weil sie die redaktionellen Beschlüsse live miterlebten. Im Interview berichtet Susanne Ebelhardt von ihren Erfahrungen bei FA. Sie sei geschockt von der Entwicklung, die diese Organisation in den letzten Jahren durchgemacht habe, sagt sie mir am Telefon. ›Als ich bei FA angefangen habe, das war im Oktober 2010, direkt nachdem ich mit meinem Jurastudium fertig geworden bin, hat sich noch alles ganz, ganz anders angehört. Ich war richtig begeistert von der Motivation dieser Frauen und davon, wie sie sich, zum Teil wirklich selbstlos, für andere Menschen eingesetzt haben. Das hat sich total geändert. Es gab in letzter Zeit immer mehr Stimmen, die sich transfeindlich geäußert haben, und rassistische Aktionen. Als ich von diesem Auswahlverfahren mitgekriegt habe … Nur mal kurz, diese Kampagne hieß ›VASH‹ von ›voices against sexual harassment‹ und sollte auf diese ganz alltäglichen Momente sexueller Belästigung, also so Alltagssexismus aufmerksam machen, was ich ja grundsätzlich erst mal richtig gut fand. Nur, was dann in der Redaktion passiert ist beim FA-Magazine, das war schon krass. Ich meine, die haben richtig aktiv aussortiert und dann einfach zu 90 Prozent Einsendungen von Fällen veröffentlicht, wo es sich bei den harassers um Menschen mit Migrationshintergrund oder POC handelte. I mean – wtf?!«

Mini schließt die Seite, obwohl der Artikel noch weitergeht. Keine Lust mehr. Sie hat es ja verstanden. Gibt es überhaupt eine Organisation mit komplett weißer Weste? Wohl kaum. Und sie unterstützt sowieso nicht direkt FA, sondern casensual und casensual wird oder wurde einmal von FA unterstützt.

Das ist nicht Minis Aufgabe, dann zu sagen, ich finde die und die und die Organisation doof und solange ihr von denen gesponsort werdet, will ich nicht mehr in eure Kampagne. Das wäre doch kindisch. Mal abgesehen davon, hat sie gerade erst angefangen und auf Insta bis jetzt auch fast nur positives Feedback bekommen. Ein bisschen hate ist ja normal, das gibt es bei allen Personen des öffentlichen Lebens. Und ihr content ist noch nicht einmal politisch. Klar, Elena würde nicht in Verbindung mit einer Organisation wie FA gebracht werden wollen, aber bei Mini ist das alles zweitrangig, weil es bei ihr um Lifestyle und Selbstfindung geht und nicht um Politik.

Den Artikel über Moonsters überfliegt sie nur, irgendwas mit rechter Esoterik und Verschwörungen, irgendwas richtig weit Hergeholtes und Mini sagt laut ins Nichts: Lasst doch endlich die Menschen ihr Leben leben.

Und sie denkt noch, dass Leo ihr auch oft sehr abgeklärt vorkam, aber sie hat darüber hinweggesehen und mittlerweile versteht sie ihn. Lieber alternativ denken, als so frustriert in dieser ganzen Einheitsscheiße versinken. Vielleicht ist es auch einfach aus mit Elena. Wenn sie kein Verständnis für Mini hat, dann wird es für Mini schwer, Verständnis für Elena zu haben.

Was Mini tun könnte, wäre, eine lange, lange Nachricht an El zu schreiben, in der sie ganz ausführlich alles erklären würde, und dann könnte El sehen, wie sie damit klarkommt. Aber Mini findet keine Energie dafür. Sie hat so viel um die

Ohren. Sie ist richtig müde vom Drehtag. Ihre Haut spannt um die Nase herum, auf den Wangen und am Kinn, von der Seife, mit der sie sich das Make-up abgewaschen hat. Und von der halben Stunde in der Dusche, als sie kochend heißes Wasser an ihrem Bauch entlanglaufen ließ und über ihre Schultern und den Rücken, da ist ihre Haut nur so aufgequollen und jetzt wird es Mini heimgezahlt. Überall klitzekleine weiße Schüppchen auf der Haut im ganzen Gesicht und rote Flecken und bei jeder Mundbewegung und jedem Stirnrunzeln zieht es von allen Seiten. Beinahe kann sie es knistern hören, wie trockenes Laub.

Mini steht vom Bett auf und geht zum Fenster. Sie zieht zwei weinrote Samtvorhänge zu und greift nach dem Schalter der Lichterkette. Gelbe Lichter leuchten über weinrotem Samt. Philipp anrufen. Philipp anlügen. Wenn sie Elena von manchen Dingen erzählen würde, die Philipp getan hat, müsste Elena ihr verzeihen. Dann würde sie Femmes Ascendantes vergessen und casensual und den ganzen Quatsch und zu Mini fahren und sie umarmen und ihr sagen, dass es nicht okay ist, wie er sie behandelt, und dass sie da raus muss, weil sie sonst daran zerbricht, oder so ähnlich. Anscheinend hat Elena nur ein einziges Mal in ihrem Leben mit einem Mann geschlafen und da war sie achtzehn.

Zurück auf dem Bett und auf dem Bauch liegend, sieht Mini sich ihren Insta-Feed an und sammelt sich zusammen. Elena sagt, dass sie gar kein Verlangen gehabt hat nach Sex mit Männern, weil sie lesbisch ist, und das wusste sie ja auch damals schon. Mini hatte auch nicht direkt Verlangen nach Sex mit Männern, aber das war trotzdem die meiste Zeit der einzige Sex, den sie kriegen konnte, und sie hat damals schon auch Verpflichtungen gegenüber diesen Typen verspürt. Warum, das kann sie nicht genau sagen. Elena hätte bestimmt eine Erklärung dafür.

Minis Rippen drücken in die Matratze, spitz und ästhetisch, ihre Ellenbogen stechen in die Matratze, knochig und erkältet. Hinter den Vorhängen flackerndes Blaulicht und das Martinshorn. Das Blut am Klopapier, das hat so was wie einen Schalter umgelegt in Minis Kopf. Diese Möglichkeit hat ihr Tausende Möglichkeiten eröffnet und vorher hatte sie exakt null. Das war: tack, Licht an und ein Raum voller Gold und Silber. Sie muss es sich nur noch holen und schauen, ob es echt ist, weil es natürlich auch nur Einbildung sein könnte. So ein Mist, natürlich ist sie nicht schwanger. Aber wenn doch …

Mini verlässt ihre Welt, Mini schließt Instagram und ruft Philipp zurück. Erst denkt sie, dass er nicht abnimmt, aber als ihr Daumen schon über dem roten Hörer schwebt, kommt sein »Hey« bei ihr an und sie sagt das Gleiche zurück.

»Also«, sagt Philipp, »echt jetzt?!«

Er sagt es nicht anklagend, sondern nur verwundert oder geschockt, aber wenn, dann sicher positiv geschockt. Und es stimmt, dass sie schon darüber geredet haben, das ist schon etwas her und bei seinem Gedächtnis erinnert er sich vielleicht gar nicht mehr daran.

»Hm, na ja. Ich glaube halt, ich hatte irgendwie eine Einnistungsblutung. Würde zeitlich auch passen.«

Sie haben darüber geredet und waren sich einig, dass sie beide einmal Kinder haben wollten, und wenn etwas passieren würde, dann wäre das okay, weil sie sowieso beide Kinder wollen, also warum nicht zusammen.

»Eine Einnistungsblutung? Aber ist das nicht irgendwie

direkt nach dem Sex oder so? Ich bin doch schon eine Woche weg.«

»Weiß nicht. Ich kann mir nichts anderes vorstellen, das war keine richtige Periode, dafür war's viel zu schwach, aber trotzdem Blut halt, und außerdem fühle ich mich komisch und ich wollte dir einfach direkt sagen, dass die Möglichkeit besteht. Ist ja auch nur fair, dich zu informieren, oder?«

Philipp lacht leise. Er sagt, dass das wirklich fair von ihr sei, und lacht noch mal. Dann fragt er, wann sie denn frühestens den Test machen könne.

Sie sagt: »Keine Ahnung, in zwei Wochen oder so?« Sie kennt sich damit jetzt auch nicht so profimäßig aus. »Ich kann ja morgen mal in die Apotheke und nachfragen.«

»Und was, wenn es stimmt?«

Mini fragt: Äääähm? Und: Na jaaa? Lang gezogen und ein bisschen perplex oder ironisch, müssen wir das jetzt wirklich noch mal besprechen?

Und Philipp sagt: Okay, da könnten sie dann ja immer noch drüber reden.

Sofortiger Kloß in Minis Hals, sie denkt: Bitte was?! Sie wird wütend. Sie beißt auf ihrer rechten Wange herum. »Ja, okay«, sagt sie und weil sie manchmal gar keine schlechte Schauspielerin ist, klingt es federleicht. »Erst mal hol ich den Test und dann sehen wir schon.«

In ihrer Öko-Phase hat Pia nur noch Lebensmittel aus dem Bioladen gekauft und das Gemüse war immer irgendwo fleckig. Müder Bio-Salat ohne Pestizide. Einmal hat Mini ihr gesagt, sie würde lieber ein paar Jahre gespritztes Gemüse ohne Flecken essen, das sie unfruchtbar macht und ihr Eierstockkrebs gibt, als ihr Leben lang auf knackigen Salat verzichten zu müssen. Pia sagte: »So ein Quatsch.«

Pia sagte: »Weil ich euch und mich so lieb hab, will ich, dass wir gesund alt werden. Ich will ja auch unbedingt mal Enkelkinder und deswegen pass ich auf diese mega egoistische Art auf deine Fruchtbarkeit auf. Wäre doch schade, wenn wir das alles von vornherein zerstören, nur weil wir unsere Äpfel zu mehlig fanden, hm?« Und dann sagte sie, dass Mini früher oder später auch mal Kinder haben wollen würde. Vorprogrammiertermaßen.

Deswegen haben sie sich ein paar Minuten gestritten, denn Mini fand Pias absolutistisches Denken ekelerregend und Pia fand Mini noch viel zu jung, um solche Dinge von Anfang bis Ende durchblicken zu können.

Und gerade denkt Mini, wenn ich keine Kinder kriege und ich werde keine Kinder kriegen, dann liegt es immerhin nicht an dir, Pia. Weil es dann nämlich *nicht* am scheiß beknackten pestizidbelasteten Gemüse liegt, da kann es nicht dran liegen, ich hab ja nur Bio konsumiert in der kritischen Phase. Und unfruchtbar ist Mini wohl trotzdem, immerhin hatte sie keine Periode mehr, seit? Seit lange. Ewig. Und Einnistungsblutung, denkt Mini, dass ich nicht lache. Über solche Worte kann sie nur noch lachen. Google sagt übrigens, die Einnistungsblutung, das ist eigentlich fast ein Mythos. Es gibt schon immer mal kleinere Blutungen in der Frühschwangerschaft, aber das mit der Einnistungsblutung haben sich wohl eher diese Menschen ausgedacht, die es probieren und probieren und unbedingt wollen, und bei jedem noch so kleinen Anzeichen sind sie: Ja! Ja! Schwanger! Das muss es sein! Das ist das ultimative Zeichen!

So ein Scheiß.

Mal abgesehen davon, welche Pia war das noch mal? Es gab ja mehrere. Es gab diese Pia, die Mini sagte, sie will unbedingt – sie sagte unbedingt und wahnsinnig gerne – einmal Enkelkinder. Es gab eine Pia, die im Jemen *Leben gerettet* hat. Es gab eine Pia, die sich dachte: Enkelkinder, wtf? – Ich ziehe einen allerletzten Wellnessabend vor. Im Whirlpool.

Und überhaupt hat die ganze Geschichte wohl kaum etwas mit dieser oder jener Pia zu tun, es geht hier um Mini. Oder Philipp. Worum es geht, ist in Wirklichkeit auch eher schwammig bei Mini im Kopf.

Sie schaut nach der besten Zeit für ihren Insta-Post. Da gibt es Statistiken, nach denen sie sich richten kann, wenn sie die meisten Menschen erreichen will. 20 Uhr 32: drei Fotos vom casensual-Set, eins von Mini in der Maske, eins von Mini und dem blonden Model, das Vivienne heißt und jetzt so was wie eine Freundin für Mini ist. Eins von Mini vor den grünen Plastikpflanzen, sie sehen ganz echt aus.

had a great day with @casensual and @viviennebrauer und dazu Hashtags für die Reichweite.

Natürlich wird Mini nicht in die Apotheke und natürlich wird sie keinen Test machen.

11

Mini schaut sich auf YouTube Videos von schwangeren Frauen an. Sie hört Frauen zu, denen morgens, mittags, abends übel ist, Frauen, die Fressattacken bekommen, plötzlich große Brüste haben, andere Brustwarzen als vorher und Stimmungsschwankungen. Mini hat genau die gleichen Brustwarzen wie immer. In einem Video hält eine blondierte Vloggerin Strampler in die Kamera. Strampler in allen Farben, mit bunten Schriftzügen, aufgestickt, aufgeklebt, aufgedruckt, Mini hat Tränen in den Augen. Warum? Weiß sie nicht.

»Es ist einfach schlimm mit mir. Ich kann an keinem Geschäft mehr vorbei, ohne was zu kaufen. Wenn ich irgendwo Babysachen sehe, dann legt sich ein Schalter in mir um und ich kriege wie so einen Tunnelblick und bin nur noch darauf fixiert. Das hier«, sie wühlt unter der Kamera herum, Mini sieht nur ihren dunklen Haaransatz und dann ein winziges T-Shirt in Hellblau mit Druckknöpfen auf den Schultern. Druckknöpfe! »Das hab ich gestern gekauft, da war ich mit einer Freundin zum Kaffee verabredet, wobei ich ja nur noch Chai-Latte trinke – haha –, ich warte nur darauf, dass ich mich davon mal übergeben muss und das dann nicht mehr abkann. Dann wäre ich aber so was von aufgeschmissen, Chai-Latte ist im Moment so was wie ein Grundnahrungsmittel für mich. Jedenfalls bin ich nur kurz durch die Stadt auf dem Weg zum Café und dann seh ich das hier im Schaufenster und ich konnte einfach nicht anders. War jetzt nicht … huch, Moment« – Schnitt – und eine Haarsträhne fällt jetzt anders über die nackten Schultern als vorher, »sorry, wieder da, da hat's grad geklingelt, aber war nur die Post. Wo war ich? Ah, genau, das hab ich dann direkt gekauft. Aber ist doch auch ur-süß – oder? Also, bei so was kann ich einfach nicht widerstehen. Ich frag mich ja schon, wie das dann später mit dem Spielzeug werden soll. Gott, mein Kind wird ja so verwöhnt werden, ich muss mir das echt abgewöhnen.«

Während das Video auf ihrem Laptop weiterläuft, googelt Mini auf ihrem Handy Anzeichen einer Schwangerschaft. Sie liest sich alles durch, obwohl sie sämtliche Anzeichen schon in- und auswendig kennt und auch nichts Neues dabeisteht. Sie landet in verschiedenen Foren: kinderwunsch.org, eltern.de und so weiter, wo sich Erfahrungsberichte von Müttern tummeln, Einträge zu unerfüllten Kinderwünschen, Eileiterschwangerschaften, Fehlgeburten, Schwangerwerden mit Endometriose. Im Hintergrund streicht sich die Vloggerin eine glänzende tadellos blondierte Haarsträhne hinters Ohr, ohne ihren Redefluss zu unterbrechen: »Luka lacht mich immer schon aus, wenn ich mit einem neuen Mobilé ankomme, aber das ist doch so knuffig, schaut mal, und dann kann man hier so, also wenn er dann da anfasst – huch, Vorführeffekt – also eigentlich sollte das … Ja. Ja, genau hier, dann geht die Drehbewegung da so spiralförmig weiter hoch und am Ende: da. Hänschen klein, ging allein, didididie. Ihr merkt richtig, wie mich das catcht, oder? Ich hab manchmal das Gefühl, selbst richtig zum Baby zu werden. Ich könnte mich ja echt stundenlang damit beschäftigen.«

Mini drückt auf die Leertaste und das Video stoppt. Sie

steht auf und streckt sich lang nach oben aus, die Arme in der Luft, verschränkt die Hände hinter dem Rücken und beugt sich nach vorne, spürt ein Kribbeln in den Unterarmen. Das ist alles völlig albern. Was ist denn los mit der Menschheit. Einen Moment bleibt sie in dieser Position, mit dem Kopf nach unten, sodass sie zwischen ihren Beinen hindurch auf das Bett schauen kann, aber natürlich ist alles falschrum und sieht ganz anders aus als in echt.

Sie schreibt Philipp: alles gut test war negativ. Und beschließt, ihn nie wiederzusehen.

12

Rückblickend vergeht die Zeit immer so schnell. Schwupps, ein Jahr rum. Zack, zack, peng. Irgendwie so. Und rückblickend ist es dann leicht, zu sagen: nüchtern betrachtet so und so.

Und zwischendurch war alles viel komplizierter.

Aber wenn Mini sich selbst auf dem wunderbar hochauflösenden Display ihres MacBooks sieht, sich selbst in einem Video, dann kommt es ihr ganz anders vor. Nicht wie gegenwärtig, nicht wie rückblickend. Sondern anders. ›Aus der Zeit gefallen‹ sagen sie immer in Kunstkritiken über Gemälde und so. Irgendeine abgenutzte Floskel, das geht nämlich immer: »Die Szenen in seinen Bildern wirken auf seltsame Weise modern und altertümlich zugleich, wie aus der Zeit gefallene Traumwelten.« Mein Gesicht in einem Video mit 9 Millionen Klicks wirkt auf seltsame Weise verstörend und wunderbar zugleich, wie aus der Zeit gefallen, denkt Mini. Das Video ist ein Statement zu dem Interview. Das Interview hätte verhängnisvoll sein können und dann war es ihr Katapult. Ihre Absprungrampe, so unerwartet, dass sie fast runtergefallen wäre, aber sie hat einen eindrucksvollen Flug hingelegt. Sie hat sich nach oben geschossen.

Sie dachte vorher, sie wäre oben, aber in Wahrheit war sie höchstens in der Mitte. Jetzt ist Mini oben. Riesengroß. Jetzt hat sie ein Statement-Video gedreht und bald wird sie es noch einmal drehen und zwar auf Englisch und das nennt sich Reichweite. Und international.

Elena hat ihr eine Nachricht geschrieben, sie hat nicht angerufen. Bestimmt war sie die Erste, die das Interview auf ze.tt gelesen hat, und bestimmt hat sie sich sofort an ihren Laptop gesetzt und mit ihren Formulierungen angefangen. Satzteile zusammengebaut, noch ganz aufgewühlt und mit umherspringenden Gedanken, wieder gelöscht und neu gepuzzelt, Wörter hierhin gedreht und dorthin, dann aber doch einfach alles rausgelassen, ohne noch viel nachzudenken, und schließlich die Enter-Taste gedrückt, ein letztes Mal Enter. Was Mini jetzt nicht mehr einsieht, das wird sie später erst recht nicht mehr einsehen, vielleicht war es das auch einfach mit der Freundschaft. Möglich, dass es irgendwann einfach aus ist und vorbei.

Ej Mini.
Ich hab jetzt keinen Bock mehr auf dieses ganze Drumherum: ich hab dich lieb, du weißt wie lieb blabla. Ich bin mir ehrlich gesagt auch gar nicht mehr so sicher, was meine Gefühle für dich angeht, weil es da in letzter Zeit ziemliche Downer gab. Und ich glaube, du weißt schon, was ich meine.
Okay … Ich hab dieses Interview gelesen – kannst du dir ja wahrscheinlich schon denken. Ich hab auch dein Video gesehen und ehrlich gesagt: keine Ahnung. Vielleicht kannst du dir auch denken, was ich davon halte, weil du so grundlegende Einstellungen von mir kennst. Ich habe dir ja auch diese ganzen Artikel geschickt, ich dachte, vielleicht öffnet dir das die Augen. Hat's anscheinend nicht. Das tut mir leid, weil ich dich nicht für so, okay sorry: bescheuert gehalten habe. Ist dir eigentlich bewusst, dass du dich mit deiner Unterstützung dieser Gruppen selbst zu einer ver-

dammten menschenverachtenden Rassistin machst? Vielleicht nicht, vielleicht ist es dir auch einfach egal.
Ich hatte ursprünglich vor, dieses ganze interview extra für dich auseinanderzunehmen und dann jeden beschissenen satz, den du da von dir gegeben hast, ganz ausführlich zu erklären, damit du vielleicht verstehst, was es eigentlich bedeutet und was bei anderen Menschen ankommt, wenn du dich so äußerst, wie du andere Menschen damit verletzt. Hab mich jetzt dagegen entschieden. Wenn du irgendwie bereit bist, dich doch noch mal mit all dem auseinanderzusetzen, kannst du mich natürlich anrufen. Von mir kommt nur noch das hier, ansonsten lass ich dich einfach in Ruhe. Und es kostet mich Überwindung, dir das zu schreiben, ich hätte nicht gedacht, dass es mal so weit kommen würde. Fände es fast ein bisschen albern, wenn ich nicht so schockiert wäre.

Die Mail hat Mini schon ein paarmal durchgelesen. Das erste Mal im Zug nach Hamburg, dann direkt danach, am Hamburger Hauptbahnhof, dann im Hotel.

Ihr Zimmer ist hell und groß, die Bettwäsche schneeweiß. Sie hat sich ans Fenster gestellt, bodentiefe Fenster, auf die Stadt geschaut, eine Stelle an ihrer Wange aufgekratzt und die Zehen in das weiße Kunstfell auf dem Boden gekrallt. Ein Foto der Hamburger Skyline in ihrer Story, gleich geht sie in die Sauna.

Nach der Ankunft im Hotel hat Mini Yoga gemacht in einem Outfit von casensual. Vor dem Hotel wurde sie von mehreren Fans erkannt, junge Frauen und Mädchen, und alle wollten Fotos mit ihr machen. Mini hat gelächelt und wenig gesagt, weil sie erschöpft und nahbar und schön wirken wollte und dann ist sie mit dem Fahrstuhl ganz nach oben gefahren, bis zu ihrem Zimmer, nachdem eine junge Frau vom Care-Team sie begrüßt und ihr den Chip zum Türöffnen gegeben hat.

Wahrscheinlich geht es Mini gerade nicht so gut. Wenn es ihr gut gehen würde, wäre sie wohl nicht so unschlüssig. Sie denkt an Philipp: Du weißt nie, wie es dir geht, Mini.

Bevor sie sich aufmacht in die Sauna, setzt sie sich im Schneidersitz auf das Kunstfell. Umklammert mit den Fingern ihre nackten Zehen. Auf dem Handy schaut sie ein Video von zwei Frauen, die eine ist ziemlich dick und macht ständig irgendetwas an ihren Nippeln, während die andere an ihren Vulvalippen herumzieht und zu laut stöhnt. An der Stelle, wo beide aufeinanderliegen und nicht mehr ganz so laut stöhnen, hat Mini einen Orgasmus. Sie nimmt die Kopfhörer aus den Ohren und steckt das Handy in die tiefe Tasche von ihrem Kimono. Wunderschöner Stoff: verschnörkelte erdige Blüten und Pflanzen, dunkles Lila, Gold, Grün. Mini trägt einen Badeanzug darunter und geht barfuß, weil es ihr egal ist. Die putzen sowieso ständig in dem Hotel, wahrscheinlich mit so vielen Chemikalien, dass es kein einziges lebendes Bakterium, keine noch so kleine Pilzspore mehr auf den Gängen gibt. Mini ist ja auch die Hippie-Influencerin, den Ruf hat sie, das kann sie jetzt raushängen lassen.

Im Wellnessbereich ist alles Asia-Style. Schlichte Lampions hängen pompös von der Decke und der Boden glänzt rau und steinig. Mini durchquert Dampf und Duft und spürt, wie die Poren ihrer Haut sich öffnen von der Wärme, und hört leise, angenehme Musik. Die unterschiedlichen Areas sind geräumig und von halb durchsichtigen Glaswänden getrennt, große runde Pools, kleine runde Pools, Bambusmatten und gigantische Pflanzen. Zum Glück ist es noch leer, Mini hat keine Lust auf Menschen. Sie senkt sich versuchsweise auf eine der Liegen ab, fühlt die Bambusmatte unter sich, angenehm warm und trocken.

Was passiert ist in den zwei Wochen bevor Mini nach Hamburg gefahren ist, das will sie gerne vergessen. Das vergisst sie vielleicht auch ganz automatisch, weil ihr Gehirn es verdrängt, wie es eben so geht mit diesen traumatischen Erinnerungen.

Erst hat Mini sich verflucht und in ihr Inneres hineingeschrien: Warum hast du das getan?! Du hättest niemals zusagen dürfen bei diesem Scheiß-Interview! Jetzt ist alles aus, jetzt ist alles aus. Aber nach vielen Selbstvorwürfen und mit heiserer Kehle musste sie sich fassen und es ging ja nicht nur von ihr aus, denn logisch, die Leute von casensual haben von dem Interview mitgekriegt, auf Instagram haben alle davon mitgekriegt, es war überall und überall haben sie Zeug gepostet in ihren Storys über FA und casensual und diese Mini, die sie selber ist. Und in solchen Situationen muss ganz schnell gehandelt werden, hat Kathi ihr gesagt, weil sie Kathi um Rat gefragt hat.

Mini: Hast du das interview auf ze.tt gelesen?
Kathi: Hab ich
sorry hätte mich auch von mir aus melden können.
Ruf mich mal an, wenn du zeit hast

Und dann haben sie gefacetimet und Kathi sagte: »Ich kann mir schon vorstellen, wie schwer das für dich ist. Weil es halt auch alles so verdammt schnell ging mit deinem Erfolg. Weißt du, es gibt ja Leute, die über Jahre auf so was hinarbeiten oder schon ihr Leben lang irgendwie berühmt sind und in der Öffentlichkeit stehen, oder Menschen, die so was in einem Studium lernen. Ich meine, hallo-ho? Es gibt Menschen, die so was studieren? Und klar kannst du dann nicht alles wissen. Du kannst ja zum Beispiel nicht wissen, wie die mit dem umgehen, was du da von dir gibst, dass alles auf die Goldwaage gelegt wird, dass dir möglicherweise jedes Wort im Mund umgedreht wird. Und es gibt halt diese Methoden von der Presse, auch auf Social Media, damit die ihre Ideologien verbreiten können. Dann stellen sie dich in diese Ecke oder in eine andere, um selbst in der Mitte zu stehen und gut dazustehen.«

Mini sagte klar, das verstehe sie schon, hätte sie ja jetzt am eigenen Leib erfahren, aber was tun?

»Und sogar casensual verlangt von mir, dass ich was mache, weil die Verkaufszahlen einfach drastisch – mehr als drastisch – gefallen sind. Ich hab echt keine Ahnung, wie ich da wieder rauskomme«, sagte sie und schaute in ihr eigenes Gesicht im Handybildschirm und dann in Kathis, alles etwas versetzt wegen der wackligen Verbindung.

Sekundenlang versagte Minis Internet oder das von Kathi, ein Internet versagte und Kathis Gesicht blieb in einer kauenden Mundbewegung stecken. Wie ein Pferdekopf, zu viel Gras auf einmal abgebissen und jetzt muss der Kiefer so weit nach links geschoben werden, dass er neben dem Kopf zu schweben scheint. Mini sagte: »Hallo? Kannst du mich noch hören?« Und winkte unnötigerweise. Dann flimmerte Kathi und war wieder da, in Bewegung und mit einem zweiten Kopf neben sich, der nicht ihrer war. Sie sagte:

»Oh, sorry, die Verbindung war grad kurz weg. Hey, guck mal, wer noch da ist!«, als wäre Mini ein kleines Kind und ihr Großvater hätte sich dazugesellt zum neumodischen Videotelefonat und dann müsste sie fröhlich mit der Hand wedeln und sagen: »Hallo, Opa, hallo!« Und Opa würde das Gleiche tun und dann hätten sie eigentlich nichts weiter zu besprechen und könnten sich noch ein bisschen gequält grinsend gegenübersitzen, bis das Mittagessen fertig wäre, dann: »Tschüss, bis bald!«, und auflegen.

Aber es war nicht Opa, sondern Leo und sein breites Gesicht und sein großer Mund.

»Wow«, sagte Mini und war möglicherweise sogar ein wenig enthusiastisch. »Hey!«

»Überraschung!«, sagte Leo und grinste weit weg.

»Wo seid ihr?«, fragte Mini, der Raum sah so büromäßig aus, ihr fielen Stühle auf, die sie nicht kannte, ein Whiteboard. Sie schaute auf Leos Haare, die kürzer geworden waren.

»Offenburg«, sagte Kathi. Sie drehte sich um, als müsste sie das noch mal abchecken sicherheitshalber. »Ich geb hier einen Workshop bei einem buddhistischen Retreat«, sagte sie. Und nickte ein paarmal und lächelte irgendwie wissend.

»Okay, was die da mit dir gemacht haben«, fing sie dann an, aber Leo unterbrach sie und sagte, was die da machen würden, das wäre der größte Scheiß und als Allererstes sollte Mini wissen, dass sie ein Lichtwesen sei und geliebt werde von so vielen Seelen, das sei unglaublich eigentlich.

»Genau«, sagt Kathi. Und dann gab sie Mini ihren Ratschlag: »Weißt du, was ich tun würde an deiner Stelle?«

Nein, wusste Mini nicht, deswegen brauchte sie ja Kathis Hilfe, und Kathi sagte ihr, sie würde es so machen: »Aus so was rauszukommen ist ja wie eine Schifffahrt im Eismeer. Ich nenne es mal das Titanic-Problem«, hier stieß sie ein raues Lachen aus, »also du hast deinen riesigen Dampfer mit den wertvollsten Gütern, gerade erst beladen an der Küste, und willst zum nächsten Halt, für noch tollere Güter, aber upsi: Da ist ja noch das Polarmeer dazwischen mit den ganzen Eisbergen und die sind spitz und gefährlich und wollen dir ans Metall. Du weißt schon, das Metall von deinem Dampfer. Also die Gefahr besteht halt, dass du Schiffbruch erleidest. So. Was tun? Du musst dich da ganz vorsichtig durchmanövrieren und du darfst auf keinen Fall – du darfst nicht den kleinsten Fehler machen, weil dann ist es aus, dann ist Jack weg. Und du allein zwischen Eisschollen.«

Leo nickte mehrmals und kaute auf seinen Lippen herum. Er setzte nach: »Und du musst im Hinterkopf behalten, auch wenn ich weiß, du kannst das schaffen, weil du eine unglaubliche Person bist, Mini, und du hast eine Gabe. Ich wusste schon, dass du eine Gabe hast, als ich dich das erste Mal gesehen habe im Zug nach Paris und gelesen habe, was du so geschrieben hast in dein Tagebuch da … Ähm. Du solltest trotzdem daran denken, dass die mächtig sind. Die haben die Presse unter Kontrolle und die Presse ist ja etwas, woraus viele Menschen all ihre Informationen ziehen, ohne sich besonders damit auseinanderzusetzen und so, das ist so eine Hauptinformationsquelle für viele.«

Mini sagte: »Ja, schon«, und dachte: Fahr mal nen Gang zurück, Leo, aber danke trotzdem, ich weiß deine Anteilnahme zu schätzen.

»Okay«, sagte Kathi, »also es ist auf jeden Fall ein Riesen-Glück, dass du dich nicht wirklich konkret zu den Aktionen von Femmes Ascendantes geäußert hast.«

»Mann, ich wusste doch auch gar nichts von deren Kack-Aktionen«, unterbrach Mini sie und dachte an die Artikel, die sie von Elena bekommen hatte, und ihre eigene Gleichgültigkeit und wie sie das alles hätte verhindern können, wäre sie nicht so arrogant und ignorant und größenwahnsinnig gewesen.

»Eben«, sagte Kathi und stockte dann kurz, »obwohl, eigentlich nicht ›eben‹. Also du musst halt schon sehen, wie das ankommt. Du unterstützt eine Organisation, von der die meisten Leute nicht so viel halten, beziehungsweise die Leute, die du mit deinem content erreichst, finden's nicht so geil, was FA macht, und dann behauptest du so was wie: Ups, ja, wusste ich gar nicht. Keine Ahnung, wofür ich hier Werbung mache. Aber wie gesagt, immerhin hast du dich halt nicht direkt gegen Abtreibungen geäußert oder für irgendwelche Kopftuchverbote, pipapo. Das ist schon mal gut.«

Mini hatte regelmäßig Flashbacks und saß dann wieder auf diesem unbequemen Plastikstuhl gegenüber von Lisa. So hatte sie sich vorgestellt, irgendwie auf lässig und nett gemacht: Hi, Mini, ich bin Lisa. Bescheuerte Fotze. Mini im Plastikstuhl und erst etwas aufgeregt, aber positiv – also erwartungsvoll – und dann, ein paar Fragen später, ging es nur noch bergab. Stehst du denn eigentlich wirklich komplett hinter deinem content? Fühlst du dich wohl mit dem, was du da vor allem jüngeren Zuschauer*innen verkaufst? Hm? Hm, casensual wird ja auch noch von einer Reihe sogenannter gemeinnütziger Organisationen unterstützt und mit Fördergeldern ausgestattet? Findest du das in Ordnung? Also zum Beispiel auch, im Rahmen der Spiritualität eine ziemlich fragwürdige politische Schiene zu fahren? Mini war irgendwann nicht mehr mitgekommen. Politische Schiene? Sie sagte, sie würde aus Überzeugung handeln und anderen Frauen helfen wollen. Was verstehst du denn unter Frauen?

Hältst du es aus feministischer Sicht für sinnvoll, eine Organisation wie Femmes Ascendantes – wenn auch indirekt – zu unterstützen?

Es hätte nicht mehr viel gefehlt und Mini wären Tränen die Wangen heruntergelaufen. Weil sie einfach nicht weiterwusste und natürlich gemerkt hatte: Etwas stimmt nicht, ich reite mich hier gerade in die Scheiße, das läuft nicht so, wie es soll. Das hier ist keine Werbung für Mini und casensual. Das ist keine Journalistin, die einen vor Bewunderung strotzenden Artikel in einer bekannten Zeitung veröffentlichen will. Und deswegen war sie aufgestanden, hatte tief eingeatmet und versucht, die sich anbahnenden Tränen zu kontrollieren: »Ich glaube, ich würde das Ganze jetzt gerne beenden.«

»Mhm, mhm. Ich hätte jetzt noch drei, vier Fragen an dich gehabt und hatte auch gehofft, wir könnten an dem ein oder anderen Punkt noch etwas mehr in die Tiefe gehen?«

»Tut mir leid, ich habe dazu jetzt nichts mehr zu sagen.«

Mini war einfach gegangen. Aber einfach gehen ist nie gut bei solchen Interviews und das hatte Kathi ihr jetzt natürlich auch noch mal vor Augen geführt, einfach gehen heißt aufgeben und aufgeben heißt im Unrecht sein. Und das Interview war natürlich trotzdem gedruckt worden.

»Und jetzt?«, fragte Mini und Kathi fuhr sich mit abgehackten Bewegungen durch ihre blondierten Haare. Sie zog an einem ihrer Ohrringe. »Na ja, auf jeden Fall musst du Stellung nehmen.«

»Soll ich einen Post auf Instagram machen oder eine Story?«

»Ja. Das. Oder halt mehr. Ich glaube fast, ein einziger Post oder eine Story oder so, das könnte zu wenig sein. Das ist halt so das Ding mit diesen politischen Sachen, da reagieren dann alle und das sitzt auch tief, das kriegst du vielleicht nicht mit einem Insta-Post behoben.«

Leo meldete sich hinter ihr zu Wort und sagte: »Ernsthaft, Mini, guck dir mal diese Welt an. Menschen sind so komisch. Anstatt sich einfach zu freuen, dass du eine positive Botschaft aussendest und ihnen Licht bringen willst, müssen sie Hass verbreiten.«

Kathi drehte ihren Kopf über eine Schulter in seine Richtung. »Klar, das steht ja außer Frage. Aber Tatsache ist trotzdem, dass Mini jetzt da drinsteckt, und sie könnte natürlich einfach weiter eine andere Schiene fahren«, sie drehte sich zurück zu ihrem Handy und sagte an Mini gewandt: »Du könntest dich auch, was weiß ich, mit FA solidarisieren oder so, nur wärst du dann halt ziemlich schnell deine Followerinnen los. Vielleicht nicht alle, aber die meisten.«

Mini wusste nicht, was sie von FA halten sollte. Sie hatte sich vorher keine Gedanken zu dem Thema machen wollen, nach dem Interview fühlte sie sich übergangen und missverstanden und wollte sich erst recht nicht damit beschäftigen. Im Prinzip hatte diese Lisa ihr etwas angehängt, was sie nie so formuliert hatte.

»Ich will einfach aus diesem negativen Rampenlicht raus«, sagte Mini.

»Ja, eben. Du musst echt erst mal von diesen Anschuldigungen weg. Ich habe nämlich gedacht«, Kathi hatte ihr Kinn in die rechte Hand genommen und knetete mit dem Mittelfinger in ihrer Wange herum, »du könntest vielleicht ein YouTube-Video machen. Da hast du eine andere Plattform und eine andere Reichweite und Leute sind es gewohnt, sich längere Videos anzuschauen.«

Mini spürt Körper, die sich bewegen hinter ihr im Massagebereich. Dann geht es wohl gleich los. Massagerunde unter Influencerinnen. Und ein Gedanke durchzuckt Minis Kopf: Irgendein Verrückter zieht eine Pistole unter seinem Bademantel hervor und richtet sie auf ihren Hinterkopf. Mini in der Liege, auf einer Bambusmatte, nichts ahnend, sich in Sicherheit wähnend, ihr Ende. Ein verrückter Fremder schießt ihr eine Kugel in den Kopf, so was passiert Prominenten und Mini ist eine Prominente. Sie denkt, sie sollte besser aufhören zu denken, wenn nur so was dabei rumkommt. Aber Gedanken kommen natürlich von alleine. Außerdem beginnt Minis Kopf mit diesem halbschläfrigen Abdriften in andere Sphären und da passieren üblicherweise die krassesten Sachen, da vermischen sich Gedanken mit Bildern und mit Träumen und Erinnerungen und Geräuschen. Im Halbschlaf auf einer Bambusmatte sieht Mini sich weinend im Bad neben der Toilette sitzen und große Schleimklumpen und Blut drücken sich aus ihr heraus, durch den Stoff ihrer Unterhose, und sie denkt: Was soll ich denen bloß sagen, bei casensual, sie hat ihr ganzes Outfit vollgeblutet und ist doch gerade auf dem Shooting. Und dann wieder El als Hebamme, die vor ihr steht und sie beschimpft und sagt: Typisch, jetzt musst du dich wieder deiner klischeehaften Frauenrolle hingeben und dir nur über deine Yogapants Gedanken machen, dabei stirbt dir gerade dein erfundenes Baby weg. El sagt: Da schwindet deine Phallusattrappe, mit der du das Patriarchat überleben willst. Mini schreckt auf und glaubt, ein Geräusch gemacht zu haben. Vielleicht hat sie im Halbschlaf etwas gesagt oder sogar aufgeschrien.

13

Natürlich gibt es eine Dachterrasse.

Natürlich die schönsten Figuren, von denen Mini eine ist. Eine andere Instagrammerin spricht sie an und sagt, sie hätte weinen müssen, bei dem Video. Mini überkommt ein Gefühl der Überlegenheit: Du musstest weinen bei meinem Video? Ich kenne dich nicht, ich musste nicht weinen bei einem deiner Videos, weil ich keine Videos von dir gesehen habe. Du kennst mich, ich kenn dich nicht, sagt sie in ihrem Kopf vor sich hin und blickt sich um und stellt fest, dass es die Regel ist: Du kennst mich, ich kenn dich nicht.

Vivienne steht neben einem kleinen Mann mit grau-braunem Kurzhaarschnitt, an den Schläfen weiß ausgeblichen. Enge Jeans, schwarz-weiß karierter Frack, eine moderne Hornbrille auf der großen Nase. Vivienne winkt Richtung Mini und die Augen des kleinen Mannes zucken rasch zu ihr, dann zurück zu Vivienne, sie nickt und sagt etwas. Als Mini bei den beiden angekommen ist, streckt er ihr seine Hand entgegen. Er sagt:

»Vivi, magst du eben ein Foto machen?«

Er tippt mit dem Zeigefinger etwas in sein Handy und reicht es Vivienne. Ungefragt legt sich eine Hand um Minis Taille, und als sie an ihrem Bauch herunterschaut, sieht sie kräftige weiße Haare auf kräftigen, gut gebräunten Fingern und die Finger umfassen ihre Hüfte. Mini schaut verzeihend in die Handykamera und ihre Haare verdecken die Hälfte ihres Gesichts.

»Supa«, sagt der Mann, »supa.«

Er zieht schwungvoll seine Hand von Minis Hüfte und greift nach ihren Schultern, hält sie vor sich, damit er ihr in die Augen schauen kann. Bestimmt fünf Zentimeter kleiner als sie.

Mini räuspert sich und weiß nicht, was jetzt ihre Aufgabe ist, also gibt sie sich steif seinem Schultergriff hin.

Vivienne stellt ihr Henry Hennecke vor: »Das ist ein ganz dicker Fisch«, sagt sie und lächelt erklärend.

»Wir kennen uns nicht?«, fragt Mini und sagt, sie wolle nicht unhöflich wirken.

»Mini!« Henry lacht wiehernd. »Ob ich dich kenne, das steht doch außer Frage! Und was meine Bekanntheit angeht, da muss ich wohl etwas Nachsicht haben mit euch jugendlich frischen«, er sucht nach einem Ausdruck und findet: »aufblühenden Knospen.«

Mini denkt: O Gott. Sie versucht, genauso nett zu lächeln wie Vivi, und sagt: »Na ja«, mehr fällt ihr nicht ein.

Sie will Vivienne fragen, was bei ihr so passiert ist seit ihrem gemeinsamen Drehtag mit casensual, aber dazu bekommt sie keine Gelegenheit.

»Du weißt ja noch gar nicht, was ich für dich bereithalte, Mini«, sagt Henry und betrachtet selbstgefällig seine schwarzen Lackschuhe.

»Ich weiß es!«, ruft Vivi spitz, und weil es etwas zu laut und etwas zu hoch geraten ist, ruft sie es gleich noch mal in unauffälliger.

Mini sagt ein lang gezogenes Okaaayy. Ihre Kopfhaut juckt. Das muss an diesen Pflegeprodukten aus dem Wellnessbereich liegen, die tun immer so sensitiv, alles Natur und gut verträglich, pipapo, und dann, kaum dass es die Haut berührt, rote Stellen, Ausschlag, Schuppen, Juckreiz und nur Ärger. Und das Wasser ist entweder gechlort oder so salzhaltig, dass es Krusten auf Mini hinterlässt.

Henry schnappt sich Minis Handgelenk und Mini zuckt zusammen.

»Schreckhaft«, stellt Henry fest, als wäre sie schuld an seiner Übergriffigkeit. Er manövriert sie auf die andere Seite der Terrasse. Eine große, knochige Frau nickt ihnen zu und Mini braucht mindestens fünf peinliche Sekunden, um zu erkennen, dass es die Creative Direktorin von casensual ist. Normalerweise, am Set, trägt sie lockere Jeans oder Jogginghosen und weiße T-Shirts und sie schminkt sich ungefähr nie. Heute muss der besonderste Tag seit Langem sein. Ein goldener, metallisch glänzender Ganzkörperanzug, hauteng, presst sich an ihre Rippen, umklammert ihre Oberschenkel, wirft kleine Fältchen über ihren platten Brüsten. Mehrere Lagen Schmuck, dunkelblaue Sandalen mit spitzen Absätzen und dunkelblauer Lidschatten. Über ihrem schwarzen Bob, kinnlang, hängen zu einer Art Haube geflochtene Goldketten und umrahmen ihr Gesicht. Und wenn nicht alle so verdammt aufgestylt aussehen würden, hätte Mini sie kurzerhand für verrückt erklärt. Aber es sehen ja alle so verdammt aufgestylt aus.

Ihre Kopfhaut schickt Mini Signale: Kratz mich, kratz mich! Wenigstens ein bisschen, denkt sie, aber ihr Handgelenk wird fest umklammert von Henrys behaarten Fingern und ihre Frisur würde einen derartigen Angriff nicht überleben. Mini ist ja selbst auch so aufgestylt.

Also tut sie so, als hätte sie Susan sofort erkannt, löst sich von Henry und Küsschen rechts, Küsschen links – so wird das gemacht unter Kolleginnen bei casensual, da bleibt ihr gar nichts anderes übrig.

»Wir haben uns ja noch überhaupt nicht richtig gesehen heute!«, ruft Susan an ihrem Sektglas vorbei und ist anscheinend nicht mehr ganz nüchtern. Das ist gut, Mini nämlich auch nicht.

Souverän sein, denkt Mini und fasst hinter sich nach Henrys Schulter. »Den hier durfte ich gerade kennenlernen und direkt Fotos mit ihm machen«, sagt sie. »Irgendwas hat mir geflüstert, es gäbe eine Überraschung für mich?«

»Das liegt ganz bei dir«, Susan blinzelt durch ihren dunkelblauen Lidschatten an Mini vorbei und zu Henry: »Na? Willst du die Bombe platzen lassen oder soll ich?«

Henry sagt, er könne es sich wohl kaum nehmen lassen, Mini dieses Angebot zu unterbreiten, aber er habe sich ja noch gar nicht so richtig vorgestellt. Mini wisse doch noch nicht einmal, wer er sei. Und es stellt sich heraus, dass er für das Online-Marketing von mehreren aufstrebenden Unternehmen – unter anderem casensual – verantwortlich ist. Henry: »Ich stehe auch in engem Kontakt mit Plattformen wie Spotify, Deezer, Apple Music, Audible, du weißt schon, alles, was gerade so richtig durch die Decke geht. Man könnte sagen: Vitamin B – Henry Hennecke ist dein Mann. Ich kenne sie alle.« Sein wieherndes Lachen passt jetzt noch besser zur Gesamterscheinung.

Susan wirft Mini einen Blick zu wie: Ist das nicht krass???

Und Mini schaut zurück wie: wow! Echt doll! Obwohl sie nicht weiß, worauf die beiden hinauswollen.

»Vielleicht kannst du dir ja schon was denken«, sagt Susan und Vivi tauscht verschwörerische Blicke mit Henry aus. Mini fragt sich, ob die beiden miteinander schlafen.

Susan sagt: »Wir haben da schon länger drüber nachgedacht, eigentlich war es sogar von Anfang an geplant, als wir dich zu unserem neuen Gesicht gemacht haben für die Winterseason. Ich meine, mittlerweile bist du ja ein nicht wegzudenkender Teil unserer Marke. Und seit deinem Statement-Video weiß wohl selbst der letzte Idiot – entschuldigt meine derbe Ausdrucksweise –, wie beschissen viel du einfach draufhast. Du bist ein Publikumsmagnet. Deine Erfolgsgeschichte macht so schnell keine nach. Von ganz unten nach ganz oben.«

Sie hört sich an wie eine mittelmäßig gut vorbereitete Fernsehmoderatorin.

»Nun spann sie doch nicht so auf die Folter«, sagt Henry und wiehert.

Mini hält es nicht mehr aus und versucht ganz vorsichtig, ihren kleinen Finger durch mehrere Lagen Locken hindurchgleiten zu lassen, ohne das Gesamtkunstwerk ihrer Frisur zu zerstören. Als die Fingerspitze ihre zeternde Kopfhaut berührt, lässt Susan die Bombe platzen und sagt, Mini solle einen Podcast hosten und der würde auf allen gängigen Audio-Plattformen erscheinen. Ja, auch auf Spotify. Ja, natürlich auf Spotify.

»Das ist ja nicht nur finanziell gesehen ein Riesending«, sagt Henry, »das gibt dir auch eine ganz neue Reichweite.«

»Wir hatten ein Format im Kopf, in dem es um ganz klassische Lifestyle-Themen geht, aber auch Sachen, die dir persönlich am Herzen liegen. Und wir dachten, du würdest dann zum Beispiel den Podcast hosten, Interviews führen, natürlich darf auch die Werbung für casensual und Partnerorganisationen nicht zu kurz kommen.«

»Der Podcast ist *das* neue Format«, sagt Henry, als würde er eine bisher unbekannte göttliche Prophezeiung kundtun.

Mini ist gewappnet für alles. Sie steht zwischen den dreien, Daumen und kleinen Finger an ihrem Hinterkopf, sie lässt die Hand langsam sinken. Sie wendet sich zu Vivi, das ist gut, das kommt fassungslos.

Vivi nickt und sagt: »Ja! Oder?!«

Und Mini sagt: »Wow.« Dann: »Wow, das ist doll. Wahnsinn. Echt crazy. Aber ja. Ja, voll Bock, das klingt richtig nice.« Und dann sagt sie noch mal woah, doll, weil sie ansonsten auch nicht viel zu sagen hat dazu.

Susan lacht und legt einen Arm um Minis Schulter. Sie schlägt vor, darauf so schnell wie möglich anzustoßen, und auf dem Weg zur Bar erklärt sie, das könne jetzt alles ganz schön Hals über Kopf gehen: Verträge unterschreiben, Rechte, Lizenzen, aber Mini kenne die ganzen Formalitäten ja schon, und dann richtig viel Arbeit im Studio, wahrscheinlich müsse Mini dafür auch mal länger am Stück in Hamburg bleiben.

Auf solchen Partys kommt Mini sich vor wie in ihre Kindheit zurückkatapultiert. Weil genau so etwas Starkes Ding war. Viele reiche Menschen, die es zu etwas gebracht haben, auf einem Haufen, alle schick, alles stil- und stylevoll und teure Armbanduhren an wertvollen Männerhandgelenken. Hier ist es natürlich mehr style- als stilvoll und es geht weniger um Armbanduhren. Eher geht es um Brassières und Sport-BHs und Yogapants und Duftkerzen. Aber der Vibe ist ähnlich. Mit Sicherheit kann sie es auch nicht sagen, sie war ja oft bei Nina oder Starkes Mutter, wenn die Erwachsenen sich betranken. Und als sie schon älter war, hatte Franzi einmal, halb versehentlich, durchblicken lassen, dass Starkes jähzornige Natur immer dann hervorbrach, wenn er ein paar Longdrinks intus hatte. Und das war nicht nur einmal passiert oder manchmal, Starke bekam bei diesen Gelegenheiten wohl regelmäßig kleinere und dann größere Wutanfälle.

Später, als Mini älter und volljährig wurde, als sie sich mehr und mehr von ihrem Stiefvater distanzierte, erzählte Franzi ihr ein paar kranke Geschichten. Sachen, die Mini eigentlich nicht hören wollte, aber irgendwie schon, und sie hätte natürlich sagen können: Nee du, das ist mir jetzt too much, ich will das alles nicht wissen oder so, aber sie wollte ja doch. Mit der einen Geschichte rückte Franzi erst eine Weile nach Pias Tod raus, da war Mini schon neunzehn oder zwanzig und hatte zwei Jahre lang eine Ausbildung zur Sozialassistentin gemacht, die sie abbrechen wollte, weil es nicht so gut lief mit allem. Franzi und Mini in Franzis Hamburger Wohnung, ein Balkon in Ottensen und noch richtig warm. Tomatenpflanzen nebenan und Stimmen auf der Straße, wahrscheinlich war es idyllisch auf eine Art. Mini beschwerte sich über Starke, Franzi mochte Starke auch nicht wirklich und sagte: »Weißt du was, ich hab länger überlegt, ob ich dir mal davon erzählen will, weil es schon ein sensibles Thema ist. Also, vielleicht geht es dich auch gar nix an, ich hab Lorenz ja schon immer so als eine Art Vaterfigur für dich betrachtet. Also, ahm. So väterlich war er vielleicht nicht, aber er war halt Pias Freund, Partner, war eigentlich fast ne Ehe und ihr habt bei ihm gewohnt und ich hab ihn dann ja auch kennengelernt so über die Jahre«, sie legte den Kopf auf die Seite und in Minis Richtung, ohne sie anzuschauen, das hat sie oft so gemacht. Auf der Suche nach Zustimmung: Ne? Stimmt doch?

Mini hat genickt und auf die Enthüllung gewartet. Es war schon klar, dass Franzi eigentlich nur so darauf brannte, zu erzählen, was sie da zu erzählen hatte, weil sie die größte Tratschtante war, und außerdem war es ihre ultimative Therapie, allen alles zu erzählen. Wenn etwas war mit Franzi, wenn Franzi Sorgen hatte oder etwas Bestimmtes erlebte, wenn Franzi mit diesem oder jenem etwas gehabt hatte, dann wusste Mini es, weil sie es Mini erzählen würde.

Also erzählte Franzi ihr davon, wie sie fast Sex mit Minis Stiefvater gehabt hätte, und zwar und zu allem Überfluss auch noch ziemlich direkt nachdem Pia mit ihren zwei kleinen Kindern bei Starke eingezogen war. »Genau genommen«, sagte Franzi und konnte noch immer empört gucken, wenn sie daran dachte, »war es auf der Umzugsparty, also: auf der Einzugsparty. Da waren wir alle ziemlich betrunken und ich natürlich auch. Ich war ja auch noch jung, Mitte, Ende zwanzig muss ich da gewesen sein, noch ein Mädchen fast. Und wir haben zuerst im Erdgeschoss gefeiert und im Garten, da waren wahnsinnig viele Menschen und ich kannte nur Pia, weil von Pias Freunden nur ich da war, ich war ja auch ihre einzige Freundin im Prinzip. Na, jedenfalls kannte ich eben niemanden außer Pia und Pia war dann immer weg, bei euch, denke ich, ihr wart ja noch ganz klein und habt natürlich immer oben geschlafen im zweiten Stock in euren Kinderzimmern. Und Pia hatte glaube auch ein bisschen viel von dem ganzen Umzug und dann so eine Riesenparty, was eben eher Lorenz' Ding war, auch später noch, kannst dich ja vielleicht erinnern. Dann hab ich mich halt betrunken, ein bisschen aus Scheu vielleicht auch, um irgendwie leichter aus mir rauszukommen, und manche von den Typen da waren schon auch attraktiv. Also, so reiche Typen halt, Rolex, Fitnessstudio, ich weiß, das ist nicht so dein Ding, aber ich war noch leicht zu beeindrucken in dem Alter. Aber wer mir dann so richtig Avancen gemacht hat, das war Lorenz! Ich meine, das ist doch übel, oder? Echt übel. Da zieht der gerade mit deiner Mama zusammen und dann kommt er auf der Einzugsparty – auf der Ein-zugs-party – zu mir und will sich mit mir privat in nem andern Raum besaufen und fängt an mit seinen Händen auf meinem Rücken und meinem Arsch und der war schon fast bei meinen Titten angekommen, Mini, da hab ich's gecheckt. Beziehungsweise, ich hätte es wohl nicht so ganz gecheckt, aber mein Körper hat's gecheckt und ich hätte ihm fast vor die Füße gekotzt, aber bis zum Klo hab ich's noch geschafft.« Franzi lachte und sagte, danach hätte er natürlich keinen Bock mehr gehabt, mit einer vollgekotzten, halb ohnmächtigen Franzi, so weit wäre er dann doch noch nicht gewesen. Wobei, mittlerweile würde sie ihm alles zutrauen, auch so was, solange der Pegel stimmt und die Titten noch nicht am Bauchnabel angekommen sind, wegen Alterungserscheinungen oder so.

Mini wusste keine passende Antwort. Irgendwo in der Nähe legte jemand mit dem Presslufthammer los, es gab da eine Baustelle.

Hier nennen sie den Lärm Musik, denkt sie und blickt sich um. Rund um die Bar flackern hohe blaue Stichflammen in Heizpilzen, weil es eigentlich schon Winter ist. Und eigentlich wäre es viel zu kalt für hautenge Ganzkörperanzüge aus dünnem, goldglänzendem Stoff. Hinter der Tanzfläche steigt Dampf empor, das ist der Außen-Wellnessbereich mit Sauna und Whirlpool und einer zweiten Bar. Vivi kaut gedankenverloren auf ihrem Zeigefinger herum, während sie auf ihre Getränke warten, und als sie Minis Blick sieht und sich offensichtlich ertappt fühlt, legt sie die Hand an ihren nackten Hals und sagt, ihr sei trotz der Heizpilze schon ein wenig kalt. Susan hat glasige Augen und sagt: »Du kannst ja tanzen, da wird dir warm.«

Vivienne macht »hm« und schaut Mini an, als wolle sie sich jetzt gemeinsam ein bisschen über Susan lustig machen, weil sie nicht ganz nüchtern ist. Mini macht mit, sie will Vivi gerne als Komplizin haben und Susan ist sowieso zu alt, um mit ihr befreundet zu sein. Ein Schritt auf Vivi zu und Mini steht direkt neben ihr, und als Susan gerade nicht schaut, sagt Mini: »Ich glaub, ab nem gewissen Alter muss man einfach jede Gelegenheit zum Saufen nutzen.«

Vivi kichert und sagt: »Ich glaub, ab nem gewissen Alter sollte man auch keine Catsuits mehr tragen. Schon gar nicht ohne BH.«

Mini prustet solidarisch und fragt nach dem Programm, weil es vielleicht eins gibt, bei solchen Veranstaltungen gibt es doch meistens ein Programm?

»Also, so genau wollte Henry es mir auch nicht sagen, aber ich hab die Vermutung, dass sie gleich noch irgendwelche Ansprachen halten, und ich glaube, es gibt noch Preise für was, oder so?«, flüstert Vivienne und hat plötzlich zwei Gin Tonic in den Händen, von denen einer für Mini ist.

Tanzen, tanzen, Small Talk, Komplimente, tanzen, Small Talk und dann Minis Gesicht auf einer riesigen Leinwand und sie sagt: »Ich war wie gelähmt in dem Moment. Also wirklich körperlich gelähmt, ich konnte keinen Finger mehr rühren.«

Minis riesiges Gesicht mit riesigen nassen Augen und einer riesigen Träne, die eine Wange hinunterrollt. Minis Wange.

»Mittlerweile weiß ich auch, dass sie das nicht aus Egoismus – also ich weiß, dass sie wirklich keine andere Möglichkeit sah. Ich dachte eine Zeit lang … Ich war ihr eine Zeit lang böse, weil ich sie für den egoistischsten Menschen überhaupt gehalten habe, und ich habe sie richtig verflucht, wie sie zwei Kinder zurücklassen konnte, und ich hätte sie gebraucht in dem Moment und in noch ganz vielen Momenten danach. Und davor.«

Minis Gesicht senkt sich nach unten, es sieht aus, als würde sie einen Augenblick lang alles sacken lassen, was sie erzählt hat. Pias Selbstmord sacken lassen und sich sammeln. Das hat sie auch getan, aber vor allem hat sie auf ihren Zettel geschaut, auf dem stichpunktartig alles stand, was sie sagen würde. Das hat sie zusammen mit Kathi gesammelt und ist es mehrmals mit ihr durchgegangen, bis sie sich beide sicher waren, dass es hieb- und stichfest und erschütternd genug sein müsste.

»Das war ungefähr die schwerste Zeit in meinem Leben. Und trotzdem glaube ich, dass mich diese Zeit zu dem gemacht hat, was ich heute bin. Ich sehe Menschen anders an, ich versuche immer – ich möchte einfach nicht vorschnell urteilen. Ich will sämtliche Aspekte miteinbeziehen, wenn ich eine Person vor mir habe, und ich möchte hiermit auch einen Appell aussprechen, an euch alle da draußen, ich wünsche mir so sehr, dass ihr das auch so macht. Wir machen alle Fehler und manchmal schlimme Fehler, aber wir haben auch alle eine Geschichte, von der wir geprägt werden.«

Mini merkt, dass Leute um sie herum weinen. Sie fühlt sich merkwürdig. Irgendwie gut und irgendwie schlecht. Das bin ich, muss sie sich zweimal sagen, und möchte es jetzt doch lieber nicht mehr sein. Zu spät, Mini.

Die Mini auf der Leinwand stellt klar, sie hätte Dinge gesagt, in einem bestimmten Kontext und sie meint natürlich das Interview auf ze.tt, dort hätte sie Dinge gesagt, deretwegen Menschen von ihr verlangen würden, dass sie sich rechtfertige.

»Ich weiß, dass ich eine Person des öffentlichen Lebens bin und viele das Gefühl haben, sobald jemand in der Öffentlichkeit steht, hat die Person kein Privatleben mehr oder so. Oder darf nur noch bestimmte Meinungen vertreten. Und in mancherlei Hinsicht verstehe ich das. Weil ich mitunter so viel von meinem Leben teile, weil ich auch Teil einer Marke bin, da sehen andere dann vielleicht keine echte, lebendige Mini mit Gefühlen und allem dahinter. Aber diese Mini gibt es und die sitzt hier und dreht dieses Video für euch und ich habe irgendwie die Hoffnung, dass es etwas bringen wird, dass es euch davon überzeugen kann, dass … Dass wir alle achtsamer miteinander umgehen müssen.«

Cut. Den Ausschnitt zeigen sie also, denkt Mini.

Als sie das Video gedreht hat, ist sie darin aufgegangen. Überlaufen von emotionalen Schauern und echte Tränen in den Augen und Sätze, mit denen sie sich aus der Seele sprach. Wie Leo hat sie sich gefühlt mit Energie hier und Energie dort und Emotionen, die ihren Körper beeinflusst haben und ihre Worte, und sie hat sich so richtig gespürt dabei. Und als all diese Menschen ihr Video angeschaut haben, die Klicks höher und höher kletterten – Millionen Klicks –, wusste sie, dass sie etwas bewirkt in den Menschen und ihnen etwas gibt. Und sich selbst etwas gibt. Weil, den Moment wird Mini nie vergessen, als sie das Video gepostet hat. Eisige Finger, wie Eiszapfen und dann mit heißen Nadeln malträtiert, und tiefe Atemzüge, ein durch die Nase, aus durch den Mund, zur Beruhigung, aber keine Beruhigung in

Sicht, stattdessen Herzklopfen, Herzklopfen in der Brust und im Rücken, Aufregung, Adrenalin, Adrenalin. Das war gut. Das war eine der besten Sachen, die Mini je gemacht hat, das war wie ein minutenlanger Orgasmus. Nein, besser. Das war wie minutenlang dieses Gefühl direkt davor, direkt vor dem Orgasmus.

Jetzt schämt Mini sich. Ist ihr alles peinlich. Wie Menschen weinen bei dem, was sie von sich gibt, wie sie anwesend ist und diese weinenden Menschen sieht. Da war es ihr noch lieber, als es ihr gesagt wurde, mit einem schüchternen Lächeln und Bewunderung: Ich musste weinen bei deinem Video. Können sie sich denn nicht beherrschen, ein bisschen wenigstens? Das ist ihr zu intim, das sollen sie zu Hause machen. Alles in Mini streikt. Pure Überforderung. Als der Stress sie überrollt und sie sich nicht dagegen wehren kann, laufen auch ihre eigenen Tränen. Wuttränen vielleicht. Die gleichen Tränen, die kommen, wenn sie sich mit Philipp streitet und viele Dinge sagt, die sie nicht so meint, aber sie kann gar nicht anders, als bestimmte Dinge zu sagen oder immer wütender zu werden, weil nicht sie das macht, sondern ihr Körper macht das. Und die Tränen auch, die schickt ihr Körper. Er ist so nett und sagt kurz vorher: Achtung, gleich kommt's. Ein bisschen wie beim Durchfall, kurz bevor man sich einscheißt, sagt Minis Körper: Haha, gleich fließt es aus dir raus, salzig und heiß, und haha, kannst du gar nichts machen, außer vielleicht wegrennen, dass es niemand sieht, weil, ich entscheide und ich habe entschieden und tadaaa, hier sind deine Tränen, jetzt heul mal schön. So in etwa ist es immer und so ist es auch jetzt.

Aber für ihr Publikum sind es andere Tränen, es sind Tränen in Erinnerung an diese schreckliche Zeit in ihrem Leben, die sie durchmachen musste, von der sie Millionen Menschen erzählt hat. Susans Arm legt sich um Minis Schulter. Susan führt Mini sanft auf das Podest zu, weil Mini einen Preis erhalten wird, und Susan flüstert ihr ins Ohr: »Das muss echt krass für dich sein, Mini«, und drückt ihre Schulter. Minis Kopf denkt: Wegrennen? Und Mini weiß nicht, warum ihr Kopf so etwas denkt, weil ihre Beine offensichtlich von unsichtbaren Theaterbühnenfäden grazil hierhin gezogen werden und dorthin, hoch und runter, bis sie vorne auf dem Podest steht und Applaus in ihren Ohren brennt. Jubelschreie. Glückwünsche von allen. Mini hat so viel erreicht und ist wirklich wichtig für casensual und alle sind so froh – so froh! –, dass sie da ist.

Teil 4

1

Die millimeterkurzen weißblonden Haare erinnern Mini an, wie hieß sie noch gleich? Henni? Enna? Die mit dem komischen Namen. Die, der sie beim ersten Treffen mit dem ritual begegnet ist. Die gleichen Haare, gleicher Heiligenschein. Nur, unter diesen Haaren schimmern auch noch bunte Tätowierungen durch, krakelige Muster, und dann Ohrringe, riesige Ohrringe und viel, viel Schmuck und diese ganze Erscheinung schüchtert Mini ein, wie sie als Kind von glatzköpfigen Hooligans eingeschüchtert war.

Als sie sich zur Begrüßung umarmten, sah Mini diese Ohrringe von ganz nah und vor allem sah sie Shans durchhängende weit gedehnte Ohrlöcher, lang und weich, wie tote Fleischlappen. Das fand sie gruselig und gleichzeitig beeindruckend und dann wieder unglaublich cool. Weil Shan nämlich umgeben ist von allumfassender Coolness, die Form, die auch immer irgendwie exklusiv ist und Mini dazu bringt, an sich selbst zu zweifeln, sich in eine andere Position zu wünschen. Wie früher mit Nina, wie später mit Elena, wie jetzt mit Shan. Albern. Mini, du bist doch mindestens genauso beneidenswert wie Shan, du bist genauso cool, nur eben auf deine eigene Art. Oder vielleicht nicht deine eigene, aber eine andere, nicht weniger wertvolle jedenfalls.

»Ready?«

Sie nehmen auf.

Shan grinst und antwortet, er hätte solchen Bock, das könne Mini sich gar nicht vorstellen.

»Oder?«, sagt Mini und stellt Shan vor, Designer, Influencer und heute bei ihr im Podcast.

»Ich komm auch immer noch nicht drauf klar, dass ich jetzt einfach mit so vielen talentierten Menschen quatschen darf, stundenlang, die ich sonst vielleicht nie getroffen hätte. Und am Ende können sich das dann auch noch alle anhören, die Bock drauf haben. Ihr könnt euch das anhören«, sagt sie in ihr Mikro hinein, an ihr unsichtbares Publikum gerichtet, irgendwo da draußen, Hunderttausende werden es hören, »wir schlagen hier einfach gerade eine Million Fliegen mit einer Klappe, Shan. Aber in Wirklichkeit mache ich das aus purem Egoismus heraus, weil ich einfach nur all deine Geheimnisse erfahren will. Zum Beispiel, wo du diese sagenhaften Ohrringe herhast?«

Shan kichert geübt. Kichern im Studio ist heikel, das weiß Mini mittlerweile. Es geht vor allem darum, die richtige Tonlage zu treffen: Zu hoch ist eine Qual für das Publikum, zu tief wirkt aufgesetzt und unecht, in einem guten Podcast muss alles angenehm klingen. Nicht langweilig, nicht monoton, aber angenehm. Keine Schockmomente, keine Sprachfehler, keine aufgesetzte Sprache, aber auch nicht allzu plump.

»Ich will ja nicht arrogant rüberkommen, aber ich wusste, dass du das fragen würdest?«

Mini lacht auch: »Ist das jetzt schon eins von diesen Geheimnissen, die ich dir so richtig mühsam aus der Nase ziehen muss?«

»Hm. Also ich glaube ja irgendwie, du willst mir hier gerade einen kleinen Gefallen tun?«

»Kööönnte sein«, sagt Mini und ihre Stimme ist immer noch mit einem luftig-subtilen Schmunzeln hinterlegt, sie fühlt sich berufen und sicher: »Soll ich es raushauen oder du?«

»Oh, ich würd's auch dir überlassen, mal schauen, wie es sich aus deinem Mund anhört.«

»Oho. Also jetzt ist es klar, du bist mit Sicherheit eine der selbstverliebtesten Personen, die mir je untergekommen sind – hey! Hallo?! Okay, also das konntet ihr natürlich grad nicht sehen, aber Shan hier, also – Shan! – hat mir einfach grad die Zunge rausgestreckt. Unerhört, ich glaub's nicht. Da könnte ich es mir fast noch mal anders überlegen und einfach nicht verraten, dass du vor zwei Wochen deine Schmuck-Collection rausgebracht hast.«

»Na gut, ich hör schon auf. Ey, Mini. Weißt du zufällig auch, wo sich so was dann shoppen lässt?«

»Ich soll hier die ganze Werbung übernehmen, ja?«

»Ach, komm schon. Das bist du doch gewohnt als Deutschlands Number-One-Influencerin?«

Influencerin, Podcasterin, Mini, Mini.

Themen in Minis Podcast sind: Lifestyle, casensual, Fashion, casensual, Yoga, Meditation, casensual, ihr Alltag als Influencerin. Themen, die sie denen überlässt, mit denen sie redet, sind: Politik, traumatische Kindheitserlebnisse, andere Marken als casensual – außer solche, mit denen sie auch zeitweise kollaboriert, gesellschaftlich relevante und polarisierende Inhalte. Wenn Shan jetzt zum Beispiel darüber redet, wie er als schwuler Mann außerhalb der Fashion-Bubble wahrgenommen und behandelt wird, dann weiß Mini: nicht ihr Thema.

Henry hat ihr gesagt: »Politik und so. Ganz dünnes Eis. Hast du ja am eigenen Leib erfahren.«

Sie fragte, ob er da Tipps für sie hätte, sie will nichts falsch machen. Er hob eine Hand, in der er auch sein iPhone hielt, und kratzte sich mit zwei Fingern am Kopf. »Na ja, Mini, du kennst doch deinen content. Wie kommst du denn jetzt darauf? Hat das noch mit diesem Interview zu tun? Das ist doch längst vergessen und vergeben.«

Sie sagte etwas von der letzten Podcast-Folge. Als sie keine Ahnung hatte. Als es plötzlich um Polizeigewalt und Zeug ging, wozu sie sich noch nie geäußert hätte. Henry redete von ihrer Reichweite. Er entsperrte sein Handy, tippte eine Nachricht hinein, alles, während er sprach, und sagte: »Bei deiner Reichweite? Es geht hier natürlich darum, so wenig anzustoßen wie möglich, aber trotzdem Charakter zu beweisen. Das heißt konkret: Du vertrittst zwar im Großen und Ganzen den content, auf den deine Zielgruppe aus ist, das sind vor allem Frauen zwischen fünfzehn und dreißig Jahren, und vertrittst damit natürlich gewissermaßen auch deren politische Einstellungen, wenn sie denn welche haben«, er lachte laut auf, wie es seine Art ist, wiehernd und unangekündigt, »aber du solltest immer up to date bleiben. Die erwarten opendmindedness und Authentizität und vor allem ein healthy mindset. Es geht dir um Selbstliebe und das will deine Zielgruppe geliefert bekommen. Es geht nicht darum, dass du jetzt anfängst, die politisch auf irgendeine Bahn zu bringen, in irgendeine bestimmte Richtung zu bringen. Darum geht es nicht. Die sollen sich wohlfühlen, wenn sie deinen content anschauen, die sollen ins Träumen kommen.«

Mini übersetzte für sich selbst: Wenn du keine Ahnung hast, Klappe halten. Oder verständnisvoll und inhaltslos sein. Shan zum Beispiel kann sie auch gut alleine reden lassen. Sie kann sich einfach zurücklehnen und im Hintergrund bleiben.

»Der Wunsch ist natürlich schon länger da, das ist ja nichts, was wir jetzt von heut auf morgen einfach mal fix entscheiden können, das ist so ganz langsam und bedächtig in uns herangekeimt, wir haben irgendwann angefangen, ernsthaft darüber nachzudenken, zu reden und dann … Na ja, jetzt wird's halt konkret. Jetzt geht's echt los.« Er ist ein guter Gast, weil er gerne längere Monologe hält, und Mini hängt im Hintergrund ihren eigenen Gedanken nach und stellt zwischendurch kurze Verständnisfragen oder macht wohlwollende, zustimmende, entsetzte Geräusche, um zu zeigen, dass sie noch da ist und zuhört und mitfühlt.

Sie fragt: »Und war das dann für euch ganz schnell klar, wie ihr das machen wollt? Es gibt ja so viele Methoden und alle ganz verschieden, ich stell mir das mega schwer vor, sich da zu entscheiden?«

Shan sagt: »Na ja, für Menschen mit Gebärmutter und der Möglichkeit, selbst ein Kind auszutragen und so, ist das natürlich noch viel umfangreicher. Also, da gibt es noch zehnmal mehr Möglichkeiten, gefühlt: künstliche Befruchtung und so weiter. Bei uns war halt ziemlich schnell klar: Adoption oder Leihmutter.«

Nach einer kleinen Pause sagt er: »Es gibt ja auch das Modell, wo du dann mit einem anderen Pärchen zusammen und so weiter, das haben wir aber eigentlich von vornherein ausgeschlossen.«

»Warum?«

»Ach, das ist sicher für viele Menschen eine ganz tolle Option, das will ich so gar nicht infrage stellen. Für uns war es irgendwie die Sache, dass wir nicht – wir wollten halt nicht irgendwann mal das Gefühl haben, unser Kind dann mit irgendwem teilen zu müssen. Mit einem anderen Pärchen oder dass da noch irgendwelche anderen biologischen Verwandtschaftsverhältnisse mit reinkommen.«

Er lacht, die Ohrringe schwanken, er sagt kleinlaut: »Am liebsten eigentlich ein Kind nur für uns und niemand kann da noch reinreden oder auf die Biologie pochen, was natürlich momentan trotzdem noch schwer ist, auf eine Art.«

Mini wusste schon vor der Folge, dass sie über das Thema reden würden, es ist ein Selbstläufer. Es interessiert, es informiert, es ist unterhaltsam. Perfekter Podcast-content. Aber seit sie Shan die erste Frage nach seinem Weg zum Kind gestellt hat: Und da war ja noch was? Shan, du wirst bald Vater! Seit er redet und redet und erzählt von Leihmüttern und seinem Sperma, seitdem kann Mini sich nicht mehr konzentrieren. Familienmodelle. Moderne Familien, alternative Familien, Patchworkfamilien, Regenbogenfamilien. Überall Familien.

Sie hat alles, was sie braucht. Total selbstverwirklicht sitzt Mini in einem Tonstudio, nimmt einen Podcast auf, wird abends einen Beitrag auf Instagram posten, vielleicht an einem neuen YouTube-Video arbeiten. Eine Yoga-Einheit in ihrem Wohnzimmer und Pilates, das postet sie dann in ihrer Story. Vielleicht speichert sie es als Story-Highlight. Sie wird sich mit Vivienne treffen in dieser Kneipe, auf die Vivi so abfährt, und irgendein alkoholisches Getränk trinken. Sie wird nicht rauchen.

Und Familienleben war immer nur anstrengend und nutzlos. Irreführend.

Als Pia noch in Hamburg gewohnt hat, als sie noch nicht am Lebenretten war und Konsti lediglich der schlauste und strebsamste Junge in seiner Unterstufenklasse, noch kein

Hochbegabter im Bayrischen Internat, da hatten sie regelmäßig gemeinsames Abendbrot. Ein großer Esstisch aus rustikalem Holz, gemasert und wuchtig. Geschirr mit klaren Linien, zweckmäßig, aber teuer, ausgesucht von Pia, bezahlt von Starke, und manchmal war Starkes Mutter zu Besuch. Vage hat Mini ein Bild von ihr vor Augen, zu viel Schmuck vor allem. Sie ist schon lange tot. Wann haben sie sich das letzte Mal gesehen? Da muss Mini neun gewesen sein, zehn wäre noch möglich, es ist jedenfalls ewig her. Effi hieß sie. Den Namen mochte Mini, die Person etwas weniger und am wenigsten mochte sie es, wenn Effi sich mit Starke stritt. Schwieriges Verhältnis, keine Bilderbuch-Familie. Minis Stiefvater und seine Mutter: immer auf Kriegsfuß. Aber mit Pia kam Effi gut zurecht, sie sah irgendwas in ihr. Wahrscheinlich Tüchtigkeit. Am liebsten saßen die zwei an ebendiesem Holztisch. Sie saßen sich gegenüber, Effi leicht nach vorne gebeugt, angestrengt lauschend, die Anfänge ihrer Schwerhörigkeit ignorierend. Für Hörgeräte war sie bis zu ihrem Tod zu eitel gewesen. Pia, vielleicht aus Widerwillen, obwohl sie Effi eigentlich mochte und zumindest gut Zeit mit ihr verbringen konnte, lehnte sich dann in ihrem Stuhl zurück, die Beine unter dem Tisch ausgestreckt, und redete weder lauter noch deutlicher. Effi hatte eine aufbrausende Art zu sprechen und gestikulierte dabei energisch mit den Händen. Sie kam zur Tür herein und sagte: »Ich musste mich heute Morgen mit meiner Putzfrau anlegen, so eine arrogante Ziege, ich hab ihr gesagt, dass ich für zwei, drei Tage weg bin, ich bin bei meinem Sohn, sag ich. Obwohl ich ihn wohl kaum zu Gesicht bekommen werde«, sie hängte ihren Mantel in einem einzigen Rutsch an einen freien Garderobenhaken und streckte beide Hände nach Pia aus, immer zuerst nach Pia. Noch während sie ihr einen lauten Kuss auf die Wange drückte, redete sie weiter, an der Umarmung vorbei: »Und dann mach ich sie nur darauf aufmerksam, was soll ich auch machen in solchen Fällen? Sie hatte natürlich wieder vergessen, natürlich! Hat sie wieder das Klo in der zweiten Etage vergessen, das hab ich ihr eben noch gesagt, dass sie es das nächste Mal macht. Ihr Deutsch ist mittelmäßig, vielleicht hat sie es beim letzten Mal nicht verstanden, ich sage so was dann gerne auch noch mal langsamer. Ich habe vollstes«, da liegt Betonung, das unterlegt sie, indem sie mit den Handflächen und gespreizten Fingern Luft von der Brust weg und schräg nach unten schiebt und währenddessen eine kleine Pause macht, »Verständnis für solche Missverständnisse, aber«, sie geht zu Mini, gibt auch Mini den obligatorischen Begrüßungskuss, »aber dann irgendwann, irgendwann ist natürlich Schluss. Ich lasse mir danach doch nicht erzählen, ich würde mich irren und sie hätte das Klo in Wirklichkeit sauber gemacht. Schon gar nicht mit so einem aufgesetzten, süffisanten Lächeln. Das nicht.«

Und dann noch mal: »Das nicht. Aber genug, ist schon gut. Ich bin ja nicht hergekommen, um mich aufzuregen, ich brauche Ablenkung. Gibt es denn Kaffee, Pia?«

Es gab immer Kaffee. Es gab auch immer Kuchen. Effi, übergewichtig und diabetisch, lehnte gerne ein zweites Stück Kuchen ab, entschloss sich dann allerdings regelmäßig nach einer halben Stunde, »doch nicht so zu sein«, und hielt Pia ihren krümelbedeckten Teller hin: »Eins wird ja nicht schaden.«

Starke, der fast immer abwesend war, muss gewusst haben, dass er in den Kaffee-Kuchen-Gesprächen nicht gut wegkam. Wenn Mini jetzt daran denkt, erkennt sie manchmal

Sachen, die ihr früher gar nicht aufgefallen sind. Sie hat Mitleid mit Starke. Sie fühlt sich ihm verbunden, weil er alles falsch machte in den Augen seiner Mutter. Mini machte alles falsch in den Augen ihrer Mutter. Sie sind beide geschädigt, sie beide schleppen die Folgen kiloweise mit sich herum.

In ihrem Stuhl nach hinten gelehnt, presste Pia dann beispielsweise die Lippen aufeinander und ließ sie mit einem schmatzenden Laut wieder aufploppen, bevor sie tief einatmete und geräuschvoll wieder aus, alles durch die Nase, alles mit gehobenen Augenbrauen: Effis Zeichen.

»Du denkst ja wohl das Gleiche wie ich?«

»Oh, das denke ich schon lange.«

Mini sollte dann stumm Muster anordnen aus den Kuchenkrümeln auf ihrem Teller, zu dem Thema hatte sie nichts zu sagen. Keine Ahnung, Klappe halten. Konstantin war schon längst in seinem Zimmer und tat, was er zu tun hatte, im Gegensatz zu Mini hatte er ständig Sachen zu tun und war bestens in der Lage, sich selbst zu beschäftigen.

»Aber über eine Trennung denkst du nicht nach?«

»Ich bin doch nicht verrückt«, sagte Pia, ihre Stimme total unverändert, als würde sie einem Patienten sagen: »Dafür schreibe ich Ihnen Antibiotikum und Nasenspray auf.«

Effi nickte wissend: »Das ist ja auch nichts für die Kinder. Und du hast natürlich zu tun. Du arbeitest natürlich selbst. Ein Glück, dass du diese Franzi hast, die nimmt dir sicher einiges ab?«

»Franzi ist ein Segen.«

»Ja. Ja klar.« Effi hob ihre rechte Hand, hielt Pia die Fingerknöchel entgegen und klopfte auf den Tisch: tock, tock, tock. Dreimal tock. »Da können wir nur: toi, toi, toi, dass die das noch weiter so macht.«

»Kann ich aufstehen?«, quatschte Mini dazwischen noch nicht allzu laut.

»Ich glaube, das ist nicht nur für uns ein Segen, das ist auch für Franzi toll. Sie hat ja keine eigenen Kinder und war im Grunde immer diejenige von uns beiden, oh, wir kennen uns ja schon seit unserer Kindheit, Franzi und ich, wir sind zusammen zur Schule gegangen. Sie war immer diejenige, die unbedingt Kinder wollte. Bei mir ist es ja doch eher Zufall, na ja, Gelegenheit, ich habe die Gelegenheit beim Schopf ...«

»Kann ich aufstehen?« Die sechsjährige Mini hatte mit ihren kuchenverschmierten Fingern nach Pias Ärmel gegriffen, um ihre Aufmerksamkeit zu bekommen.

»Klar kannst du aufstehen. Jasmin, stellst du deinen Teller in die Spülmaschine? Wo war ich? Na ja, jedenfalls ist das für sie doch auch so etwas wie eine Ersatzfamilie, kann ich mir vorstellen. Das würde ich ihr gegenüber in der Form natürlich nicht so äußern.«

»Nein, über so was spricht man nicht.«

»Ist eben auch schwer für sie. Aber eine enorme Entlastung für Lorenz und mich.«

»Enorm.«

Mini kann sich nicht an alles erinnern, sie ist vor die Terrassentür gelaufen und hat mit zwei Puppen gespielt, von denen eine sehr gemein war und die andere sehr schön. Meistens bekam die gemeine Puppe, was sie wollte, und die Schöne musste leiden, aber immerhin war sie schön und das war doch schon mal etwas.

Effi starb an einem Schlaganfall. Einmal sagte Pia, es sei doch eigentlich ein Glück, dass sie gleich gestorben sei. Sie sagte, nichts sei deprimierender, als dann einem Pflegefall beim Dahinvegetieren zuschauen zu müssen, ein Mundwinkel hängt, ein Augenlid hängt, kein klares Wort kommt mehr aus dem Mund, das sei doch schrecklich. Furchtbar.

Abrupt wird Mini aus ihren Gedanken gerissen, das hat Shan ihr doch nicht angesehen? Nein, er redet nicht ihretwegen lauter. Er regt sich monologintern auf, über Behörden und Formalitäten und Ungerechtigkeiten, von denen Mini keine Ahnung hat.

Klappe halten.

2

Auf der anderen Straßenseite ist ganz oben im letzten Stock ein Fenster geöffnet und es kommt Mini märchenhaft vor, wie das Lied vom Sandmann zu ihr herunterrieselt. Sandmann, lieber Sandmann, es ist noch nicht so weit. Mini bleibt stehen und schaut auf Lichterketten und warm leuchtende Zimmerpflanzen. Dunkle Fenster und zugezogene Vorhänge, hier und da bewegt sich ein Schatten, manchmal sind es auch zwei. Wir singen erst den Abehendgruß, ehe jedes Kind ins Bettchen muss, du hast gewiss nohoch Zeit.

Es ist also ganz offensichtlich, wie gut es allen geht. Sie sitzen gemütlich vor ihren Zimmerpflanzen mit Lichterketten und Adventskränzen und trinken viel Tee und essen ein Plätzchen nach dem anderen. Trockene warme Heizungsluft vermischt mit dem Geruch von billigen bunten Räucherkerzen, die süßlich aus den Mündern von rotbackigen Ton-Nikoläusen qualmen.

Mini friert. Sie hält die Hände in den Jackentaschen fest verkrampft und hat die Schultern nach vorne gezogen. Sie hat Lust zu weinen, aber es wäre albern, deswegen denkt sie gar nicht erst darüber nach.

Die Straße ist so leer.

Sie fühlt sich merkwürdig. In der Nacht ist sie gegen zwei Uhr aufgewacht, weil ihr so heiß war – sie musste sich komplett nackt ausziehen und trotzdem hat ihr ganzer Körper sich klebrig angefühlt und sie konnte bis sechs nicht mehr schlafen, dann nur noch zwei Stunden. Sie ist von ihrem

Wecker aufgewacht um acht Uhr und hat Kaffee gekocht und geduscht und sich orientierungslos gefühlt, als würde sie ihre Wohnung zum ersten Mal sehen. Wo stehen die Tassen und wo ist das Kaffeepulver und sie hat sehr lange gebraucht, um zu merken, dass der Wasserkocher nicht mit der Steckdose verbunden war. Jetzt, nach einem kurzen Telefonat mit Henry Hennecke, in dem es um das gerade erschienene Weihnachts-Special ihres Podcasts ging, und nach ihrem Spaziergang, ist sie immer noch müde, aber die Verwirrtheit hat sich gelegt und sie kann wieder ein bisschen denken, ihr Kopf macht wieder mit.

Als ihr Handy klingelt, dauert es trotzdem, bis sie schaltet, und dann schaltet es sie beinahe aus, weil Scheiße, Scheiße, da war ja was. Und sie hat so wenig Lust, Menschen zu sehen. Sie will lieber für immer alleine sein, eine Serie auf Netflix anschauen und darüber einschlafen und ohne Kopfschmerzen aufwachen. Nicht so, wie sie immer aufwacht in letzter Zeit, mit gespanntem, schmerzendem Kopf und trockenem Mund, aber sie hat wahrscheinlich keine Wahl.

»Hey«, sagt sie in ihr Handy und hört Nina atmen.

»Mini? Hi! Also … Wo bist du? Ich steh vor deiner Tür?«

»Sorry, ich hab's ein bisschen verpeilt, ich bin gleich da, ich war nur kurz spazieren, aber ich bin sofort bei dir.«

Mini geht langsam Richtung Wohnung. Sie ist noch nicht bereit, sich zu beeilen. Nina in ihrer Vorstellung trägt einen dicken Wintermantel mit Kunstfell an der Kapuze und friert höchstens, weil sie es für passend hält, weil Temperaturen wie diese Menschen frieren lassen könnten. Niemals würde Nina in ihrem dicken, kunstbepelzten Wintermantel und mit ihrem tiefroten Lippenstift und ihren schwarzen Doc Martens und den Wollsocken und der Strumpfhose unter ihren Jeans wirklich und in echt frieren. Dazu ist sie gar nicht fähig, weil sie zu perfekt ist. Weil ihr Körper immer genau das macht, was sie gerade braucht, und sie sich jederzeit auf ihn verlassen kann. Zweimal im Jahr war Nina erkältet, manchmal war ihr Magen verstimmt, ab und zu machten ihr ihre Tage mehr zu schaffen als sonst, aber Hirntumore und Multiple Sklerose oder Herzinfarkte und Schlaganfälle, so was kannte die Nina von früher nicht. Ob sie immer noch die Gleiche ist? Nina hatte nicht wochenlang Halsschmerzen und traute sich trotzdem nicht, damit zum Arzt zu gehen, weil sie vorher auf Google nachgelesen hatte. Und nachgelesen hatte, dass es wohl Kehlkopfkrebs sein müsste oder eine unheilbare Schilddrüsenunterfunktion, die sie innerhalb kürzester Zeit fett und untätig werden lassen würde. Aber das war früher, das hat Mini jetzt hinter sich, mit diesen Dingen schlägt sie sich nicht mehr herum, das raubt nur Zeit und diese Zeit braucht Mini für ihre Arbeit. Ihre Arbeit, das einzig Wahre, ihre Berufung.

Nina wartet und hat rote Wangen und eine dicke orange Mütze auf dem Kopf, und als sie Mini sieht, stürmt sie auf sie zu, als gäbe es kein Morgen. Sie hat die Arme schon ausgebreitet, bereit zur Umarmung der Langvermissten, zur Wiedervereinigung bester Freundinnen, die sich anderthalb Jahre nicht gesehen haben, und Mini wird stocksteif. Sie kann sich nicht entschließen, schneller zu gehen. Alles in ihr versagt angesichts einer solchen Heuchelei und sie kann sich bestens erinnern, wie oft sie Nina verflucht hat, wie sie sie gehasst hat in so vielen Momenten. Das ist also keine herzliche Wiedersehensfreude und kein vorweihnachtliches Liebesbekenntnis. Es ist ein Zusammenstoß mit weicher und harter Seite und Minis Wangen fühlen sich nicht rot an, sondern blau vor Kälte. Mini bekommt einen Wangenkuss nach Tantenart – wie ist es möglich, in anderthalb Jahren um zwanzig Jahre zu altern?

Drei Versuche, dann steckt der Schlüssel im Schloss, Minis Finger sind wie betäubt von der Kälte und werden drinnen unter Schmerzen wieder lebendig. Sie zeigt Nina die Küche mit den Fliesen in Schachbrettmuster und ihren Töpfen, die an der Wand hängen.

»Und wie ist es mit deinem – wie heißt er noch mal, dein Freund?«, fragt sie Nina und Ninas Gesicht leuchtet gesünder denn je.

Sie hat ihren Mantel ausgezogen und über die Stuhllehne gehängt. Die orange Mütze hält sie fest zwischen den Händen und knetet darin herum. Ihre Nase läuft von der Kälte draußen und sie zieht geräuschvoll hoch, aber es klingt niedlich. Ganz die Alte. »Lars heißt er.«

»Ach genau. Lars«, Mini schiebt Geschirr herum und kann sich nicht entschließen, sich auf den Stuhl und Nina gegenüberzusetzen.

»Das geht ganz gut, wir sind ja jetzt schon eine Weile zusammen«, sagt Nina und alles klingt inhaltslos.

»Gut siehst du aus«, sagt Nina und dann muss Mini kichern.

»Und du erst!«, sagt sie. Nina hat mindestens fünf Kilo zugenommen. Mini hat mindestens zehn Kilo abgenommen. Zwei Welten sitzen sich gegenüber. Anderthalb Jahre. Siebzehn Monate!

»Gott«, sagt Nina.

Mini sagt: »Ja, fuck. Wir haben uns echt ewig nicht mehr gesehen.« Sie schluckt einen großen Klumpen zähen Schleim hinunter, der seit Mittag in ihrem Hals feststeckt. Sie schluckt noch ein paarmal hinterher und hat direkt das Gefühl, einen neuen Schleimkloß produziert zu haben. Sie muss husten.

Nina lächelt und denkt wohl, Mini würde jetzt sentimental werden. »Erzähl mal ein bisschen, was passiert ist«, sagt sie und will natürlich alles wissen, Minis Arbeit, Minis Erfolg.

»Das ist schon lustig«, sagt Nina, »ich höre jede Woche für über eine Stunde deine Stimme und sehe Fotos von dir und es ist, als würde ich dich kennen, aber eine ganz andere Mini kennen, weil du einfach – dich einfach so … *entwickelt* hast.«

»O Gott, jetzt fühl ich mich ein bisschen komisch«, sagt Mini und fasst sich mit den Fingern ins Gesicht.

Nina lacht. »Nein, gar nicht! Du hast ja echt was erreicht. Ich meine, mehr als du kann man ja fast nicht erreichen.«

»Du machst es nicht besser!«, sagt Mini kopfschüttelnd und kichernd. Sie sagt, sie wolle lieber etwas von Nina hören, und Nina erzählt von Lars, von ihrem Volontariat bei einer kleinen Zeitung, die Mini nicht kennt und deren Namen sie sofort wieder vergisst. Nina erzählt, dass Lars gerade mit seinem Medizinstudium fertig geworden ist und jetzt eine Stelle in Hamburg bekommen hat, unglaublich eigentlich, in seinem Alter und dann in Hamburg!

»Wow, das ist ja doll«, sagt Mini, »ich werde wohl auch bald nach Hamburg ziehen. Ich pendel ja im Moment immer. Ich bin einmal die Woche dort für den Podcast zum Aufnehmen und oft auch für Fotoshootings, Drehs und so weiter und wohne eigentlich immer noch in Leipzig. Ist schon anstrengend auf Dauer. Nina! Vielleicht wohnen wir bald in der gleichen Stadt, das wär doch mega!«

»Ja, wer hätte gedacht, dass wir zwei noch mal nach Hamburg zurückkommen würden?«

»Oh, also bei dir hätte ich mir das schon vorstellen können.«

»Aber bei dir nicht?«

»Ich wollte ja eine Weile vor allem weg. Weg, weg, weg von allem. Aber mittlerweile. Ich denke, so mit dem Älterwerden und mit dem Klarkommen, damals kam ich ja auch nicht wirklich klar, nicht wie jetzt zumindest. Ja, doch. Ich hab schon das Gefühl, immer mehr bei mir selbst anzukommen, dass ich mich kenne, dass ich Sinn sehe in dem, was ich tue. Da ist einfach dieses Bedürfnis verschwunden, immer wegzulaufen und sich irgendwohin zu flüchten, obwohl ich im Grunde ja auch nur vor mir selbst davongelaufen bin. Das hab ich einfach nicht mehr nötig.«

Nina hört zu und nickt. Eifrig.

Mini redet – und redet sich in Schwung. Wie bei ihren Podcast-Aufnahmen. Was will Nina hören? Was will Mini Nina hören lassen? Was soll Nina von Mini denken? »Ich weiß gar nicht, an welchem Punkt ich jetzt wäre, wenn ich mich damals nicht für die Zusammenarbeit mit casensual entschieden hätte. Keine Ahnung. Manchmal denke ich, was das für ein Glück war, so krass. Ich meine, was sind die Chancen, dass es so läuft, dass du so ein Angebot kriegst, und später das mit dem Podcast und meinem YouTube-Channel.«

»Das war wirklich doll. Ich weiß noch, wie du damals langsam immer bekannter wurdest auf Instagram. Und du hattest ja schon auch manchmal davon geredet, wenn wir telefoniert haben und so, was du dir davon versprichst, dass du das gerne beruflich machen würdest. Ehrlich gesagt war ich da immer ein bisschen skeptisch. Also, ob das alles so klappt, wie du es dir vorstellst.«

»Na ja. Ja, doch, kann ich verstehen. Weil du es ja auch als

Außenstehende betrachtet hast. Aber als ich angefangen hab, mir das so beruflich und so vorzustellen, war ich ja schon an einem Punkt, wo sich das wirklich abgezeichnet hat. Wo ich auch schon eine gewisse Reichweite hatte. Also. Eine große Reichweite eigentlich.«

Sie schweigen einen Moment. Dann fragt Nina, was denn eigentlich mit Philipp sei? »Hast du noch mal was von ihm gehört?«

Mini sagt Nein. »Schon lange nicht mehr. Wollte ich ja auch nicht.«

»Dann ist es endgültig vorbei?«

»Ist vorbei.« Mini merkt, dass sie mehr erzählen muss. Um der alten Freundschaft willen muss sie auspacken. Ihre Redelust ist verpufft, als Nina mit Philipp angefangen hat. Aber auch wenn sie wieder von dieser Müdigkeit ergriffen wird, dieser Unlust, Nina gegenüberzusitzen und zu plaudern und zu quatschen, Minis Pflichtbewusstsein sagt ihr: erzähl. »Das letzte Mal, dass wir Kontakt hatten … Ich dachte, ich wär schwanger.«

»Oh. Okay? Und warst du's?«

»Du bist gut«, Mini lacht. »Nein, war ich nicht. Ein Glück. Ein Kind mit Philipp! Da wär mir ja Hören und Sehen vergangen.«

»War es so schlimm?«

»Es war jedenfalls nicht angenehm. Ich hab ihn noch lieb irgendwie, er hat mir auch viel über mich selbst gezeigt. Also, durch seine Art. Na ja. Jedenfalls habe ich ihm noch gesagt, dass ich nicht schwanger bin, und danach wollte ich nichts mehr von ihm wissen. Hab ihn blockiert. Da war er, glaub ich, irgendwo auf den Kanarischen Inseln oder so mit seinen Hippie-Freunden.«

»Ja, das hattest du erzählt, er hatte so ein leicht esoterisch angehauchtes Umfeld irgendwie.«

»Das kannst du wohl sagen.« Angehaucht! Eingetaucht. Vollgesaugt.

»Na, blockieren ist schon drastisch.«

»Ja. Aber weißt du. Ich meine, das ging echt ne Weile so hin und her. Also vom Zeitraum her jetzt gar nicht ewig, ein halbes Jahr, dreiviertel Jahr vielleicht, aber halt so anstrengend. Ich wusste nicht, er wusste nicht, wir haben uns immer mal gestritten, dann noch Elena, dann meine Arbeit. Ich bin auch einfach so froh, jetzt etwas gefunden zu haben und Zeit dafür zu haben und Energie, die ich nicht in solche Geschichten wie die mit Philipp oder Elena stecken muss.« Bei den letzten Worten öffnet Mini die Augen weit und zieht die Brauen hoch: ›Wirklich!‹

Nina bewegt wieder enthusiastisch ihr Kinn auf und ab: ›Was du nicht sagst.‹ »Ja, solche Beziehungen können es schon in sich haben. Also hast du jetzt erst mal keinen Bock mehr auf so was?«

Nein. Mini hat nicht nur ›erst mal keinen Bock mehr‹, sie weiß, dass sie es nicht mehr braucht. Sie hat keinen Bedarf. Sie hat zu sich gefunden. »Ich glaube gerade nicht, nein. Wenn sich was entwickelt, dann wäre das natürlich okay.«

Dann sagt Nina etwas, das Mini zurückholt. Und dass sie es jetzt sagt, gerade nachdem Mini diese Episode mit Shan aufgenommen hat und dieses Thema, dieses Thema, das überall ist, sich Mini auf dreisteste Weise aufdrängt: »Also, Lars und ich denken ja gerade über Kinder nach.«

3

Manchmal schaut Mini sich sämtliche Telegram-Profilbilder von Elena an. Manchmal kommt ein neues dazu. Manchmal kennt sie schon alle.

Elena zusammen mit einem Freund, mit einer Freundin, mit einer Gruppe von Menschen. Elena mit langen dunklen Haaren, mit Undercut, Elena mit kurzen Haaren, mit Glitzer rund um die Augen oder lila Lippenstift. Elena beim Klettern im Harz, Elena, bevor Mini und sie sich überhaupt richtig kannten, auf einem Festival, tanzend und Grimassen schneidend. Als Letztes, ganz hinten in der Galerie, ein uraltes Selfie, Elena vor einer Hausfassade voll mit Graffiti, das hat sie selbst getaggt. Über 30 Fotos.

Wenn Mini mit Elenas Bildern durch ist, schaut sie sich die von anderen Kontakten an, aber nicht so eindringlich, die anderen überfliegt sie nur. Wenn sie mit denen durch ist, überlegt sie, sich noch mal Elenas anzuschauen, findet sich dann albern und hört auf mit der ganzen Stalkerei. Sie stellt sich vor, was Elena tut, wie Elena redet, sich verabredet und sich trifft, am Handy schnell Bescheid sagt: »Ich komm zehn Minuten später, sorry, hab mich mit meiner Ma verquatscht am Telefon«, oder wie sie einen Schluck von ihrem Bier nimmt und sich den Mund abwischt und dabei irgendwohin guckt, etwas anschaut, was niemand sonst sehen kann.

Manchmal kommt Mini dann in eine komische Stimmung und es fällt ihr schwer, da wieder rauszufinden, aber meistens rafft sie alles in sich zusammen und macht das, was sie zu tun hat. Mini googelt: kinderwunsch untergewicht Sie findet mehrere Erfahrungsberichte: versuchen, scheitern, wieder versuchen, Hormontherapie, plötzlich Drillinge. Sie findet eine Beratungsstelle für Essgestörte mit Kinderwunsch und eine Telefon-Hotline. Das hat sie alles schon millionenmal gegoogelt. Mini macht einen Termin mit ihrer Frauenärztin aus. Sie denkt darüber nach, ob sie magersüchtig ist und mehr essen sollte.

Kinderwunsch. Lars und ich denken jetzt über Kinder nach. Lars und ich.

Ich. Ich denke jetzt über ein Kind nach. Influencerin lässt sich künstlich befruchten.

Freiwillig alleinerziehend. Insta-Mini schwanger – wo ist der Vater?

Neben ihr qualmt ein Räucherstäbchen von casensual, die Sorte heißt cozy dust, über solche Namen kann Mini sich nicht mehr lustig machen. Sie nimmt einen Schluck von ihrem Chai-Latte und verbrennt sich die Zunge. Heiß spürt sie die Flüssigkeit ihre Speiseröhre hinunterlaufen. Vielleicht könnte sie schon mit Henry darüber reden, vielleicht ist es auch noch zu früh. Aber eigentlich?

Sie könnte sagen: »Henry, der Podcast läuft super und ich hab diese Reichweite auf Instagram und lade ein- bis zweimal die Woche ein Video auf YouTube hoch, aber mir fehlt etwas. Mir fehlt etwas Grundlegendes. Und jetzt hatte ich diese Idee – keine Ahnung, was du davon hältst, ich könnte mir vorstellen, dass du viel davon hältst – Netflix! Ich meine, mein Gott, wer schaut denn noch YouTube, wer interessiert sich denn noch für solche schlecht gedrehten Vlogs, das interessiert doch kein Schwein mehr. Aber so eine richtig gut produzierte Netflix-Serie, eine Mini-Serie«, sie könnte darüber ein aufgeregtes Lachen ausstoßen, »eine Dokumentation über meinen Weg zum Kind? Richtig hochwertig gemacht, richtig nice anzuschauen, ich, wie ich diese Stationen durchlaufe, wie ich mich entscheide, ich will Mutter werden, aber ich will das nur für mich, ich will das alleine und es gibt da natürlich Möglichkeiten, aber das ist ein ganzer Weg, ein anstrengender Weg, aber aufregend, das interessiert doch Menschen?!«

Mathilda Prall wurde 2000 in Rostock geboren. Sie studiert in Leipzig an der Hochschule für Grafik und Buchkunst Malerei. *Herzneurosen* ist ihr erster Roman.